10
18

12, AVENUE D'ITALIE. PARIS XIIIe

Sur l'auteur

Née en 1938 à Londres, Anne Perry vit aujourd'hui en Écosse. Depuis le succès international des enquêtes du couple Pitt et de celles de William Monk, elle s'est intéressée à d'autres périodes historiques telles que la Révolution française, la Première Guerre mondiale ou encore la Byzance du XIIIe siècle dans sa fresque épique *Du sang sur la soie*.

ANNE PERRY

LA DISPARUE D'ANGEL COURT

Traduit de l'anglais
par Florence Bertrand

10
18

Titre original :
The Angel Court's affair

ISBN 978-2-264-06503-2

Pour Victoria Zackheim

PRÉFACE

Pitt a tout d'abord été une expérimentation. J'avais décidé d'écrire un roman policier afin d'analyser la manière dont les perceptions d'un individu et ses relations avec les autres évoluent lorsqu'il est soumis aux pressions d'une enquête criminelle. Dans de telles circonstances, nous sommes amenés non seulement à mieux connaître nos proches – mieux, peut-être, que nous ne le désirons – mais, ce qui est plus gênant encore, à découvrir en nous-mêmes des faiblesses insoupçonnées jusque-là.

Pour mener à bien cette entreprise, il me fallait, d'une part, un protagoniste au sein d'une famille ainsi concernée, et de l'autre, un enquêteur doté de persévérance, de compassion et d'une grande lucidité, possédant assez d'imagination pour se mettre à la place d'autrui et assez de sensibilité pour discerner les nuances d'un comportement.

J'avais situé l'intrigue à Londres en 1881 pour plusieurs raisons : c'était une décennie excitante, riche sur le plan culturel, marquée par des personnalités diverses, et, bien sûr, effrayante aussi, car associée à Jack l'Éventreur. À l'époque, la police était une institution relativement récente, et certains voyaient d'un mauvais œil son intrusion dans ce qu'ils considéraient comme la vie privée d'un *gentleman*. Par conséquent, mon enquêteur devait avoir de bonnes manières, être capable de dissimuler son ressentiment face à la condescendance dont il était l'objet tout en conservant la ténacité d'un bouledogue.

Surtout, en tant que héros, il devait nous paraître sympathique. Outre un sens de l'humour, un côté vulnérable et quelques lubies, il devait avoir des racines, un passé, des doutes, des angoisses, des lieux et des gens qu'il aimait.

Ainsi est né Pitt.

La protagoniste au sein de la famille a été Charlotte, la sœur cadette qu'il semblait impossible de marier convenablement. Je ne me souviens pas très bien comment c'est arrivé, mais il m'a paru inévitable qu'elle tombe amoureuse du policier, au grand dam de ses parents ! Et qu'elle soit très heureuse, peut-être en partie grâce à sa participation fructueuse aux enquêtes de son mari. Vivant désormais modestement, en dehors de la bonne société – sauf quand elle était invitée par sa sœur Emily, laquelle lui donnait ses robes –, jamais elle ne s'est sentie seule, et jamais elle ne s'est ennuyée. Certes, elle a connu son lot d'épreuves et de déconvenues, mais il en va ainsi pour chacun d'entre nous.

J'ai eu beaucoup de chance que cette histoire débouche sur une série. *La Disparue d'Angel Court*, où Pitt voit sa foi et son jugement remis en question, en est le trentième volume.

J'ai décidé très tôt que Pitt, sa famille, ses amis, et ses quelques ennemis, devaient vivre en temps réel. Il y avait à cela deux raisons majeures : premièrement, il fallait, à mon sens, que Pitt soit influencé par chacune de ses enquêtes. Je voulais qu'il tire des leçons de ses expériences, qu'il change au fil du temps, qu'il mûrisse, et que ses relations personnelles se développent. Je voulais montrer comment il était affecté par le triomphe et par l'échec, et comment il réagissait à l'un et à l'autre. En second lieu, nombre des événements extraordinaires de la fin du XIXe siècle offrent un parallèle frappant avec le présent ; tout bouge, tout change, mais cette époque-là n'est pas si éloignée de nous.

Pourtant, elle évoque le temps des voitures à cheval, des becs de gaz éclairant les rues pavées, des femmes vêtues de robes longues. Il faudrait être un piètre écrivain pour ne pas tirer charme et suspense de ces éléments-là !

À cela s'ajoutent, bien sûr, de terribles contrastes entre la richesse et la pauvreté, la bienfaisance et l'injustice, l'orgueil et le désespoir, ainsi que de multiples inventions et de remarquables périodes de créativité. Londres était le plus grand port du monde, le cœur d'un immense empire. Tout cela signifie que Pitt peut passer des ruelles sinistres où sévit Jack l'Éventreur au palais de Buckingham et, incidemment, être remercié par la reine Victoria.

Naturellement, puisqu'il vit en temps réel, il doit changer. J'ai commencé par lui donner une enquête par an, avant de me rendre compte qu'il allait vieillir et prendre sa retraite bien avant que je sois prête à renoncer à écrire sur lui. Par conséquent, j'ai ralenti le rythme pour atteindre trois ou quatre enquêtes par an, de manière à garder un peu de siècle devant moi.

Ce qui compte toujours le plus à mes yeux, c'est de confronter le héros à un dilemme social et moral qui demeure d'actualité. Il n'en manque pas, comme on peut le constater en regardant le journal télévisé n'importe quel jour de la semaine. Pour l'essentiel, la condition humaine ne change guère. Nous portons des vêtements différents de ceux d'autrefois, mais, dessous, nous sommes restés les mêmes.

D'abord inspecteur à Bow Street, à Londres, Pitt enquêtait surtout sur des crimes de nature domestique, motivés par la passion, la trahison, la peur, l'appât du gain, la honte, etc., tous les mobiles que j'ai pu imaginer. Pitt était compétent, bien entendu ! Risquait-il de devenir arrogant ? Ou, pire encore, ennuyeux ?

Il avait besoin d'un défi, d'une affaire lourde de conséquences politiques. En résolvant le crime, il s'est attiré des ennemis si puissants qu'il a perdu son poste. Je l'ai muté à la Special Branch, une institution bien plus secrète, chargée de la sécurité de la nation.

Toujours excellent enquêteur, il découvre un tout nouveau domaine. Plus de crimes domestiques, à moins qu'ils ne soient liés à une affaire de haute trahison ou à un acte potentiel de terrorisme. Le terrorisme ! Quel terme moderne ! Mais vers la fin du XIXe siècle, les anarchistes constituaient une menace bien réelle, des bombes explosaient dans les grandes villes, des assassinats étaient commis. L'agitation sociale était considérable. Aujourd'hui, nous savons que la Première Guerre mondiale se profilait à l'horizon, et qu'elle sonnerait le glas de la vie telle qu'on la connaissait. Nous comprenons, nous aussi, l'étrangeté des fins de siècle.

Pitt s'acquitte de mieux en mieux de ses nouvelles tâches. Il est temps de le déstabiliser, de lui présenter un autre défi, de bien plus vaste ampleur.

Qui est Pitt ? Un brave homme, qui aime sa famille, sûr de ses convictions à bien des égards, et qui excelle dans son travail. Face à un crime, à une tragédie, il met au jour les faits, le pourquoi et le comment, puis transmet les éléments qu'il a réunis aux tribunaux afin qu'ils jugent l'accusé, décident de sa culpabilité ou de son innocence, prononcent un verdict et une sentence.

À la Special Branch, il en va autrement. Souvent, un procès public prendrait trop de temps, et exposerait précisément les secrets que le service a pour vocation de protéger.

Par conséquent, Pitt devient à la fois juge et juré, et ne répond qu'au directeur de la Special Branch. Si la situation est extrêmement grave, lors de cas exceptionnels, il doit être bourreau aussi.

Et puis, alors que Pitt commence à maîtriser ce rôle, son supérieur se voit contraint de démissionner et Pitt est choisi pour lui succéder. C'est lui, désormais, qui endosse l'ultime responsabilité. Et, bien sûr, il ne peut plus la partager avec Charlotte, ni avec personne hormis son ancien directeur. Même alors, en fin de compte, il est seul. Il doit apprendre à assumer ses erreurs, à vivre avec et à aller de l'avant. C'est un homme bon, mais pas un homme parfait. Le fait qu'il persévère reflète son courage et la force de ceux qui l'entourent.

J'ai l'impression d'avoir encore un long chemin à faire avec lui et avec les autres personnages récurrents, tels que Charlotte, Vespasia, Narraway, Tellman et Gracie, Jack et Emily. Tant d'événements doivent se produire, y compris l'aube de ce nouveau siècle dont l'histoire affecte si profondément le nôtre.

Mais rien ne presse. Il reste bien des charmes, des mystères et des idées à puiser dans l'ancien.

Anne PERRY

1

Incrédule, Pitt fixa le secrétaire d'État à l'Intérieur. Ils se trouvaient à Whitehall, dans un petit bureau baigné de soleil où le bruit de la circulation était inaudible.

— Une sainte espagnole ? répéta-t-il, s'efforçant de garder un ton neutre.

— Elle n'est pas espagnole, mais anglaise, répondit Sir Walter patiemment. Elle vit en Espagne. À Tolède, m'a-t-on dit. Elle est venue rendre visite à sa famille.

— Dans ce cas, quel rapport cela a-t-il avec la Special Branch, monsieur ?

Créée à l'origine pour venir à bout des troubles en Irlande, la Special Branch avait peu à peu été chargée de responsabilités plus vastes. À présent, en 1898, tout ce qui menaçait de près ou de loin la sécurité de la nation était de son ressort.

En cette fin de siècle, l'Europe était plongée dans la tourmente. On assistait à une escalade de la violence, à des actions de plus en plus hardies. Des attentats anarchistes se produisaient régulièrement ici et là. En France, l'affaire Dreyfus avançait dans la fureur générale vers une conclusion que nul ne pouvait prédire. Le bruit courait même que le gouvernement allait tomber.

Malgré tout, la Special Branch était censée assurer la sécurité des dignitaires étrangers sur le sol britannique, et non veiller au confort d'une bonne sœur en villégiature.

Pitt s'apprêtait à le faire remarquer, mais Sir Walter prit les devants.

— Elle a fait l'objet de menaces de mort, expliqua ce dernier, impassible. Ses opinions ont suscité certaines inquiétudes… et de la colère. Elle s'est malheureusement exprimée un peu trop librement.

— Je croyais qu'elle n'était pas encore arrivée ?

— En effet. Elle débarque à Southampton ce soir et sera à Londres demain. Nous devons nous tenir prêts.

— C'est une affaire qui relève de la police, protesta Pitt d'un ton sec. Je doute que quiconque ici se soucie assez de sa présence pour lui chercher noise. Mais si c'est le cas, la police locale peut s'en charger.

Sir Walter poussa un soupir, comme s'il s'agissait d'une discussion fastidieuse qu'il avait déjà eue maintes fois.

— Pitt, ce n'était pas une suggestion. Vous pensez peut-être que la plupart des gens ne se soucient guère de doctrine religieuse, que seuls les dévôts vont s'intéresser à sa venue et que ces gens-là sont respectueux des lois.

Il haussa ses sourcils tout blancs.

— Et même qu'ils vont faire preuve de charité chrétienne. Si tel est le cas, vous êtes un sot ! La religion éveille chez certains plus de passion que n'importe quel autre sujet. Elle représente l'ordre, un esprit sain, la victoire inéluctable du bien sur le mal. Surtout, elle est la confirmation de la place qu'ils tiennent dans la création.

Il eut un sourire sans joie.

— Quelque part en haut, mais pas au sommet. Le souci des apparences oblige à la modestie. Il faut laisser certains privilèges à Dieu.

Son sourire s'effaça et son regard s'assombrit.

— Menacez cela et vous menacez tout.

Il secoua la tête.

— Enfin, mon cher, voyez comment la religion nous a déchirés au fil de l'histoire ! Souvenez-vous des croisades, de l'Inquisition espagnole, de la persécution des cathares et des vaudois, du massacre des huguenots en France. Nous avons nous-mêmes brûlé des catholiques et des protestants sur le bûcher. Croyez-vous que ces événements ne puissent pas se reproduire ? Si Dreyfus n'était pas juif, vous imaginez-vous que cette monstrueuse affaire aurait seulement commencé, sans parler d'atteindre ces proportions ?

Pitt ouvrit la bouche pour répondre, et découvrit que les mots s'étaient figés sur sa langue.

Avril tirait tout juste à sa fin. Quelques semaines auparavant, McKinley, le président des États-Unis, avait demandé au Congrès de déclarer la guerre à l'Espagne. Le 24 avril, celui-ci avait ordonné le blocus des ports cubains. Le lendemain, pour la première fois de sa brève existence, l'Amérique s'engageait dans un conflit, témoignant d'une soif nouvelle d'expansion qui, si elle s'intensifiait, risquait d'impliquer d'autres puissances navales, y compris l'Angleterre.

Car subitement, l'Amérique développait ses armées, sa flotte, et cherchait à acquérir des possessions outre-mer, jusqu'à Hawaii et aux Philippines. Si la visite de cette femme tournait mal, les Espagnols auraient un prétexte tout trouvé pour affirmer que la Grande-Bretagne était du côté américain et lui déclarer la guerre. Cette pensée glaça Pitt, d'autant plus que la situation intérieure n'était pas si différente de celle qui se développait en Europe. En France, le président Carnot avait été assassiné quatre ans plus tôt, en 1894. Il y avait moins d'un an, ç'avait été le tour du président Cánovas, en Espagne, où la violence avait atteint un nouveau degré d'abomination.

— Elle amène environ une demi-douzaine de ses… disciples, reprit Sir Walter, qui ne paraissait pas avoir remarqué son manque d'attention. Dieu seul sait qui sont ces gens, mais il ne faudrait pas qu'un seul d'entre eux soit tué sur notre sol. Je suis sûr que vous comprenez quel embarras ce serait pour le gouvernement de Sa Majesté. Surtout à la lumière de notre histoire avec l'Espagne. Nous devons éviter tout incident susceptible de mettre le feu aux poudres.

Il regarda Pitt avec attention, comme s'il craignait de l'avoir surestimé et d'être contraint de revoir son opinion.

— Oui, monsieur. Je comprends. Y a-t-il vraiment une possibilité pour qu'elle soit visée ici ?

Il posait la question non pour afficher son scepticisme, mais parce qu'il espérait être rassuré. Le passé récent avait détruit nombre de certitudes, en Europe et en Amérique aussi.

Le visage de Sir Walter se détendit légèrement. Les rides profondes aux commissures de ses lèvres perdirent de leur sévérité.

— Sans doute que non, répondit-il avec l'ombre d'un sourire. Sachez cependant que la famille de cette femme la considère d'un très mauvais œil. J'ai entendu dire qu'elle avait quitté le pays à cause d'une querelle de principe. Les familles peuvent être le diable incarné, ajouta-t-il d'une voix où perçait la compassion.

Pitt fit une ultime tentative pour se soustraire à cette mission.

— Le maintien de l'ordre public est du ressort de la police, monsieur, et non de la Special Branch. Nous enquêtons actuellement sur une affaire de sabotage industriel de grande envergure qui semble avoir ses sources à l'étranger. Elle doit être résolue. Il y va de la sécurité de la nation.

Sir Walter posa sur lui un regard vif et brillant.

— Ce sont les conséquences éventuelles d'un problème qui déterminent qui doit s'en occuper, Pitt, non la relation de la victime avec son agresseur, et vous le savez aussi bien que moi. Si ce n'était pas le cas, croyez-moi, vous ne resteriez pas longtemps à votre poste.

Pitt s'éclaircit la gorge.

— Connaissons-nous la nature de ce différend familial, monsieur ? demanda-t-il à voix basse.

Sir Walter haussa les épaules. S'il avait remarqué le changement de ton de Pitt, il eut la courtoisie de n'en rien laisser paraître.

— L'histoire habituelle avec les filles têtues, je crois, expliqua-t-il, un léger sourire revenu sur ses lèvres. Sofia a refusé le jeune homme d'excellente famille, fortuné mais ennuyeux, qu'on lui avait choisi pour mari.

Pitt se souvint que Sir Walter avait trois filles.

— Elle s'est enfuie en Espagne et a épousé un Espagnol que personne ne connaissait ni d'Ève ni d'Adam. J'imagine que ç'a été une grosse déception pour ses parents.

— Cela remonte à longtemps ? insista Pitt, s'efforçant de rester impassible.

Lui aussi avait une fille qui aurait bientôt l'âge de se marier.

— Oh, un certain temps ! répondit Sir Walter à regret. Je pense que ses convictions religieuses ont exacerbé le conflit. Elles importeraient peu si Sofia les gardait pour elle, ce qui n'est malheureusement pas le cas. Elle a fondé une sorte de secte.

— D'obédience catholique ? demanda Pitt, songeant à la Vierge Marie.

— Apparemment non. D'ailleurs, peu importe. Faites seulement en sorte que personne ne l'attaque pendant qu'elle est en Angleterre. Plus vite elle partira, mieux cela vaudra, mais saine et sauve, s'il vous plaît.

Pitt se redressa.

— Bien, monsieur.

— Sofia Delacruz ? répéta Charlotte avec un intérêt soudain.

Pitt et elle étaient assis dans le salon, au coin du feu. Les rideaux de la porte-fenêtre qui donnait sur le jardin étaient tirés. Dehors, le ciel s'était assombri et l'air avait fraîchi. Leur fille de seize ans, Jemima, et leur fils de treize ans, Daniel, se trouvaient tous les deux dans leur chambre.

Jemima rêvait sans doute, ou écrivait des lettres à ses amies. Daniel devait être plongé dans les aventures de son dernier *Boy's Own Magazine*.

Pitt se pencha et mit une autre bûche dans le feu. Le bois dégageait moins de chaleur que le charbon, mais il aimait le parfum du pommier.

— As-tu entendu parler d'elle ? s'étonna-t-il.

Charlotte sourit, légèrement gênée.

— Un peu.

Il se remémora l'allusion faite par Sir Walter à un scandale passé. Il savait que Charlotte détestait les commérages, bien qu'ils fussent souvent le nerf d'une enquête. Elle les écoutait avec réticence, et une certaine crainte. Elle avait vu trop de gens en être victimes.

— Que dit-on à son sujet ? s'enquit-il gravement. Elle est peut-être en danger. J'ai besoin de le savoir.

Charlotte ne protesta pas, ce qui en soi était révélateur. Il décelait une lueur d'inquiétude dans son regard. Elle posa son ouvrage.

— Et tu vas la protéger ? demanda-t-elle avec curiosité.

— J'ai chargé Brundage de le faire.

Elle parut perplexe.

— Pas Stoker ?

— Stoker occupe un poste plus haut placé à présent.

Il ne voulait pas s'impatienter et créer une tension entre eux. Les soirées paisibles qu'il passait avec elle comptaient parmi ses moments préférés. Leur entente était précieuse à ses yeux.

— Il a d'autres responsabilités et Brundage est compétent, expliqua-t-il.

— Il paraît qu'elle a des idées assez extrêmes, observa-t-elle calmement.

— Telles que ?

— Je ne sais pas.

Elle écarta son ouvrage pour se pencher vers lui.

— Peut-être irai-je l'écouter. Je suis curieuse de savoir ce qu'elle a à dire. Elle doit s'exprimer avec plus de fougue que notre révérend.

Charlotte emmenait les enfants à l'église presque chaque dimanche. C'était là un rituel auquel il fallait se plier pour être pleinement accepté au sein de la communauté. La plupart du temps, Pitt se découvrait une tâche urgente ailleurs.

Il acquiesça, un souvenir s'imposant nettement à son esprit. Sa mère aussi l'emmenait à l'église de la paroisse, en bordure du domaine, lorsqu'il était enfant. Il revoyait les rais de lumière colorée qui tombaient à l'oblique des vitraux ; sentait l'odeur de la pierre et celle, plus vague, de la poussière. On entendait chaque mouvement, chaque grincement de corset, le claquement sec des pages qu'on tournait. Il avait rarement écouté. L'Ancien Testament ne le passionnait guère, et il n'y discernait aucune histoire cohérente de Dieu et de l'homme. C'était plutôt une série d'erreurs et de réparations, de désastres mérités, de sauvetages héroïques. Pour l'essentiel, le reste n'était que listes de noms, ou prophéties merveilleusement poétiques de la désolation à venir.

Y avait-il cru ? Et même s'il y avait cru, quelle importance ? Il s'agissait de moralité, de devoir, d'honneur, mais à vrai dire, il avait été bien plus touché par les récits des *Boy's Own* qu'il avait empruntés, pleins d'aventures et de héros que tout garçon rêvait d'imiter. Il souriait maintenant avec plaisir en voyant Daniel les lire, et s'identifiait à lui. Si les récits s'étaient modernisés, l'esprit demeurait le même.

Élevé à la campagne, Pitt avait pensé qu'il serait garde-chasse comme son père, jusqu'au jour où celui-ci avait été accusé de braconnage. Après avoir été reconnu coupable, il avait fait partie des derniers condamnés à être déportés en Australie. Pitt, qui n'avait jamais douté de son innocence, n'avait pu en apporter la preuve, ni à l'époque ni depuis.

Le propriétaire du domaine, Sir Arthur Desmond, avait eu pitié de sa mère et l'avait autorisée à rester. Il avait même fait éduquer Pitt aux côtés de son fils, peut-être par charité, mais aussi pour stimuler celui-ci, qui avait une tendance marquée à la paresse et qui aurait été blessé dans son amour-propre s'il s'était laissé surpasser par un de ses domestiques. Pitt avait eu le bon sens de rester à sa place, du moins la plupart du temps.

Cependant, sa soif de justice l'avait incité à entrer dans la police. Devenu commissaire à Bow Street, il avait résolu une affaire qui avait dérangé de puissantes personnalités politiques. D'abord congédié, il avait ensuite été transféré à la Special Branch pour qu'il soit à l'abri d'éventuelles vengeances et qu'il puisse gagner sa vie en utilisant les seules compétences qu'il possédait, et dans lesquelles il excellait.

Une autre affaire spectaculaire l'avait placé à la tête du service, de sorte que le fils du garde-chasse déshonoré était désormais un gentleman. Malgré tout, ses manières impeccables masquaient un profond manque d'assurance. Peut-être Sir Walter l'avait-il deviné.

Pourquoi au juste ces vieux souvenirs d'église demeuraient-ils gravés dans sa mémoire ? À cause de la présence de sa mère, du rare sentiment de paix qui semblait l'habiter alors, comme si elle était enfin en sécurité, aimée, délivrée de la peur ? Il avait pensé à l'époque que sa foi était simple et solide, qu'elle apaisait ses craintes et comblait en partie sa solitude. Tout en s'en réjouissant pour elle, il ne la lui avait jamais enviée. C'était un sujet qu'ils n'avaient jamais abordé, par un accord tacite.

Il se demandait à présent si elle avait parfois douté, et qu'elle n'avait rien dit pour le ménager. Pour que dans ce domaine au moins, il puisse rester un enfant. Elle lui avait offert cela, comme tant d'autres choses dont il n'avait pas eu conscience alors. Elle était morte sans jamais lui avoir révélé qu'elle était malade. Elle l'avait envoyé au loin afin qu'il ne s'aperçoive de rien, qu'il ne souffre pas avec elle. Comment avait-il pu être aveugle à ce point ?

À quoi croyait-il ? À la moralité, à l'honneur, à la bonté. Mais croyait-il en Dieu ?

Charlotte l'observait et attendait. Avait-elle conscience des réflexions qui le traversaient ?

— Tu veux vraiment aller l'écouter ? demanda-t-il enfin.

— Oui, déclara-t-elle sans hésiter. On raconte que ses idées sont scandaleuses, et même qu'elles tiennent du blasphème. J'adorerais savoir de quoi il retourne !

Pitt songea soudain qu'ils avaient rarement parlé de leurs convictions religieuses. Pourtant, il savait tout le reste la concernant : ce qui la blessait, ce qui la mettait en colère, ce qui la faisait rire ou pleurer, qui elle aimait et ce qu'elle pensait d'autrui, et d'elle-même. Souvent il lisait ses pensées sur son visage. À d'autres moments, il les devinait à de petits détails : un silence soudain, une gentillesse inexpliquée, le renoncement à une vieille rancune à laquelle quelqu'un d'autre aurait pu se cramponner. Il savait qu'elle comprenait la tristesse, la douleur, parce qu'elle les avait connues aussi.

— Cela te contrarie ? Qu'elle dise des blasphèmes ?

Elle le regarda, surprise. Tout d'abord, il crut que sa question l'étonnait. Puis il devina qu'elle s'étonnait elle-même.

— À dire vrai, je n'en ai pas la moindre idée, avoua-t-elle. Peut-être est-ce pour cette raison que je veux y aller. Je ne suis même pas sûre de savoir vraiment ce qu'est le blasphème. Jurer ou profaner un sanctuaire, je comprends. Mais quelle idée pourrait constituer un blasphème ?

— Le livre de Darwin, *L'Origine des espèces*, répondit Pitt aussitôt. La suggestion selon laquelle nous descendons d'un être inférieur et non supérieur. Cela menace toute une conception de nous-mêmes.

Il eut un sourire empreint de regret.

— Descendre d'Adam par le biais d'un péché irréparable est apparemment beaucoup plus noble que d'être issu d'une femme.

Comme il s'y attendait, Charlotte ignora sa remarque.

— Eh bien, si c'est tout ce qu'elle a trouvé, elle arrive un peu tard, commenta-t-elle avec ironie. Nous nous battons là-dessus depuis trente ans ! Et ça n'intéresse plus personne.

— Ah bon. Alors, tu ne vas pas venir ? insista-t-il, s'efforçant de garder un visage impassible.

— Bien sûr que si ! riposta-t-elle du tac au tac, avant de comprendre qu'il la taquinait.

Elle sourit malgré elle.

— Je n'ai jamais vu de femme blasphémer. Crois-tu qu'il y aura une émeute ?

Il ne lui fit pas le plaisir de répondre.

La réunion de Sofia Delacruz devait se tenir dans un grand théâtre du quartier. Pitt s'y rendit en début de soirée afin de s'assurer que des précautions appropriées avaient été prises au cas où les esprits viendraient à s'échauffer. Il souhaitait aussi s'entretenir avec Brundage, qui avait dû se faire une opinion de cette femme et, surtout, de ses adeptes. Peut-être même en aurait-il appris plus long sur la querelle qui l'avait opposée à sa famille et les parents avec qui elle désirait se réconcilier.

C'était une journée classique d'avril, où les éclaircies succédaient aux giboulées. Les feuilles toutes neuves brillaient d'un éclat pâlot sur les branches. Pitt admira un tapis de jonquilles, puis grimpa la volée de marches qui menaient à la grande porte à deux battants. Plusieurs policiers étaient déjà là. Lorsqu'il demanda où était Brundage, on lui indiqua une des loges situées à l'arrière de la scène. La pièce était nue, meublée en tout et pour tout de deux chaises, d'une glace et de patères fixées au mur.

Brundage était un jeune homme de belle carrure, presque aussi grand que Pitt et plus large d'épaules que lui. Ses cheveux châtains retombaient sur son front et il les rejeta machinalement en arrière tandis qu'il se redressait, ayant examiné une série de prospectus annonçant l'événement. Il avait des traits inhabituels, taillés à la serpe mais tout sauf rustres.

— Bonjour, monsieur, dit-il poliment.

— Bonjour, Brundage.

Pitt jeta un coup d'œil autour de lui, notant les fenêtres et une autre porte.

— Qu'avez-vous appris jusqu'ici ?

Son subordonné fit mine de lever les yeux au ciel.

— J'aimerais pouvoir dire que tout est comme je l'escomptais, monsieur. La salle est assez sûre et la police du quartier s'attend à un public nombreux. Sans doute y aura-t-il plus de curieux que de fauteurs de troubles, mais, bien sûr, il suffit d'une poignée d'agités pour que les choses tournent au vinaigre.

— Qu'est-ce qui vous a étonné ? demanda Pitt, intrigué.

Brundage haussa les épaules.

— D'avoir affaire à une femme digne, rationnelle, et non à quelqu'un que j'aurais pu rejeter d'emblée comme une folle inoffensive, avoua-t-il, légèrement gêné. Je pensais que ses adeptes seraient le ramassis habituel d'idéalistes et de pique-assiettes. Sans oublier ceux qui convoitent sa place, évidemment. Je n'avais pas tout à fait tort sur ceux-là. Sauf qu'ils sont plus fervents que je ne l'avais imaginé.

— Peuvent-ils représenter une menace pour elle ?

Brundage croisa son regard.

— J'espère que non. Mais ce n'est pas impossible.

— Qui sont-ils ? Donnez-moi des noms. Des anecdotes, tout ce que vous avez pu entendre dire. Certains sont-ils connus de nos services ?

— Tous sont avec elle constamment. Ils ne font rien d'autre. Ils lui consacrent leur existence. Le plus influent, à mon avis, s'appelle Melville Smith, commença Brundage. C'est le seul qui soit anglais. Âgé d'une cinquantaine d'années, ambitieux, même s'il prétend le contraire. Il paraît loyal, en tout cas aux idées qu'elle défend. Il y a aussi Ramon Aguilar. Il a une quinzaine d'années de moins. C'est un Espagnol, un homme gentil, qui parle d'une voix très douce.

Brundage sourit.

— Il chantonne tout seul en marchant. Quant aux trois femmes qui sont venues avec elle, toutes sont peu bavardes et difficiles à cerner. Cleo Robles est petite et jolie, de mère anglaise et de père espagnol. Je crois qu'elle a connu une tragédie dans sa vie, bien qu'elle n'ait que vingt-cinq ans environ…

Il laissa sa phrase en suspens, ne sachant qu'ajouter. Pitt devina que la jeune femme lui avait plu.

— Ensuite, il y a Elfrida Fonsecca. Elle est silencieuse, vigilante, continua Brundage. Plus corpulente, mais cela lui va bien. Des allures de matrone, si vous voyez ce que je veux dire ? Elle a une très belle peau, un teint sans la moindre flétrissure.

Pitt acquiesça.

— Que savez-vous d'elle ?

— Elle semble dévote, très réservée. Je n'ai rien pu tirer d'elle quant à son passé. Mais elle se ronge les ongles. Quelque chose la préoccupe.

— Continuez.

— La dernière, Henrietta Navarro, est plus âgée. Je crois qu'elle faisait partie d'un ordre religieux avant de rejoindre Sofia. Elle refuse d'en parler et s'est mise en colère quand je l'ai interrogée à ce propos. Sofia m'a dit on ne peut plus clairement de ne pas insister.

Pitt décela une note nouvelle dans la voix de Brundage, une sorte de respect qu'il n'avait pas entendu chez lui depuis un an et demi qu'il le connaissait.

— Et Sofia elle-même ?

Brundage hésita.

Pitt attendit. L'honnêteté était plus importante que la promptitude. Le public n'arriverait pas avant une bonne demi-heure. Sofia était la personne qu'ils avaient besoin de connaître le mieux. Tout tournait autour d'elle, de ses convictions et de sa personnalité.

— Je ne sais pas, finit par avouer le jeune homme. Les autres ne sont pas tellement différents de certaines personnes que j'ai connues.

Il regarda Pitt gravement.

— Elle, si. Pour autant, je ne saurais affirmer que les menaces sont réelles. Ni même si elle le pense, ou si elle est persuadée qu'un ange gardien va la protéger.

Pitt le dévisagea.

— Avez-vous quoi que ce soit d'utile à ajouter ? demanda-t-il, en faisant un effort pour rester courtois.

Brundage ne voulait probablement pas plus que lui de cette mission. Il y avait d'autres dossiers essentiels à régler, notamment celui du sabotage, de jour en jour plus préoccupant.

Brundage dansa d'un pied sur l'autre, embarrassé.

— Ramon Aguilar est loyal, déclara-t-il. S'il doit y avoir un attentat de l'intérieur, ça viendra de Melville Smith et probablement d'une des femmes, mais j'ignore laquelle.

Ils entendaient des mouvements dans le couloir, des allées et venues, des bruits de pas et de voix étouffées.

— Quelles sont les relations entre les fidèles ?

Brundage esquissa une moue.

— Les deux hommes ne s'aiment pas. Ils essaient de ne pas le montrer, mais c'est évident. Les deux femmes les plus âgées se traitent avec une certaine froideur, tout en étant polies. Henrietta Navarro semble par son attitude la plus proche de Smith. Il y a aussi une autre femme qui fait le ménage à Angel Court, où ils séjournent. Apparemment, elle vient de se joindre au groupe et ne parle à personne.

Sa perplexité était visible. Comme Pitt, il pensait avoir affaire à une tempête dans un verre d'eau : sans doute les menaces émanaient-elles de rivaux jaloux du succès de Sofia, ou d'individus désireux de prendre le pouvoir au sein du groupe.

— Dans ce cas, allez voir si Sofia Delacruz accepte de me parler, conclut Pitt. Je suppose qu'elle prépare son sermon, mais je me dois de faire cet effort pour sa sécurité.

L'air soulagé, Brundage se redressa et sortit sans ajouter un seul mot.

Moins de cinq minutes plus tard, la porte se rouvrit. Pitt pivota, s'attendant à ce que le jeune homme lui annonce que Delacruz ne pouvait le recevoir, étant occupée à prier, étudier, ou Dieu savait quoi d'autre. Au lieu de son subordonné, il se trouva face à une femme mince, plus grande que la moyenne. Ses cheveux noirs, tirés en arrière, dégageaient le visage le plus remarquable qu'il eût jamais vu. Sa première pensée fut qu'elle n'était pas belle. Elle avait l'air trop farouche, les yeux trop enfoncés. Puis, alors qu'elle s'avançait vers lui, il constata qu'au contraire elle était très belle, d'une beauté à la fois sauvage et tendre. On lisait sur ses traits une vive intelligence et aussi un soupçon d'humour.

— Je m'appelle Sofia Delacruz, dit-elle à voix basse. Je crois savoir que vous êtes le commandant Pitt, de la Special Branch.

Pitt s'inclina.

— Oui, madame. J'espère que nous pourrons éviter qu'il ne vous arrive des désagréments.

À sa grande surprise, elle éclata de rire, d'un rire riche et spontané.

— J'en doute fort. Cela signifierait que je suis si fade que personne ne trouve rien à redire à mes propos. Si tel est le cas, il était inutile que je vienne.

Pitt resta perplexe. Sofia Delacruz ne correspondait pas à l'image qu'il s'était faite d'une femme qui se consacrait à la religion et que certains considéraient même comme une sainte. Il s'était attendu à ce qu'il émane d'elle un calme absolu, une pureté détachée du monde et de la réalité.

— Vous êtes venue dans l'intention de semer le trouble ? demanda-t-il, s'efforçant de masquer sa surprise et une pointe d'exaspération.

Était-elle l'agitatrice que d'aucuns l'accusaient d'être ? Prenait-elle plaisir à éveiller l'attention, à choquer, voire à susciter un degré de crainte ?

Il ne voyait là rien de sacré, mais tout l'opposé. C'était méprisable.

Elle s'approcha de lui, la tête haute, fière. La lumière du plafonnier soulignait l'ossature de ses joues et les fines rides autour de sa bouche et de ses yeux bleu ardoise. L'instant d'après, elle fut de nouveau dans l'ombre. Elle se mouvait avec une grâce extraordinaire.

— À quoi vous attendiez-vous ? Vouliez-vous que je vous dise qu'il n'y a rien à faire, pas de quoi s'inquiéter ? Que nous sommes des êtres parfaits, que nous ne devons pas changer ? Que Dieu nous aime et qu'il exaucera tous nos désirs sans que nous ayons à faire le moindre effort ?

Elle eut un infime haussement d'épaules.

— Les complaisants n'ont pas besoin de moi pour cela. Les innocents et ceux qui savent dans leur cœur qu'ils ne peuvent prétendre à la béatitude repartiraient les mains vides et se demanderaient pourquoi j'ai pris la peine de venir. C'est cela que vous attendiez de moi ? Pourquoi me menacerait-on, commandant ? Je serais coupable de mentir et de perpétuer l'ennui, mais personne ne tue pour de tels motifs, tant que les mensonges sont confortables.

Pitt prit une profonde inspiration, résolu à se montrer patient et à faire preuve de tact. Sir Walter avait déclaré très clairement que toute attaque perpétrée à l'encontre de cette femme lors de son séjour en Grande-Bretagne serait plus qu'embarrassante ; que ce serait l'étincelle qui déclencherait un incident diplomatique, lequel risquait de mener à la guerre.

— Que vous proposez-vous de dire, en ce cas ? s'enquit-il d'un ton aussi aimable qu'il le put. Qu'est-ce qui donne à certains d'entre eux l'envie de vous tuer ? Ou me suis-je mépris ?

— Pas du tout, répondit-elle tranquillement. J'ai reçu plusieurs menaces de mort. Je sais que Ramon m'en a caché d'autres.

— Melville Smith n'a pas cherché à vous les cacher ?

Le sourire revint dans ses yeux, une lueur amusée mais dépourvue de chaleur.

— Non. Celles que j'ai reçues m'ont été transmises par Melville. Ce n'est pas moi qu'il essaie de protéger, mais la foi que nous partageons.

Sa voix et son visage étaient dénués de toute expression. Elle le laissait libre de tirer ses propres conclusions quant à ce qu'elle éprouvait.

— Avez-vous confiance en lui ?

Cette fois, elle fut stupéfaite.

— Vous êtes très direct, observa-t-elle.

Ce fut le tour de Pitt d'être amusé.

— Cela vous déconcerte ? Je crains de n'avoir ni le temps ni l'envie d'être plus diplomate. Avez-vous confiance en Mr. Smith ?

— Je lui fais confiance pour agir dans ce qu'il croit être l'intérêt de notre foi, répondit-elle en le regardant droit dans les yeux. Je ne tiens pas pour acquis que cela corresponde toujours à mes propres opinions. Mais avant que vous me posiez la question, non, je ne crois pas que Melville soit prêt à me faire du mal.

— Désire-t-il que vous éveilliez des controverses ? insista Pitt. Est-ce bon ou mauvais pour la foi ?

Il lut sur son visage qu'elle appréciait sa question. Son humeur était aussi changeante que les reflets de l'ombre et de la lumière sur l'eau.

— Excellente question, commandant. Je ne suis pas certaine d'avoir une réponse facile à vous offrir.

— Écoutez-vous ses conseils ?

— Bien entendu. Je ne les suis pas forcément.

Il imaginait leurs confrontations. Melville Smith arrogant, insistant, peut-être effrayé pour elle, probablement exaspéré. Elle, farouche, sûre d'elle, donnant à l'évidence l'impression de ne l'écouter que par courtoisie, mais résolue à n'en faire qu'à sa tête.

— Qu'allez-vous dire au public pour le mettre en colère au point de recourir à la violence ?

Il fallait qu'il le sache pour prévenir un éventuel incident, même s'il pensait encore que le risque était négligeable. Il mourait d'envie d'en apprendre davantage sur les convictions que cette femme étrange tenait passionnément à partager avec des inconnus, fût-ce au mépris de sa propre vie. Était-elle hystérique, le jouet d'illusions ? Si oui, elle n'était pas la première. L'histoire regorgeait de femmes qui, ayant eu des visions, avaient été profondément convaincues d'être les envoyées de Dieu. Jeanne d'Arc n'avait-elle pas péri sur le bûcher pour avoir refusé de renier ses « anges » ?

Pourtant, la femme qui se tenait en face de lui, dans une robe bleue très simple, semblait tout à fait saine d'esprit. Et nettement plus détendue qu'il ne l'était.

Elle sourit, et un instant, il décela l'incertitude dans son regard. Non qu'elle doutât d'elle-même, mais de lui.

— Je vais leur expliquer qu'ils sont tous les enfants de Dieu, déclara-t-elle calmement, sans détacher ses yeux des siens. Comme tout être humain sur la terre.

— Pourquoi cela devrait-il les bouleverser ?

Il se demanda si c'était une question stupide ou si, au contraire, c'était exactement ce qu'elle avait voulu lui faire dire.

— Parce que les enfants doivent grandir, répondit-elle sans s'émouvoir. Si nous sommes les enfants de Dieu, plutôt que de simples créatures entre ses mains, alors nous finirons peut-être par lui ressembler, par être à son image. Pas dans cette vie, mais c'est maintenant que nous devons choisir notre voie. Et grandir peut être douloureux. Les leçons doivent être apprises, les erreurs rectifiées, les fautes rachetées. Demandez à n'importe quel enfant s'il trouve facile de ressembler à son père, pour peu que son père soit un grand homme.

Elle eut un léger sourire, presque comme si elle se moquait d'elle-même.

— Ce qui dérange les gens davantage, ce qui est en fait le « blasphème » qu'ils ne peuvent tolérer, c'est la conclusion logique de cette idée. Car si nous pouvons un jour devenir pareils à Dieu, alors il en découle qu'il a pu dans le passé infini avoir été semblable à nous. C'est pourquoi, bien sûr, il comprend si entièrement chacune de nos craintes, chacune de nos erreurs, chacun de nos besoins. Et, ce qui est encore plus terrifiant pour certains, il sait que nous pouvons y parvenir – si nous sommes prêts à accomplir assez d'efforts sans jamais nous décourager, quel que soit le prix à payer en patience, en humilité et en courage.

« La plupart d'entre nous aspirent à une foi infiniment plus facile, plus restreinte et plus rassurante que celle-là. C'est le projet du diable à notre égard : faire de nous des êtres chétifs, éternellement inférieurs à ceux que nous aurions pu être.

— Vous voulez dire que Dieu et l'homme ne feraient qu'un ? se récria-t-il, incrédule.

— Seulement au sens où une chenille et un papillon ne font qu'un, répondit-elle. Le salut ne peut venir que de l'épanouissement du cœur et de l'âme. Et voilà ce qui effraie tant de gens. Cela change toutes les règles que nous pensions connaître. Il n'y a pas de hiérarchie, sauf dans la capacité à aimer. L'obéissance ne suffit pas, elle n'est qu'un début – un détail, comparé à la compréhension.

— Avez-vous peur ? demanda-t-il après une hésitation.

— Oui, avoua-t-elle tout bas, saisissant parfaitement le sens de sa question. Mais je ne peux nier ce que je sais être la vérité. Sinon, il ne me resterait plus rien.

— Nous veillerons sur vous, promit-il.

Il prit congé et se détourna, conforté dans sa conviction qu'elle ne courait pas grand danger. Il était fort probable que ses idées en choqueraient certains, surtout si elles étaient prises au sérieux, mais pas plus que celles des militants qui réclamaient des réformes économiques, l'augmentation des salaires et même le droit de vote pour les femmes. La société redoutait trop l'anarchie pour que de simples propos blasphématoires poussent quiconque à la violence.

La réunion attira un public plus nombreux que Pitt ne l'avait escompté. La rumeur s'était propagée que Sofia Delacruz avait des opinions controversées. Beaucoup étaient absorbés dans des conversations tendues et chuchotées, le visage empreint d'excitation et de curiosité. Pitt nota que l'assistance était en majorité composée de femmes.

Il procéda à diverses vérifications avec Brundage et les policiers, observant les accès à la salle et scrutant la foule, à l'affût d'un individu agité, furtif ou à l'allure incongrue.

Le sergent Drury était visiblement agacé d'avoir été arraché à ses obligations habituelles pour s'occuper de ce qu'il considérait comme une frivolité. Large d'épaules, un brin corpulent, il se tenait à la porte principale, le visage sombre. Une femme maigre vêtue de noir lui adressa un signe de tête approbateur, mais ne dit rien.

— Celle-là n'est venue que pour se plaindre, commenta-t-il à l'adresse de Pitt, debout à côté de lui. Mais ça m'étonnerait qu'elle soit dangereuse, pas vous ? Que diable s'imaginent ces messieurs ? Personne ne va lancer de bombe sur elle ! D'après ce que j'ai compris, les anarchistes seraient de son côté !

Pitt s'apprêtait à répondre quand une femme imposante passa près d'eux. À son tour elle jeta un coup d'œil à Drury et hocha la tête avec approbation.

— Madame, marmonna le policier.

Éprouvait-il une certaine sympathie pour ces gens, lui qui se trouvait aussi dans un environnement qui lui était étranger et qui cherchait un exutoire à son mécontentement ?

Pitt se concentra de nouveau sur sa tâche. Il observait une autre entrée quand il reconnut le profil familier de Charlotte et la grâce unique avec laquelle elle se tournait vers la jeune femme qui l'accompagnait. Il eut un sourire de plaisir, jusqu'au moment où il se rendit compte que cette dernière n'était autre que Jemima. Ses longs cheveux châtains étaient rassemblés par une tresse sur sa tête et elle portait un des chapeaux de Charlotte. Elle était ravissante. Il la connaissait depuis toujours, et pourtant, voilà qu'elle lui paraissait presque inconnue. Il la dévisagea un instant encore, avant d'être interrompu par un de ses hommes venu lui répéter un échange de propos assez déplaisant. Un frisson d'angoisse le parcourut. Sofia Delacruz avait reçu des menaces de mort. Il devait veiller à ce qu'il ne lui arrive rien, pas seulement pour elle, mais dans l'intérêt de tous ceux qui étaient réunis là.

Un quart d'heure plus tard, la salle était comble. Debout près de la scène, Pitt ne distinguait qu'une dizaine de places vides parmi les cinq cents qu'elle contenait selon ses estimations. On entendait la rumeur des conversations. Quelques têtes se tournaient ici et là pour saluer une relation, néanmoins on sentait dans l'air une tension qui gâtait le plaisir de partager des potins.

Quand Melville Smith gravit les marches de l'estrade puis s'immobilisa face au public, le silence se fit. De taille moyenne, la poitrine un peu bombée, il possédait une voix magnifique, qui capta aussitôt l'attention. Il se présenta et souhaita la bienvenue à l'assistance comme s'il était l'hôte de la soirée, et Sofia Delacruz l'invitée de marque.

Son introduction terminée, il s'effaça et Sofia apparut. Si elle éprouvait la moindre appréhension, rien dans son maintien ne le suggérait. Elle se tenait très droite, la tête haute, un léger sourire sur son visage remarquable.

Pitt aurait aimé la regarder et l'écouter exposer à une foule d'inconnus les extraordinaires idées dont elle lui avait fait part. Cependant, son devoir consistait à guetter les dangers éventuels, qu'il crût ou non à leur existence. La police avait reçu pour instruction de maintenir à l'écart les fauteurs de troubles connus et d'étouffer toute altercation dans l'œuf. En revanche, un attentat sérieux visant Sofia était de son ressort. Il se plaça de façon à surveiller le public, s'efforçant de jauger les réactions aux paroles qu'elle prononçait.

Elle parla comme elle l'avait averti qu'elle le ferait, avec douceur pour commencer, évoquant l'idée familière et réconfortante que Dieu était le père de toute l'humanité.

Au deuxième rang, près du milieu, un jeune homme bâilla ostensiblement. Pitt jeta un regard à Sofia et vit qu'elle avait remarqué ce geste discourtois. L'homme avait choisi à dessein une place visible où se montrer grossier. N'étaient-ce que les prémices d'un acte plus agressif ?

Sofia abordait maintenant la création du monde, et la place de l'humanité en son sein. Sa voix vibrait d'enthousiasme, et portait jusque tout au fond de la vaste salle.

Le jeune homme au deuxième rang l'observait avec intensité à présent. Il avait beau feindre l'ennui, son corps était raide, il avait les épaules crispées, les muscles contractés. Peut-être n'était-il pas venu dans l'intention de se moquer. Son attitude pouvait être une manière de dissimuler qu'il avait peur d'être déçu.

Tout en parlant de la terre et des créatures qui la peuplaient, Sofia s'approcha de l'avant de la scène. On lisait sur son visage le respect de la beauté qu'elle décrivait.

— Et Darwin ? cria un homme, d'une voix perçante, presque hystérique.

— Précisément, répondit Sofia sans hésiter. Le monde change et évolue constamment. Il est toujours possible de devenir plus sage, plus courageux, plus honnête – en un mot, meilleur – en tirant les leçons que donne l'éternité.

— Mais que dites-vous de Darwin, lui qui pense que nous ne sommes guère plus que des singes ?

L'homme s'était levé et serrait les poings, sa barbe rousse frémissante d'indignation, son visage altéré par la colère.

Sofia sourit.

— Darwin aussi. Nul n'est incapable de progresser.

Pitt savait qu'elle avait eu l'intention d'être drôle, et de fait, quelqu'un pouffa de rire sur sa gauche, mais à l'évidence, elle avait méjugé d'une partie du public. Le barbu parut furieux.

— N'ayez pas l'audace de vous moquer ! cria-t-il encore plus fort. Blasphématrice ! Personne ne peut invoquer le nom de Dieu à la légère, sans parler d'une… d'une femme ! Vous débarquez ici, venant d'un pays impie et vous vous moquez de nous, vous essayez de faire croire à des sots qu'ils sont égaux à Dieu ! Vous…

La silhouette corpulente du sergent Drury s'avança.

Sofia ne lui laissa pas le temps d'intervenir.

— Je ne me moque de personne, monsieur.

Elle avait parlé d'une voix ferme et posée, qui s'entendit clairement dans toute la salle.

— L'Espagne n'est pas un pays impie, et en tant qu'Anglaise qui a été accueillie chaleureusement là-bas, j'ai honte de vous entendre parler ainsi de votre prochain, juste parce que son culte de Dieu n'est pas le même que le vôtre.

Un autre homme se leva. Un chauve, vêtu d'un complet noir et austère.

— L'insulte faite à l'Espagne n'est que le fait de l'ignorance, dit-il en balayant cette remarque d'un geste. En revanche, suggérer que l'homme est pareil à Dieu est bel et bien un blasphème ! Je ne resterai pas silencieux à écouter ce genre de choses, sinon je serais moi aussi coupable de blasphème.

Il eut un nouveau geste de la main.

— Comme nous tous ici !

Sofia rougit, mais sa voix demeura calme, bien qu'un soupçon incertaine.

— Je n'ai pas prétendu que l'homme était l'égal de Dieu en ce moment, monsieur, seulement qu'il pouvait suivre le même chemin vers la lumière et ainsi devenir pareil à Lui. Jésus-Christ ne nous a-t-Il pas ordonné de devenir parfaits, à Son image ?

— Ce n'est pas ce qu'Il voulait dire ! protesta l'homme incrédule.

Un autre, doté d'une taille rebondie, lâcha un rire sonore.

— Et comment diable sauriez-vous ce qu'Il voulait dire ?

Il désigna Sofia du pouce.

— Personnellement, je pense qu'elle est folle à lier, mais elle parle aussi bien que vous, et elle est nettement plus agréable à regarder !

Les rires fusaient de toutes parts à présent. Trois dames d'âge moyen se levèrent et sortirent, le dos raide d'indignation.

Sofia parvint tant bien que mal à reprendre le contrôle de la discussion et le fil de son argumentaire sur l'homme en tant que créature capable de noblesse. À présent, elle expliquait le coût élevé de la foi et du labeur, l'expérience de la douleur et le dépassement de l'ignorance, de l'égoïsme, du désir instinctif de se défendre et de juger autrui.

Quelques autres brèves interruptions intempestives furent maîtrisées dans une relative bonne humeur, et, à dix heures moins le quart, la réunion s'acheva. Pitt s'aperçut avec stupeur qu'il était épuisé. Il avait la nuque et le dos endoloris, les muscles encore noués. Il observa Sofia Delacruz qui serrait des mains, saluait et souriait, l'air tout à fait maîtresse d'elle-même. Cependant, quand la dernière personne fut partie, elle se tourna vers Ramon et gagna la porte d'une démarche lente qui trahissait sa lassitude.

À cet instant, le regard de Pitt fut attiré par le reflet de la lumière sur la crinière blonde d'un homme qui fendait la foule. Il était extraordinairement élégant et de nombreuses personnes s'écartaient en souriant sur son passage. Il en salua plusieurs de la tête tout en poursuivant son chemin vers la sortie, sans doute trop absorbé dans ses pensées pour s'arrêter bavarder.

Pitt le reconnut aisément. Il s'agissait de Dalton Teague, un gentleman célèbre et apparenté à de nombreuses familles influentes, dont celle de Lord Salisbury, le Premier ministre. Toutefois, le respect dont Pitt venait d'être témoin s'adressait surtout à Teague le joueur de cricket, qui avait surpassé presque tous les sportifs de l'époque. Sa grâce était celle d'un athlète. L'attention qu'il suscitait n'aurait jamais pu être achetée, il fallait l'avoir méritée.

Pitt n'eut pas le temps de se demander ce que Teague pouvait bien faire là. Il devait s'entretenir avec ses hommes et s'assurer que Sofia Delacruz partait sans encombre. Une demi-heure s'écoula pendant qu'il parlait à Brundage, puis remerciait Drury et ses collègues. Enfin, avec un soupir de soulagement, il sortit dans la nuit d'avril. Les réverbères, déjà allumés, dessinaient sur les trottoirs des cercles dorés et rassurants qui ressemblaient à des joyaux sertis d'acier. Il se dirigeait vers l'artère principale pour y héler un fiacre quand un homme de taille moyenne se détacha de l'ombre du bâtiment voisin et régla son allure sur la sienne.

— Bonsoir, commandant, dit-il d'un ton aimable. Vous avez fait du bon travail, efficace et discret.

Sa voix bien timbrée était cultivée, empreinte d'humour.

— Je vous remercie, répondit Pitt d'un ton bref.

Il n'avait aucune envie d'engager la conversation avec un inconnu, fût-il civil, mais quelque chose dans le ton de l'homme lui soufflait que cet échange ne faisait que commencer.

— Je m'appelle Frank Laurence.

Bien que nettement plus petit que Pitt, il se maintenait sans peine à sa hauteur.

Pitt n'éprouva pas le besoin de répondre. Laurence savait qui il était.

— Je suis journaliste au *Times,* reprit ce dernier. Je trouve fort intéressant que le directeur de la Special Branch s'intéresse à la visite d'une sainte, pour ainsi dire. À moins que je ne sois en train d'exagérer la sainteté de Sofia Delacruz ?

En dépit de son irritation, Pitt sourit dans la pénombre.

— Je n'en ai aucune idée, Mr. Laurence. J'ignore comment on mesure la sainteté. Si c'est ce que votre journal attend de vous, il faudra vous renseigner ailleurs.

Sur quoi il pressa le pas. Laurence l'imita.

— J'apprécie votre sens de l'humour, Mr. Pitt, mais j'ai peur que mon rédacteur en chef n'exige davantage qu'une estimation de sainteté, répondit-il d'un ton amusé. Quelque chose de plus violent, voyez-vous ? Un scandale, une attaque, voire un risque de meurtre.

Pitt s'arrêta soudain et lui fit face. Ils étaient à proximité d'un réverbère et il vit clairement le visage de son interlocuteur : il avait des traits réguliers et ses yeux marron, légèrement arrondis, brillaient de vivacité et d'intelligence – à cet instant précis, il semblait réprimer une envie de rire.

— Eh bien, si vous trouvez des signes de violence, Mr. Laurence, j'espère que vous aurez l'amabilité de m'en faire part. Avant qu'ils aient lieu, de préférence, même si cela prive votre article d'une partie de son impact.

— Ah ! s'écria Laurence, ravi. Je suis sûr que collaborer avec vous va être beaucoup moins fastidieux que je ne l'avais redouté. Voulez-vous dire par là qu'à votre avis, nous allons assister à des actes de violence ? C'est une femme très étrange, n'est-ce pas ? J'ai toujours été d'avis que les meilleurs saints, les vrais, étaient des personnalités difficiles. Il n'y a aucun mérite à nous dire ce que nous voulons entendre, n'est-ce pas ? Je crois que je pourrais sans doute faire ça moi-même.

— Je croyais que c'était précisément ce que vous faisiez, rétorqua Pitt.

Les yeux de Laurence pétillèrent et Pitt regretta sa pique : il avait fait le jeu du journaliste.

— Non, commandant. Je dis assez souvent aux lecteurs à la fois ce qu'ils ont envie et peur de lire. Ce qui sonnerait le glas de ma carrière, ce ne serait pas de leur déplaire mais de les ennuyer… ou, bien entendu, d'être surpris en flagrant délit de mensonge. Comme tout bon acteur le sait, il ne faut jamais rompre « la suspension de l'incrédulité ». Est-elle une sainte ?

— Pourquoi tenez-vous à le savoir ?

Malgré sa détermination à garder ses distances, Pitt trouvait cet homme sympathique.

— Espérez-vous une mort sur le bûcher ? Je ne crois pas que nous soumettions les gens au supplice de la roue de nos jours. Ni du chevalet.

— Nous manquons singulièrement d'imagination, acquiesça Laurence. Est-ce une sainte ou plutôt une femme qui cherche à faire l'intéressante, commandant ?

Une bouffée d'indignation envahit Pitt à cette suggestion. L'expression l'offensait en soi, mais il savait fort bien ce que Laurence tentait de lui faire dire.

— À vous de rédiger votre propre article, Mr. Laurence. De toute façon, j'imagine que c'est ce que vous allez faire, quoi que je vous réponde.

Laurence sourit. À la lueur du réverbère, ses dents étaient blanches et régulières.

— Bravo, commandant. Vous faites extrêmement attention à ne rien dire. J'admire cela. J'ai hâte de reprendre cette conversation avec vous. Je suppose que cela ne va pas tarder. Toutes sortes de gens vont se précipiter à ses réunions pour présenter leurs idées sur la crucifixion, la Résurrection, l'Immaculée Conception, la nature du paradis, et j'en passe.

Il effleura son chapeau d'un geste léger.

— Bonsoir, monsieur.

2

Charlotte avait hâte de demander à Pitt ce qu'il avait pensé de la réunion, et surtout de Sofia. Au bout de dix-sept ans de mariage, elle croyait bien le connaître, et se connaître encore mieux. Cependant, la plupart des remarques de Sofia, et surtout sa ferveur, éveillaient en elle une multitude de questions délicates. Pourquoi ne s'était-elle jamais interrogée sur ces sujets ?

Parce qu'elle possédait déjà tout ce qui lui importait : un mari et des enfants qu'elle aimait, des amis, une existence confortable, à l'abri du besoin ? Parce qu'elle se battait pour des causes chères à son cœur ? Le monde évoluait à toute allure. Le suffrage des femmes était désormais plus qu'un simple rêve et elle s'impliquait davantage dans cette lutte qu'elle ne l'avait avoué à Pitt.

Elle le lui dirait, bien sûr, le moment venu. La perspective du succès l'excitait. Si les femmes disposaient d'une voix au gouvernement, ne fût-ce que pour lui retirer leur soutien, ce serait le début d'une ère nouvelle de réformes, la fin de centaines d'injustices et d'inégalités.

Il y avait des raisons passionnantes de vivre et d'agir. Parmi elles figurait une élection législative partielle que Dalton Teague, le héros du cricket, allait presque certainement gagner. Il s'était prononcé contre des campagnes d'information sur le contrôle des naissances, un sujet âprement débattu depuis de nombreuses années. La diffusion de ces informations, qui n'avaient rien d'illégal en elles-mêmes, n'était tout simplement pas assez large pour atteindre les femmes qui en avaient le plus besoin, celles des milieux pauvres, qui enduraient des grossesses à répétition et en mouraient parfois d'épuisement. L'ignorance, la peur et la pression sociale étaient responsables de ces tragédies.

Et la mort récente d'une amie, alors qu'elle accouchait de son septième enfant, avait placé cette affaire au premier plan des préoccupations de Charlotte.

Était-elle privilégiée ? Assise au chaud avec sa fille dans la pénombre du fiacre, était-elle trop satisfaite de son sort pour aspirer à un idéal plus vaste, plus lointain ? À quoi avait-elle besoin de croire puisqu'elle était déjà comblée ?

Et si elle perdait tout ? Quelle force lui resterait-il pour continuer, survivre seule et avancer dans les ténèbres ? Cette pensée la terrifia. Elle découvrit qu'elle était toute raide, le corps si tendu qu'elle ressentait le moindre cahot. Si elle devait affronter le chagrin, le deuil, aurait-elle la foi nécessaire pour les surmonter ?

Jemima demeurait silencieuse. Était-elle troublée, elle aussi, ou simplement fatiguée ? Déçue ? Elle avait été si enthousiaste de venir, et voilà qu'elle ne faisait pas le moindre commentaire.

— Qu'as-tu pensé d'elle ? demanda Charlotte avec sollicitude.

Elle redoutait que cette soirée n'eût plongé sa fille dans le désarroi et se sentait vaguement coupable. Elle n'avait jamais été habitée par une foi suffisante pour la transmettre à son enfant. Or, Jemima aurait bientôt dix-sept ans, presque l'âge de se marier, et elle devrait affronter des décisions susceptibles d'influer sur le reste de sa vie.

— Elle est un peu effrayante, admit l'adolescente d'un air songeur. Non qu'elle essaie de blesser, du moins pas délibérément. Ce n'est pas ce que je veux dire. Mais… elle a des convictions si profondes qu'elle semble prête à tout pour les faire partager.

Elle fixait la vitre du fiacre, son visage tour à tour illuminé par les réverbères et plongé dans l'ombre.

— Elle est très différente du révérend, reprit-elle, les sourcils froncés. Lui donne toujours l'impression de ne pas y croire. Je suppose que c'est à cause de cette espèce de chantonnement dans sa voix. Comme s'il se contentait de répéter ce qu'on lui ordonne de dire.

Elle se tourna vers Charlotte.

— Pensez-vous qu'il n'ose pas dire ce qu'il pense réellement pour ne pas contrarier les gens ou par peur de perdre son poste ?

— C'est probable, en effet.

Le révérend Jameson était un homme affable, bon, un berger consciencieux, mais il n'avait rien d'un missionnaire. Il répondait parfaitement aux attentes de ses paroissiens : il leur apportait un doux réconfort, une patience à toute épreuve, et se montrait généreux envers les plus démunis. Cela suffisait-il ?

— A-t-elle raison ? demanda Jemima de but en blanc. Ignorons-nous qui nous sommes en réalité, assis sur nos bancs d'église comme des statues ?

— Elle n'a rien dit de tel ! protesta Charlotte, qui avait eu exactement la même pensée.

— Si, insista Jemima. Pas en ces termes, certes, mais cela revient au même. Nous ne cherchons pas vraiment, nous nous contentons de changer de position de temps à autre pour ne pas avoir de crampes au…

Elle hésita, réticente à utiliser un terme anatomique.

— Tu peux dire « postérieur », ma chérie, intervint Charlotte, un soupçon sarcastique. Tu sembles ne pas avoir de gêne à qualifier le révérend et ses ouailles de statues.

— Si, cela me gêne ! protesta Jemima, d'une voix qui trahissait son émotion. Mais si cette femme venue d'Espagne peut être honnête quant à qui nous sommes et ce que nous devrions faire, alors moi aussi !

— Il faut être honnête, confirma Charlotte gentiment. Mais il faut aussi avoir raison. Et un peu d'humanité ne nuit pas non plus.

— Est-il gentil de raconter des mensonges parce que c'est moins dérangeant à entendre ?

Jemima lança à Charlotte un regard de défi.

— Je ne vous ai jamais vue faire cela ! En fait, quand grand-maman me reproche d'être trop directe, elle dit que je suis exactement comme vous.

Il y avait de la satisfaction dans sa voix, voire une pointe de fierté. À la faveur d'un réverbère, Charlotte vit qu'elle souriait. Son visage exprimait un mélange de force et de douceur qui la faisait ressembler de manière frappante à la jeune fille qu'elle avait été au même âge. Une bouffée soudaine d'émotion l'envahit et elle cilla pour refouler les larmes.

— Je n'ai pas toujours raison, admit-elle en détournant les yeux. Il y a différentes manières de dire ce qu'on pense. Certaines sont destructrices. D'autres sont maladroites, trop faibles ou trop violentes. Il faut du temps et de la patience pour convaincre les gens de changer.

— Je sais. On n'attrape pas les mouches avec du vinaigre. Vous me le dites souvent, et grand-mère aussi. En avons-nous le temps ? Sofia Delacruz ne semble pas de cet avis.

Elle se tassa un peu sur elle-même et sa voix devint plus sourde, plus grave.

— Trouve-t-on jamais le bon moment de dire aux gens ce qu'ils ne veulent pas savoir ? Si on attend qu'ils aient envie de l'entendre, il est sûrement trop tard. Vous me dites toujours ce que je dois faire, et, plus encore, ce que je ne dois pas faire.

— Tu es ma fille ! se récria Charlotte vivement. Je t'aime ! Je ne veux pas que tu souffres ou que tu commettes des erreurs importantes ou…

— Je sais, coupa Jemima en lui effleurant le bras. Cela me fâche parfois, parce que vous me donnez l'impression de penser que je suis vraiment sotte. Mais je sais pourquoi vous le faites. Et… et je crois que je me sentirais peut-être effrayée et un peu seule si vous vous en absteniez.

Elle eut un sourire de regret.

— Et si vous me rappelez que j'ai dit cela, je ne vous adresserai plus la parole !

Non sans mal, Charlotte réprima l'envie de la serrer contre elle : Jemima était trop adulte, et déjà suffisamment émue. Elle se contenta de mettre la main sur celle de sa fille, et elles poursuivirent leur trajet en silence.

Charlotte disait au revoir à Jemima et à Daniel qui partaient pour l'école quand la servante, Minnie Maude, apporta le journal à Pitt. Elle paraissait anxieuse, sans doute parce qu'elle savait lire et qu'elle avait déjà vu les gros titres. Son expression d'ordinaire enjouée s'était assombrie et elle l'observait à présent, mine de rien, feignant de ranger des objets déjà à leur place. Uffie, le chien perdu qu'elle avait adopté, était assis dans sa panière à côté du fourneau et tournait la tête à chaque fois qu'elle passait devant lui. Au début, elle l'avait caché dans la cave, et il n'avait eu le droit de rester qu'à condition qu'il se cantonne au coin qui lui avait été désigné. Cette règle-là n'avait pas tenu un mois.

Pitt ouvrit le quotidien et trouva immédiatement ce qu'il cherchait. Il se mit à lire, oubliant son thé. L'article était bien écrit, ce qui ne le surprenait guère après sa conversation avec Laurence la veille au soir. Ce qui l'étonnait, en revanche, c'était l'angle choisi par le journaliste.

Laurence évoquait Sofia avec talent. La vivacité de sa description la rappela à Pitt aussi sûrement que si elle venait de quitter la pièce ; il se remémora sa coiffure ; son regard inquisiteur et plein de défi, presque intime ; et surtout l'énergie qui l'habitait.

« Cette femme est-elle une sainte, ainsi que l'affirment ses admirateurs ? s'interrogeait Laurence, avant de répondre à sa propre question. Je n'en ai aucune idée, car j'ignore ce qu'est un saint. Suis-je à la recherche d'une sublime bonté ? de l'absence totale de péché ? Mais qui juge ce qu'est le péché ? Ou la sainteté signifie-t-elle compassion, bienveillance, oubli de soi, humilité, générosité en toutes choses ? Et même soumission ? »

Pitt entendait la voix harmonieuse de Laurence résonner à ses oreilles alors qu'il parcourait la page. Il entendait l'amusement, l'écho de l'autodérision. Il continua à lire.

« Les saints sont-ils dotés d'une vision plus vaste que le commun des mortels, plus aptes à saisir l'éclat d'une étoile plus brillante ? Leur devoir consiste-t-il à nous rassurer, à nous inspirer un sentiment de satisfaction ? Ou au contraire à nous déranger, à nous obliger à tout mettre en question, à viser plus haut ? À tendre les bras vers l'infini et à nous battre pour devenir pareils à Dieu Lui-même, comme l'exige Señora Delacruz ? Les saints sont-ils des êtres parfaits, ou sont-ils affligés des mêmes défauts que nous ? Pourquoi les désirons-nous, pourquoi avons-nous besoin d'eux ? Pour nous dire quoi penser, et prendre nos décisions à notre place ? »

Là encore, Pitt entendait le ton moqueur de Laurence. Et pourtant, les questions étaient sérieuses. On avait vite fait de qualifier quelqu'un de « saint ». C'était un mot fourre-tout, qui avait de multiples sens, ou aucun.

Il se replongea dans l'article.

« Señora Delacruz ne va rien faire de tel. Elle exige que nous "grandissions", que nous commencions dès à présent l'infini voyage qui nous conduira à ressembler à Dieu, quelque part dans l'éternité. Elle va jusqu'à affirmer que Dieu Lui-même a autrefois été pareil à nous ! Cela me perturbe bien davantage. Je ne veux pas d'un Dieu qui ait été aussi faillible que chacun d'entre nous. Faut-il voir là un blasphème ?

« Et je ne suis pas sûr du tout de vouloir endosser une telle responsabilité ! Que diable ferais-je d'une paix éternelle ? Je mourrais d'ennui, si je n'étais pas, apparemment, déjà mort !

« Suis-je irrévérent, suis-je un blasphémateur ? Devrais-je être châtié pour avoir formulé de telles pensées ? Muselé de force si nécessaire ? Je ne le crois pas. Je pose des questions : je ne suis pas sûr que sainte Sofia Delacruz détienne la réponse. Je ne suis pas sûr non plus qu'elle ne la détienne pas. La seule chose dont je sois certain, c'est qu'elle a troublé ma tranquillité d'esprit et celle de bon nombre d'autres gens. Et pour cela, beaucoup lui en voudront. »

Pitt n'aurait pu contredire Laurence sur le moindre point, et pourtant il s'attendait à lire dès le lendemain un torrent de lettres en tout genre émanant de correspondants qui se sentiraient insultés, furieux, effrayés et perplexes.

— C'est mauvais ? demanda Charlotte, le front plissé par l'inquiétude.

— En tant qu'article ? Non, c'est très bon.

— Tu as l'air soucieux.

— Il a rapporté ses propos avec précision, mais il a soulevé beaucoup d'interrogations. Qu'est-ce qu'un saint ? Avons-nous le droit de rester ignorants, est-il de notre devoir de nous y refuser ?

Charlotte parut sceptique.

— A-t-elle affirmé cela ?

— Ne l'a-t-elle pas fait ? rétorqua Pitt, lui retournant la question.

Elle réfléchit un instant.

— Si, sans doute, mais de manière plus subtile. Pour moi, ce qui va faire scandale, c'est qu'elle a affirmé que nous avions tous une chance égale d'atteindre au divin.

— C'est aussi ce que suggère Laurence.

— La plupart des gens n'aimeront pas ça, lui fit-elle remarquer. Chacun ou presque pense avoir une meilleure chance que les autres de parvenir à la vie éternelle, soit qu'il s'estime plus intelligent, plus humble et plus vertueux, soit qu'il croie en la supériorité de sa doctrine.

Elle se mordit la lèvre et lui sourit, fouillant son regard.

— Et je suppose que cela nous dispense de la véritable vertu, n'est-ce pas ? Si nous aimions notre prochain, nous voudrions que le paradis soit offert au plus grand nombre, et non à une minorité.

— Laurence n'a pas fait cette observation, répondit Pitt, songeur. Peut-être aurait-il dû.

— J'imagine qu'il y aura toutes sortes de réactions dans les journaux demain, commenta-t-elle.

En effet, les lettres furent bien là le lendemain, et la majorité d'entre elles critiquait Sofia Delacruz. Celle-ci avait d'ores et déjà déchaîné les passions.

Pitt les lut méthodiquement à la table du petit déjeuner. Certains défendaient leurs convictions et accusaient Sofia d'avoir commis de graves erreurs d'interprétation. Ces lettres-là n'avaient rien d'étonnant et étaient pour l'essentiel inoffensives.

D'autres la traitaient de blasphématrice et exigeaient qu'elle soit réduite au silence. D'aucuns suggéraient que Dieu se chargerait de l'éliminer si son prochain s'en abstenait. Divers châtiments bibliques étaient proposés, pittoresques à défaut d'être réalistes.

Charlotte l'observait avec sollicitude.

— Ce ne sont que des mots, dit-il en souriant, s'efforçant de dissiper le malaise qu'il éprouvait.

Le ton de ces missives était malsain. Elles exprimaient moins une défense de la foi qu'un désir de punir celle qui avait osé remettre en question de vieilles certitudes.

— Ne peux-tu faire taire ces gens ? s'inquiéta Charlotte, qui en avait lu plusieurs par-dessus son épaule. Ces lettres expriment tant d'hostilité…

Pitt tressaillit, replia le journal et le posa sur la table.

— Il faut être vil pour écrire ce genre de choses, reprit-elle en allant s'asseoir en face de lui.

— Ils sont en colère parce qu'elle les a troublés, lui fit-il remarquer. Ils ont peur.

— Je le sais ! répliqua-t-elle, trahissant l'effort qu'elle s'imposait pour garder patience. Les gens effrayés sont dangereux. C'est toi qui me l'as appris et je ne l'ai pas oublié. Peux-tu empêcher ce déversement de haine ?

— Non, dit-il, radouci. Elle a le droit d'exprimer ses convictions. Et chacun a le droit de les rejeter, de les ridiculiser ou de proposer les siennes. Ce n'est pas à nous de faire le tri des opinions auxquelles le public peut être exposé.

— Même s'il est question de recourir à la violence ?

Il se leva, prêt à partir.

— Comme je le disais, ma chérie, ce ne sont que des mots. Les menaces sont sous-entendues, c'est tout.

Il s'apprêtait à ajouter quelque chose mais le téléphone sonna dans le vestibule. Son interlocuteur se présenta aussitôt.

— Ici Brundage, annonça-t-il, d'une voix rauque, légèrement hésitante. Elle n'est pas là, monsieur. Nous avons fouillé tout Angel Court et il semble qu'elle soit partie durant la nuit. Elle a emmené deux des femmes…

Pitt sentit un frisson glacé le traverser.

— Señora Delacruz ? Où diable serait-elle allée en pleine nuit ?

— Je l'ignore, monsieur, avoua Brundage, une pointe de désespoir dans la voix.

— Quelqu'un est-il venu ? Y a-t-il eu des lettres, des messages ?

— Non, monsieur, répondit Brundage, plus fermement. Et rien ne paraît endommagé, rien n'a disparu…

— Sauf Señora Delacruz !

— Ce n'est pas tout à fait exact, monsieur. Cleo Robles et Elfrida Fonsecca aussi.

— Mais enfin, Brundage, qu'est-il arrivé ? Elles ont dû partir de leur plein gré, ou du moins sans opposer de résistance. Personne n'enlèverait de force trois femmes adultes. Surtout pas quelqu'un comme Señora Delacruz…

— Je sais bien, monsieur ! Il n'y a aucun signe de lutte et personne n'a entendu de cri ni de bruit suspect.

— Ou personne ne veut l'admettre, rectifia Pitt.

— Oui, monsieur. J'ai pensé à ça, admit Brundage.

Il n'était pas à blâmer pour cet incident, et Pitt le savait. Aucun d'eux n'avait véritablement pris les menaces au sérieux. Ils n'avaient pas envisagé de problème plus grave que quelques interventions désagréables lors des réunions publiques : au pire quelqu'un qui aurait perdu son sang-froid, jeté quelques cailloux ou des fruits pourris. Et voilà qu'ils avaient affaire à une disparition, volontaire ou non.

— Quelle est votre impression, Brundage ?

Il y eut un silence.

— À mon avis, on l'a persuadée de partir, monsieur, répondit enfin le jeune homme. Ou alors elle projetait de le faire depuis le début. Mais cela me paraît moins probable, compte tenu des circonstances…

— Quelles circonstances ?

— Elle devait tenir une réunion aujourd'hui à midi. Melville Smith l'a annulée.

La voix de Brundage se durcit.

— Il a l'air certain qu'elle ne sera pas de retour à temps.

Une pensée troublante prit forme dans l'esprit de Pitt.

— Qu'a-t-il dit ? Soyez aussi précis que possible.

— Je peux vous le répéter mot pour mot, répondit Brundage d'un ton sec : « En raison d'événements imprévus qu'il nous est impossible de divulguer pour le moment, Señora Delacruz ne sera pas en mesure de parler à St. Mary's Hall. Nous regrettons profondément la déception et le désagrément que cette annulation risque de causer et nous espérons que Señora Delacruz pourra reprendre sa mission dans les plus brefs délais. »

— J'arrive.

Pitt n'avait guère le choix. Sofia avait pu s'absenter de son plein gré, peut-être pour des raisons familiales : une maladie, un accident qui aurait frappé un parent. Cela semblait l'hypothèse la plus plausible, surtout si la personne concernée était âgée et de santé fragile. Mais pourquoi diable n'en aurait-elle pas informé Melville Smith ? C'était discourtois, voire désinvolte. À moins qu'un message ne se fût perdu ?

Il regagna la cuisine, aussitôt frappé par la chaleur agréable qui y régnait, par l'arôme appétissant du pain qui grillait devant le fourneau ouvert. Un souffle de brise entrait par la fenêtre entrebâillée au-dessus de l'évier.

— Qu'y a-t-il ? demanda Charlotte à mi-voix.

— Sofia Delacruz a quitté Angel Court sans explication.

Charlotte se leva d'un bond.

— Que veux-tu dire par là ? L'a-t-on enlevée ? Comment cela a-t-il pu arriver avec tous ces gens qui l'entourent, et tes hommes qui la surveillent ?

— Personne n'a dit qu'elle avait été enlevée, riposta Pitt d'un ton brusque. Elle a pu recevoir un message urgent lui demandant d'aller voir un membre de sa famille.

— Et elle serait partie seule, sans avertir personne ? se récria-t-elle, incrédule.

— Nous ignorons ce qui s'est passé. Je vais à Angel Court immédiatement. Elle n'était pas seule. Deux de ses femmes sont parties avec elle.

Charlotte le retint par le poignet, avec une force surprenante.

— Est-ce là ce que tu crois, Thomas ? Non, n'est-ce pas ? Ce n'est pas une sotte. Si elle avait l'habitude de traiter ses disciples avec tant de légèreté, cela se saurait et mettrait en péril toute sa mission.

— Beaucoup de soi-disants saints sont des tyrans dans leur vie privée, objecta-t-il patiemment.

Il savait que Charlotte, comme beaucoup d'autres, avait trouvé cette femme sympathique. Si sa disparition était délibérée, elle serait déçue. Il en voudrait à Sofia Delacruz pour cela.

— La conduite des gens n'est pas toujours à la hauteur de leurs idéaux…

— Thomas, elle n'est pas partie volontairement ! insista Charlotte, élevant la voix. Tu le sais aussi bien que moi ! Il faut que tu la retrouves.

Elle craignait que Sofia n'eût été maltraitée, voire d'ores et déjà tuée : cela se lisait dans son regard.

Une bouffée de colère monta en Pitt. De sa main libre, il effleura celle de Charlotte, desserrant doucement sa prise sans toutefois se dégager.

— Bien sûr que je vais la retrouver. Mais cette disparition n'est peut-être qu'un stratagème visant à attirer l'attention. Il est possible qu'aucune de ces menaces n'ait été réelle. Le fait que deux femmes l'accompagnent suggère que ce départ était prémédité. Sofia Delacruz provoque un malaise, soulève des questions gênantes et suscite des émotions, mais les révérends de l'Église anglicane ne vont pas se mettre à enlever des saints espagnols. Ils se ridiculiseraient, pour commencer.

Il se força à sourire.

— Et ils ne pourraient plus prétendre à la supériorité de leur sainteté.

Il se pencha et l'embrassa doucement.

Elle sourit, une pointe d'amusement dans les yeux, et lui rendit son baiser.

Pitt était beaucoup moins sûr de lui quand il descendit du fiacre et pénétra dans Angel Court, une cour médiévale qu'entouraient trois corps de bâtiments dotés de fenêtres à meneaux. Sur la gauche, il remarqua une porte d'écurie à deux battants. Le sol était couvert de pavés inégaux, à la surface arrondie, entre lesquels poussait de la mousse.

Une vieille femme balayait, ses bras allant et venant à un rythme régulier.

Melville Smith l'attendait. Il s'avança à sa rencontre, la tension perceptible dans chacun de ses mouvements.

— Dieu merci, vous êtes venu ! lança-t-il, hors d'haleine. C'est une catastrophe. Nous allons passer pour des… incapables ! C'est absurde !

Sa voix s'étrangla tant il faisait d'efforts pour la contrôler.

Pitt fut piqué au vif par le mot « incapable », songeant qu'il s'appliquait à lui bien plus qu'à Smith.

Ce dernier lui serra la main, puis le précéda jusqu'à l'entrée de leur logis.

Brundage, debout dans le couloir lambrissé de chêne, s'entretenait avec le brun au visage bienveillant qu'on lui avait brièvement présenté comme étant Ramon Aguilar. Tous les deux étaient pâles et visiblement éprouvés.

— Bonjour, monsieur, dit Brundage en se tournant vers lui.

— Bonjour.

Pitt s'abstint de toute réprimande. Pour le moment, ils avaient besoin de réfléchir avec lucidité, de considérer les faits logiquement. La disparition avait beau ressembler à un enlèvement aux yeux des béotiens, d'autres hypothèses étaient possibles. Compte tenu des articles publiés la veille, Frank Laurence ou tout autre observateur sceptique risquait de voir là une manœuvre visant à attirer la publicité.

— La porte d'entrée était-elle fermée à clé ce matin ? Le verrou tiré ? demanda-t-il calmement à Brundage.

— Oui, monsieur. Et la porte de service aussi. Je n'ai vu aucun signe d'effraction. Il y a une fenêtre ouverte au deuxième étage, tout près du tuyau d'évacuation de la salle de bains, mais je vois mal trois femmes en jupes longues passer par là, surtout en pleine nuit.

Pour sa part, Pitt imaginait sans difficulté Sofia Delacruz s'y résoudre si la cause lui paraissait suffisamment importante. Néanmoins, il garda le silence.

Smith foudroya Brundage du regard.

— Quelqu'un a pu l'escalader, lui fit-il remarquer avec colère. S'introduire à l'intérieur et enlever Sofia…

— Et les deux autres femmes ? demanda Pitt, sceptique. Il aurait fallu qu'il soit aidé. Et il aurait été extrêmement difficile de procéder sans bruit. Je ne peux envisager que Señora Delacruz soit partie contre son gré sans opposer de résistance. Et vous ?

— Êtes-vous en train de suggérer qu'elle serait partie volontairement ? siffla Smith, les joues rouges d'indignation.

— Est-ce une possibilité ? Vous la connaissez mieux que la plupart des gens. Vous la soutenez depuis cinq ans. Vous avez déclaré publiquement, à maintes reprises, que vous croyez à sa philosophie.

Pitt eut un léger sourire.

— Vous semblez certainement avoir beaucoup d'admiration pour elle.

— Bien entendu, dit aussitôt Smith, avant de se raidir, comme s'il regrettait de s'être autant engagé, et sans équivoque.

Il se balança d'un pied sur l'autre.

— Nous ne sommes pas d'accord sur tout, reprit-il, gêné. Nous avons quelques différences d'opinion sur des points secondaires.

Pitt laissa le silence s'appesantir. Des pas résonnèrent sur les pavés de la cour. Quelque part dans la cuisine, quelqu'un fit tomber une casserole.

— Elle était en danger ! insista Smith, furieux. C'est pourquoi vos hommes devaient la protéger ! Où se trouvaient-ils quand elle a été enlevée ? Pourquoi ne leur posez-vous pas la question ? Où étiez-vous, vous-même ?

— Je dormais, comme vous sans doute, répondit Pitt sans se départir de son calme. Je ne vous attaque pas, Mr. Smith. J'essaie d'éliminer l'improbable pour que nous puissions nous concentrer sur le possible. Une fenêtre est ouverte au deuxième étage, mais toutes les portes donnant sur l'extérieur étaient fermées à clé et verrouillées. Il semble difficile d'imaginer que Señora Delacruz et les deux autres femmes aient pu être emmenées de force sans que quiconque entende le moindre bruit. Rien n'a été endommagé, rien n'a été volé et personne ici n'a été blessé.

Ramon prit la parole pour la première fois, le visage rouge de colère.

— Si vous êtes en train de dire que la señora est partie de son plein gré et qu'elle nous a abandonnés, vous êtes un imbécile ! Vous ne savez rien de mon peuple.

Sa voix était rauque de fureur.

— Vous lui avez parlé. Je le sais, et je sais qu'elle vous a expliqué ses convictions parce qu'elle me l'a répété. Vous voyez cette femme-là s'esquiver par la fenêtre en pleine nuit comme une bonne s'enfuit avec un amoureux ? Pourquoi ? Dans quel but ? Sa foi est toute sa vie…

— Il y a différents types de foi, Mr. Aguilar, observa Pitt avec gentillesse.

Son désarroi était évident à sa pâleur, à la tension qui émanait de lui.

— A-t-on pu l'attirer au-dehors sous un faux prétexte ? suggéra-t-il. En invoquant un parent souffrant, voire mourant, au chevet de qui elle devait se rendre immédiatement ?

Ramon hésita.

— Peut-être, admit-il avec espoir. Mais pourquoi ne pas avoir laissé de message ? Et pourquoi avoir emmené Cleo et Elfrida ?

La bouche de Smith formait un trait mince et crispé.

— Si elle était allée voir son cousin, Barton Hall, elle nous l'aurait dit, intervint-il. Leurs relations sont… tendues. Il n'approuve en rien à sa mission. Je ne sais pas du tout pourquoi elle désirait lui rendre visite. Et je suis certain qu'elle ne l'a pas encore fait.

Ramon le toisa avec mépris.

— Sa vie privée ne concerne qu'elle. Elle y serait certainement allée seule, mais pas durant la nuit et pas en secret.

— Aurait-il pu y avoir une urgence ? persista Pitt, cherchant toujours une explication rationnelle.

— De quelle nature ? demanda Smith avec amertume. Ils n'étaient pas proches. Sa famille l'a fort mal traitée. N'a rien compris. Ce sont des gens imbus de leur propre histoire, de leur savoir, de leur importance ! Rigides…

Il s'interrompit et rougit, conscient des regards que Pitt et Ramon posaient sur lui. Il s'éclaircit la gorge.

— Excusez-moi. Je n'ai jamais rencontré Barton Hall. Je ne sais que ce qu'elle m'a dit et ce que j'ai lu entre les lignes.

— Comment pouvez-vous affirmer tout cela au sujet d'un homme que, de votre propre aveu, vous n'avez jamais rencontré ? s'irrita Ramon. Quoi qu'elle ait pensé de son cousin, je ne crois pas qu'elle l'ait jamais dénigré.

Il se tourna vers Pitt, une lueur de colère et d'avertissement dans les yeux.

Sa foi aveugle en Sofia nuisait peut-être au progrès de l'enquête, malgré tout Pitt l'admirait, ce qui était en soi déraisonnable. Si une femme semblait de taille à se défendre seule, c'était Sofia Delacruz.

— Bien sûr que non, lança Smith avec une pointe de mépris. Votre vision d'elle est déformée par l'affection, même si, à cet instant, seule la vérité peut nous aider.

Il s'adressa à Pitt.

— Leur différend est une vieille plaie d'amour-propre pour Barton Hall. Il tient à sa place dans la société, si vous voulez.

— Il n'a aucune importance, riposta Ramon. C'est un banquier et un membre de l'Église anglicane. Il occupe un rôle en vue, c'est tout. Lorsqu'il prendra sa retraite, quelqu'un d'autre le remplacera et il retombera dans l'obscurité. La señora, elle, restera pour toujours dans les mémoires. Grâce à elle, le monde sera changé.

Un instant, son visage hâlé, aux traits affables, fut envahi par une ferveur qui le rendit beau.

Pitt en fut quelque peu désarçonné. L'émotion dont il était témoin ne pouvait s'expliquer par la teneur des sermons prononcés par Sofia ou par sa tentative de réconciliation avec sa famille. Elle transcendait même la hiérarchie de cette étrange secte, qui, il commençait à s'en rendre compte, réunissait des personnalités aux idées très différentes.

Soudain, la réalité s'imposa de nouveau à lui, tel un vent froid qui efface des mots tracés dans le sable. Sofia avait disparu, inexplicablement. À en juger par son expression, Smith était en proie à des sentiments contradictoires, plus furieux qu'effrayé, et sceptique quant à l'idée qu'il ait pu lui arriver malheur. Parce qu'il savait parfaitement où elle se trouvait ? Ou qu'il était incapable d'imaginer le pire ?

À l'opposé, Ramon, lui, donnait l'impression de redouter le pire, comme si Sofia était assez importante à ses yeux pour unir contre elle tout le pouvoir du mal, humain ou autre. On le devinait à l'affolement qui perçait dans sa voix, à l'intensité de ses paroles.

Pitt, se cramponnant aux faits et à la raison, retourna à la question principale.

— Parlez-moi de Cleo Robles et d'Elfrida Fonsecca. Je me souviens de les avoir vues à la réunion. Elles semblaient proches de Sofia, mais pourquoi les aurait-elle emmenées toutes les deux en pleine nuit ?

Smith et Ramon commencèrent à parler en même temps et s'interrompirent. Ce fut Smith qui reprit la parole, établissant sa place au sein de la hiérarchie.

— Cleo Robles n'a que vingt-trois ans. Elle est pleine d'enthousiasme et déborde de bonnes intentions, mais elle a encore beaucoup à apprendre sur l'enseignement.

— Il y a autant de manières d'enseigner que d'enseignants, coupa Ramon. Et souvent l'élève a besoin de plus d'un professeur.

— Il m'interrogeait sur Cleo, et non sur l'enseignement, rétorqua Smith.

Il s'adressa de nouveau à Pitt et, au prix d'un effort visible, recouvra sa voix polie.

— Elle est comme une enfant, enthousiaste et amicale. Entièrement dénuée de malice.

Pitt était habitué à se trouver au centre de désaccords. Vu les circonstances, la peur et l'autodéfense étaient des réactions bien naturelles. Il lui déplaisait d'exploiter les faiblesses émotionnelles d'autrui, mais s'il y avait vraiment quelque chose qui clochait, la sécurité de Sofia risquait fort de dépendre de sa capacité à découvrir la vérité le plus tôt possible.

— Voulez-vous dire qu'elle est crédule ? demanda-t-il en les regardant tour à tour.

— Oui, répondit Smith sans hésiter.

Il jeta un coup d'œil rapide vers Ramon, puis reporta son attention sur Pitt.

— Non, contredit Ramon aussitôt. Pas... crédule. Innocente, peut-être. Elle a des rêves... sans rêves nous ne sommes rien...

— Crédule, répéta Smith, en évitant son regard. Mais loyale. Ramon a raison : elle rêve de sauver l'humanité et croit que Sofia peut y parvenir.

Cette fois, il avait à dessein parlé d'un ton neutre, comme s'il essayait de dissimuler ses véritables pensées.

Pitt se demanda ce qui avait poussé un homme tel que Melville Smith à se joindre au groupe de Sofia. Il devait s'y sentir étranger à tous points de vue : par son origine familiale, sa culture, son éducation. Les enseignements de Sofia avaient-ils répondu chez lui à une soif telle qu'il avait été prêt à renoncer à tout ce qui lui était familier ? Avait-il tout simplement cherché à fuir une situation insupportable ? Son désir de diriger trahissait-il un attachement à une philosophie différente de celle de Sofia, ou plutôt une tendance innée à assumer le pouvoir parce qu'il était arrogant et dominateur de nature ?

Si Sofia ne réapparaissait pas très vite, Pitt chargerait Brundage de se renseigner sur son passé. Cependant, il était encore persuadé, à regret, que cette subite disparition n'était qu'un subterfuge destiné à faire parler d'elle. Peut-être cette méthode se justifiait-elle aux yeux de ses disciples si elle permettait de répandre la bonne parole.

— Et Elfrida Fonsecca ? Elle est crédule aussi ?

Cette fois, les deux hommes hésitèrent.

— Je ne sais pas, avoua Smith. Elle est extrêmement compétente pour les questions administratives. Nous aurions du mal à la remplacer, et je suis certain qu'elle le sait. Elle n'aurait pas délibérément manqué à ses obligations. Elle… elle en tire son estime d'elle-même.

— Nous avons fort besoin d'elle, ajouta Ramon à voix basse.

Un éclair de colère traversa son regard, vite remplacé par une expression voisine de la pitié. En voulait-il à Smith d'avoir révélé une vulnérabilité ?

— Et elle en a conscience. Je ne peux pas croire qu'Elfrida ait quitté Angel Court de son plein gré. Mr. Pitt, je crains vraiment qu'il n'y ait des raisons de s'inquiéter… et même d'avoir peur.

Smith fit un pas vers Ramon.

— Pour une fois, je suis complètement d'accord. J'aimerais vous montrer certains papiers, Mr. Pitt.

Ramon prit une brusque inspiration, puis jeta un regard à Smith et se ravisa.

Smith se retourna vers Pitt.

— Si vous voulez bien m'accompagner ?

Il s'éloigna, la démarche raide, la tête très droite.

Après avoir pris congé de Ramon, Pitt le suivit dans le couloir. Smith le conduisit dans une pièce aménagée en bureau, plaisante encore qu'un peu sombre. Les fenêtres donnaient sur la cour, mais la hauteur des bâtiments adjacents faisait obstacle aux rayons du soleil, de sorte que seule une clarté diffuse y pénétrait.

Il referma la porte et invita Pitt à s'asseoir.

Au lieu de lui présenter les documents auxquels il avait fait allusion, Smith se contenta de prendre place en face de lui et joignit les mains.

— Il m'en coûte de vous révéler tout cela, commença-t-il, mais je crains que les événements ne m'y contraignent. Il est plus de onze heures et nous n'avons aucune nouvelle de Señora Delacruz ni des femmes qui ont disparu en même temps qu'elle. C'est la première fois qu'une chose pareille se produit et cela ne lui ressemble pas du tout. Elle est dévouée à la cause.

Pitt l'écouta sans interrompre. Il observait Smith, sans rien pouvoir déchiffrer sur son visage blême. L'homme semblait inquiet, mais pas profondément effrayé. Il pouvait y avoir maintes raisons à cela. Soupçonnait-il Sofia d'avoir disparu dans le but de susciter l'émotion, et par là même d'atteindre un public beaucoup plus vaste ? Désapprouvait-il cette manœuvre, la jugeait-il retorse et insincère ?

Ou savait-il où elle était allée, pour une raison que Sofia préférait garder pour elle ?

Pire encore, se réjouissait-il d'une disparition qui le laisserait à la tête de cette secte en plein essor, libre de la diriger à sa guise ?

Smith prit une profonde inspiration.

— Sofia est venue en Angleterre avant tout pour rencontrer Barton Hall, un cousin éloigné, beaucoup plus âgé qu'elle. Elle n'a pas caché qu'il s'agissait d'une urgence, sans préciser pourquoi. Hall jouit apparemment d'une excellente santé.

Il se tut, attendant la réaction de Pitt.

— Et la mission ? s'enquit ce dernier avec curiosité.

Si Smith avait raison, cela changeait radicalement la manière dont il devait aborder les récents événements.

Smith se mordit la lèvre.

— C'est une occasion non négligeable de prêcher nos convictions, et je crois qu'il serait sage de ne pas révéler que sa rencontre avec Hall était l'objectif premier de ce voyage.

Pitt l'observa. Il avait le dos raide, les mains nouées devant lui, les jointures blanches – mais il n'y avait nulle incertitude dans son regard.

— Savez-vous pourquoi elle voulait le voir ?

— Non. Pas exactement. Toutefois je suis parvenu à la conclusion que ma première supposition, à savoir qu'il s'agissait d'une affaire familiale, était au moins en partie erronée, et peut-être entièrement.

— Qu'est-ce qui vous a fait changer d'avis ?

Il avait besoin que Smith s'explique davantage. Sa propre conclusion pourrait être différente. Si Sofia Delacruz était venue en Angleterre pour une raison indépendante de ses convictions religieuses et du conflit qui l'opposait à sa famille, cette autre raison pourrait peut-être expliquer son absence à présent.

Smith fronça les sourcils.

— Il est difficile d'être précis, et je me sens un peu stupide à ce propos, dit-il avec hésitation. J'ai manqué de lucidité. J'aurais dû intervenir et vous allez me croire incompétent…

Le choix du mot parut étrange à Pitt.

— Incompétent ? répéta-t-il. Si elle est partie dans le but d'attirer l'attention du public, elle m'a dupé et vous aussi, je suppose. S'il lui est arrivé quelque chose de déplaisant, alors c'est à cause de mes manquements qu'elle est portée disparue. C'est à moi qu'il incombait d'assurer sa protection.

Un instant, Smith parut embarrassé, presque compatissant, puis il se ressaisit.

— Je la connais depuis près de six ans, déclara-t-il. J'aurais dû avoir plus conscience du danger. Ayant lu les lettres de menace, j'ai pensé qu'elles étaient l'œuvre d'esprits dérangés, des gens dont les paroles étaient violentes mais qui n'auraient pas le courage de passer à l'acte.

Il eut un sourire amer.

— Enfin, pas d'aller jusqu'au crime…

— Qu'est-ce qui vous a fait penser qu'elle n'était pas venue mettre un terme à une vieille querelle ? demanda Pitt, ramenant la conversation à son point de départ.

— D'après ce qu'elle m'en a dit, il était peu probable qu'une rencontre contribue à améliorer les choses. Au contraire, elle risquait de réveiller des plaies encore à vif.

Il se pencha légèrement en avant.

— Quand elle avait une vingtaine d'années, il y a environ dix-sept ans, elle était fiancée à quelqu'un de très bien, de l'avis de ses parents.

Pitt connaissait déjà la suite. Cependant, il se garda de l'interrompre.

— Elle a refusé d'épouser cet homme, poursuivit Smith en haussant les épaules. J'ignore pourquoi. Elle ne m'en a jamais parlé. Elle a simplement quitté l'Angleterre et s'est enfuie en Espagne. Ou, pour être plus exact, elle est d'abord allée en France, puis en Espagne, et a fini par s'installer à Tolède. Là, elle a rencontré et épousé un Espagnol – Nazario Delacruz.

— Est-ce là un acte impardonnable ?

Pitt s'était efforcé de ne pas prendre un ton condescendant, mais cet écart de conduite ne lui paraissait pas suffisant pour justifier une haine de près de vingt ans. Puis il songea à sa fille de seize ans, et à ce qu'il éprouverait si elle s'enfuyait à l'étranger et épousait un homme dont ni Charlotte et lui n'avaient entendu parler.

— Est-elle heureuse ?

À ses yeux, ç'aurait été la seule et unique considération si Jemima s'était trouvée dans cette situation.

— Je le crois. La question n'est pas là.

L'air gêné, Smith détourna le regard.

— Nazario Delacruz était déjà marié et père de deux jeunes enfants. Je ne sais presque rien de ce qui s'est passé en réalité, mais ç'a été à la fois une tragédie et un scandale. C'est cela que sa famille n'a pu pardonner.

Pitt resta muet, à la fois peiné et perplexe, incapable de réconcilier cette stupéfiante révélation et la femme qu'il avait rencontrée. Quant à Smith, son visage n'exprimait pas les émotions auxquelles Pitt se serait attendu : la répugnance, voire la condamnation.

Il se taisait.

— Dans ce cas, qu'espérait-elle accomplir par ce voyage ? murmura Pitt.

Cette affaire n'avait aucun sens. Quelque chose lui avait-il échappé, un élément qui changeait tout ?

Smith prit une profonde inspiration.

— Elle n'est pas venue eu égard au passé, dit-il à voix basse. Il s'agit d'une affaire actuelle. Elle a refusé d'en parler, même avec moi.

Il paraissait avoir du mal à trouver les mots, à moins qu'il n'eût peur de se laisser emporter par l'émotion. Éprouvait-il à l'égard de Sofia des sentiments qu'il refusait de s'avouer ? Elle était belle à sa manière, intimidante par la profondeur de sa foi, par son courage, qu'il fût avisé ou non.

— Vous disiez que vous ne connaissiez pas Barton Hall ? reprit Pitt, changeant d'approche.

— Je sais seulement ce que Sofia m'a confié.

Smith eut un petit geste de regret.

— C'est un membre laïc influent de l'Église anglicane, et ce rôle a beaucoup d'importance pour lui, à la fois socialement, et – pour être juste – peut-être aussi sur le plan spirituel.

Une ombre traversa son visage. Quand il recommença à parler, sa voix était plus douce.

— Il y a dans cette position une sorte de continuité avec l'histoire, la certitude que les idées que l'on représente ont été mises à l'épreuve et qu'on s'est sacrifié des siècles durant pour les défendre. Des hommes sont morts pour obtenir le droit de lire la Bible dans la langue populaire, pour prêcher leur foi et l'enseigner indépendamment de l'emprise de Rome.

Pitt fut frappé par l'indifférence qu'il avait éprouvée envers ces questions jusque-là. Pour lui, la foi n'était pas une passion, plutôt une présence réconfortante à l'arrière-plan. Chaque village possédait son clocher ou son campanile. C'était un symbole de sécurité à travers les âges, fiable et constant. Les cloches de l'église résonnant le dimanche matin dans les villes et les campagnes, les gens vêtus de leurs meilleurs habits cheminant le long des sentiers, allant tous dans la même direction.

Des souvenirs l'assaillirent, surgis de son enfance. Il avait marché à côté de sa mère, sa main dans la sienne. Il sentait presque la pression de ses doigts.

— Il faut beaucoup de courage pour abandonner ce qui est familier et sortir d'un groupe, reprit Smith. On doit avoir l'intime conviction que ce qu'il y a à gagner sera mieux que ce qu'on a. Barton Hall aurait fort à perdre. Faire partie de la bonne société est une nécessité dans sa carrière.

— Vous disiez que ce n'est pas un homme d'Église ?

— Oh non ! D'après Sofia, Mr. Hall est un banquier, un homme très distingué. Il détient un poste très haut placé dans une banque d'affaires. Peut-être en est-il même gouverneur. Il gère les placements de l'Église d'Angleterre, qui sont évidemment énormes, et aussi ceux de la famille royale, dont la fortune n'est pas négligeable.

Pitt fut impressionné. Hall exerçait-il seul ces lourdes responsabilités, ou les partageait-il avec d'autres ? Il tenta de s'imaginer ce que le refus de Sofia de se marier avait signifié pour lui. Certains de ses clients étaient-ils au courant de la liaison qu'elle avait entretenue à Tolède avec un homme déjà marié ? Et, qui plus était, un catholique ?

Pourquoi avait-elle désiré voir Barton Hall maintenant, tant d'années après ce scandale ?

— Vous ne savez vraiment pas ce qui a amené Señora Delacruz ici de manière si pressante ?

— Non, répondit Smith sans hésiter. C'est une question que je me pose depuis qu'elle m'a annoncé qu'elle devait venir, et je l'ai abordée avec elle. Cependant, elle a refusé de me dire quoi que ce soit. Je sais seulement que c'était de la plus haute importance pour elle. J'ai eu l'impression qu'elle croyait avoir une dette envers Mr. Hall et que l'affaire ne pouvait attendre. Je me suis creusé les méninges pour deviner de quoi il retournait, et je n'en sais pas plus long à présent que le jour où elle m'en a parlé pour la première fois, à Tolède. Je suis navré.

— Saviez-vous qu'elle entretenait une correspondance avec Mr. Hall ?

— Non. Elle ne me l'a jamais révélé.

Pitt comprit à l'expression de Smith qu'il n'avait plus rien à ajouter.

— Pensez-vous qu'il pourrait y avoir un rapport avec les menaces qu'elle a reçues ?

Smith parut stupéfait.

— Je n'avais pas fait le lien. Elle ne m'a rien laissé entendre de tel. Mais c'est possible, bien sûr.

Le doute perçait dans sa voix.

— Quoi qu'il en soit, elle n'était pas en train de fuir. Si elle avait voulu fuir, elle ne serait pas allée se réfugier auprès de Barton Hall, ou dans un endroit aussi vulnérable qu'Angel Court. Il y a des lieux beaucoup plus sûrs en Espagne et elle n'aurait pas eu besoin de faire tout ce voyage.

— Elle a tout de même reçu des menaces de mort ? insista Pitt, qui n'était pas encore prêt à lâcher prise.

— Oui, admit Smith d'un ton sombre. Mais elles disaient presque toutes que Dieu la détruirait pour avoir blasphémé, et non que l'auteur de la lettre avait l'intention de la tuer.

— L'auteur n'aurait-il pas été un instrument de Dieu ?

Smith pinça les lèvres.

— Peut-être. Je ne sais pas s'il faut prendre au sérieux ces gens-là. Libre à chacun de croire ce qu'il veut. L'intolérance est un crime bien plus grave contre Dieu que les croyances étranges ou contradictoires. Pour moi, tout homme a le droit de pratiquer le culte de son choix, et même celui de vénérer un tas de pierres dans son jardin, tant qu'il ne nuit à personne. Dieu lui a donné cela et ce n'est pas à moi de le railler ou de l'empêcher de le faire. Et je sais que…

Il s'interrompit brusquement et regarda Pitt.

— J'entends la voix de Sofia dans mes paroles. Mais c'est la vérité, quoi que Barton Hall puisse croire. Je vous en prie, retrouvez-la, Mr. Pitt. Toute cette… toute cette expédition a été un fiasco. Je me dois maintenant de faire en sorte que chacun garde espoir.

Il se leva.

— Je ne peux rien vous dire de plus. Je doute que Ramon ait grand-chose à ajouter et Henrietta encore moins. Je vous en prie, ne la troublez pas si ce n'est pas nécessaire.

— Je ferai de mon mieux pour leur épargner cette épreuve, promit Pitt. Puis-je voir ces lettres, Mr. Smith ?

— Bien entendu.

Smith ouvrit un tiroir du magnifique bureau en chêne et en sortit une pile d'enveloppes. Il les tendit à Pitt, puis se redressa avec raideur.

— Je vais vous laisser seul pour les lire.

Pitt ouvrit la première et la parcourut des yeux. Elle était rédigée à l'encre, d'une écriture nerveuse qui allait d'un bord de la page à l'autre, penchant légèrement vers le bas à la fin de chaque ligne.

Sofia Delacruz,

Vous blasphémez contre le Dieu qui vous a créée. Vous empoisonnez les gens qui croient en la vérité et vous devriez être lapidée jusqu'à ce que mort s'ensuive, comme le méritent les menteurs. Vous êtes au service du diable et vous irez en enfer.

Elle était signée d'un gribouillis indéchiffrable. Pitt la mit de côté, lui accordant peu d'importance.

La suivante, plus menaçante, était libellée d'une main ferme et résolue.

Señora Delacruz,

La charité m'oblige à voir en vous une femme ignorante et ambitieuse qui n'a guère idée des dégâts qu'elle cause en semant ses graines de mécontentement. N'y a-t-il pas assez de violence dans le monde, assez de peuples au bord de la révolte, sans que vous vous avisiez de donner aux gens l'idée insensée, fruit d'un esprit dérangé, qu'ils sont destinés à devenir des dieux ?

Vos idées dépassent la folie pour pénétrer dans le royaume du mal.

Vous frôlez la sédition, comme si vous nourrissiez le désir d'encourager l'anarchie. Vous ne prônez pas ouvertement les bombes, les meurtres et les profanations, mais ils seront la conséquence inévitable de vos enseignements, qui confortent des individus déjà prêts au meurtre et à la destruction dans leur conviction que l'ordre est superflu et devrait être abattu et piétiné. Que l'ordre et la civilisation qui ont arraché notre société à l'âge des ténèbres devraient être renversés ! Que la vertu, la pudeur et l'obéissance sont dénués de valeur et que le courage consiste à nous plonger dans le chaos !

Que vous soyez folle ou mal intentionnée n'a plus d'importance. Vous prêchez le mal et devez être combattue avec toutes les armes à la disposition des honnêtes gens. Changez de discours, retirez vos enseignements ou préparez-vous à devenir la victime de votre péché d'orgueil.

Je parle au nom de tous les hommes !

Adam

Pitt reposa la feuille lentement. Dans quelle mesure la menace était-elle sérieuse ? L'écriture était régulière, facile à lire, dépourvue de fioritures, la signature sans doute symbolique.

Dans les deux suivantes, griffonnées à la hâte et avec colère, le même thème revenait : celui d'une femme orgueilleuse qu'il fallait remettre à sa place, qui semait la discorde, le désordre, menaçant le foyer et la famille, le cœur même de la civilisation, de la prospérité, de l'art, du droit et du maintien de la paix depuis des temps immémoriaux.

Une autre demi-douzaine de lettres étaient plus furieuses, moins cohérentes et moins réfléchies, mais on y lisait la même peur de l'anarchie et de la destruction d'un monde connu et aimé.

Tout cela représentait-il un véritable danger ? Pitt l'ignorait, cependant il ne pouvait se permettre d'ignorer la violence des sentiments exprimés. Ces missives provenaient d'individus qui croyaient leur mode de vie menacé. Pour certains, Sofia Delacruz était un symptôme du chaos qui semblait tapi en marge de l'existence, et elle offrait une cible reconnaissable à tous.

Il fourra les lettres dans les poches de sa veste et se leva.

En traversant la cour pavée d'Angel Court, il se demandait toujours si la disparition spectaculaire de Sofia Delacruz avait été manigancée dans le seul but de promouvoir son message. Il se souvenait avec netteté de la passion qui se lisait sur ses traits, de la certitude qui vibrait dans sa voix. Cette femme-là était assez résolue pour agir selon ses convictions, dût-elle en subir les conséquences. Mais un tel geste ne s'apparentait-il pas à l'obsession ou à la folie plutôt qu'à la sainteté ? Sofia incarnait-elle, sans en avoir l'intention, la menace évoquée par l'auteur de la deuxième lettre ?

Il comprenait très bien pourquoi Melville Smith tenait à défendre son intégrité. En cette fin de siècle, le monde était en crise, déchiré par des troubles sociaux et religieux. Certains remettaient en cause des valeurs respectées depuis le Moyen Âge. Trop de questions demeuraient sans réponses. L'anarchie pointait jusque dans la foi : on ne se demandait plus quel Dieu était le vrai Dieu, mais si Dieu existait vraiment. Ce doute s'ajoutait au malaise croissant qui affectait les systèmes politiques partout en Europe.

Comme il débouchait dans la rue et se dirigeait vers l'artère principale, il remarqua un jeune vendeur de journaux. Les gros titres parlaient de l'Afrique du Sud et de la perspective inquiétante d'une guerre contre les Boers.

Le lendemain, il devrait prendre rendez-vous avec Barton Hall et découvrir ce qu'il savait de Sofia Delacruz et du véritable but de sa visite en Angleterre.

3

Tôt le lendemain matin, un fiacre s'arrêta sur Eaton Square. Pitt en descendit, régla le cocher et franchit les grilles en fer forgé de la demeure de Barton Hall. La maison était de style georgien, comme toutes celles qui donnaient sur la place. Aucune fantaisie ne venait gâcher le classicisme élégant de sa façade sobre, aux proportions parfaites.

Pitt gravit les marches, puis souleva le heurtoir à tête de lion de l'imposante porte en chêne. Quelques instants plus tard, celle-ci fut ouverte par un homme très digne, dont les cheveux semblaient avoir blanchi prématurément. Son visage exprimait un calme imperturbable.

— Bonjour, monsieur. Que puis-je faire pour vous ?

Il tenait un petit plateau en argent, de ceux qu'on utilise pour prendre la carte d'un visiteur.

Pitt y déposa la sienne.

— Commandant Pitt, de la Special Branch. J'aimerais parler à Mr. Barton Hall. Il s'agit d'une affaire extrêmement urgente.

— Oui, monsieur. Si vous voulez me suivre, je vais voir si Mr. Hall peut vous recevoir.

Le majordome s'effaça pour laisser entrer Pitt dans le vaste vestibule, au sol dallé de marbre.

— Si vous voulez attendre dans le petit salon, monsieur ?

C'était moins une question qu'une instruction. Il indiqua la pièce d'un léger geste de la main.

Pitt accepta volontiers. Le petit salon était souvent révélateur de la personnalité du maître des lieux, de ses moyens, de ses centres d'intérêt, et de l'ordre et du confort dans sa maisonnée.

Celui-ci ne faisait pas exception. Tandis que les pas du majordome s'éloignaient, Pitt embrassa du regard les rideaux sombres, le parquet ciré recouvert du traditionnel tapis turc rouge et bleu, et la bibliothèque qui occupait un mur entier, pleine de livres à reliure en cuir. Comme il s'y attendait, on les avait rangés par taille et par couleur plutôt que par thème ou par auteur. D'apparence coûteuse, ils devaient être entretenus avec soin et rarement déplacés.

Il s'approcha et en sortit un. L'étagère était suffisamment bien dépoussiérée pour qu'il ne laisse aucune trace. Il le rangea en souriant. C'était une histoire des fouilles de Schliemann dans les ruines qu'on croyait désormais être celles de Troie.

Pitt pivota et examina avec plus d'attention les deux tableaux accrochés au mur opposé. C'étaient des scènes pastorales assez conventionnelles, qu'aucun signe d'authentique vie paysanne ne venait troubler. Tout était artistiquement proportionné, depuis la meule de foin jusqu'à l'angle du toit en chaume.

Une photographie encadrée sur une petite table attira son regard, le portrait d'une femme d'âge moyen, dont les cheveux foncés étaient coiffés en arrière selon une mode en vogue une dizaine d'années plus tôt. Au premier abord, elle paraissait quelconque, ses traits décidés étant un peu trop grossiers pour qu'on puisse la qualifier de belle. Cependant, plus Pitt la contemplait, plus il entrevoyait sa personnalité, des signes de franchise et d'humour. Elle semblait être le genre de femme qui, quand on la connaissait bien, vous manquait quand elle n'était pas là. Barton Hall était veuf. S'agissait-il de sa défunte épouse ?

Ses pensées furent interrompues par le son de la porte qu'on ouvrait. Barton Hall entra et referma silencieusement le battant derrière lui. C'était un homme de haute taille, dont les cheveux commençaient à se dégarnir sur le front et à grisonner sur les tempes. Il portait un complet sévère, ses poignets osseux visibles sous les manches de sa chemise blanche.

— Bonjour, commandant Pitt. Jenkins me dit que vous appartenez à la Special Branch. Que puis-je faire pour vous ?

Il avait une voix agréable, au timbre grave et harmonieux, presque musical.

— Bonjour, Mr. Hall, répondit Pitt avec un signe de tête. Je crois savoir que vous êtes apparenté à Sofia Delacruz ?

Hall eut une légère grimace.

— En effet. C'est une cousine, du côté de feu ma mère.

Il resta debout.

— Mais ne me tenez pas responsable de ses points de vue excentriques. Croyez-moi, monsieur, si je pouvais la dissuader de prendre la parole en public, je l'aurais déjà fait.

Il s'éclaircit la voix.

— Je suis très conscient des tracas qu'elle pourrait causer, et vous m'en voyez navré. Malheureusement, je ne peux l'en empêcher.

Pitt éprouva une certaine compassion envers lui. Il arrivait à la plupart des gens d'être embarrassés par leur famille à un moment ou à un autre, mais en général pas à ce point. Il était visiblement anxieux.

— Je ne suis pas venu solliciter votre aide pour modérer ses propos. J'avais supposé que vous aviez déjà fait tout votre possible.

Hall fronça les sourcils. Il était toujours debout au milieu du tapis turc, l'air vaguement déconcerté.

— Dans ce cas, qu'attendez-vous de moi ?

— Sofia Delacruz séjournait dans une résidence d'Angel Court, répondit Pitt.

Il remarqua le sourire morose de Hall. Celui-ci devait trouver plutôt ironique qu'elle séjourne dans un lieu ainsi nommé.

— Elle a disparu au cours de la nuit dernière. Ses amis sont inquiets et ont dû annuler la réunion prévue cet après-midi.

Hall parut surpris.

— Et vous pensiez qu'elle aurait pu venir ici ? Je suis désolé, je n'ai pas la moindre idée de ce qui a pu la pousser à se conduire d'une manière aussi… irresponsable.

Il soupira.

— Je ne devrais pourtant pas m'en étonner. Sa vie entière a été une succession d'actes irresponsables. Celui-ci est simplement le dernier en date.

— Ces actes allaient-ils à l'encontre de son propre intérêt ? s'enquit Pitt aussitôt.

Hall le dévisagea, des pensées confuses se succédant sur ses traits.

Pitt attendit.

Hall déglutit avec peine.

— Peut-être ai-je parlé avec trop de hâte. Je n'ai guère eu de ses nouvelles ces dix dernières années.

Il s'éclaircit la gorge de nouveau.

— On espère toujours que les gens pourront changer.

Pitt n'avait nulle intention d'en rester là. Il s'en voulait terriblement d'avoir permis que cette disparition se produise. Outre l'affaire de sabotage industriel qui préoccupait la Special Branch des rumeurs circulaient quant à l'existence d'un groupe anarchiste et de trafic de poudre à Greenwich. Pitt, craignant que ces trois éléments réunis n'indiquent l'imminence d'un attentat de portée considérable, avait pris beaucoup trop à la légère la question de Sofia Delacruz. Certes, il avait ordonné des vérifications et l'avait fait surveiller, d'après le peu d'informations dont il disposait. Cependant, il n'avait jamais vraiment cru que la menace fût réelle. Encore maintenant, il pensait possible qu'il s'agisse d'une manœuvre concoctée par Smith, peut-être avec l'aide d'Henrietta, dans le but de faire du bruit. La secte de Sofia se nourrissait de controverse. Être la victime d'un enlèvement ne ferait qu'ajouter à sa notoriété.

L'idée qu'on avait pu tromper des innocents, se servir de la Special Branch et manipuler la presse le rendait furieux. Il avait cru que cette femme était sincère, qu'elle avait réellement une vision du monde qui donnait en partie un sens à la souffrance, au gâchis et au chaos apparent. Et voilà qu'elle était très probablement un charlatan. Cette pensée lui laissait un goût amer à la bouche. Si Barton Hall avait enduré ce genre de tromperie toute sa vie, alors cet homme méritait sa compassion.

Hall attendait qu'il continue. Son visage était plissé par l'inquiétude, et il se tenait anormalement immobile.

— A-t-elle communiqué avec vous depuis qu'elle est arrivée en Angleterre ?

— Oh, oui ! répondit Barton Hall d'un ton las. Elle m'a envoyé de Douvres une lettre tout à fait courtoise, suivie d'un message quand elle est arrivée à Londres. Elle désirait me voir le lendemain de son arrivée, mais j'étais occupé. Nous avons pris rendez-vous pour demain.

Sofia avait-elle voulu s'acquitter au plus vite de ce devoir alors que Hall avait préféré retarder l'échéance, voire s'y soustraire ? Était-il dans ses habitudes de traiter ses engagements à la légère ?

— Elle sera peut-être revenue d'ici là, déclara Pitt.

— Et dans le cas contraire ? Je présume que vous la cherchez. Que vous interrogez ces… gens dont elle s'est entourée ?

Ses épaules étaient tendues, tirant sur le tissu de sa veste, et une pointe d'effroi perçait dans sa voix.

— Que savez-vous d'eux ? Vous avez bien dû vous renseigner !

— Certes. Mais ils sont de nationalité espagnole, à l'exception de Melville Smith, et nos questions doivent passer par l'intermédiaire de l'ambassade d'Espagne…

— Sofia est anglaise ! coupa Hall avec colère. Elle est née et a été élevée ici, et ses ancêtres aussi ! Le fait d'avoir épousé un maudit Espagnol ne la dépouille pas de sa nationalité !

Surpris par sa véhémence, Pitt l'observa. Ses poings étaient crispés le long de son corps, les jointures de ses doigts toutes blanches.

Hall le fixa un instant, puis parut se rendre compte qu'il avait trahi trop d'émotion. Il plaqua sur son visage une expression de profonde gravité.

— Veuillez m'excuser, Mr. Pitt. Sofia a toujours été une grande source d'inquiétude pour ma famille, mais cela ne signifie pas que nous sommes indifférents à ce qui lui arrive.

Une fois de plus, il s'éclaircit la gorge.

— L'idée qu'on ait pu lui faire du mal m'est extrêmement pénible, d'autant plus que je suis le dernier à avoir été proche de ses parents. Je regrette de dire que ma sœur et son mari sont décédés l'un et l'autre.

— Elle n'a ni frère ni sœur ?

— Elle a eu un frère qui est mort très jeune. Vous comprendrez que je sois préoccupé.

C'était une affirmation, et non une question. Il n'aurait pas accepté que Pitt répondît par la négative.

— Bien entendu. C'est tout à fait naturel. Je veillerai à ce que voyez informé de nos progrès.

Ils étaient toujours debout. Pitt ne se sentait pas autorisé à prendre place dans un des confortables fauteuils sans y avoir été invité. Il y avait dans l'air une tension qui rappelait celle précédant un orage. Toute aisance serait feinte.

— Merci.

— Entreteniez-vous une correspondance régulière avec Señora Delacruz ?

— Señora Delacruz ? Pour l'amour du Ciel !

La voix de Hall était perçante, l'harmonie agréable de son timbre totalement évanouie à présent.

— Non. Si notre famille n'habitait pas dans cette demeure depuis des générations, je doute qu'elle aurait su où me trouver.

— Elle vit à Tolède, je crois ? insista Pitt, essayant de jauger quelles informations Hall avait à son sujet.

— C'est ce qu'on m'a dit. Cela a-t-il de l'importance ? demanda Hall, l'air surpris.

— Je l'ignore. Elle semble s'être fait des ennemis bien avant de venir en Angleterre, du moins à en juger par les menaces qu'elle a reçues.

— Ce n'est guère étonnant, rétorqua Hall. C'est un don qu'elle a. Ses idées sont absurdes, mais aussi profondément insultantes pour ceux qui sont attachés aux enseignements d'un culte vieux de deux mille ans, qui a survécu aux épreuves et au passage du temps !

Il voulut se racler la gorge et fut pris d'une quinte de toux.

— Comment pourrait-il en être autrement ?

— Le christianisme a certes résisté à de terribles persécutions, admit Pitt sans le quitter des yeux.

— Et maintenant, en plus de sa… philosophie blasphématoire, un vulgaire stratagème pour attirer l'attention, ajouta Hall, accablé. Et cela d'une femme issue de ma propre famille ! Dieu merci, ses parents ne sont plus de ce monde.

Pitt était déconcerté. Hall donnait l'impression de se poser en victime. Il avait presque l'air d'un homme traqué.

Il se redressa.

— Je suis désolé. Cela doit vous paraître ridicule.

Sa voix s'était raffermie.

— Son retour en Angleterre survient à un moment délicat pour moi. J'ai des responsabilités auxquelles je dois consacrer mon temps : des questions graves, qui méritent toute mon attention et que je ne peux me permettre de négliger. Je suis navré si je vous semble sans cœur, mais il y a une limite au nombre de fois où on peut secourir quelqu'un qui s'acharne à se détruire et qui est prêt à vous entraîner dans sa chute.

— Je suis désolé de vous avoir dérangé, Mr. Hall, s'excusa Pitt, envahi d'une certaine pitié. J'espérais qu'elle serait ici et que nous pourrions tous discuter de cette affaire. Et étant donné que vous êtes son seul parent en Angleterre, nous devions vous informer de sa disparition.

Hall poussa un soupir.

— Je comprends. Je suppose que d'ici à demain, elle aura réapparu et qu'elle invoquera un motif aussi incroyable que tragique. Elle sera trop occupée à raconter sa mésaventure à la presse pour comprendre qu'elle a bouleversé ses malheureux adeptes et vous a fait perdre votre temps.

— Je l'espère.

Pitt ne pensait pas vraiment ce qu'il venait de dire. Il lui répugnait d'envisager que la femme qu'il avait vue deux jours plus tôt, aux convictions si passionnées, puisse être une manipulatrice mue par son propre intérêt. Si cela se révélait vrai, ce serait une désillusion douloureuse. Il s'en rendait compte et cela l'étonna : sa réaction avait-elle un rapport avec son enfance, le souvenir d'une sécurité trop éphémère, d'une affection qu'il n'avait jamais eu le temps de rendre ? De paroles d'amour et de reconnaissance qu'il n'avait jamais prononcées ?

Hall pinça les lèvres.

— Vous l'espérez ? Je crois que vous ne vous rendez pas compte des dégâts qu'elle peut causer, et qu'elle causera sans aucun doute, si elle revient et persiste dans cette entreprise insensée.

Il toussa de nouveau.

— Ses opinions sont non seulement blasphématoires théologiquement, Mr. Pitt, elles sont socialement dangereuses. Voilà ce qui devrait retenir votre attention.

Pitt le dévisagea. Jouait-il la comédie ? Savait-il ce qu'il lui était arrivé, ou parlait-il avec un regret sincère ? Il était indéniablement en proie à une immense émotion. Pitt en saisissait la profondeur sinon la nature.

— Elle voit ce qu'elle veut voir et ignore le reste, reprit Hall d'une voix teintée d'amertume. Il y a bien des événements de son passé dont elle préfère ne pas se souvenir, comme s'ils n'étaient jamais arrivés. Mais croyez-moi, Mr. Pitt, elle n'a pas quitté l'Angleterre avec honneur et, à ses débuts en Espagne, ne s'est pas conduite avec la moindre décence. Je ne sais pas comment les habitants de Tolède ont pu l'oublier, mais peut-être leurs valeurs sont-elles différentes des nôtres.

Il se tut, laissant le sous-entendu planer dans l'air.

Pitt hésita. Il ne voulait pas paraître trop intéressé, craignant que Hall ne réalise combien il s'était éloigné de la réserve dont il avait témoigné au départ.

— Vous ne me croyez pas ! s'écria Hall avec une bouffée de colère. Et ce serait une trahison pour moi que de vous en dire davantage. Sofia peut faire ce qui lui chante, mais je ne lui permettrai pas de prétendre à la supériorité morale en m'abaissant à la dénigrer – et à évoquer ces heures sombres qui font partie de l'histoire de notre famille. Qu'il me suffise de dire qu'elle a probablement de nombreux ennemis parmi ceux à qui elle a… fait du tort en chemin vers la position insensée qu'elle défend à présent.

Il vint soudain à l'esprit de Pitt que Hall le provoquait à dessein, pourtant il était convaincu que la fureur et la douleur présentes sur son visage étaient réelles, quelle qu'en fût leur cause. Il choisit ses mots avec soin, sans détacher son regard de celui de son hôte.

— Êtes-vous en train de me dire, aussi discrètement que vous le pouvez, qu'elle a insulté en Espagne des gens qui seraient assez outragés pour la suivre jusqu'en Angleterre afin de se venger ?

Hall déglutit avec peine.

— Oui. Et il y a toujours la possibilité qu'au moins un de ses adeptes nourrisse à son égard des sentiments mitigés. On peut ressentir la désillusion comme une trahison, Mr. Pitt.

Il esquissa un sourire morne.

— Vous ne manquez pas de cercles où chercher qui aurait pu souhaiter du mal à Sofia. Vous pourriez commencer par ses proches et élargir vos recherches à partir de là. Vous devriez vous intéresser à son mari.

— Ah bon ? Croyez-vous qu'il y ait entre eux un ressentiment suffisant pour causer ce genre d'attaque ?

— Je l'ignore, commandant. Cependant, à ma connaissance, elle n'est pas venue en Angleterre depuis des années. Trop peu de temps s'est écoulé depuis son arrivée pour qu'elle suscite tant d'hostilité.

— Vous êtes-vous rendu en Espagne, Mr. Hall ?

— Je suis allé à Madrid une fois, jamais à Tolède. Je pense vous avoir déjà dit, monsieur, que je n'ai eu aucun contact avec Sofia depuis son départ, il y a de cela au moins une dizaine d'années. Je ne lui veux que du bien, naturellement, toutefois je ne m'intéresse pas à ses activités. J'imagine que ses ennemis sont en Espagne, ou du moins qu'ils en viennent, mais c'est une déduction logique, pas une certitude spécifique.

— Vous a-t-elle donné à comprendre pour quelle raison elle désirait vous voir de manière aussi urgente ?

— Absolument pas.

Hall lui tendit la main.

— Je suis navré de n'avoir à vous apporter qu'une maigre assistance, pour l'essentiel critique de surcroît. J'aurais préféré pouvoir vous dire que c'est une véritable sainte, une femme pieuse qu'il faut révérer. Mais ce serait un mensonge, et indigne de la gravité de la situation, au cas peu probable où cet incident ne ferait pas partie de son spectacle. Et c'est une actrice d'un certain talent car elle s'est convaincue que la réalité est différente de ce qu'elle est.

Une expression amère traversa son visage, avant de s'évanouir aussitôt.

— Je suis navré de ne pas avoir plus de temps à vous consacrer. Des affaires pressantes m'attendent. Bonne journée, monsieur. Je vous souhaite de réussir.

Pitt prit un fiacre pour retourner à Angel Court, espérant que Sofia serait revenue ou qu'elle aurait envoyé un message pour expliquer son absence. Était-il naïf de souhaiter que Hall l'eût mal jugée ? Elle s'était déclarée missionnaire, porteuse de lumière. Ne se serait-elle pas refusée à tromper ceux qui lui avaient accordé leur confiance ?

Quand il passa sous l'arche qui menait dans la cour, il sut qu'il s'était bercé d'illusions. Henrietta Navarro était là, un bouquet d'herbes aromatiques à la main. Elle fixa Pitt avec une bouffée momentanée d'espoir, puis ses yeux s'emplirent de larmes et elle se détourna, se hâtant vers la porte.

Pitt la suivit et pénétra à l'intérieur sans un regard en arrière.

Il rentra chez lui plus tard qu'il ne l'avait escompté, soulagé de ne plus avoir à penser à Sofia Delacruz. Il était las de se demander où elle était, et si elle y était de son plein gré. Cependant, à peine avait-il terminé de dîner dans la chaleur plaisante de la cuisine qu'il remarqua que Jemima l'observait, l'air d'attendre. Il avait anticipé une conversation détendue, loin de toute controverse, mais il devina que cette possibilité s'estompait.

— Que lui est-il arrivé, papa, à votre avis ? s'enquit-elle dès qu'il rencontra son regard.

Il comprit que Charlotte avait dû lui dire de ne pas l'interroger avant qu'il ait fini son repas. Elle avait guetté chacune de ses bouchées, touchant à peine à sa propre nourriture.

— Je l'ignore, avoua-t-il honnêtement.

Il faisait toujours attention aux réponses qu'il donnait à ses enfants : il désirait du fond du cœur les protéger des aspects les plus cruels de son travail, tout en veillant à ne jamais leur mentir. Parfois, c'était difficile, mais il savait que, s'il le faisait, cela reviendrait un jour les hanter et que la confiance serait détruite.

— On raconte qu'elle est partie délibérément, reprit l'adolescente. Qu'elle a feint son propre enlèvement pour faire croire aux gens qu'elle est en danger alors qu'elle va très bien. On prétend que c'est un stratagème pour se donner de l'importance. Ce n'est pas vrai, si ?

Il la dévisagea. Elle ressemblait tant à Charlotte qu'il pouvait imaginer celle-ci jeune fille, comme si les années se confondaient et le ramenaient à une époque avant leur rencontre. Jemima avait la même courbe douce des joues et de la bouche, le même regard calme, pourtant il y avait aussi quelque chose de lui en elle, dans son front dégagé, identique au sien et à celui de sa propre mère. Il venait seulement de le remarquer, là, à l'instant.

— Je ne sais pas, dit-il prudemment. Quand je lui ai parlé, j'ai pensé qu'elle croyait ce qu'elle prêchait et que cela comptait assez à ses yeux pour ne pas le salir par la tromperie. Mais il m'est arrivé de me méprendre sur autrui. Comme nous tous.

— Dans ce cas, vous êtes en train de dire qu'elle a pu mentir depuis le début ! objecta Jemima, d'une voix altérée par le chagrin.

Daniel fit la grimace. Il se méfiait des filles, et plus encore des épanchements d'émotion. Les siens étaient encore à venir. Il était courageux, intelligent, très pragmatique. Il s'intéressait vivement à la guerre qui sévissait au Soudan, et qui laissait craindre une extension du conflit à d'autres pays du continent. Fasciné par la tactique militaire, l'héroïsme et le sacrifice, il ne se souciait pas le moins du monde de la philosophie des saints, ni de leur comportement.

Charlotte les considéra tour à tour d'un air anxieux, sans aller toutefois jusqu'à intervenir.

— Je ne le crois pas. Cela dit, Barton Hall, son seul parent en Angleterre, affirme qu'elle a induit des gens en erreur par le passé et qu'il y a beaucoup de choses que nous ignorons à son sujet. Il ne peut pas me les révéler parce qu'il estime que ce serait déshonorant de trahir des secrets de famille.

— C'est méprisable ! répliqua Jemima avec véhémence. Il veut bien vous dire qu'il s'est passé quelque chose d'affreux, mais sans préciser quoi, de sorte que vous ne pouvez en juger par vous-même ! Il pourrait mentir. S'il ne peut rien vous révéler, il n'aurait pas dû en parler du tout ! C'est une conduite de mouchard !

Daniel leva les yeux, son visage reflétant son assentiment. Pour un garçon de son âge, moucharder était le pire péché imaginable, après la lâcheté. Il fixa Pitt, puis sa sœur.

— Dans ce cas, vous ne devriez pas l'écouter, dit-il sans hésiter. Tout ça semble très puéril.

Une lueur de surprise, puis d'amusement, surgit dans le regard de Charlotte. Elle la chassa aussitôt et prit une inspiration pour parler, avant de se raviser.

Elle avait averti Pitt que Jemima était à la fois excitée et effrayée par les changements qui risquaient de se produire dans sa vie au cours des deux ans à venir. Ayant considéré le passage à l'âge adulte comme le début de la liberté, elle commençait tout juste à comprendre qu'il comportait ses propres restrictions. Le mariage représentait un gain, mais aussi une perte, et elle n'était pas du tout sûre d'y être encore prête. L'amour pouvait être merveilleux ou vous briser le cœur, et parfois les deux.

Elle était terrifiée par la perspective de devoir s'engager à aimer et à obéir à un homme jusqu'à la fin de ses jours. Peut-être était-ce pour cette raison que le courage et l'indépendance de Sofia Delacruz la séduisaient autant. Elle avait besoin de croire que ces qualités ne lui coûteraient pas la vie.

— Il a suggéré qu'elle avait des ennemis autres que ceux qui s'opposent à ses opinions religieuses. Il ne faisait que répondre à mes questions.

Jemima cilla.

— Vous le croyez ?

— Je crois qu'il est très affecté par la situation.

Pitt aurait voulu tendre la main vers sa fille et la réconforter, mais il redoutait fort que Sofia Delacruz ne fasse souffrir bon nombre de gens.

— Pourquoi ? insista Jemima. Pourquoi la hait-il ?

— Je crois qu'il a peur d'elle.

— Cela n'a aucun sens, déclara-t-elle, d'une voix pleine de mépris. Elle ne fait de mal à personne, et surtout pas à lui.

Devait-il être honnête ? Cela reviendrait-il à imposer à sa fille un fardeau qui la dépassait, et donnerait-il l'impression de se dérober quand même ? Il avait désespérément envie d'oublier Sofia Delacruz et de profiter de sa soirée, qui serait bien trop courte, de toute façon.

Il jeta un coup d'œil à Charlotte et sut qu'elle n'allait pas s'en mêler. Elle aussi voulait des réponses, même si elle ne les aurait pas demandées, surtout pas à cette heure tardive. Elle devinait son besoin de ne plus penser à ces choses-là.

— Papa ? Pourquoi aurait-il peur d'elle ? Pensez-vous qu'elle soit dangereuse ?

Il pouvait si facilement la blesser ! La vérité serait douloureuse sur le coup ; le mensonge plus tard. Il devait choisir les mots qu'il fallait.

— Il a peur que les gens ne soient affreusement déçus si elle ne se montre pas à la hauteur de ce qu'elle prêche.

— Elle n'a pas prétendu être parfaite ! protesta Jemima. Elle a seulement dit que la Création n'était pas une erreur, comme on l'affirme en disant que Dieu ignorait que nous allions désobéir et que nous serions chassés du jardin d'Éden. Ce qui le ferait paraître assez stupide. Elle a dit que c'était censé se passer comme ça et que nous pouvions en tirer une leçon et nous améliorer… jusqu'à l'éternité.

Daniel leva les yeux au ciel, s'abstenant sagement de tout commentaire.

Pitt était surpris que Jemima eût écouté avec assez d'attention pour pouvoir résumer les propos de Sofia avec tant de concision. Il était fier d'elle et, en même temps, inquiet. Il n'avait pas d'argument à lui opposer.

— Ne croyez-vous pas à cela ? demanda Jemima.

— Je veux le croire, admit-il. Mais il est difficile d'être différent de tous ceux qui vous entourent. Cela a un prix, et je ne veux pas que tu souffres. Vois le tumulte qui entoure Sofia Delacruz, parce qu'elle défie l'ordre établi et propose des idées nouvelles ! Les gens aiment ce qui est familier. Quand on leur demande de changer, cela les perturbe. C'est dur. Cela paraît dangereux et nous avons peur de perdre ceux que nous aimons.

Elle cilla.

— Dieu existe-t-il ? J'ai beau essayer de me souvenir, je ne me rappelle pas que vous l'ayez jamais dit.

L'espoir brillait dans ses yeux. Elle croirait ce qu'il lui dirait.

Charlotte esquissa un geste vers lui, puis retira sa main.

Il ne connaissait pas la réponse. Cependant, l'avouer serait une dérobade, et tous le verraient ainsi.

— Ma mère est morte avant votre naissance, murmura-t-il. Elle avait la foi. Je l'ai toujours su. J'aimerais croire aussi profondément qu'elle, mais je n'y suis pas encore parvenu. Je crains de ne pas avoir fait assez d'efforts. En revanche, je sais que certaines choses sont justes et d'autres non, et je n'ai aucun doute là-dessus. Encore qu'il y en ait beaucoup entre les deux.

Cette fois, ce fut Daniel qui l'interrompit.

— Qu'est-ce qui est toujours juste ?

— La gentillesse, répondit Pitt avec conviction. Le respect de la parole donnée. La persévérance face aux difficultés. L'aveu de ses erreurs, le refus de blâmer autrui même si on en a la possibilité.

Jemima prit une profonde inspiration.

— Vous allez la retrouver, n'est-ce pas, papa ? Je veux dire, avant qu'il ne lui arrive malheur ?

Elle le désirait avec tant d'intensité qu'il sentait comme une pression dans l'air. Oserait-il lui promettre qu'il allait réussir ?

— Il ne peut pas si elle est déjà morte, objecta Daniel, pragmatique. Mais elle va sans doute parfaitement bien, elle se sera seulement égarée ou alors quelqu'un sait où elle est et joue un tour stupide en ne disant rien à personne.

Il repoussa sa chaise et se leva.

— Ce qui compte, c'est de savoir s'il va y avoir une guerre ou pas, une grande. Comme avec les Américains, les Espagnols et nous.

Il haussa les épaules et quitta la pièce.

— Oui, nous la retrouverons, répondit Pitt, s'adressant à Jemima et à Charlotte. Je ferai tout ce que je peux pour y parvenir au plus vite.

4

Le lendemain midi, Brundage entra dans le bureau de Pitt, la mine défaite, visiblement découragé.

Pitt mit de côté le rapport qu'il était en train de lire sur un groupe d'anarchistes londoniens qui avait brusquement cessé de faire parler de lui, comme s'il se préparait à une action décisive. Il s'y replongerait plus tard.

— Asseyez-vous, ordonna-t-il, sachant que Brundage n'en ferait rien sans y être invité.

Brundage resta debout.

Pitt se cala sur sa chaise.

— Aucune trace d'elle ?

— Non, monsieur. J'ai passé toute la matinée à interroger Ramon, Henrietta et Smith sur les menaces dont ils avaient connaissance. Je n'ai rien obtenu de nouveau, en tout cas rien d'utile. J'ai suivi vos instructions et posé autant de questions que possible sur leurs ennemis, leurs rivaux en Espagne, leur situation financière, l'attitude de l'Église catholique envers eux. Je n'ai rien appris d'intéressant.

Brundage changea de position, faisant basculer son poids sur son autre jambe.

— Melville Smith a tenu une réunion hier soir à la place de Sofia, ajouta-t-il d'un ton sombre. La salle était bondée. Les gens tassés comme des sardines. Il en a profité au maximum.

La morosité de Brundage était palpable et Pitt songea brusquement qu'il ne savait rien de lui hormis ses états de service. Avait-il la foi ? Ses convictions religieuses avaient-elles été mises à mal par les idées de Sofia ou sa soudaine disparition ? En le regardant, il lisait sur son visage une émotion plus profonde qu'un embarras professionnel, mais il n'aurait su dire si c'était de la désillusion, ou simplement le remords d'avoir failli à sa tâche.

— Cessez de tourner autour du pot, Brundage, suggéra Pitt à voix basse. Asseyez-vous et répétez-moi ce qu'il a dit. Smith est-il l'instigateur de cette affaire ou se contente-t-il d'en tirer avantage ?

Brundage prit enfin place dans le grand fauteuil confortable en face de Pitt.

— Peut-être essaie-t-il de maintenir la cohésion du groupe et l'intérêt du public, dit-il, songeur. Il ne cherche pas à cacher la situation, et admet qu'aucun d'entre eux ne sait où elle est partie, ni pourquoi, ni si elle est en sécurité. S'il ment, il est sacrément doué. Ce n'est pas impossible.

Il eut un sourire teinté de gêne.

— J'ai souvent pensé que les meilleurs prédicateurs étaient aussi les meilleurs acteurs. Ils sont portés par l'inspiration, qu'ils croient ou non au rôle qu'ils tiennent. Ils observent, écoutent, entraînent leur public avec eux. L'espace d'un instant, ils détiennent une sorte de pouvoir.

Il sourit de nouveau, brièvement.

— La différence, c'est que les spectateurs sont là par devoir et que certains d'entre eux au moins ont besoin d'entendre ce qu'on leur raconte.

Pitt fut surpris. Il n'avait pas soupçonné que Brundage fît preuve de tant de perspicacité.

— À les voir, on ne peut pas deviner lesquels sont au comble du désespoir, reprit ce dernier. Qui est paralysé par la peur, le remords, la solitude. Pensez-vous qu'il sache ? Smith, je veux dire. Il s'est sacrément bien débrouillé !

— Aussi bien que Sofia ? demanda Pitt, curieux.

Pouvait-il s'agir d'un plan qu'ils auraient élaboré ensemble ? Cette pensée lui répugnait singulièrement.

— Non, répondit Brundage sans hésiter. J'y ai réfléchi, j'ai repassé les possibilités dans ma tête en l'écoutant. Il ne transmet pas exactement le même message. Les nuances sont minimes, mais elles sont là.

Il s'interrompit et regarda Pitt, attendant sa réaction.

Pitt devina où il voulait en venir. La même idée prenait forme dans son esprit, de plus en plus nette à chaque nouvel indice, et s'accompagnait d'une sorte de déception.

— Expliquez-vous.

Brundage esquissa un semblant de sourire.

— Ce qu'il prêche est moins radical, moins extrême. Ce sont surtout les omissions qui sont remarquables, par exemple l'idée que Dieu aurait pu être pareil à nous. C'était un gros truc à avaler. Lui ne cherche pas à nous grandir, ni à rapetisser Dieu. Son sermon était moins dérangeant. Moins risqué.

Il se pencha vers lui.

— Je ne peux pas mettre le doigt dessus au juste, mais le public était bien moins effrayé. Les gens ne s'agitaient pas, n'échangeaient pas des regards furtifs comme quand elle parlait. J'en ai vu acquiescer. On avait l'impression qu'il faisait des promesses plutôt que de lancer des défis. Il s'est beaucoup moins étendu sur le coût de l'échec, en suggérant presque qu'on ne pouvait pas s'attendre au succès, et qu'il n'y aurait pas de blâme. On aurait dit qu'il… qu'il s'adressait à des enfants.

— Mais ça a marché ?

— Tout dépend de ce qu'on entend par là. Le public était plus nombreux. En revanche, il ne suscite pas autant de ferveur. Il ne possède pas l'éloquence de Sofia, ni sa passion. Peut-être que sa retenue plaît davantage à la majorité.

Une fois de plus, Pitt fut frappé par l'analyse de Brundage. Il ne l'avait pas imaginé si sagace. C'était une erreur de sa part. Au mépris de ses propres règles, il avait jugé un homme sur des détails superficiels, son visage carré, son léger accent provincial, son évidente forme physique, ses remarques occasionnelles concernant le sport.

— Vous y avez mûrement réfléchi, commenta-t-il. Êtes-vous croyant, personnellement ?

Brundage rougit.

— Pas vraiment, monsieur. Cela dit, j'ai assisté à ce genre de sermon par le passé. Mon père est pasteur à la campagne…

— Vous n'en avez jamais parlé, coupa Pitt, stupéfait.

— Ce n'est pas quelque chose dont on se vante, murmura le jeune homme, gêné. J'ai toujours eu beaucoup de respect pour lui, mais je ne voulais pas suivre ses traces. Je n'aurais pas pu, même si je l'avais souhaité. Je n'ai pas assez de patience. En revanche, j'ai vu comment il s'y prenait. Et les gens qui fréquentaient l'église. Je devrais être reconnaissant, je suppose. On en apprend beaucoup sur la nature humaine en observant un village.

Pitt eut un sourire ironique.

— Peut-être dois-je moi aussi des remerciements à votre père. Parlez-moi de Sofia Delacruz. Si elle réapparaît, va-t-elle trouver sa place usurpée ? Devra-t-elle effectuer des changements pour ne pas perdre une partie considérable de ses ouailles ?

Brundage se mordit la lèvre.

— C'est possible. Smith est ambitieux et joue les seconds rôles depuis longtemps. Il a pu organiser toute cette mise en scène pour prendre le pouvoir, en un sens. Mais que se passera-t-il si elle revient et qu'elle l'accuse de l'avoir fait enlever ?

— Difficile à dire, lâcha Pitt amèrement. L'organisation pourrait être déchirée par des luttes intestines. Ça risque de ne pas être joli à voir. Si ni l'un ni l'autre ne l'emporte rapidement, leur crédibilité en souffrira au point qu'ils ne pourront plus prétendre à une direction morale, et tout le monde sera perdant. Le groupe se désintégrera et disparaîtra. Ou encore Sofia continuera seule.

— Pourquoi aurait-il commis un acte aussi stupide ? Qu'y aurait-il à gagner ?

— Les gens ne réfléchissent pas toujours, commenta Pitt. Parfois, si nous pouvions apercevoir le bout du chemin, nous nous arrêterions avant d'accomplir le premier pas. Le courage nous ferait défaut.

— Vous donnez l'impression qu'il y a du bon et du mauvais là-dedans, lui fit remarquer Brundage.

— J'en avais l'intention.

— Peut-être ne sait-elle pas qui est derrière cette histoire ? suggéra Brundage. Et qu'ils retourneront tous en Espagne avant que nous l'ayons découvert, ajouta-t-il avec espoir.

— Ou que sa disparition n'a rien à voir avec Smith et qu'il n'est qu'un opportuniste ? Une chose est sûre : si elle revient maintenant, elle devra fournir une explication remarquablement convaincante de ses allées et venues, sans quoi sa réputation sera en lambeaux.

— Aurait-elle pu soupçonner Smith de vouloir dévoyer son message et disparaître exprès pour le démasquer ? Elle aurait pris un gros risque, non ?

— Je n'en ai pas la moindre idée, admit Pitt.

À vrai dire, il croyait Sofia Delacruz capable de prendre tous les risques imaginables si elle jugeait que le jeu en valait la chandelle.

— Mais, bon sang, j'aurais bien aimé qu'elle choisisse un autre endroit pour le faire !

— C'est l'endroit parfait, observa Brundage, accablé. Pour nous faire endosser la responsabilité des retombées en blâmant notre incompétence.

Pitt comprit que Brundage était profondément blessé, et qu'il se reprochait d'avoir échoué à protéger Sofia, fût-ce d'elle-même. Devait-il essayer de le réconforter ? Toute remarque serait lourde de sens. Pitt était son supérieur, non son collègue. Sa commisération ferait d'eux des égaux et ce n'était pas ce que désirait Brundage. Ç'aurait été beaucoup plus confortable pour Pitt, mais déplacé.

— Tout a peut-être commencé ainsi, dit-il à voix haute. Mais si c'est le cas, la donne a changé. Quelque chose a mal tourné. La rumeur a été plutôt positive le premier jour. Désormais, elle est nettement moins favorable. Si elle réapparaît indemne, elle devra expliquer où elle est allée et pourquoi elle n'a averti personne. Elle ne peut pas ignorer le remue-ménage qu'elle a provoqué. Elle a fait peur aux gens et ils vont lui en vouloir.

— Oui. Ils penseront qu'elle les a tournés en ridicule. C'est une forme de mépris qui se pardonne mal. Croyez-vous que Melville Smith ait prévu cela ?

Pitt se remémora le visage de ce dernier, l'intonation de sa voix lorsqu'il parlait de Sofia. Il l'admirait, c'était certain, mais l'enviait-il aussi ? Désapprouvait-il ses méthodes ? Craignait-il qu'elle ne nuise à la foi qui comptait tant à ses yeux ? Pourquoi avait-il renoncé à la religion de sa jeunesse pour embrasser publiquement des convictions aussi différentes et controversées ? D'ailleurs, pourquoi quiconque le faisait-il ? Pitt s'interrogeait et n'en éprouvait que plus de respect pour le jugement de son subordonné.

— Nous devons nous intéresser de beaucoup plus près aux autres disciples, dit-il enfin. Que savons-nous jusqu'ici ?

Brundage s'était renseigné sur leur âge, leur origine et les lieux où ils avaient vécu et travaillé. Il cita les dates auxquelles ils s'étaient joints au groupe, les rôles qu'ils y avaient tenus, le peu qu'il savait de leurs relations les uns avec les autres, mentionnant quelques querelles ou déconvenues qui pouvaient ou non être significatives. Il ajouta ce qu'il avait pu glaner sur Cleo et Elfrida, évoquant notamment leur dévouement à Sofia.

— Cela ne suffit pas, conclut Pitt quand le jeune homme se tut. Nous ignorons toujours ce qui les a amenés ici.

Il réfléchit un instant. Comme Brundage gardait le silence, il leva les yeux.

— Pour quelle raison change-t-on de religion, Brundage ? À votre avis ?

Brundage parut stupéfait.

— Je ne sais pas, monsieur, mais il faut avoir une motivation très profonde. On ne prend pas ce genre de décision à la légère, si persuasif que soit un individu. Et il ne peut être question d'argent. Je me suis penché là-dessus. Sofia ne vit pas dans le luxe.

— Elle croit vraiment ce qu'elle prêche, observa Pitt, songeur. En revanche, qu'est-ce qui a attiré ces gens à elle ? Qu'est-ce qui les a poussés à se convertir, à adopter un tout autre mode de vie ? Pourquoi avoir renoncé à leurs amis, à la sécurité que leur offrait le quotidien ? Qu'ont-ils à y gagner ?

Brundage fronça les sourcils.

— Cela importe-t-il ? Pensez-vous qu'un des fidèles ait été désabusé au point de l'attaquer ?

Il se mordit la lèvre.

— Seraient-ils tous de connivence pour couvrir un meurtre ?

Pitt sentit un frisson le traverser.

— Oh, Seigneur ! J'espère que non. Malgré tout, rien n'est à exclure. Certaines personnes se définissent par leur foi. Nous devons déterminer pourquoi ils l'ont suivie, ajouta-t-il. Chacun d'entre eux. C'est la clé de ce qui a pu les inciter à l'aider ou à lui faire du mal.

Il se leva.

— Nous n'avons pas de piste, pas de cadavre, aucune trace. Je suis convaincu qu'il y a au moins une personne à Angel Court qui sait quelque chose.

— Oui, monsieur.

Brundage acquiesça et se leva à son tour.

— Je vais essayer de découvrir si ses adeptes ont des liens ici. À supposer que ce soient eux qui la retiennent, il doit y avoir une maison, une chambre, que nous pouvons trouver.

— Bonne idée.

Angel Court paraissait lugubre plutôt que paisible. Le soleil voilé estompait les contours des ombres. Les pavés balayés demeuraient poussiéreux, leur surface inégale par endroits, là où certains avaient été remplacés.

Pitt passa à côté de la vieille femme qui lui tournait le dos, arrachant des mauvaises herbes dans les pots où elle cultivait du persil, de la ciboulette et de la sauge.

Il n'avait pas atteint la porte qu'elle s'ouvrit devant lui.

— Qu'est-ce que vous voulez encore ? demanda Henrietta Navarro d'un ton aigre. J'ai déjà dit tout ce que je savais à votre jeune subordonné. Vous devriez être en train de la chercher !

Sa voix frémissait légèrement.

— Il s'y emploie, répondit Pitt. Mais nous ferions plus de progrès si nous en savions davantage à son sujet.

— Plus de progrès ? renvoya-t-elle avec morgue. Plus que quoi ? Plus que rien ?

Puis elle se radoucit, comprenant sans doute qu'elle perdait son temps.

— Dans ce cas, vous feriez mieux d'entrer. Allons !

Elle recula d'un pas et pivota sur ses talons, laissant la lourde porte se fermer toute seule.

Pitt la suivit, songeant aux observations de Brundage sur le besoin que les gens avaient de la foi. Henrietta le précéda dans le couloir et pénétra dans un petit salon d'une propreté impeccable, sobrement meublé : il contenait deux chaises à dossier rigide, une table aux pieds droits, trois fauteuils disparates recouverts de tissu usagé, un canapé garni de gros coussins. La lumière filtrait par les fenêtres qui donnaient sur une autre cour, plus exiguë.

Il s'assit à la place qu'elle lui indiquait. Pour lui, elle était la plus intéressante des trois fidèles qui restaient ici. Son âge semblait indéfinissable, mais il devinait qu'elle devait approcher la soixantaine. Mince, les épaules carrées, elle était grande pour une femme, et dans sa jeunesse elle avait dû être gracieuse, voire belle. Ses traits étaient bien proportionnés, ses cheveux gris encore épais. Elle le fixait de ses yeux noirs comme du charbon.

— Pourquoi croyez-vous qu'on l'ait enlevée ? demanda-t-il.

— C'est évident, répliqua-t-elle avec impatience. Les idées nouvelles éveillent toujours les passions. Si vous ne le savez pas, qu'est-ce que vous faites dans la police ?

Il résolut de se montrer aussi brutal qu'elle. À l'évidence, elle n'avait aucun respect pour l'autorité, surtout pas pour les autorités britanniques qui avaient si manifestement échoué à protéger la femme qu'elle considérait comme son maître spirituel. Il ne pouvait lui en vouloir de son hostilité.

— Ce que je fais ? Je cherche une Anglaise qui a choisi de s'installer en Espagne et qui a créé une nouvelle forme de religion. Certains de ses disciples voient en elle une sainte, d'autres affirment qu'elle a l'esprit dérangé et que ses idées sont dangereuses. Rien ne suggère qu'elle ait été emmenée de force : il n'y a aucun signe de violence et personne n'a demandé de rançon. Et si elle est partie volontairement, avec quelqu'un qu'elle connaît…

Le visage d'Henrietta se durcit, et elle prit une inspiration pour l'interrompre.

Il l'ignora.

— Et qu'elle a ensuite été manipulée ou retenue contre son gré, reprit-il, alors j'ai besoin d'en savoir beaucoup plus long sur l'opinion que les gens avaient d'elle, et sur sa foi en général, pour la retrouver avant qu'elle soit grièvement blessée, voire tuée.

Petit à petit, Henrietta se détendit, mais garda les yeux rivés aux siens.

— Qu'attendez-vous de moi ?

Il se cala plus confortablement sur sa chaise.

— Brundage est allé écouter Melville Smith hier soir. D'après lui, son sermon était bon, mais le message de Sofia avait été considérablement adouci, voire dilué. Est-ce vrai ?

La réaction d'Henrietta fut immédiate, et si vite réprimée qu'il ne l'aurait pas remarquée s'il ne l'avait observée avec attention. Une seconde, son visage avait exprimé le dédain, la répugnance et une ombre qu'il prit pour de la peur. Que redoutait-elle donc ? Qu'il ne découvre l'implication de Smith dans la disparition de Sofia ? Qu'il ne détruise la foi dont elle avait désespérément besoin ? Aux yeux de cette femme farouche, meurtrie par un passé dont il ne savait rien, la religion comptait sans doute plus que le confort ou la sécurité matérielle, et c'était compréhensible.

— Brundage s'est-il mépris ?

— Que voulez-vous que je vous dise ? rétorqua-t-elle, sur la défensive.

— Si Smith exprime ses convictions profondes ou s'il a vu là une chance de saisir le pouvoir au sein du groupe…

Il s'interrompit en voyant la colère qui bouillonnait dans son regard. Peu à peu, un changement s'opéra en elle à mesure qu'elle capitulait. Ils savaient tous les deux que sauver Sofia, sa réputation, voire sa vie, était plus important que de préserver une unité de pure façade.

Elle baissa les yeux.

— C'est possible, admit-elle tout bas. Il est très pragmatique. Pour lui, il vaut mieux encourager beaucoup de gens à entamer un voyage vers la foi plutôt que de se contenter de quelques-uns qui l'acceptent totalement.

— Tandis que Sofia préférerait le contraire ?

Elle releva la tête.

— On peut accueillir tout le monde à condition d'aplanir le chemin et d'ouvrir la porte assez grand, lâcha-t-elle avec mépris.

— Vous n'appréciez guère Melville Smith ?

Elle haussa imperceptiblement ses maigres épaules.

— Non. Mais cela importe peu. Je ne l'aime pas parce que c'est un juge sévère, dans toutes les questions qui me tiennent à cœur. Et peut-être me voit-il de la même façon. Nous finirons par mieux nous entendre… si nous survivons à cette épreuve !

Un instant, il y eut une lueur amusée dans son regard.

— Est-il ambitieux ? insista Pitt.

— Pour la religion ou à titre personnel ? riposta-t-elle.

Il était évident qu'à certains égards, elle savourait cet échange. Était-ce un soulagement de se quereller ouvertement avec quelqu'un sans craindre de le blesser ?

— Vous avez déjà répondu pour ce qui est de la première, lui fit-il remarquer.

Elle eut un sourire soudain, et il entrevit le reflet de la beauté qu'elle avait dû posséder autrefois.

— Et la seconde.

— Et Sofia ? Vous dites qu'il dilue son message, qu'il le dépouille de sa vérité. Était-elle donc un juge encore plus sévère que lui ?

— Vous ne m'écoutiez pas !

À travers cette accusation perçait le souvenir d'une blessure ancienne. Elle s'expliquait uniquement parce qu'elle n'avait pas le choix.

— Le chemin est éprouvant. La vie est éprouvante, pour peu qu'on aspire à de vraies valeurs – à la connaissance, à la passion, à l'amour. Si on a soif de tout cela, alors on doit apprendre la sagesse, et mener toutes les batailles, pas seulement les plus faciles.

Elle se mordit la lèvre, les yeux pleins de larmes.

— Mais si bas qu'on puisse tomber, il y a toujours moyen de se relever. Sofia le savait, et elle aidait autrui. Elle ne faisait jamais de reproches. Elle comprend l'espoir et le prix des choses.

— Melville Smith aussi ? demanda Pitt dans un murmure.

— Oh, oui ! Il y a des recoins de l'âme où il n'ose pas s'aventurer.

Il changea de sujet.

— Et Ramon ? Est-il ambitieux ?

Sa colère revint, vive et profonde. La trêve était terminée.

— Ramon est quelqu'un de bien ! Si vous le soupçonnez d'avoir fait du mal à Sofia ou d'avoir changé un traître mot à son enseignement, vous êtes un sot ! Nous ne pouvons nous permettre la stupidité. La vie de Sofia est en danger. Les fanatiques sont capables de n'importe quelle atrocité pour protéger ce qu'ils considèrent comme l'œuvre de Dieu.

Elle ferma les yeux. À voir la douleur qui l'habitait, les jointures toutes blanches de ses doigts, Pitt imaginait les scènes qui défilaient dans son imagination.

— Dites-m'en davantage.

Elle rouvrit les yeux et le regarda, pesant sa décision.

— Ramon souffre pour les membres de sa famille qui, selon l'Église de son pays, ont commis un péché, dit-elle enfin, d'une voix pleine de pitié. Peut-être avaient-ils juste douté – et qui peut s'en empêcher, s'il est honnête ? Nous trébuchons tous, chacun à notre manière.

Il continua à se taire, sachant qu'elle lisait sa réponse sur son visage.

Sa voix s'abaissa encore.

— Nous croyons parce que nous en éprouvons le besoin. Parce que la perspective des ténèbres nous est insupportable. Ne faites pas de mal à Ramon. Ce serait à la fois cruel et absurde.

— Que savez-vous de Barton Hall ? Pourquoi Sofia tenait-elle tant à le voir ? Serait-elle partie volontairement avant de lui avoir parlé ?

La méfiance revint sur les traits d'Henrietta, accompagnée d'une sorte d'indécision.

Il attendit.

— Je ne sais pas, avoua-t-elle enfin. J'ignore ce qu'elle lui voulait, je sais seulement que cela comptait énormément à ses yeux. Elle craignait quelque chose de trop terrible pour le confier à aucun d'entre nous. Elle a affirmé qu'elle devait garder le silence dans notre propre intérêt.

Ramon était effrayé. Il le cachait bien, mais Pitt avait vu la peur trop souvent pour ne pas la reconnaître. Lui aussi l'avait éprouvée et elle lui était familière. De vieux fantômes resurgissaient d'une lointaine époque qu'il avait crue oubliée. La peur de perdre quelqu'un en qui on avait confiance, la peur de rester seul.

À cet instant, Pitt fut certain que Ramon n'avait pas fait de mal à Sofia. Avait-il craint qu'elle ne soit attaquée, enlevée, voire assassinée ? En tout cas, elle n'était pas apparue à Pitt comme une femme prête à se faire martyre. Elle tenait trop à prêcher.

Pourquoi en était-il convaincu ? Elle était complètement différente de lui dans ses croyances, ses attitudes, dans l'essence même de son être.

Soudain, il comprit.

Combien de fois avait-il volé au secours de Charlotte parce qu'elle s'était lancée, au mépris des risques, dans une bataille pour une cause chère à son cœur ? La passion, l'indignation face à la souffrance et à l'injustice, la certitude aveugle qu'elle pouvait et devait agir, Charlotte les partageait avec Sofia.

— Savez-vous pourquoi Señora Delacruz était si désireuse de parler à Mr. Hall ? demanda Pitt. Il ne semble pas homme à changer d'avis et je ne crois pas Señora Delacruz assez naïve pour s'être imaginé le contraire.

— Cela n'avait aucun rapport avec une réconciliation, acquiesça Ramon tout bas. Elle voulait lui apporter son aide, ou du moins essayer. Elle ne m'a pas révélé à quel propos. Elle avait confiance en moi, mais elle ne voulait pas que je le sache, pour ma propre sécurité.

— Elle avait peur ?

— Oui. Je crois que oui.

Pitt fouilla son regard et n'y décela pas le moindre doute ni la moindre trace de culpabilité. Il n'était pas venu à l'esprit de Ramon que Sofia eût pu invoquer un faux prétexte pour ne pas le décevoir. Il entrevit brusquement quelle lourde tâche ce devait être de rester fidèle à la perception qu'avait autrui de votre force, de votre sens de l'honneur, de votre courage. On devait d'instinct chercher à dissimuler ses faiblesses, comme on le faisait devant des enfants. N'était-ce pas précisément ainsi qu'il se comportait avec Jemima, en essayant de lui épargner une désillusion si les paroles de Sofia se révélaient creuses, et ses actions destinées à servir ses propres intérêts ?

Où s'arrêtait-on ? À quel moment permettait-on au premier rêve d'être brisé ? Tentait-on ensuite de réparer ce qui pouvait l'être ?

Sofia avait-elle pu s'enfuir pour se libérer d'une existence dictée par les besoins d'autrui ? C'eût été compréhensible, et un frisson lui coupa momentanément le souffle.

— Merci, dit-il à Ramon. Vous m'avez permis d'y voir un peu plus clair. Serait-elle partie de son plein gré avant d'avoir vu Mr. Hall ?

Ramon se mordit la lèvre et prit plusieurs brèves inspirations avant de répondre. Quand il parla, sa voix était rauque et son visage blême.

— Non, señor.

Pitt rentra tard à la maison, après avoir examiné une énième fois les lettres de menace. Il était encore troublé par la fureur qui s'en dégageait, la haine exprimée par des gens qui prétendaient croire à un Dieu d'amour et de compassion.

— C'est de la peur, affirma Charlotte tout bas.

Ils étaient installés à leurs places habituelles dans le salon, un feu vif pétillait dans l'âtre et les rideaux étaient tirés. Dehors le vent rabattait contre les vitres la pluie soudaine et violente du printemps. Daniel était dans sa chambre, dévorant des récits d'honneur et d'aventure dans son *Boy's Own* hebdomadaire. Jemima dînait avec sa tante Emily Radley et ses cousins. Sans doute passerait-elle la nuit chez eux, ce qui plaisait à Pitt plus que cela n'aurait dû, car il pourrait remettre ses réponses au lendemain. Il soupçonnait Charlotte d'avoir organisé la soirée de leur fille dans cette intention.

— Nous avons tous des rêves trop précieux pour les examiner trop souvent, au cas où ils ne seraient pas tout à fait conformes à ce que nous pensions, reprit-elle.

Une ombre passagère traversa ses traits.

— Je ne voudrais pas qu'il soit arrivé malheur à Sofia, pourtant je préférerais cela à la preuve irréfutable qu'elle était en réalité une sorte de charlatan.

Elle sourit.

— Son prêche était effrayant et différent, mais beau aussi. J'aimerais que ce soit la vérité… me semble-t-il. Sûrement. Je ne veux pas que ses idées soient entachées d'insincérité et que je n'aie plus le choix d'y croire.

Pitt songea à Ramon et à l'amour qu'il vouait aux siens, rejetés par la religion dans laquelle il avait été élevé. Il avait besoin de la tendresse, de l'espoir que Sofia lui donnait. De fait, il ne pouvait s'en passer. En la défendant, il s'accrochait à ce qu'il possédait de plus précieux : sa renaissance spirituelle.

Henrietta, elle, avait besoin de compassion, pour elle-même, pour tous ceux qu'elle avait connus et qui lui ressemblaient. L'anéantissement de sa foi l'aurait privée du courage nécessaire pour vivre.

De quoi Melville Smith avait-il besoin, hormis d'être estimé, respecté, voire de diriger le groupe plutôt que d'être un simple fidèle, à plus forte raison soumis à l'autorité d'une femme ? Cette situation offensait-elle son orgueil masculin, cet ordre des choses que prônaient les plus hostiles des lettres ?

Pourquoi Sofia avait-elle besoin de parler à Barton Hall au point de quitter la sécurité relative que lui offrait l'Espagne pour venir à Londres ? Que pouvait-elle savoir d'aussi terrible qu'Henrietta l'avait suggéré ?

Charlotte attendait qu'il réponde. Dès leur première rencontre, à l'époque des meurtres de Cater Street[1], il leur avait été facile de se parler, d'examiner des hypothèses, d'exprimer leur désaccord sans rancœur.

— Dans quelle mesure crois-tu aux théories de Sofia ? demanda-t-il. Vraiment ?

Il voulait le savoir, non pour les besoins de l'enquête, mais parce que cela empiétait sur sa propre vie, ses pensées et surtout les souvenirs qui refusaient de rester enfouis dans sa mémoire. Des souvenirs de sa mère, pour l'essentiel. Il y avait tant de choses qu'il ne lui avait pas dites. Il n'avait pas su trouver les mots avant qu'il soit trop tard.

Elle ne lui avait pas permis d'être présent quand elle était morte, alors qu'elle savait sa fin proche. Elle l'avait écarté, pour le protéger. Cependant il aurait préféré ne pas être protégé. Comment avait-elle pu se méprendre à ce point ? Était-ce l'impression qu'il lui avait donnée ? Qu'il était incapable de comprendre, de veiller avec elle, à ses côtés tandis qu'elle souffrait ?

En dépit de tous ses efforts pour repousser cette image, il revit le moment où il était revenu et où il avait appris la

1. *L'Étrangleur de Cater Street*, 10/18, n° 2852.

nouvelle. Il se remémorait la lumière oblique qui tombait des fenêtres dans le vestibule du vaste manoir, et la voix de Sir Desmond, douce et pénétrée de chagrin. Il respirait encore l'odeur de la cire du plancher, celle des fleurs disposées dans les grands vases sur la table.

Espérait-il qu'il existât une éternité où tout pourrait être réparé, la douleur oubliée, la culpabilité guérie, où le rire et l'amitié remplaceraient une vague existence spirituelle ? L'apprentissage perpétuel décrit par Sofia semblait tellement meilleur, empli de sens et même de joie !

Charlotte réfléchit longuement. Quand elle reprit la parole, sa voix était mesurée.

— Son discours me paraît plus cohérent que ceux de mes souvenirs d'enfance. Eux n'avaient rien de dérangeant, sauf qu'ils étaient ennuyeux. La musique était plaisante. J'avais un peu l'impression d'être en dehors du temps, d'assister à un culte immémorial.

Une bûche se tassa dans l'âtre, projetant une pluie d'étincelles. Une rafale de vent fit trembler les vitres, puis tout s'apaisa de nouveau.

— Je suppose que si on accepte quelque chose assez longtemps, et tout le monde autour de vous aussi, on finit par croire que c'est vrai. En changeant de religion, on perd tout cela, ajouta-t-elle avec un bref sourire. On se retrouve… en quelque sorte… à la dérive.

Elle s'interrompit un instant, mais Pitt n'intervint pas.

— Je n'ai jamais compris, admit-elle. Du moins pas la partie que Sofia Delacruz remet en question. J'ai seulement choisi de ne pas y penser.

Son regard se fit grave.

— Je me souviens de ce qu'on m'a appris sur Thomas Cranmer. Au cours des luttes religieuses durant la Réforme, il a embrassé le protestantisme. Au cours de son procès, il a renié sa foi à plusieurs reprises, mais, condamné à périr sur le bûcher, il est revenu sur ce reniement, et, afin de l'expier, a tendu lui-même vers les flammes la main qui avait tenu sa plume.

Elle grimaça.

— J'admire qu'on puisse être habité par une telle foi, mais cela m'effraie un peu aussi. Si on est prêt à brûler sa propre chair et à supporter sans broncher une douleur atroce, de quoi d'autre est-on capable ?

Pitt s'apprêtait à objecter que Cranmer avait été un être exceptionnel, mais se ravisa. Qui savait combien d'autres étaient aussi attachés que lui à leur foi ? Peut-être ne le découvraient-ils que lorsque leurs certitudes, brutalement ébranlées, s'effondraient, comme des montagnes après un tremblement de terre.

Personne ne pouvait citer avec précision le nombre de victimes causées par les guerres de Religion. Et s'imaginer que ces atrocités étaient confinées au passé relevait d'une naïveté voisine de l'irresponsabilité.

La Réforme, avec ses rêves, ses massacres et ses martyrs, était née de l'esprit d'individus, de visionnaires convaincus d'agir pour le bien commun. Sofia était-elle comme eux ? C'était étrange de penser qu'on pouvait connaître quelqu'un d'aussi passionné par ses croyances. Ces êtres-là semblaient appartenir à l'histoire et non à la réalité.

Charlotte interrompit le cours de ses pensées.

— Penses-tu que Sofia soit encore en vie ? demanda-t-elle, les traits tendus, anxieuse.

— Je n'en ai pas la moindre idée, admit-il. Je crois que ses adeptes l'ont cachée pour la protéger. Cela dit, si elle ne réapparaît pas bientôt, avec une excellente explication, alors elle aura détruit sa propre réputation.

— Cela pourrait-il être le but de l'opération ? souffla Charlotte. De laisser quelqu'un de plus modéré prendre les rênes du groupe ? Comme Melville Smith ? Il transforme son message pour en faire non plus une rupture avec la tradition, mais un simple ajout.

— C'est ce qu'affirme Frank Laurence.

— Soutient-il Smith ? s'enquit-elle, avec une désapprobation visible.

— J'en doute. Il a probablement opté pour la théorie la plus susceptible de prêter à controverse.

— Il a raison, déclara-t-elle sans hésiter. Il ne sert pas à grand-chose de se lancer dans une campagne pour dire qu'on est d'accord. D'ailleurs, Smith n'a pas la passion qu'il faut, l'énergie éblouissante qui vous oblige à vous arrêter net et à voir les choses sous un jour nouveau. L'ascension est lente, mais on peut parvenir au sommet à force de persévérance.

— Le désires-tu ?

Elle eut un rire soudain qui brisa la tension.

— Je ne crois pas, dit-elle, avant de redevenir grave. Je suis comblée. Il me faut seulement préserver mon bonheur… ce qui est peut-être justement l'essentiel. Et j'aimerais avoir la possibilité de choisir. Je ne veux pas que Melville Smith, ou un autre que lui, me prive de ce choix.

Le lendemain, le quatrième jour depuis la disparition de Sofia Delacruz, de nouvelles hypothèses s'étalaient dans les journaux. On se demandait si elle était morte, ou si elle s'était enfuie pour échapper aux responsabilités que lui imposait la direction d'un culte auquel elle avait cessé de croire. On suggérait même qu'elle avait pu filer avec un amant dont tout le monde ignorait l'existence.

Ni Pitt ni Brundage ne firent de commentaire sur les articles, mais l'un et l'autre reconnaissaient en leur for intérieur qu'ils contenaient peut-être une part de vérité. Ils étudièrent de nouveau toutes les lettres que leur avaient remises les occupants d'Angel Court. Certaines étaient des mises en garde, avertissant Sofia de ne pas apporter ses idées hérétiques dans un pays chrétien et protestant. L'une d'elles faisait même allusion au mariage de Marie

Tudor avec le roi catholique d'Espagne, à l'Armada et à la tentative de conquête de l'Angleterre au temps de la reine Élisabeth. Les souvenirs et les craintes étaient nombreux et facilement réveillés.

Cette lecture rappela de manière déplaisante à Pitt la guerre actuelle qui opposait l'Espagne à l'Amérique et le risque de contagion qu'elle présentait.

— Elle ne prêche pas le catholicisme romain, maugréa Brundage, d'un ton dégoûté. J'imagine que les catholiques la détestent encore plus que nous.

— Avez-vous vu celle-ci ?

Pitt lui tendit une des lettres. Brundage la parcourut deux fois, avant de la retourner et de l'examiner avec attention.

— Elle n'est pas comme les autres, conclut-il enfin. Quelque chose cloche là-dedans, mais je ne sais pas quoi.

— Relisez-la, suggéra Pitt.

Il ne voulait pas donner d'indice à Brundage. S'il lui soufflait son idée, la réponse n'aurait plus de valeur.

Brundage s'exécuta, puis leva les yeux, les sourcils froncés.

— Toutes les phrases sont convaincantes, elles ont l'air d'être à leur place, mais… elles sont tirées des autres lettres.

— C'est ça. Ce qui signifie qu'elle a été écrite par quelqu'un qui y avait accès.

— Un de ses fidèles, murmura Brundage, énonçant la conclusion qui s'imposait. Pourquoi ? Pour l'effrayer et l'inciter à plus de prudence ? Ou afin de faciliter son enlèvement, pour sa propre protection ?

— Dans ce cas, pourquoi diable ne nous ont-ils rien dit ? s'écria Pitt, en colère.

Brundage le dévisagea.

— Parce que, si elle a été enlevée contre son gré, cela reste un délit. D'ailleurs, il est possible qu'ils n'aient pas confiance en nous.

Pitt reprit la lettre.

— Où peut-elle être ? Il y a une semaine, ces gens étaient tous en Espagne. En revanche, Barton Hall n'aurait aucun mal à trouver une cachette. Peut-être même possède-t-il une propriété qui fasse l'affaire !

— Nous avons déjà effectué des recherches en ce sens, observa Brundage. Quand nous pensions qu'il était l'auteur de l'enlèvement, mais par hostilité plutôt que par souci de la protéger.

— Cherchez de nouveau, ordonna Pitt. Voyez s'il existe une vieille maison de famille, éventuellement sous un autre nom. Comment s'appelait-elle avant d'épouser Delacruz ?

Brundage se leva.

— Je vous le dirai d'ici une demi-heure, monsieur.

La demi-heure était à peine passée de quelques minutes quand il revint, muni d'une feuille où figurait une adresse.

— Voulez-vous que nous y allions seuls, monsieur ? Je ne crois pas qu'il soit nécessaire d'avertir quiconque ?

— Je ne comptais pas le faire.

Pitt mit de côté les rapports qu'il était en train de consulter et se dirigea vers la porte.

— Nous devrions nous en tirer à deux, dit-il en décrochant son manteau.

Brundage s'empressa de lui emboîter le pas, réglant son allure sur la sienne dans le couloir et au-dehors, dans la rue venteuse. Ni l'un ni l'autre ne prêtèrent attention aux premières gouttes de pluie. Ils prirent un fiacre pour se rendre à l'adresse indiquée par Brundage, et accomplirent le court trajet en silence. On était en milieu de matinée, et il n'y avait guère de circulation.

Les pensées de Pitt se bousculaient dans son esprit. Que dirait-il à Sofia s'il la retrouvait ? Quelle excuse fournirait-elle pour ne pas avoir révélé à la Special Branch qu'elle était saine et sauve ? Était-elle là de son propre gré ou la gardait-on prisonnière, l'empêchant de communiquer avec l'extérieur ? Comprenait-elle le raisonnement de Smith, la peur et la loyauté qui l'avaient poussé à se lancer dans pareille entreprise ? Pitt était toujours d'avis que ni Ramon ni Henrietta ne pouvaient être impliqués dans cette affaire. La lettre devait être l'œuvre de Melville Smith. Avait-il agi dans le but de persuader uniquement Sofia, ou les autres aussi ?

Il se refusait encore à croire que Sofia elle-même eût pu se prêter volontairement à ce subterfuge. Si tel était le cas, elle avait dû se sentir acculée à ce choix.

Ils s'arrêtèrent devant le numéro 17, dans Inkerman Road. Pitt régla le cocher et le pria d'attendre. C'était un quartier résidentiel très calme, à une certaine distance de toute grande artère. Il suivit Brundage dans l'allée qui menait à la porte d'entrée. Dans le jardin s'épanouissaient des lupins bleus et rouges, et des tulipes roses sous la fenêtre. L'endroit était gai, bien entretenu. On ne voyait pas de mauvaises herbes, la terre humide paraissait fertile.

Brundage jeta un coup d'œil en direction de Pitt, souleva le heurtoir en laiton poli et le laissa retomber.

Pas de réponse. Ils eurent beau patienter, ils n'entendirent pas le moindre mouvement à l'intérieur. Les rideaux en dentelle de la fenêtre ne frémirent pas le moins du monde.

Brundage souleva le heurtoir de nouveau.

Toujours pas de réponse.

D'un signe de tête, Pitt indiqua le coin de la rue, suggérant qu'ils passent par-derrière. S'il se révélait nécessaire d'entrer par effraction, les fenêtres côté cour étaient moins visibles. Pitt avait déjà pris la décision de ne pas se renseigner auprès des voisins. D'après les vérifications faites par Brundage auprès de la police du quartier, la demeure était inoccupée.

Ils ouvrirent la barrière. Brundage remonta rapidement l'allée étroite, passa devant l'abri à bois et traversa la cour pavée pour s'approcher de la porte de service et de l'arrière-cuisine. Il se pencha vers la fenêtre, eut un mouvement de recul et trébucha. Quand il se retourna vers Pitt, son visage était de cendre.

Pitt se rua en avant, l'écartant sans ménagement pour regarder à son tour, le cœur cognant si fort qu'il avait du mal à respirer. Une femme gisait sur le plancher nu, ses jupons en désordre autour d'elle, le visage couvert de mouches, une énorme tache sombre s'étalant sur la partie inférieure de son corps.

Pitt sentit la sueur perler sur sa peau, et la nausée l'envahit. Il dut se faire violence pour ne pas reculer comme Brundage l'avait fait et n'y parvint que parce qu'il avait pressenti ce qui l'attendait. Il pivota lentement, sans perdre son équilibre.

— Nous devons entrer. Je suppose que le verrou tiendra. En revanche, la fenêtre semble assez grande pour que nous puissions passer par là, avec un petit effort.

— Oui, monsieur.

Brundage se redressa, encore livide. S'efforçant de ne pas tituber, il se dirigea vers la remise, ouvrit la porte d'un coup de pied et ressortit quelques secondes plus tard, une bêche à la main. En un instant, il avait cassé la fenêtre et fait tomber les fragments de verre autour du cadre de sorte qu'ils purent l'escalader sans risque de se couper.

L'odeur saisit Pitt à la gorge avant même qu'il eût ouvert la porte de communication avec la cuisine. Il ne put réprimer un haut-le-cœur. Le bourdonnement des mouches s'amplifia. Il prit une profonde inspiration et tourna la poignée.

Un seul regard à la jeune femme étendue sur le sol lui apprit qu'elle était morte depuis plus de vingt-quatre heures. Ses yeux étaient écarquillés et vitreux, ses chairs flasques.

Ce n'était pas Sofia Delacruz.

Malgré l'horreur et la pitié qui le submergeaient, Pitt éprouva une bouffée de soulagement. Il ne la connaissait pas. Cependant, en baissant les yeux, il se rendit compte que la masse sombre autour de la partie inférieure du corps n'était pas, ainsi qu'il l'avait cru tout d'abord, un tablier froissé, mais les viscères qui s'échappaient du ventre ouvert. L'instant d'après, il vit le couteau enfoncé profondément dans la poitrine de la victime, et se prit à espérer que la mutilation avait eu lieu après la mort.

— Seigneur Dieu… murmura-t-il, luttant contre la nausée.

— Cleo Robles, lâcha Brundage d'une voix rauque, altérée par la colère et le chagrin. Elle avait vingt-trois ans. Elle croyait qu'elle allait sauver le monde. Elle croyait en tout… en Dieu.

Il se tut brusquement, puis sortit de la pièce à grands pas.

Pitt le suivit. Elfrida et Sofia gisaient sans doute dans une position similaire, quelque part à proximité. Il comprenait la rage de Brundage. La peine ne suffisait plus ; la peur et la révulsion étaient encore pires, plus handicapantes. La pitié viendrait plus tard. Pour le moment, ils devaient se contenter de faire leur métier.

Elfrida Fonsecca se trouvait dans le couloir, au pied de l'escalier, recroquevillée autour de l'amas ensanglanté qu'étaient désormais ses entrailles. Elle aussi avait été poignardée en plein cœur et éviscérée. Plus âgée que Cleo, elle pouvait avoir une quarantaine d'années. On voyait quelques fils gris dans ses cheveux défaits, et de fines rides sillonnaient la peau autour de la bouche et des yeux.

— Qui diable a pu faire une chose pareille ? demanda Brundage d'une voix blanche, tremblante.

Il travaillait dans la Special Branch depuis plusieurs années et avait servi dans l'armée auparavant. Il était accoutumé à la violence, pas à pareille obscénité à l'encontre d'une femme.

— Je l'ignore, admit Pitt.

Lui aussi tremblait. Ses doigts glissaient sur la rampe. Les jambes flageolantes, il dépassa Brundage et s'engagea dans les marches. Le palier était vide, mais une plante en pot avait été renversée et des mottes de terre étaient éparpillées sur le tapis.

La gorge nouée, il ouvrit la porte de la première chambre, sa main moite collant à la poignée. La pièce avait été occupée jusqu'à récemment, comme en témoignaient les peignes posés sur la coiffeuse et la chemise de nuit étalée sur la courtepointe. Les draps avaient été lissés, les couvertures bordées.

Il contourna lentement le lit, s'agenouilla et regarda dessous. Il n'y avait rien là sinon quelques moutons de poussière, suggérant que personne n'avait balayé depuis un jour ou deux.

Il se releva gauchement, regarda dans l'armoire et les tiroirs de la commode. Ils contenaient quelques sous-vêtements, des dessous féminins à en juger par la dentelle. La personne à qui ils appartenaient en avait apporté suffisamment pour un séjour de plusieurs jours. Son départ avait été préparé.

L'autre chambre possédait deux lits ; les deux avaient été occupés, mais refaits avec soin. Il fouilla la maison de la cave au grenier, sans trouver aucune trace de Sofia Delacruz.

5

Pitt envoya Brundage téléphoner à la police du quartier. Un instant, il avait envisagé de ne pas l'informer, mais il s'était bien vite ravisé. La Special Branch n'enquêtait que sur les crimes menaçant la sécurité de l'État. Par conséquent, la coopération de la police était cruciale.

Il avait aussi chargé Brundage de faire venir d'autres membres de la Special Branch, notamment Stoker, son bras droit. Ce dernier aurait participé à cette enquête dès le début si elle n'avait pas semblé d'importance mineure face à des questions plus graves et plus urgentes.

Ces meurtres atroces allaient faire la une des journaux. Il était impossible d'étouffer l'affaire. Et plus il essaierait, pire ce serait. Déjà, les voisins devaient se demander de quoi il retournait. D'une minute à l'autre, quelqu'un allait venir aux nouvelles. Les premiers journalistes ne seraient pas loin derrière. Il frissonna en pensant à ce que Frank Laurence allait écrire, sans parler des hordes qui lui succéderaient.

Brundage parti, il se força à observer les victimes. Le médecin de la police n'allait pas tarder. Pitt n'avait que trente ou quarante minutes pour apprendre ce qu'il pouvait pendant que la scène était intacte.

À contrecœur, il retourna dans le couloir et s'arrêta au pied de l'escalier. La vue des mouches sur le cadavre déclencha en lui une soudaine bouffée de rage et il gesticula avec violence pour les chasser. Elles s'éloignèrent en bourdonnant furieusement, mais revinrent presque aussitôt. Il se sentit ridicule.

Dès qu'il aurait terminé, il se mettrait en quête du placard à linge et recouvrirait la morte d'un drap. Par simple décence. Cela ne changerait rien à la situation, et certainement rien pour Elfrida.

Était-elle en train de descendre les marches parce qu'elle avait entendu Cleo crier ? Ou de les gravir, dans l'espoir de s'échapper ? D'avertir Sofia ? Voire de la défendre ?

Comment le meurtrier s'était-il introduit à l'intérieur ? Il n'y avait aucun signe d'effraction dans l'entrée et aucune des fenêtres n'avait été forcée. L'une des femmes lui avait-elle ouvert la porte ?

Il resta immobile devant le corps, gravant sa position dans sa mémoire. Elle était étendue légèrement en travers, la tête plus haut que les pieds. Le couteau était plongé dans sa poitrine, et pourtant elle semblait avoir été frappée alors qu'elle montait. Elle devait s'être retournée pour faire face au tueur.

Le connaissait-elle ? N'avait-elle pris la fuite qu'en comprenant qu'il avait assassiné Cleo ? Si elle avait eu peur tout de suite, ne se serait-elle pas ruée au dehors pour appeler à l'aide ?

Et où se trouvait Sofia ? Était-elle partie de son plein gré ? Avait-elle été enlevée, ou tuée, sa dépouille abandonnée à un autre endroit ?

Dans quel but ? Melville Smith allait-il recevoir une demande de rançon ? Exigeant peut-être qu'elle quitte l'Angleterre, sans avoir repris la parole en public ?

Il dénicha le placard à linge au premier étage et en sortit deux draps. Après en avoir étendu un sur le corps d'Elfrida, il regagna la cuisine et s'obligea à observer Cleo.

Elle avait une expression absente, comme si tout sentiment s'était écoulé d'elle en même temps que son sang.

Là encore, il dut ravaler sa colère et étudier la disposition du cadavre, ses vêtements, la distance par rapport à la table, au fourneau, à la porte. Il devait en apprendre autant que possible.

Une de ses jambes était à demi repliée sous elle. Elle avait dû pivoter. Pour faire face à son agresseur ou pour s'enfuir ? Il s'efforça de déduire dans quelle direction elle regardait lorsqu'elle était tombée et en conclut que c'était la porte de derrière. Parce qu'elle espérait s'échapper par là ? Ou que son attaquant était arrivé de ce côté ?

Quelques objets épars gisaient sur le plancher : une cuillère en bois, un torchon, un saladier en porcelaine cassé en deux. Il remarqua du jaune d'œuf renversé, durci à présent. Elle avait commencé à confectionner quelque chose. Les ingrédients qu'elle allait utiliser ensuite étaient toujours dans le garde-manger. La tragédie avait dû se produire à une heure calme de la journée, alors que les femmes vaquaient à des tâches anodines.

Une scène ordinaire. Et puis la mort violente et terrible s'était abattue sur elle, en l'espace de quelques secondes, peut-être.

Vingt minutes plus tard, la police arriva, accompagnée du médecin, et l'enquête commença officiellement. Pitt n'avait rien découvert de plus, sinon quelques signes susceptibles d'indiquer une légère lutte : une indentation sur la table du vestibule laissait apparaître le bois brut, cependant la marque avait pu être faite par n'importe qui au cours du dernier mois. Une petite déchirure au rideau en dentelle de la fenêtre de l'entrée, sans doute récente puisque trois autres accrocs similaires avaient été soigneusement ravaudés. Quant à savoir si cela avait de l'importance, c'était difficile à dire.

L'inspecteur Latham était un homme grand et maigre, au visage sévère. Après s'être présenté à Pitt, il jeta un coup d'œil dans la cuisine. À la vue du drap qui recouvrait le corps, il s'éclaircit la gorge comme pour dire quelque chose, puis se ravisa et fit signe au médecin d'avancer. Celui-ci, un certain Dr Spurling, salua Pitt de la tête avant de se mettre au travail.

— Merci, monsieur, dit Latham, s'adressant à Pitt. Sale affaire.

Son visage allongé et morose exprimait parfaitement ses émotions.

— Nous allons prendre la relève. Mais avant de partir, vous feriez mieux de me dire ce que vous savez. Qui sont ces femmes ? Cette maison appartient à la famille de Mr. Barton Hall, le banquier. Il en a hérité à la mort de son épouse, si je me souviens bien. Elle est louée.

Il secoua la tête.

— Sale affaire, en effet.

Brièvement, Pitt lui parla de Sofia Delacruz et de sa mission en Angleterre.

— Oh, mon Dieu ! commenta Latham, l'air désolé. Eh bien, si nous trouvons quoi que ce soit, nous vous le dirons. Nous allons interroger les voisins. Il y en a déjà une demi-douzaine qui rôdent. Nous vous tiendrons au courant. Au moindre signe de Señora Delacruz, je vous le signalerai.

Il donnait son congé à Pitt, qui ne demandait pas mieux que de s'en aller.

Il rentra chez lui tard, et fort las. Charlotte avait déjà eu vent des meurtres d'Inkerman Road. Les journaux du soir en faisaient état. Il ne lui relata pas les détails, ni ce qu'il avait éprouvé en découvrant les corps, mais elle le connaissait assez bien pour ne pas avoir besoin de mots.

La nouvelle s'était répandue dans Londres comme une traînée de poudre. Dès le lendemain matin, tous les journaux relataient l'histoire avec divers degrés d'horreur, depuis la répugnance hautaine des plus respectables jusqu'au ton scabreux des feuilles de chou. Tous avaient en commun de présenter l'hypothèse d'une vengeance de nature religieuse, et de s'indigner qu'un tel crime eût pu frapper des étrangères en visite à Londres. Tous fustigeaient la police, ce qui éveilla la colère de Pitt, gêné que la Special Branch, que l'on avait avertie du danger et à qui l'on avait confié la tâche spécifique de protéger Sofia Delacruz, eût échoué de manière si flagrante.

Au premier abord, l'article de Laurence dans le *Times* était moins cruel qu'il n'aurait pu l'être. Pitt le parcourut avec appréhension et poussa un soupir de soulagement en parvenant à la fin. Puis il remarqua l'expression de Charlotte, assise en face de lui à la table du petit déjeuner.

— Tu l'as lu ? demanda-t-il tout bas.

Elle acquiesça, l'air soucieux et compatissant. Il la fixa un instant avant que la lumière se fasse en lui. L'article de Laurence évitait toute critique directe et évidente, mais il était plus acéré, plus drôle que les autres, et truffé d'informations supplémentaires sur Sofia Delacruz et la teneur de sa singulière philosophie. Il expliquait très clairement en quoi celle-ci pouvait présenter un risque pour les sphères supérieures de la société. Il posait des questions qu'aucun autre journaliste ne soulevait. Il retenait l'attention, vous faisait rire et frissonner en même temps.

Il s'achevait en rappelant aux lecteurs les changements radicaux intervenus au cours du dernier demi-siècle. En ouvrant la porte sur de nouveaux univers, la science avait aussi ébranlé les fondations de l'ancien :

> « Avec les progrès accomplis, nombre d'entre nous ont désormais du mal à croire les écrits de la Bible au sens propre. Et si leur sens est symbolique, alors à qui appartient-il de l'interpréter ? La science est impartiale. Elle n'offre ni réconfort ni autorité morale, certainement ni aide ni pitié. Ce sont les plus forts qui survivent. Mais les plus forts ne sont pas nécessairement drôles, courageux, sages ou bons. Et ils ne sont pas nécessairement ceux que nous aimons. Pourquoi

le message de Sofia Delacruz effraie-t-il les gens et déchaîne-t-il leur colère ? Sommes-nous donc devenus les assassins de ce que nous ne comprenons pas ? »

Cet article serait lu, et retenu, par des gens qui avaient de l'influence, et le pouvoir de remettre en question le poste de Pitt. Et il ne pouvait rien nier.

Charlotte garda le silence un instant. Quand elle reprit la parole, sa voix n'était qu'un murmure.

— A-t-il raison, Thomas ? Vivons-nous dans un monde qui doute de tout ? La pauvreté et la violence ne cessent de s'accroître. N'avons-nous jamais connu de moments aussi graves ?

Comment répondre sans mentir pour la réconforter, et sans détruire son sentiment de sécurité, de confiance ?

— Je ne sais pas si je crois les enseignements de l'Église anglicane. Cela ne suffit pas vraiment, n'est-ce pas ? La notion de mystère divin, c'est comme si on me disait de ne pas chercher à en savoir davantage. Jemima a posé certaines questions au révérend voici un mois et il lui a répondu qu'elle devrait se contenter d'être bonne et obéissante, qu'elle n'avait besoin de rien d'autre.

Pitt imaginait la scène et la manière dont Jemima avait accueilli cette suggestion. Sa fille pouvait se montrer terriblement directe.

— Le pauvre homme n'en savait rien lui-même, soupira-t-il.

— Dans ce cas, il aurait été préférable qu'il l'admette, répondit Charlotte d'un ton où perçait le regret et aussi une pointe de compassion. Mais Laurence a-t-il raison, Thomas ? Qu'elle en ait l'intention ou non, Sofia Delacruz sape-t-elle les fondations de l'Église, et par conséquent de la Couronne ? Elles sont liées, quoi qu'on en dise. La reine est la gardienne de la foi, et officiellement au moins, à la tête de l'Église. Penses-tu que Sofia y ait songé ?

Elle se mordit la lèvre.

— Visait-elle précisément cela ?

— Ce serait une raison de lui imposer silence, admit Pitt à regret.

C'était une possibilité à laquelle il aurait préféré ne pas penser.

— Devrions-nous laisser faire ? insista Charlotte. Même si elle a raison ? Et si elle refuse de se taire ?

— Dieu merci, cette décision n'est pas de mon ressort, observa Pitt avec gratitude.

— Et à supposer qu'elle le soit ?

— Je ne sais pas.

Ces mots lui étaient difficiles à prononcer.

— J'aimerais que ce soit aussi simple pour moi que ça l'était pour ma mère. Elle avait la foi. Cela se voyait sur son visage, dans ses yeux. C'est tout ce dont je me souviens clairement à son sujet. Parfois, Jemima me la rappelle, bien qu'au fond, c'est à toi qu'elle ressemble. À sa manière de tourner la tête, à des expressions qu'elle a quelquefois. Ou peut-être que je m'imagine cette ressemblance, pour m'éviter de renouveler des erreurs passées.

Il lui sourit doucement et sentit la main de Charlotte se refermer autour de la sienne, et la pression de ses doigts.

Brundage l'attendait dans son bureau. À peine eut-il terminé son rapport sur les informations recueillies par les hommes de Latham que Stoker entra à son tour. Ses traits osseux et austères étaient empreints de gravité. Il salua Brundage d'un signe de tête avant de s'adresser à Pitt.

— Spurling n'a rien d'utile à ajouter, monsieur. D'après l'autopsie, il semble que les deux femmes aient été surprises. Celle de la cuisine a été tuée la première. Elle n'a pas eu le temps de se défendre. La femme plus âgée retrouvée dans l'escalier tentait de s'enfuir, apparemment. À en juger par leurs blessures, ni l'une ni l'autre n'a opposé de véritable résistance. Au moins, ce salaud ne les a pas éviscérées alors qu'elles étaient encore en vie.

Son visage exprimait une fureur que Pitt ne se souvenait pas d'avoir vue chez lui auparavant. Il songea soudain que la plus jeune des deux femmes avait des cheveux ravissants, auburn, comme Kitty Ryder, qu'ils avaient cherchée si longtemps quelques mois plus tôt[1], et qui avait capturé si vivement l'imagination de Stoker. Il se demanda avec douleur ce qu'éprouvait la famille de Cleo Robles. Qui la pleurerait ?

— Nous devons retrouver les ordures qui ont fait ça, reprit Stoker avec ardeur. Peu importe leur appartenance et leurs convictions religieuses. Ce sont des meurtres, un point c'est tout. Des meurtres sauvages.

— Nous les pendrons haut et court, monsieur, déclara Brundage subitement. Je ne sais pas si ça va nous aider ou non, mais le public est sacrément secoué.

Pitt fit la grimace.

— Je sais. Je suppose que quelqu'un devra perdre du temps à faire le tri de tous les déments qui l'ont menacée. Séparer les individus dangereux des esprits dérangés.

— Je m'en occupe, monsieur, proposa Brundage aussitôt. Je vais leur ficher une peur bleue. Leur faire croire que je pense vraiment qu'ils ont éventré ces malheureuses. Ils ne rouvriront pas la bouche de sitôt.

À cette pensée, Stoker esquissa un de ses rares sourires.

— Tant que vous y êtes, n'oubliez pas que certains d'entre eux risquent fort d'être des gens respectables, avertit Pitt d'un ton amer. La folie religieuse ne connaît pas de limites. Si vous en doutez, songez à ce qui s'est passé durant la Réforme. Nous avons fait brûler pas mal de gens sur le bûcher pour leurs idées.

Stoker écarquilla les yeux.

— Nous ?

1. Voir *L'Inconnue de Blackheath*, 10/18, n° 4786.

— Oui, « nous », répondit Pitt fermement.

On frappa un coup à la porte et un jeune homme passa la tête par l'entrebâillement, tout pâle.

— Qu'y a-t-il, Carter ?

— Mr. Teague est ici, répondit Carter hors d'haleine. Dalton Teague. Il aimerait vous parler, monsieur.

Stoker parut impressionné malgré lui.

Pitt comprit. Dalton Teague était un héros national, l'image même du parfait gentleman britannique. Il excellait dans de nombreux sports, et par-dessus tout au cricket. Talentueux meneur de jeu, courageux et inspiré, il possédait une grâce qui faisait plaisir à voir, un sens de l'honneur et de la justice qui étaient l'essence même du sport. Il était aussi généreux, discret dans sa vie privée, et son élégance décontractée ne faisait qu'ajouter à son charme. Pitt se souvint de son propre étonnement lorsqu'il l'avait aperçu lors du premier sermon de Sofia. Il ne s'était pas attendu à voir Teague assister à un tel événement. Était-il venu mettre son grain de sel dans l'enquête ? Comme s'ils ne faisaient pas tout ce qu'ils pouvaient ! D'ailleurs, Teague briguait un siège de député conservateur aux élections législatives. Il devait détester tout ce que Sofia représentait.

— Que diable veut-il donc ? maugréa Pitt, exaspéré.

Il avait une conscience aiguë de son désavantage et n'était pas d'humeur à recevoir une personnalité d'importance nationale. Après avoir cherché en vain une excuse pour l'éconduire, il capitula.

— Faites-le entrer, dit-il enfin.

Presque aussitôt, la silhouette athlétique de Teague apparut dans l'embrasure. Ses vêtements clairs et ses cheveux blonds semblaient apporter la lumière.

Pitt se leva et le regarda calmement.

— Bonjour, Mr. Teague. Que pouvons-nous faire pour vous ? demanda-t-il en lui tendant courtoisement la main.

Teague la serra avec force, puis s'assit avec aisance dans le fauteuil le plus proche. Il ne salua ni Brundage ni Stoker, non qu'il ne les eût pas vus. À ses yeux, ils s'apparentaient sans doute à des domestiques, à qui naturellement on ne parlait pas.

— C'est aimable à vous de me recevoir, dit-il d'un ton désinvolte.

Ses traits étaient remarquables, son teint doré par le soleil.

— Je suppose que nous n'avez pas de temps à perdre à aller voir des gens sans motif particulier, répondit Pitt, s'efforçant de maintenir une expression agréable.

— Précisément. J'irai donc droit au but. Comme tout le monde, j'ai appris les meurtres des femmes d'Angel Court et la disparition de Sofia Delacruz. Je ne suis pas un admirateur de ses enseignements. À dire vrai, je les juge absurdes. Cependant, je suis anglais, et je ne souhaite pas qu'il lui arrive malheur pendant qu'elle séjourne dans mon pays. Je serai heureux de faire tout mon possible pour la retrouver et si, nécessaire, aider à l'arracher aux griffes de son ou ses ravisseurs.

Il eut un très léger sourire, levant la main en même temps comme pour prévenir toute objection de la part de Pitt.

— Je dispose de moyens considérables, ajouta-t-il. Peut-être n'en avez-vous pas conscience, mais je peux compter sur des dizaines de volontaires des Home Counties[1] pour rechercher Sofia Delacruz. Or j'imagine que vous ne pouvez pas déployer un nombre illimité d'hommes, puisque vos responsabilités dépassent de loin le cadre de ce triste incident.

Son sourire s'assombrit.

— Dieu sait que le monde semble au bord du précipice. Même l'Amérique, que j'avais toujours considérée

1. Les comtés autour de Londres. (*N.d.T.*)

comme le pays le plus sain d'esprit et le plus idéaliste, s'engage dans des guerres d'agression un peu partout.

« Il va de soi que je ne vous apprends rien. Les États-Unis ont déjà déclaré la guerre à l'Espagne afin de s'emparer de Cuba, pour des raisons de stratégie navale. J'ai entendu dire qu'hier, Dewey était entré à Manille aux Philippines et y avait détruit l'escadron entier des Espagnols et la presque totalité des batteries à terre. Dieu sait combien il y a eu de victimes.

Il serra les dents.

— L'Europe sombre dans le chaos. Seuls Dieu et le diable savent comment va se terminer cette maudite affaire Dreyfus. À en juger par les apparences, soit le gouvernement va tomber, soit ce sera l'armée. Quant à Dreyfus, innocent ou coupable, il est en train de croupir en prison sur l'île du Diable.

Pitt ouvrit la bouche pour intervenir, mais Teague ne lui en laissa pas le temps.

— Je suis désolé, ce n'est pas encore notre problème, même si la France n'est qu'à quelques miles de nos côtes. Ma proposition est donc la suivante : je ne demande pas mieux que d'offrir toute l'assistance que je peux apporter dans le but de retrouver Sofia Delacruz.

Cette fois son sourire s'élargit.

— Je ne suis pas sans avoir une certaine influence dans divers cercles, notamment certaines branches de la presse qui pourraient se montrer plus utiles et moins nuisibles qu'elles ne le sont. Permettez-moi de vous épauler, Mr. Pitt. Faisons cause commune.

Pitt s'était attendu à tout sauf à une proposition de ce genre. Son premier instinct fut de la décliner. La Special Branch travaillait seule. C'était seulement par nécessité et contrainte et forcée qu'elle coopérait avec la police. Alors même qu'il s'apprêtait à prononcer des paroles de refus, il entrevit les avantages de l'offre de Teague. Celui-ci avait raison. Sofia avait disparu depuis près d'une semaine à présent, et il n'avait pas le personnel suffisant pour passer le pays au crible. Quant à savoir ce qu'il résulterait d'une traque à grande échelle, c'était une autre question. Si Sofia était retrouvée, peut-être serait-elle perçue comme une femme dangereuse, de mèche avec les anarchistes, et n'hésitant pas à recourir à la violence. D'un autre côté, elle pouvait avoir pris la fuite parce qu'elle se croyait menacée. Étant donné ce qui s'était passé, elle était tout à fait en droit de penser que la Special Branch soit ne pouvait la protéger, soit ne le désirait pas.

Était-il concevable que Sofia fût responsable des meurtres de Cleo et d'Elfrida ? Cette pensée révoltait Pitt et, d'après ce qu'il savait d'elle, lui semblait dépourvue de fondement. Si elle avait souhaité mettre fin à son engagement dans la cause, elle n'aurait eu qu'à partir.

Dalton Teague attendait, un soupçon d'impatience sur les traits, les bras crispés sur les accoudoirs de son fauteuil. Il serait dangereux de l'insulter. En dehors de sa célébrité personnelle, sa famille était extrêmement fortunée et liée à une bonne partie de l'aristocratie anglaise, que ce fût par la naissance ou par le mariage. Pitt s'était déjà attiré assez d'ennemis par le passé. Il avait sauvé la vie de la reine, mais auparavant, il s'était fait un ennemi mortel du prince de Galles, qui, dans un avenir proche, devrait succéder à sa mère, âgée et de plus en plus frêle.

— Merci, Mr. Teague, dit-il. C'est remarquablement généreux de votre part. Toutes les informations que vous pourrez glaner nous seront précieuses, et bien entendu, votre renommée sera pour nous un énorme atout.

Teague se détendit quelque peu.

— Parfait. Je pensais bien que vous seriez content d'avoir de l'aide. Avant que je puisse déployer mes gens, naturellement, j'aimerais savoir si les informations que j'ai lues sont véridiques, fausses, ou restent à vérifier.

Pitt s'efforça de choisir ses mots avec soin. Une erreur commise à présent serait irréparable.

— Il est trop tôt pour se prononcer sur la plupart des faits, Mr. Teague, mais dès que j'aurai une piste, je serai heureux de vous en informer. Jusqu'ici, nous ne disposons que de très peu d'éléments. Je peux vous dire que les deux femmes ont été tuées au moins vingt-quatre heures avant que leurs corps soient découverts. Et aussi que les pires blessures ont été infligées après la mort.

Teague se pencha en avant.

— Vraiment ?

Il prit une profonde inspiration et exhala lentement.

— Une mince consolation.

Sa voix était calme, curieusement neutre. Cela révélait-il de l'indifférence ou tant d'émotion au contraire qu'il n'osait pas y donner libre cours ?

— Cette information est-elle confidentielle, Mr. Pitt ?

— Je préférerais que vous ne la divulguiez pas dans l'immédiat.

Pitt regarda Teague droit dans les yeux, afin de bien lui faire comprendre qu'il s'agissait d'une mise à l'épreuve. Il aurait ardemment préféré pouvoir se passer de lui, mais il avait besoin de toute l'influence et de toute l'aide en hommes qu'il pouvait obtenir. Car si l'affaire Delacruz ne menaçait aucun secret d'État, elle était peut-être, en revanche, le premier pas dans l'engrenage qui les entraînerait dans une guerre avec l'Espagne. Teague n'avait pas exagéré la portée que pouvait avoir la disparition de Sofia. L'Amérique avait besoin d'un canal reliant l'Atlantique et le Pacifique et, naturellement, souhaitait s'approprier les terres riveraines : des terres qui étaient actuellement de culture, de langue et d'esprit espagnols.

La Grande-Bretagne devait rester neutre à tout prix.

Son imagination s'emballait. Il sentait ses pensées se bousculer, et des sueurs tour à tour brûlantes et glacées l'envahir. Il devait garder le contrôle de lui-même. Il rendit son sourire à Teague, redoutant qu'il n'apparaisse comme un rictus sur ses lèvres.

— J'apprécie votre aide, monsieur. Je suis sûr que votre réputation sera des plus utiles pour dissuader la presse de causer la panique en se livrant à de folles hypothèses. Nous aimerions avoir accompli quelques progrès avant que les familles des victimes soient informées de leur décès.

— Je ferai tout mon possible. La meilleure solution serait de mettre un point final à toute cette histoire. De retrouver Sofia Delacruz morte ou vive et d'arrêter celui ou ceux qui sont coupables de son enlèvement. À moins, évidemment, qu'elle ne soit partie de son plein gré ? Je suppose que vous avez déjà envisagé cette possibilité ?

— Oui. Et d'autres aussi.

— Qu'elle ait été enlevée à l'instigation de ses fidèles ? demanda Teague avec une moue. De quoi s'agirait-il ? D'une lutte pour le pouvoir ? Cela semble peu probable, mais sa vie entière paraît improbable, n'est-ce pas ?

— Si, admit Pitt. Malheureusement, rien n'est à exclure. Dans les cas de disparition, nous dépendons beaucoup des facultés d'observation du public. Personne ne disparaît complètement s'il est toujours en vie. Elle est allée quelque part. Elle a été aidée par des gens, même si c'est à leur insu. Quelqu'un l'aura vue, que ce soit un cocher, un vendeur, un serveur, une femme de chambre, ou un badaud promenant son chien.

— Oui, je comprends.

Teague se leva.

— Comme je le pressentais, c'est une tâche qui exige une petite armée. Mes employés et mes collègues sont à votre disposition, commandant. Je ferai de mon mieux pour qu'elle soit retrouvée, dans l'intérêt de notre pays. Je vous tiendrai au courant de nos progrès, monsieur. Bonne journée.

Cette fois, il accorda un bref regard à Brundage et à Stoker avant de sortir d'un pas élégant, laissant Brundage refermer la porte derrière lui.

Ce fut Stoker qui parla le premier.

— Pouvons-nous accepter, monsieur ?

Brundage était encore debout, les yeux écarquillés.

— Il est… drôlement imposant, n'est-ce pas ?

— Nous ne pouvons refuser, répondit Pitt à Stoker. Il a raison. Nous n'avons pas assez d'hommes pour retrouver sa trace si elle est vivante et libre de ses mouvements. Elle a pu tout simplement s'en aller pour échapper aux pressions et aux attentes qu'on a d'elle. Ou même pour quitter son mari et rester en Angleterre. Elle avait peut-être besoin de disparaître pour y parvenir, sinon, il aurait pu la suivre. Voire la ramener de force en Espagne.

Brundage lui lança un regard froid, où perçait une certaine désillusion.

— Vous croyez cela, monsieur ?

— Non, répondit Pitt d'un ton sec. Mais je dois admettre que c'est une possibilité.

Stoker haussa les sourcils.

— Et elle aurait assassiné les deux autres femmes, des amies et fidèles de longue date ? Dans ce cas, c'est une démente doublée d'une criminelle et elle ne mérite aucune pitié.

Au prix d'un effort, Pitt contrôla ses émotions.

— Je ne crois pas à cette hypothèse, Stoker, répéta-t-il. Mais la Special Branch se doit de défendre le pays contre toute attaque susceptible de menacer la sécurité du gouvernement, d'où qu'elle vienne. Nous ne choisissons pas le résultat que nous voulons, nous traquons la vérité, et quand nous la découvrons, nous y faisons face de notre mieux. Nous coopérons avec la police et nous espérons que c'est réciproque.

— Et Dalton Teague ?

— En ce moment, c'est un allié dont nous avons bien besoin, et un ennemi que nous ne pouvons nous permettre d'avoir.

Ce soir-là, quand Pitt alla solliciter les conseils de Vespasia concernant Teague, il se sentait nettement moins sûr de lui. D'autant moins que, Vespasia étant désormais mariée à Victor Narraway, son ancien supérieur à la Special Branch, il verrait presque inévitablement ce dernier aussi.

Narraway, qui avait jusqu'alors vécu dans un appartement au centre de Londres, n'avait pas demandé mieux que d'installer ses biens dans l'une des ailes de la vaste et élégante demeure de Vespasia, située dans un quartier plus résidentiel. Pitt y avait déjà remarqué quelques changements ici et là. Narraway disposait de son propre cabinet de travail, mais les superbes dessins d'arbres qui agrémentaient les murs de son bureau à Lisson Grove – devenu celui de Pitt – se trouvaient maintenant dans le salon qui donnait sur le jardin. Ils s'accordaient remarquablement bien avec le décor, tout comme le fauteuil qu'on avait placé en face de celui de Vespasia, au coin du feu. Sa teinte plus masculine se mariait aux couleurs de la pièce, lui conférant un nouvel équilibre.

Pitt fut accueilli non par la bonne de Vespasia mais par le valet de Narraway, promu majordome de la maisonnée. Il imagina avec un sourire les ajustements qui avaient dû prendre place au sein du personnel : la nouvelle hiérarchie avait dû faire grincer des dents.

Vespasia l'accueillit dans le salon.

— Bonsoir, Thomas, dit-elle avec un plaisir évident. Vous devez être fatigué et fort préoccupé. Aimeriez-vous du thé ou du whisky ? J'ai un whisky dont Victor m'assure qu'il est excellent.

Elle sourit doucement, tandis qu'une légère rougeur lui montait aux joues. Dans sa jeunesse, elle avait été considérée comme une des plus belles femmes d'Europe. Le temps avait laissé son empreinte sur son visage, mais c'étaient des rides de bonheur et d'expérience. Elle avait connu la douleur et l'avait endurée avec grâce, sans jamais d'amertume. Aux yeux de Pitt, sa beauté n'en était que plus frappante.

— Un thé serait parfait, merci.

Il s'assit à côté d'elle, non pas en face, songeant que Narraway était sans doute à la maison ou qu'il ne tarderait pas à rentrer et à se joindre à eux.

Vespasia pria la bonne d'apporter du thé, puis se tourna vers lui et attendit.

Il résuma brièvement les événements, la disparition de Sofia Delacruz et la découverte des corps mutilés des deux femmes qui étaient apparemment parties avec elle, de leur plein gré ou non.

Elle l'écouta sans l'interrompre, le visage grave.

— Vous êtes donc enclin à croire qu'elle a été emmenée contre sa volonté, pour des raisons qui vous échappent, résuma-t-elle.

Il fit non de la tête.

— Je n'ai pas dit cela. J'ignore si Sofia Delacruz est une femme de conviction ou une affabulatrice. J'ignore si elle a été enlevée, si elle est partie dans l'intention d'exploiter la notoriété causée par sa disparition, ou sans y accorder la moindre pensée. J'ignore si elle se rit de nous, ou si elle est terrifiée, hantée, voire prisonnière et torturée. Je ne sais même pas si elle est encore vivante !

Pitt considéra Vespasia calmement.

— Pourquoi avez-vous eu cette impression ?

— C'est à cause de votre choix de mots, mon cher, dit-elle avec douceur. Vous la croyez intègre et vous craignez qu'elle ne soit en grand danger, ou déjà morte.

Il n'avait jamais hésité à avouer la vérité à Vespasia. Il n'allait pas commencer à présent. Elle avait trop aisément lu en lui, mieux qu'il ne l'avait fait lui-même, comme souvent.

— J'ai peur que les conséquences ne dépassent de loin le cadre d'une tragédie personnelle, continua-t-il. La Special Branch vient d'essuyer un échec public. La majeure partie de la presse ne nous apprécie guère et ne nous pardonnera rien.

Elle avait trop de respect envers lui pour chercher à nier. Elle sourit, mais ses yeux gris argent étaient francs.

— J'ai lu les articles de Mr. Laurence. J'ignore si cet homme me plaît ou non. Je ne l'ai jamais rencontré, et je pense que cela m'intéresserait peut-être. D'un autre côté, on est si souvent déçu. Je serais fort désappointée de découvrir que son esprit n'existe que sur le papier et qu'il est en réalité le plus ennuyeux des individus.

— Loin de là, affirma Pitt. Mais il est sans merci.

— Bien sûr. C'est un journaliste. Si distrayant qu'il soit, vous avez sûrement assez de bon sens pour ne pas lui faire confiance ?

Une lueur d'anxiété traversa le regard de Vespasia.

— Servez-vous de lui s'il le faut, mon cher, mais ne lui laissez jamais le dessus, sinon il en profitera sans vergogne.

Victor Narraway entra à point nommé dans la pièce, épargnant à Pitt de devoir fournir une réponse immédiate. Sans doute un des domestiques l'avait-il averti de sa visite. De fait, il y avait trois tasses sur le plateau que la bonne apporta peu après.

Narraway était de taille moyenne, maigre plutôt que mince. Pitt avait à plusieurs reprises eu l'occasion de constater qu'il était beaucoup plus fort qu'il n'y paraissait. Quarante ans auparavant, à l'époque de la révolte des Cipayes, il s'était distingué dans l'armée britannique. Depuis, il avait fait carrière dans les services secrets, avec divers degrés de succès, et terminé au poste que Pitt occupait depuis peu.

— Je me demandais si nous allions vous voir au sujet de cette affaire, déclara-t-il en s'asseyant, après avoir échangé un bref regard avec Vespasia.

Pitt connaissait Vespasia depuis bien plus longtemps que Narraway et avait vu leur amitié, d'abord si réservée, évoluer vers un sentiment infiniment plus intime. Pitt éprouvait une grande loyauté envers Narraway et avait pour lui une estime croissante, un respect mêlé de compréhension. Cependant, son affection pour Vespasia – le mot amour n'aurait pas été trop fort – était plus profonde, plus personnelle. Si Narraway la faisait souffrir, même sans en avoir l'intention, Pitt ne pourrait jamais le lui pardonner. Plus âgée que Narraway de plusieurs années, elle était fière, sage, courageuse, mais aussi terriblement vulnérable.

Pitt prit le thé qu'on lui offrait, et une des minuscules parts de génoise au chocolat qui l'accompagnaient.

— Merci, dit-il, songeant qu'il devrait veiller à ne pas l'engloutir d'une seule bouchée.

— Pensez-vous que Barton Hall ait joué un rôle là-dedans ? s'enquit Narraway.

Il se cala confortablement dans son fauteuil et croisa les jambes. Il possédait une élégance naturelle que Pitt n'aurait jamais. La naissance et l'éducation l'avaient doté d'une assurance qu'aucun apprentissage ultérieur ne pouvait imiter.

— C'est une possibilité qu'on ne peut pas négliger, répondit Pitt.

Il ne cherchait pas à se montrer évasif. Au contraire, il essayait d'exprimer ses pensées avec précision, afin d'être compris sans qu'il y eût d'ambiguïté.

Narraway parut pensif.

— Avez-vous conscience de l'importance de cet homme, Pitt ? Je ne veux pas dire sur le plan social, mais dans le milieu de la finance ?

— Il est à la tête d'une banque qui gère les intérêts de personnalités connues, répondit Pitt, qui ne voyait pas où Narraway voulait en venir. Notamment l'Église d'Angleterre et certains membres de la famille royale. Je suis sûr que Sofia est pour lui une source d'embarras. Elle le serait pour la plupart des familles en vue. Cela dit, je l'imagine assez mal l'enlever, ou enlever ses adeptes, quoi qu'il pense de ses idées en matière de théologie. Je m'étais demandé s'il chercherait à la faire arrêter ou même expulser du pays. Cela importe peu à présent. La situation va bien au-delà du simple embarras. Le meurtre des femmes d'Inkerman Road est un des pires que j'aie jamais vus.

Narraway regarda tour à tour Vespasia, puis Pitt.

— Vous parlez d'un point de vue émotionnel. Concentrez-vous sur les implications financières.

— Que voulez-vous dire ? insista Pitt, mal à l'aise. Si vous suggérez qu'il est mêlé au meurtre de ces deux femmes, non, je ne le crois pas. Et s'il s'avérait que je me trompe, je suis certain que la banque n'hésiterait pas à le congédier, publiquement et avec vigueur, en l'affaire de quelques heures.

— Moi aussi. Cela dit, tout scandale, quelle que soit sa nature, est nuisible à la finance, qui repose presque totalement sur la confiance. L'argent est pour l'essentiel une fiction, un bout de papier qui représente des biens véritables, ou la conviction que ces biens existent vraiment. Que cette conviction s'érode, et il ne vaut plus rien. Une panique bancaire ressemble à une maladie contagieuse. Les gens s'affolent et cherchent à retirer leur argent. Vous avez sans doute joué aux dominos étant enfant ?

— Qu'un ou deux tombent, et tous s'écroulent, répondit Pitt. Et si un scandale privé concernant un banquier pouvait avoir cet effet-là, il ne resterait pas une seule banque en activité en Europe.

Narraway eut un sourire sombre.

— Privé, non ! Sinon, il ne resterait pas un seul trône non plus, ironisa-t-il. Le pouvoir changerait de mains à chaque saison. Toute forme de stabilité disparaîtrait et les placements financiers aussi. Et sans placement, pas d'industrie, pas de prospérité. Ce que je veux dire, c'est que la perte de confiance peut motiver des actions qui par ailleurs semblent disproportionnées. Ne perdez pas de vue que Barton Hall est un homme qui a d'extraordinaires intérêts à préserver.

Pitt dévisagea Narraway avec attention, essayant de déchiffrer l'expression de ses yeux foncés et froids.

— Peut-être devrais-je enquêter sur vos nouveaux intérêts maintenant que vous avez été nommé à la Chambre des lords.

Le sourire de Narraway refléta un amusement mêlé d'amertume. Cette nomination, qui demeurait pour lui une absurdité, était associée au souvenir encore douloureux de la trahison de certains de ses hommes, avec pour résultat son renvoi des fonctions qu'il adorait et qu'il exerçait avec talent. Pitt se rendait compte, non sans gêne, qu'il était loin d'être à sa hauteur. À cet égard, la remarque la plus gentille qui pouvait être faite était venue de Narraway lui-même. Ce dernier avait déclaré que Pitt possédait des qualités humaines qui lui avaient manqué, et qu'il ne laisserait pas le pouvoir qu'il détenait lui monter à la tête. Il n'en abuserait pas, car le doute s'insinuerait toujours en lui et le pousserait à s'interroger.

— Ne vous gênez pas, rétorqua Narraway tranquillement. Je ne suis pas membre du conseil d'administration de la banque, mais j'ai des relations qui le sont.

— Connaissez-vous Barton Hall ? Pouvez-vous m'apprendre quoi que ce soit d'utile le concernant ?

— Je connais ses origines, répondit Narraway avec une petite moue. Il vient d'une famille de province très fortunée. Il a fait ses études à Oxford, je ne sais plus au juste dans quelle matière, mais il a obtenu sa licence avec mention. Il a côtoyé les gens qu'il fallait et a été étonnamment populaire pour un homme qui ne pratiquait guère le sport et qui manifestait peu d'aisance en société.

Vespasia observait Narraway. Un instant, Pitt se demanda comment ils s'adaptaient à cette situation radicalement nouvelle où ils partageaient non seulement un toit, mais un lit. Il se remémorait nettement, avec affection et amusement, les premiers temps de son mariage avec Charlotte. Certes, étant beaucoup plus jeunes, ils avaient peut-être été moins vulnérables en conséquence. Vespasia avait fait un mariage de raison et était veuve depuis de nombreuses années. Le grand amour de sa vie, un révolutionnaire italien nommé Mario Corena, avait été tué quelques années plus tôt seulement, ici même, à Londres, peu après qu'ils se furent revus pour la première fois depuis l'époque où, tout jeunes, ils avaient combattu ensemble pour la liberté sur les barricades de Rome.

Il ne faisait aucun doute qu'elle aimait Narraway. Leur relation aussi s'était forgée au fil de luttes, même si celles-ci étaient d'une nature différente. Ils avaient souvent prêté main-forte à Pitt, affrontant la peur, le chagrin et parfois le deuil pour triompher du crime et du chaos. Certaines enquêtes avaient concerné des faits divers : une injustice faite à un individu, un assassinat, des fiançailles rompues. Dans d'autres, de portée plus vaste, le prix de l'échec aurait été terrible.

Ils avaient travaillé ensemble, assis autour de la table de cuisine, projetant, interrogeant, évaluant les risques, trouvant toujours un moyen d'aller de l'avant. La confiance et la passion partagées pour parvenir à la victoire s'étaient muées en amour. Pitt espérait, peut-être avec une certaine naïveté, que ces années se révéleraient les plus heureuses de la vie de Vespasia.

Narraway, de son côté, n'avait jamais été marié. Certes, il avait eu des liaisons, certaines plus honorables que d'autres, mais il avait laissé entendre à Pitt qu'aucune de ces relations n'avait éveillé en lui sa capacité à aimer entièrement, et passionnément. S'il avait épousé Vespasia sans l'aimer au-delà de la raison, au point de ne pouvoir supporter l'idée d'être séparé d'elle, Pitt ne le lui pardonnerait pas. Et il aurait pitié de lui. L'incapacité à aimer était une affliction, non un péché. Il en prit conscience alors qu'il observait Narraway qui regardait Vespasia, et songea à ses propres sentiments envers Charlotte.

— Que pensez-vous de Dalton Teague ? interrogea-t-il enfin.

Narraway reporta son attention sur lui.

— Intéressante question. Pourquoi la posez-vous ?

— Il m'a offert aujourd'hui l'aide de son organisation, expliqua Pitt, guettant leur réaction.

— Je suppose que vous avez accepté ? demanda Narraway, curieux.

— Vous n'avez rien fait de tel ! se récria Vespasia au même moment.

Pitt vit Narraway relever la tête et une brusque incertitude traverser ses traits, une peur momentanée. Puis il se reprit et son expression changea, comme si elle n'avait rien été de plus qu'une illusion créée par la lumière.

Pitt comprit. C'était bel et bien de la peur qu'il avait vue. Narraway était entré tardivement dans la vie de Vespasia. Il ignorait qui elle avait connu lors des riches années de son passé, qui l'avait aimée, jusqu'à quel point, voire jusqu'à quelle folie. C'était une partie de son existence où il n'avait pas de place, et il souffrait d'en être exclu. Il ne voulait pas penser à ceux qui avaient pu l'aimer alors, en songeant qu'elle les aimait tout autant en retour.

Pitt feignit de n'avoir rien remarqué.

— J'ai peur de ne pas avoir trouvé de raison valable pour refuser, avoua-t-il à regret. Il a de nombreux admirateurs aux quatre coins du pays, des gens prêts à faire n'importe quoi pour lui. Par contre, j'ai très peu d'hommes que je peux enlever aux tâches qu'ils accomplissent déjà, et il le sait.

— J'en suis sûre, observa Vespasia avec un petit sourire en coin.

Pitt ne lui demanda pas son opinion de Dalton Teague. Il se promit de le faire plus tard, quand ils seraient seuls.

Narraway hocha lentement la tête.

— Évidemment, cette atrocité aurait pu avoir pour but principal de détourner votre attention et d'engager unc grande partie de vos forces. Mais je suppose que vous avez envisagé cette hypothèse ? Oui, bien sûr. Ce n'était pas censé être une question.

Il se tourna vers Vespasia et vit une lueur amusée dans son regard.

— Oui, j'y ai pensé, répondit Pitt. Teague est aussi un homme dont je ne peux me faire un ennemi en ce moment. Dieu sait que j'en ai assez comme ça.

— C'est vrai, admit Narraway. Mais soyez prudent, Pitt. Soyez très prudent.

6

Pitt se trouvait de nouveau face à Sir Walter. Il n'était guère surpris d'avoir été convoqué, même s'il n'avait rien d'utile à signaler et qu'il aurait pu employer son temps à meilleur escient. Sir Walter, qui le savait dans doute aussi bien que lui, devait donner à ses supérieurs l'impression qu'il avait la situation en main.

— Oui, monsieur, dit Pitt respectueusement.

Le secrétaire d'État se tenait devant la fenêtre, les rayons du soleil dessinant un halo autour des rares cheveux gris qu'il lui restait.

— Sale affaire, marmonna-t-il, s'adressant à lui-même autant qu'à Pitt. Très sale affaire. La situation concernant l'Espagne est très délicate en ce moment. La guerre avec l'Amérique et ainsi de suite. Je suis sûr que vous faites tout ce que vous pouvez. D'après Narraway, vous étiez un policier remarquable…

Ses yeux bleus s'étrécirent, étonnamment vifs.

— Vous feriez mieux de le prouver !

Pitt se sentit encore plus mal à l'aise qu'il ne l'avait escompté.

— C'est une affaire qui relève de la police, monsieur, dit-il, avec l'impression de se chercher des excuses. Les faits divers ne concernent pas la Special Branch, si violents soient-ils. Je ne peux pas empiéter sur la juridiction de la police…

— Enfin, mon brave ! riposta Sir Walter d'un ton mordant. Ces deux femmes étaient de nationalité espagnole. Que voulez-vous que je dise à l'ambassadeur d'Espagne ?

Il esquissa un geste d'impatience et fit quelques pas, comme pour se libérer d'une tension réprimée. Puis il fixa Pitt de nouveau.

— La question n'est pas là. Ce qui compte vraiment, c'est de savoir de quoi il retourne. Je commence à me demander si tout cela n'est pas le début plutôt que la fin. Vous êtes à la Special Branch depuis peu. Que dit Narraway de toute cette histoire ? Je présume que vous l'avez consulté ? Il a peut-être quitté le service, mais pas le pays. C'est toujours un patriote !

Il pivota et balaya de nouveau l'air d'un geste.

— Non ! Bon sang ! Je déteste ce mot. Il a servi d'excuse aux pires atrocités de l'histoire ! Mais Narraway n'est pas mesquin, Pitt. Il vous donnerait des conseils, si vous aviez l'humilité de les demander et la sagesse de les accepter.

Pitt éprouva un frisson d'anxiété. Sofia Delacruz avait été sous la responsabilité de la Special Branch. En traitant cette mission avec trop de légèreté, il avait failli à ses devoirs envers elle, mais aussi envers Narraway, qui l'avait recommandé pour ce poste. Il avait aussi fauté envers tous les hommes qui servaient sous ses ordres. Et envers Charlotte, qui avait toujours cru en lui. Il songea à s'excuser de nouveau et songea qu'il en paraîtrait plus faible. Les éléments l'accablaient déjà.

Sir Walter le dévisageait, attendant sa réponse.

— Oui, monsieur. Je l'ai vu hier soir, à vrai dire.

— Hum. A-t-il dit quoi que ce soit de profitable ?

— Seulement que cette affaire doit avoir des ramifications plus étendues que nous ne l'avons pensé tout d'abord. Que quelqu'un se sert peut-être de Sofia Delacruz…

— Oui, c'est une évidence ! Bien sûr qu'on se sert d'elle, enfin ! coupa sir Walter. Mais qui ? Les anarchistes espagnols, sans doute. Dieu sait qu'ils sont aux abois !

Sa bouche dessina un trait mince, austère.

— Que savez-vous d'eux, Pitt ? Le pire a eu lieu avant vous…

Pitt ne put dissimuler sa stupeur.

— Pas avant votre naissance, mon brave ! explosa Sir Walter. Avant votre nomination à ce poste ! Commissaire à Bow Street, en quoi vous seriez-vous soucié des calamités espagnoles et de leurs répercussions ? Rien à voir avec vos meurtres du cru. Je ne vous critique pas. Je ne peux pas supporter les gens qui ne se concentrent pas sur leur propre travail. Que savez-vous de Zarzuela ?

— Rien, monsieur, avoua Pitt, qui n'aurait su dire s'il s'agissait d'un lieu ou d'une personne.

— En janvier 92, commença Sir Walter. En Andalousie. Il était pauvre comme les pierres. Les paysans s'échinaient comme des brutes pour gagner de quoi acheter une miche de pain.

Il recommença à faire les cent pas sur le tapis devant la fenêtre, pivotant exactement au même endroit à chaque fois.

— Quatre cents d'entre eux, armés de faux, de fourches, de ce qu'ils avaient sous la main, ont marché vers la ville de Jerez.

Sir Walter s'éclaircit la gorge et reprit, d'une voix moins forte.

— Ils voulaient libérer cinq de leurs compagnons qui avaient été emprisonnés à perpétuité pour avoir participé à une révolte dix ans plus tôt.

Pitt songea aux terribles conflits du travail qui avaient eu lieu à Londres. La pauvreté, l'injustice et le désespoir avaient donné lieu à des actes de violence, heureusement sans gravité. Il n'y avait pas eu de représailles comparables à celles dont parlait Sir Walter. Il attendit la fin de l'histoire, la partie qui avait un lien avec le présent, avec 1898 et les meurtres d'Inkerman Road.

Sir Walter s'immobilisa, le regard sombre, intense.

— Quatre des meneurs ont été garrottés. Ligotés à un poteau, puis étranglés par-derrière au moyen d'un foulard. Zarzuela était l'un d'eux. Il est mort en appelant la foule à les venger.

Pitt patienta, devinant qu'il n'avait pas tout dit. Jusque-là, il n'y avait aucun rapport avec Sofia Delacruz.

— Avez-vous entendu parler du général Martínez Campos ?

— Oui, se hâta de répondre Pitt. N'était-il pas l'instigateur de la restauration de la monarchie espagnole en 74 ?

— Entre autres. Il a aussi écrasé brutalement une insurrection à Cuba. L'imbécile ! Tout cela mène à présent à la guerre avec l'Amérique ! En 1893, il est devenu capitaine général de Catalogne. Il recrutait des troupes à Barcelone quand un anarchiste nommé Pallás a lancé une bombe. Un soldat et cinq passants ont été tués, et, malheureusement, le cheval du général, pauvre bête. Mais pas le général.

— Dommage, lâcha Pitt avant d'avoir pu s'en empêcher.

— Certes. Pallás a été jugé et reconnu coupable – bien entendu. On ne lui a même pas permis de dire adieu à sa femme ou à sa mère – allez savoir pourquoi. Il a été fusillé par un peloton d'exécution – dans le dos, encore ! Lui aussi a promis que « la vengeance serait terrible » !

Des bribes de souvenirs resurgirent dans la mémoire de Pitt.

— Novembre 93, dit-il à voix haute. La bombe à l'ouverture de la saison de l'opéra à Barcelone…

— *Guillaume Tell,* confirma Sir Walter. Le théâtre du Liceu. Des bombes ont été jetées depuis les balcons dans la foule. Quinze personnes sont mortes sur le coup. Les autres se sont affolées. Ç'a été l'hystérie. Ils se sont battus comme des chiffonniers pour sortir. Un bain de sang. Vingt-deux morts au total. Cinquante blessés.

Pitt imaginait la riposte des forces de l'ordre, mais se garda d'interrompre Sir Walter.

— La police a perquisitionné partout, reprit ce dernier. Des milliers de gens ont été arrêtés et jetés dans les cachots de Montjuich, une grande forteresse qui se dresse à plus de deux cents mètres au-dessus de la mer. Elle était tellement pleine qu'on n'a pas pu y caser tout le monde. Ceux qui restaient ont été enchaînés à bord de vaisseaux de guerre dans le port au-dessous. On les a torturés.

La peau autour de son visage semblait tirée et sa voix tremblait.

— On les a marqués au fer rouge. Forcés à marcher cinquante heures durant. On a même eu recours aux tortures les plus inventives de l'Inquisition. Que Dieu pardonne leurs bourreaux ! Leur peuple ne sera pas si magnanime.

Pitt se sentait comme engourdi. Il s'efforça de chasser ces images de son esprit, en vain. Sofia Delacruz s'était-elle insurgée contre ces atrocités ? Comment n'aurait-elle pas été révoltée, si un de ses proches ou de ses fidèles avait été affecté par ces exactions ?

Sir Walter le fixait, conscient des émotions qui le traversaient, guettant sa réaction.

— Je demanderai à Smith s'il en a entendu parler, dit Pitt lentement. Il se peut qu'il mente. S'il le fait, je ne peux lui en vouloir. Comment ferait-il confiance à la police, où qu'il soit ? Mais je pourrai certainement apprendre quelque chose de son silence, quoi qu'il me cache.

— Bonne remarque, acquiesça Sir Walter. J'avoue ne pas avoir pensé à cette affaire avant. Je me disais que cette femme était une fauteuse de troubles, une fanatique ou quelque chose de ce genre. Cependant, avec ces meurtres abominables, tout commence à paraître beaucoup plus sinistre. Ne parlez pas de cela à vos hommes pour le moment, Pitt, hormis à un ou deux si nécessaire. Il n'y a peut-être aucun rapport. Si… comment s'appelle-t-elle ? Sofia se bat aux côtés des anarchistes, ou qu'on pense qu'elle le fait, alors Dieu seul sait ce qu'on lui fera subir, pauvre créature. Maudits soient ces gens d'avoir réglé leurs comptes en Angleterre !

Pitt resta silencieux. Il se sentait paralysé, confronté à une terreur et à une violence qui dépassaient tout ce qu'il avait connu.

— Ne perdez pas de temps, enfin ! lâcha Sir Walter brusquement.

Pitt recouvra sa voix, rauque et tendue.

— Bien, monsieur.

Il n'aurait servi à rien d'affirmer qu'ils faisaient déjà tout ce qui était en leur pouvoir. Cela aurait ressemblé à une excuse, parce que c'était insuffisant. Seuls les résultats comptaient.

— Je vais d'abord retourner à Angel Court. Quelqu'un doit en savoir plus long qu'il ne l'a admis jusqu'ici.

— Et Barton Hall ?

— Je lui rendrai visite après.

— Oui. Bien. Si vous avez besoin de quoi que ce soit, n'hésitez pas.

— Oui, monsieur. Je n'y manquerai pas.

— Bien. Alors, allez-y !

Angel Court était calme et poussiéreux au soleil et il n'y avait personne en vue sous l'arche hormis la vieille femme. Elle semblait passer son temps à balayer les pavés, à frotter les quelques marches qui menaient à la cuisine et à l'arrière-cuisine ou à prendre soin des pots où poussaient toutes sortes d'herbes aromatiques : de la menthe, de la ciboulette, du romarin aux tiges hérissées, de la sauge violette.

Elle se redressa au moment où Pitt la croisait.

— Bonjour, dit-il en inclinant légèrement la tête.

Ses yeux étaient méfiants. Elle avait le visage usé, la peau laminée par le soleil et le vent. Elle n'avait jamais dû être belle, mais on décelait de l'humour et de la force dans ses traits. En la regardant avec plus d'attention, Pitt perçut en elle une immense peur. Pour Sofia ou pour elle-même ?

Elle était occupée à couper de petits brins de sauge et de romarin, dont le parfum embaumait l'air. Elle retourna à ses plantes sans répondre. Ses jupes fanées, un peu trop courtes pour elle, révélaient des chevilles osseuses. Ses épaules étaient tassées, rentrées de manière protectrice autour de sa poitrine plate.

S'agissait-il d'une domestique, d'une disciple, d'une femme que Sofia avait sauvée d'un malheur quelconque ? Pitt était intrigué. Étant quasi invisible elle-même, il était fort possible qu'elle eût remarqué les allées et venues de tout un chacun, mais à l'évidence elle ne désirait pas parler. Il en toucherait deux mots à Stoker.

Il frappa à la porte et fut accueilli par Henrietta. Dès qu'elle le vit, l'interrogation se lut dans son regard. Elle comprit aussitôt qu'il n'y avait pas de nouvelles.

Elle ouvrit le battant en grand.

— Merci, dit-il en pénétrant à l'intérieur. Mr. Smith est-il là ?

— Oui.

La rancune perçait dans sa voix, mais elle ne trouva pas les mots nécessaires pour lui demander pourquoi il voulait voir Melville plutôt que Ramon ou elle. Combien de fois cette distinction avait-elle été faite par le passé ? Combien de fois avait-elle souffert de cette insulte implicite ?

Pitt se ravisa.

— Je vois qu'il a tenu les engagements publics pris par Señora Delacruz.

La colère se lut sur les traits d'Henrietta, vite remplacée par de l'impuissance, puis quelque chose qui ressemblait à un profond écœurement. Pitt s'interrogea de nouveau sur ce qui l'avait incitée à rejoindre le groupe de Sofia. Que lui avait-il manqué dans la religion de son enfance ? Melville Smith soupçonnait-il son mépris pour lui, la profondeur de son ressentiment ? En connaissait-il la raison ?

Ils étaient toujours debout dans le vestibule. Visiblement réticente à l'inviter plus avant, elle le considérait à présent avec un mélange de frustration et de déception. Souffrait-elle à cause de sa foi, ou de l'affection qu'elle vouait à Sofia ? Pitt ne pouvait imaginer vivre au sein d'un groupe qui tenait de l'ordre religieux : il n'aurait pu supporter la proximité avec autrui, la discipline, la ferveur et le manque d'intimité, l'impression d'être constamment sous surveillance.

— Lui en sera-t-elle reconnaissante à son retour ? lança-t-il brusquement.

Henrietta écarquilla les yeux, avant d'esquisser un sourire amer.

— Elle sera furieuse et vous devriez le savoir.

Elle se maîtrisa au prix d'un effort, comme si elle osait espérer qu'il n'était pas aveugle à ce point.

— Vous voulez me le faire dire ! s'écria-t-elle d'un ton de défi. Oui, Melville Smith profite du fait qu'elle est partie pour dénaturer ses enseignements. Ses sermons sont plus modérés, il ne s'attaque pas à l'hypocrisie, aux solutions de facilité. Tout respire une odeur suave, comme un fruit qui commence à pourrir ! C'est cela que vous vouliez entendre ?

Elle se tenait rigide, les muscles noués.

— A-t-il créé cette occasion ou n'a-t-il fait que la saisir ?

Une partie de la rage d'Henrietta se dissipa. Elle semblait lasse de s'y cramponner.

— Je ne sais pas. Je ne crois pas qu'il ait le courage ou l'imagination nécessaires pour l'avoir provoquée. Il s'en sert, c'est tout… et je le déteste pour ça ! Vous comprenez, n'est-ce pas ? Je le vois sur votre visage. Je lui ai permis de faire de moi ce que je ne veux pas être ! Peut-être est-ce cela que je lui reproche. Sofia dirait qu'il me tend un miroir et que je vois le pire en moi. Le miroir qu'elle me tendait me montrait le meilleur.

Ses yeux s'emplirent de larmes.

Un instant, Pitt ne sut que répondre. Un souvenir s'imposa à lui : Sofia Delacruz debout dans le vestibule en train de parler, le visage illuminé par la passion que lui inspirait sa foi. Pendant ce bref moment passé en sa présence, il avait cru ce qu'elle disait. Dans les journées qui avaient suivi sa disparition, avec les histoires confuses qui circulaient à son sujet, le récit sordide que lui avait fait Barton Hall, et les corps mutilés de Cleo et d'Elfrida, sa première impression semblait s'être évanouie.

Il se remémora brusquement la raison de sa visite.

— Pourquoi ce voyage à Londres ? Est-ce Smith qui en a eu l'idée ?

Elle parut stupéfaite.

— Non. Il était contre, mais elle a déclaré qu'elle n'avait pas le choix.

— Pourquoi ? insista-t-il. Pensait-elle recruter des fidèles ici ?

Henrietta eut une moue de dégoût.

— Vous parlez comme si elle accumulait des voix en vue d'une élection ! J'ignore ses raisons. Le voyage s'est décidé très vite et elle n'a jamais expliqué à personne de quoi il s'agissait.

— Espérait-elle susciter un intérêt pour sa doctrine ? persista Pitt.

De nouveau ses yeux brillèrent de colère.

— Vous êtes beaucoup trop… satisfaits de vous-mêmes pour cela, vous avez les idées trop… arrêtées, pour écouter quiconque. Elle est anglaise elle-même, elle vous connaît.

— Pourtant, elle est venue.

Henrietta ferma les yeux.

— Oui, murmura-t-elle. Je n'ai pas pu l'en dissuader. Cela n'avait aucun rapport avec le désir de prêcher et il ne sert à rien de me répéter sans cesse les mêmes questions. J'ignore ce qui l'a décidée ! Le désir d'aider quelqu'un, peut-être, mais j'ignore qui. En tout cas, c'était grave. Elle avait peur. Je ne l'ai jamais vue aussi effrayée.

— S'était-elle confiée à Melville Smith ?

— Je ne sais pas ! Mais je vous l'ai dit, c'est un opportuniste, rien de plus. Toujours à l'affût d'une chance, celui-là.

— Une chance de prendre la direction du groupe ? Pour cela, il faudrait que Sofia ne soit plus là.

Elle cilla, l'indécision perceptible dans son regard. Pendant quelques secondes une lutte se livra en elle, puis elle domina la tentation.

— Je le connais depuis huit ans, dit-elle à voix basse. Il ne ferait pas ça, pas… pas tuer quelqu'un… jamais quelque chose d'aussi… violent. Ses sentiments sont… comme s'il les avait avalés. Ils n'atteignent pas ses traits, ni ses… mains.

Il comprit.

— Et Ramon ?

Cette fois, sa réaction fut immédiate.

— Jamais ! Il irait peut-être à l'encontre de la volonté de Sofia pour la protéger, mais jamais pour faire du mal à autrui. Il a toujours été prêt à aider. Parfois, je pense qu'il est trop bon.

— Trop bon ? Meilleur que Sofia ?

— Innocent, répondit-elle avec un sourire. Il voit ce que son cœur lui dit de voir, que ce soit réel ou non. Comme avec sa famille.

Voyant l'étonnement de Pitt, elle se reprit aussitôt.

— Je n'aurais pas dû dire cela. C'est ce que nous devrions être… une famille. Non qu'on soit obligé d'aimer les siens ! Parfois, ils sont…

Pitt lut dans son regard qu'elle s'en voulait d'avoir laissé échapper cette confidence. Il renonça à insister, peu désireux de s'attirer son ressentiment. À cet instant, il avait besoin qu'elle lui fasse confiance.

— Je sais, dit-il, conciliant. Vous disiez que Sofia était plus… pragmatique ?

Henrietta poussa un soupir, son soulagement perceptible. Elle était trop effrayée pour sourire, néanmoins ses traits se détendirent.

— Elle prenait des risques avec les gens, mais en toute connaissance de cause.

— Quel genre de risques ? demanda-t-il doucement, comme si cela n'avait pas grande importance.

— Elle les protégeait, leur donnait une autre chance. Les aidait à réparer leurs fautes. La plupart du temps, elle était récompensée pour ses efforts.

— S'est-il passé quelque chose de ce genre avant sa venue à Londres ?

Il songea à tous ceux qu'on accusait d'être anarchistes simplement parce qu'ils avaient réclamé un salaire décent, et qui étaient acculés à la violence car personne ne voulait les écouter. Il savait, pour l'avoir vu assez souvent dans les bas-fonds de Londres, que la misère menait parfois à la folie. Qui peut garder la raison en voyant ses enfants mourir de faim ?

Henrietta le dévisagea. Pourquoi aurait-elle dû lui faire confiance ? Il représentait la loi. Du moins, il était censé la représenter. Il n'aurait dû avoir aucune empathie avec la folie, qu'elle qu'en fût la cause. Si Sofia avait caché quelqu'un qui était recherché par la police, cette police même qui torturait dans les cachots dont Sir Walter avait parlé, Henrietta le lui révélerait-elle ? Le ferait-il à sa place ?

— Je sais qu'elle était résolue à voir Barton Hall. Elle n'a voulu expliquer à personne pour quelle raison. Melville était furieux, mais ça n'a fait aucune différence. Ils se sont querellés à ce sujet. Elle a gagné.

Elle avait prononcé ces dernières paroles avec une satisfaction considérable, bien qu'elle affirmât ne rien savoir de l'enjeu en question.

— Cleo et Elfrida étaient-elles au courant ?

— Non.

Elle cilla rapidement, mais ne put refouler ses larmes, ni la pâleur soudaine qui envahit son visage.

— Aucun d'entre nous ne savait.

Elle n'ajouta rien, et sa déclaration n'en fut que plus puissante par sa simplicité.

Il la remercia et partit en quête de Melville Smith, qu'il trouva dans la pièce qui avait été le cabinet de travail de Sofia. Il était assis au bureau, visiblement absorbé dans ses pensées, un porte-plume à la main, une feuille de papier devant lui, à demi remplie d'une écriture précise. Il leva les yeux à l'entrée de Pitt, en dépit du fait que la porte était tout juste entrebâillée. Il vint à l'esprit de Pitt que Smith la laissait ainsi exprès, de façon à pouvoir entendre sans être vu.

Pitt referma le battant derrière lui, et le loquet retomba avec un bruit sec.

L'irritation se lut sur le visage de Smith. Un long silence s'écoula avant qu'il décide de ne pas l'exprimer par des mots.

— Avez-vous des nouvelles, Mr. Pitt ? s'enquit-il soudain, d'un ton pressant.

Il s'était repris plus vite que Pitt ne l'avait escompté, et ce dernier fut contraint de s'excuser.

— Non, je suis désolé. La police semble n'avoir découvert que peu de choses, hormis que l'assassin n'est pas connu de ses services et qu'on n'a rien volé d'important.

Il s'assit sur la chaise en face du bureau.

— Nous ne possédons rien qui ait de l'importance, rétorqua Smith d'un ton sec. À part la vie ! Et on a pris cela !

Quoique piqué au vif par cette rebuffade, Pitt s'efforça de rester impassible.

— Pourquoi sont-elles allées à Inkerman Road, Mr. Smith ? Quelle qu'ait été la menace, elles auraient sûrement été beaucoup plus en sécurité ici, à Angel Court, avec vous, et sous notre surveillance ?

Smith le regarda calmement.

— Bien entendu ! Qui sait pourquoi Sofia faisait la moitié des choses qu'elle faisait ?

Il esquissa un sourire maussade, à peine un frémissement à la commissure de ses lèvres.

Son manque de loyauté irrita Pitt, mais il n'allait pas se laisser détourner de son but aussi facilement. Il lui rendit son sourire.

— Vous êtes trop modeste, Mr. Smith. Je pense que vous connaissez très bien Señora Delacruz, au contraire. Sinon, vous n'auriez pas pu travailler en aussi étroite collaboration avec elle cinq ans durant. D'ailleurs, elle ne vous aurait pas fait confiance sans être certaine de votre loyauté et de votre compréhension des points fondamentaux de sa foi.

Smith s'était raidi. Une légère rougeur se répandait lentement sur ses joues.

— Je fais ce que je peux, répondit-il avec gêne. Mais… mais je trouve parfois sa conduite difficile à comprendre…

Il laissa la phrase en suspens, qu'il ne sût l'achever ou hésitât à le faire.

— Vous m'avez parlé des menaces qu'elle avait reçues, continua Pitt. Vous craigniez que toutes ne soient pas vides de sens. Elle semble avoir eu conscience de cette possibilité aussi, même si elle l'a caché à certains de ses autres disciples.

Une lueur indéfinissable traversa le visage de Smith, suggérant qu'il n'était pas insensible à la flatterie.

— Bien sûr, acquiesça-t-il.

— S'est-elle confiée à vous ? demanda Pitt, laissant entendre qu'il connaissait déjà la réponse. Ou à Ramon ?

— Pas à lui, répondit Smith très vite. Ramon est… un homme très bon, très loyal, qui lui voue une admiration intense, au-delà du bon sens. Je regrette d'avoir à le dire, mais le moment est venu d'être honnête. Son besoin de croire à la doctrine de Sofia émane de profondes raisons personnelles et ne laisse aucune place au scepticisme ou à l'appréciation objective de ses qualités et… de ses défauts. Elle en avait conscience. Elle ne lui aurait pas imposé le fardeau de sa propre faillibilité, ou la peur très réelle qu'il ne puisse lui arriver malheur.

— Mais vous saviez.

C'était une constatation, que Pitt avait investie d'un soupçon de respect.

— Je crains que oui.

Pitt hocha gravement la tête.

— Cela a dû être très troublant pour vous.

— Oui… j'aurais voulu…

Smith s'interrompit, cherchant en vain ses mots, étudiant l'expression de Pitt, essayant de jauger ce que celui-ci savait ou devinait.

— Je suis certain que vous avez fait tout ce que vous pouviez, dit Pitt avec douceur. Durant ma brève rencontre avec elle, j'ai pu me rendre compte que c'était une femme difficile à convaincre… même si on agissait dans son intérêt.

— Très… acquiesça Smith rapidement. Je…

De nouveau, il se tut.

— Ces meurtres ont été d'une grande sauvagerie.

Pitt avait parlé d'un ton égal, les yeux rivés au visage de son interlocuteur. Il y lut l'effroi, une terreur absolue, un instant exposée avant que le masque retombe. Se sentait-il coupable ? Se reprochait-il de ne pas avoir pu empêcher la tragédie ? Les corps mutilés des deux femmes reposaient à la morgue alors qu'il était là, bien vivant dans son bureau, en train de préparer des sermons. Était-ce par accident ou par calcul qu'il s'apprêtait à remplacer Sofia, à devenir le guide des braves et des persécutés ?

Smith était devenu blanc comme un linge, la sueur perlait sur son front. Si cette tragédie avait frappé quelqu'un que

Pitt connaissait bien, il aurait eu la même réaction. De fait, il éprouvait un sentiment croissant de culpabilité, lui qui avait été responsable de la sécurité de Sofia et qui avait échoué à la protéger. Il n'avait rien prévu de comparable à cette horreur. Qu'il eût ou non été en son pouvoir de l'éviter ne changeait rien à l'émotion qu'il ressentait.

Qu'avait su Smith avant ces événements ?

— Ne se doutait-elle vraiment de rien ?

— Pardon ?

— Elle n'est pas venue ici dans le but de prêcher, Mr. Smith. Elle voulait voir Barton Hall à propos d'une affaire si secrète qu'elle ne pouvait en parler à personne, et si urgente qu'elle ne pouvait attendre. Tout le monde s'accorde à dire qu'elle aidait autrui, qu'elle offrait un asile, peut-être, à beaucoup de gens qui avaient des ennuis. Peu avant votre départ d'Espagne, quelqu'un a pu être confronté à des ennuis d'un genre différent. Bien plus graves qu'un péché de foi ou une infidélité. On peut condamner ceux qui se sont rendus coupables de ces choses-là, mais on ne les suit pas à l'étranger pour les traquer dans les ruelles calmes, enfoncer leurs portes et répandre leurs entrailles sur le plancher. Non, il s'agit d'un délit plus grave. Susceptible d'affecter la vie de milliers de gens.

Smith retint un cri. Un instant, Pitt crut qu'il allait être pris de nausée.

— Je n'en ai pas la moindre idée ! protesta-t-il d'une voix étranglée. Je sais qu'elle désirait voir Barton Hall et rien de ce que j'ai dit n'a pu la dissuader. Bien sûr, il ne s'agissait pas seulement question de faire la paix avec lui au sujet d'une vieille querelle. C'était si urgent qu'elle ne voulait même pas attendre une semaine de plus ! Mais elle a refusé de me confier ses raisons. Je vous jure que j'ai tout fait pour le savoir de façon à pouvoir l'aider. Elle a été intraitable.

— Je sais, admit Pitt. Aussi a-t-il fallu que vous preniez les choses en main.

Il observa Smith, la couleur qui revenait sur ses joues. Son regard évita d'abord celui de Pitt, puis se posa sur lui.

— Oui, avoua-t-il tout bas, écarlate. Et peut-être suis-je responsable de ce qui s'est passé. J'ignore qui a commis ces crimes et pourquoi ! Seigneur Dieu, je ne songeais qu'à sa sécurité.

— Par conséquent, vous l'avez envoyée à Inkerman Road, conclut Pitt. Qui d'autre était au courant ?

— Personne ! affirma Smith d'un ton farouche. À moins qu'elle ne l'ait dit ! Je ne sais pas si elle avait jamais peur de quoi que ce soit. Elle se croit invincible, Dieu lui vienne en aide ! Elle est…

— Fanatique ? suggéra Pitt.

— Oui ! Elle… elle ne tient pas compte de la réalité. Cela fait d'elle une excellente prédicatrice, mais une femme avec qui il est impossible de travailler. Elle n'écoute que ce qu'elle veut entendre.

Cet homme était profondément effrayé, comprit Pitt. Que redoutait-il, et pourquoi ?

— Comment l'avez-vous persuadée ?

— En affirmant que le danger était bien réel, répondit Smith si vite que Pitt devina qu'il ne lui disait pas toute la vérité.

Il avait préparé sa réponse.

— Comment étiez-vous au courant de l'existence de la maison d'Inkerman Road ? demanda Pitt d'un ton innocent.

Smith rougit.

— Elle m'a été proposée par un… un ami.

— Proposée dans quel but ?

— Pour nous servir de logement supplémentaire, au cas où nous en aurions besoin.

Smith regardait Pitt si fixement que ce dernier sut qu'il mentait.

— Par conséquent, si Señora Delacruz n'était pas ici à Angel Court, cet ami aurait pu supposer qu'elle se trouverait à Inkerman Road.

C'était une conclusion, non une question.

Toute couleur déserta le visage de Smith.

— Il est au-dessus de tout reproche, dit-il fermement. C'est un homme bon, quelqu'un de très bien. Il doit être aussi atterré que nous le sommes.

Sa voix d'ordinaire si harmonieuse était devenue rauque.

— Si j'avais cru qu'une telle chose pourrait se produire, ou qu'il était probable qu'il eût joué un rôle quelconque dans cette tragédie, je vous l'aurais dit aussitôt.

— Barton Hall, lâcha Pitt avec amertume. Un homme qui est en profond désaccord avec les enseignements de Señora Delacruz, mais qui, j'imagine, trouverait vos modifications plus… acceptables. Il ne serait plus question de se rebeller contre l'ordre de Dieu.

Smith semblait paralysé, comme s'il était face à un serpent. Il chercha des mots pour nier, exprimer son indignation, n'importe quoi, en vain.

— Je me moque de vos ambitions religieuses, Mr. Smith, dit Pitt tout bas. En revanche, je m'intéresse énormément à ce que vous avez fait pour les réaliser. Quelles que soient vos convictions, si elles s'apparentent de près ou de loin au christianisme, elles ne justifient ni la terreur ni la souffrance infligées à ces femmes…

— Je n'ai rien à voir avec leur mort ! cria Smith au désespoir, en se penchant vers lui. Tout ce que je voulais, c'était…

Il s'interrompit, des filets de sueur lui dégoulinant sur le visage.

— … la garder en sécurité et la faire taire un moment. Elle ne se rend pas compte des ennuis qu'elle cause, sans que ce soit nécessaire. Il faut enseigner lentement ! Pas… pas tout à la fois. Sinon, on va rejeter sa philosophie comme étant trop radicale ! Elle n'a pas de patience, pas de… aucune compréhension des angoisses des gens…

— Peu importe à présent, coupa Pitt. Si Barton Hall savait où elle était, soit il est responsable, soit il a révélé sa situation à un tiers. Savez-vous qui ?

— Non…

Pitt se leva.

— Il serait dans votre intérêt, Mr. Smith, d'être honnête avec moi. Ce n'est pas seulement votre crédibilité qui est en jeu. Si vous voulez sortir de cette histoire en homme libre, sans parler de conserver un vestige d'honneur, vous ferez tout ce qui est en votre pouvoir pour que Sofia Delacruz revienne saine et sauve à Angel Court. Et si elle est morte et que vous avez joué un rôle dans son assassinat, je vous conseille de ne pas chercher à me mettre des bâtons dans les roues.

Horrifié, Smith ne tenta pas de protester. Il se laissa retomber sur sa chaise comme si ses jambes refusaient de le soutenir. Peut-être était-ce le cas.

Pitt sortit sans bruit et referma la porte derrière lui.

Il s'entretint brièvement avec Ramon, l'assurant qu'il n'avait pas d'autres nouvelles et qu'il y avait encore toutes les raisons d'espérer. Il eut l'impression d'être un hypocrite, mais la loyauté de l'homme était si sincère qu'il semblait inutile de le faire souffrir tant que cela restait évitable.

Quelques instants plus tard, il était de retour à Lisson Grove, Stoker assis en face de lui. Son bureau était jonché de documents : les rapports de la police du quartier et ceux des hommes que Pitt avait pu assigner à l'affaire, ainsi que plusieurs messages émanant de Dalton Teague.

— Vous allez mettre Hall au pied du mur ? demanda Stoker, lorsque Pitt eut achevé le récit des aveux de Smith. Quelque chose de grave doit nous échapper. Il semble assez imbu de lui-même, mais de là à éventrer deux femmes simplement parce qu'elles ne partagent pas ses convictions religieuses ? D'ailleurs, aucune des victimes n'était Sofia…

Il se mordit la lèvre et fit une grimace.

— Même si ce n'était pas moralement impensable pour lui, n'aurait-il pas été terrifié par le risque qu'il prenait ? ajouta-t-il, le visage sombre.

Il appartenait à la Special Branch depuis bien plus longtemps que Pitt, en dépit du fait qu'il était beaucoup plus jeune. Auparavant, il avait servi dans la marine, tandis que Pitt avait été policier.

— Alors qui ? Et pourquoi diable voulait-elle le voir ?

Cette fois, Stoker n'eut pas de réponse à lui proposer. Il se tourna vers les papiers éparpillés sur son bureau.

— Les policiers n'ont rien trouvé, maugréa-t-il. Ils ont interrogé tout le monde, voisins, cochers, livreurs, commerçants. Personne n'a rien remarqué. On n'a pas vu d'inconnus dans la rue. Les rares à avoir constaté la présence des femmes ont déclaré qu'elles étaient polies et discrètes.

Il secoua la tête.

— Évidemment, les rumeurs vont bon train, pour la plupart incroyablement vulgaires. On parle de prostitution, voire de culte de Satan.

Pitt ne prit pas la peine de répondre.

— Vous allez voir Hall ? reprit Stoker.

Pitt hésita.

— Dalton Teague a-t-il rapporté des éléments utiles ?

Diverses émotions se succédèrent sur le visage osseux de Stoker, trop vite pour que Pitt ait le temps de les identifier.

— Non, monsieur.

Sur quoi il ramassa les rapports de police et se dirigea vers la porte.

— Stoker ! lança Pitt sèchement.

Ce dernier se figea, avant de pivoter pour lui faire face.

— Oui, monsieur ?

— Les hommes de Teague ont-ils fait quoi que ce soit ?

— Oh, pour ça, oui, monsieur ! Ils sont partout, comme des puces sur un chien.

— Votre comparaison est hautement révélatrice, ironisa Pitt. Ils font entrave à l'enquête ?

Stoker sourit.

— Non, monsieur. Je ne le leur permettrais pas. Cela dit, ils posent beaucoup de questions sur la Special Branch. Je respecte les gens qui s'intéressent à nous et à ce que nous faisons. On nous considère trop souvent comme des gêneurs, pires que la police, parce que nous n'enquêtons pas sur des crimes visibles. Mais je n'ai pas le temps de leur répondre, et franchement je ne crois pas qu'ils devraient être au courant de nos méthodes de travail, même s'ils essaient de nous aider.

— Quelles sortes de questions vous posent-ils ? demanda Pitt, une légère pointe d'anxiété au fond de lui.

— Des détails, répondit Stoker, observant sa réaction. C'est censé faire partie des bonnes manières, je suppose. Nous donner l'impression qu'ils se soucient de ce que nous faisons.

Il détestait être traité de haut, et cela se voyait à sa posture rigide. Il pouvait accepter des ordres, voire des critiques, mais il ne supportait pas la condescendance.

— Délicat, commenta Pitt. Ils veulent se rendre utiles et ne savent pas comment s'y prendre.

Stoker lui décocha un regard aigre et sortit.

Pitt se contenta d'un déjeuner bref et tardif – pain, fromage et condiments – et se dirigeait vers l'artère principale pour y héler un fiacre et se rendre chez Barton Hall quand il prit conscience d'une présence à côté de lui. C'était Frank Laurence, élégamment vêtu d'une chemise immaculée et d'un costume fort bien coupé. À dire vrai, il avait nettement plus belle allure que Pitt. Contrairement à lui, il n'avait pas besoin d'une coupe de cheveux et aucun objet ne déformait ses poches.

— Je n'ai rien à ajouter, avertit Pitt sans préambule.

— Bien sûr que non. Vous ne savez rien, et dans le cas contraire, vous ne me le diriez pas.

Piqué au vif, Pitt ne mordit cependant pas à l'hameçon.

— Vous avez tout à fait raison, déclara-t-il en souriant.

— L'aide de Mr. Teague est-elle appréciable ? reprit Laurence sans s'émouvoir. Je sais qu'il dispose de vastes ressources. Sa famille possède la moitié du Lincolnshire.

— En quoi cela est-il utile ? demanda Pitt, curieux.

— Oh ! Ça ne l'est pas, répondit le journaliste avec un rire. Mais la fortune confère une certaine assurance, vous l'aurez sans doute remarqué. Il a l'habitude qu'on considère comme un privilège de l'obliger. C'est indéniablement quelqu'un qu'il est bon d'avoir de son côté.

— Est-ce une façon détournée de me dire qu'il serait dangereux de l'avoir pour adversaire ?

Pitt avait pris soin d'adopter le ton posé, affable, de qui parle de la pluie et du beau temps.

Laurence rit de nouveau.

— Mon cher commandant, si vous avez besoin que je vous le dise, vous n'êtes pas l'homme qu'il faut à votre poste.

Pitt garda le silence.

— Mr. Teague vous a-t-il révélé qu'il connaît Barton Hall depuis quasiment toujours ? s'enquit Laurence, d'un air à la fois innocent et amusé. Ou a-t-il omis de vous fournir cette information ?

Pitt se figea et s'en voulut aussitôt : Laurence avait dû être à l'affût de ce genre de réaction.

— Vous l'ignoriez, observa le journaliste. Depuis l'école, pour être exact. Teague n'en a pas parlé. Mon cher ami, cela est écrit sur votre visage.

— Vos investigations vous ont permis de découvrir cela ?

— Oh ! Non, pas du tout. Il se trouve que j'ai fréquenté le même établissement qu'eux. Quelques années plus tard, naturellement, mais les règles ne changent guère, vous savez ? Le même genre de personne les enfreint. Nous avons tous nos héros.

— Et Teague était l'un des vôtres ?

Pour une étrange raison, Pitt était surpris.

L'espace d'un instant, la colère se lut sur les traits de Laurence, toute trace d'humour évanouie.

— Oh ! Pas vraiment. Mais personne n'oublie sa manière de jouer au cricket.

Il haussa légèrement les épaules.

— Je détestais le cricket. Je n'aime pas les sports d'équipe !

Il sourit de nouveau.

— En revanche, j'étais plutôt doué aux échecs et en escrime.

Pitt l'imaginait sans peine. L'attaque et la parade, la feinte et l'esquive avaient dû l'attirer, lui permettre de peaufiner un talent naturel. S'il n'avait pas été journaliste, Pitt l'aurait trouvé sympathique.

— Je ne peux rien vous dire sur Teague. Et je ne le ferais pas même si le pouvais, Mr. Laurence.

Ce dernier éclata de rire.

— C'est toute la différence entre nous, Mr. Pitt, résumée à merveille. Moi, je veux vous en dire très long sur Dalton Teague, surtout sur les gens qu'il a aidés et ceux qu'il a détruits. Et petit à petit, je le ferai.

Pitt le dévisagea. L'émotion avait disparu sur ses traits, on n'y lisait plus que l'intelligence et l'esprit.

— Bonne chance avec Mr. Hall, ajouta Laurence. Il est plus intéressant que vous ne le croyez sans doute. Continuez à chercher.

Sur ce il pivota et s'éloigna, laissant Pitt héler le premier fiacre venu.

7

Avant d'aller interroger Barton Hall, Pitt retourna à Lisson Grove afin de vérifier s'il y avait des nouvelles de Latham et de l'enquête sur les meurtres d'Inkerman Road, ou de l'agent qu'il avait dépêché en Espagne. Non qu'il fût optimiste. La disparition de Sofia Delacruz n'était pas un simple fait divers. Plus il y songeait, plus il redoutait que ses origines ne se trouvent sur le continent. Peut-être le moment était-il venu d'envoyer un homme expérimenté à l'ambassade d'Espagne, en lui recommandant d'agir avec tact, bien entendu. La situation était des plus périlleuses.

Cinq minutes plus tard, James Urquhart se tenait devant lui, un léger sourire sur les lèvres. C'était un homme aux traits plaisants, à l'élocution distinguée.

— Je crois qu'il est temps que nous allions rendre une visite amicale à l'ambassadeur d'Espagne, commença Pitt. N'en faites pas une montagne, dites simplement que vous venez par simple courtoisie l'informer que nous faisons tout ce qui est en notre pouvoir pour retrouver Señora Delacruz et arrêter les assassins des deux autres femmes.

Il observa Urquhart avec attention, afin de jauger si celui-ci saisissait à la fois l'urgence et la délicatesse de sa mission. Ancien diplomate, ce dernier possédait des connaissances et des compétences qui pouvaient se révéler remarquablement utiles.

— Bien, monsieur, acquiesça Urquhart. Je doute qu'il puisse nous aider, mais on ne sait jamais. De quoi au juste avons-nous besoin ?

Pitt y avait réfléchi.

— Des informations dont il dispose concernant Sofia Delacruz, ou ce qu'il soupçonne sans vouloir le dire officiellement. Des sous-entendus, des confidences, des rumeurs qu'il ne souhaite pas lui être imputées.

— Bien. Je comprends, monsieur.

Urquhart s'en alla. Peu après, Stoker arriva, faisant grise mine.

— Désolé, monsieur, rien du côté de Latham. Il n'a pu qu'éliminer les criminels notoires et nous n'avons jamais pensé qu'ils étaient mêlés à cette affaire.

Il s'assit à demi sur le bureau de Pitt, lequel se tenait debout devant la fenêtre.

— En revanche, après avoir recoupé d'autres informations, nous avons une idée plus précise de l'heure des crimes, reprit-il. Les inconnus signalés par les voisins se sont révélés être un plombier et deux livreurs.

Il fronça les sourcils.

— Pensez-vous que ce soit une affaire politique, monsieur ? Ou le geste d'un fanatique ?

— Politique, répondit Pitt, avec une certitude qui le surprit lui-même. Encore qu'il ne soit pas impossible qu'on ait manipulé un fanatique pour le pousser à le commettre.

— Espagnol ?

— La politique ou le fanatique ?

Stoker sourit pour la première fois depuis qu'il était entré dans le bureau.

— Les deux. Si c'est le fanatique, il doit être espagnol. Nous autres Anglais n'éprouvons pas autant de passion pour la religion.

Un regret perçait dans sa voix, qui intrigua Pitt. C'était là une facette de Stoker qu'il n'avait jamais vue auparavant.

— Excusez-moi, monsieur.

— Ne vous excusez pas, répondit Pitt aussitôt. Vous avez raison. C'est un crime profondément passionnel, si atroce soit-il. Smith et Henrietta Navarro m'ont tous les deux affirmé que Sofia donnait l'asile à toutes sortes de pénitents et de fugitifs rejetés par l'Église ou la société. Pourquoi pas des anarchistes fuyant les autorités après une atrocité, qu'ils soient coupables ou pas ? Certains de ces pauvres diables ont été poussés à bout, et au-delà. Ou peut-être un parent, un témoin, un informateur.

— On dirait qu'elle jouait à un jeu dangereux, commenta Stoker. Mais quel rapport avec Hall ? Pourquoi est-elle venue ici ?

— Je l'ignore, admit Pitt. Je vais aller le voir. Il faudra qu'il m'explique les raisons pour lesquelles il lui a prêté la maison d'Inkerman Road. Et qui d'autre était au courant.

— Je vous accompagne, proposa Stoker en se redressant aussitôt.

Pitt secoua la tête.

— C'est inutile.

— Si des anarchistes ont tué ces deux femmes et enlevé Sofia, monsieur, et que Mr. Hall est de leur côté…

— Rien ne le suggère, lui fit remarquer Pitt en s'arrêtant à la porte. De fait, étant donné qu'il est banquier, je m'attendrais à tout le contraire. Les banques prospèrent lorsque l'ordre règne. Il occupe un poste solide, extrêmement haut placé, au cœur du système. L'Église, la Couronne et l'argent ! Autant dire qu'il est enraciné dans l'ordre établi. Si Sofia a la moindre sympathie pour les rebelles, les anarchistes ou même les affamés, il ne serait guère étonnant qu'il désapprouve. Ce sont pour lui des ennemis naturels.

— Des proies à traquer ! lâcha Stoker avant de rougir de sa franchise.

Pitt se mit à rire, ce qui ne lui était pas arrivé depuis un certain temps, et moins d'amusement que de surprise.

— En effet, acquiesça-t-il avec conviction. Malheureusement, nous n'y pouvons pas grand-chose.

Il se dirigea vers le porte-manteau et prit sa veste, mais on frappa avant qu'il eût eu le temps de l'enfiler. Lorsqu'il ouvrit, Brundage se tenait sur le seuil, Dalton Teague à un mètre derrière lui. Brundage paraissait gêné. Dalton Teague fit un pas en avant, lui évitant d'annoncer l'évidence.

— Bonjour, commandant, dit-il, la main tendue.

Pitt n'eut d'autre choix que de la serrer.

— Bonjour, Mr. Teague.

Il semblait presque superflu de lui demander s'il avait des informations. La lueur de satisfaction qui brillait dans ses yeux démentait la gravité de son expression. Pitt remit sa veste sur la patère et l'invita à entrer.

— Merci.

Il prit place dans le fauteuil capitonné de cuir, tandis que Pitt s'asseyait en face de lui. Il croisa ses longues jambes et se laissa aller contre le dossier.

— Terrible affaire à Inkerman Road, commenta-t-il d'un ton sombre. Tout commence à apparaître sous un jour différent. Les journaux deviennent un tantinet hystériques, ce qui n'arrange rien. Non qu'ils s'en soucient, évidemment.

Un petit sourire amer se dessina sur ses lèvres.

— Certes non, renchérit Pitt, qui se demandait pourquoi Teague était venu.

— Je suppose que vous avez lu les articles de Frank Laurence ? Il semble prendre au sérieux l'hypothèse d'une menace politique, sans toutefois donner de précisions. Il fait allusion à une guerre avec l'Espagne, je suppose ? Cela dit, il est plus doué pour les suggestions que pour les faits. Ç'a toujours été le cas.

— Vous le connaissez depuis longtemps ? s'enquit Pitt d'un ton dégagé.

En réalité, son intérêt était éveillé. Laurence n'aimait pas Teague, mais il avait laissé entendre qu'il ne le connaissait pas directement.

Teague haussa les épaules.

— Depuis l'école, commandant. Il n'a guère changé. Il a toujours été un petit intrigant. Toujours à épier, à écouter, à tirer des conclusions. Une mémoire d'éléphant.

— Vous le connaissez bien ?

Teague écarquilla les yeux.

— Seigneur, non ! Il était beaucoup plus jeune. Il faisait le larbin pour des garçons plus âgés, vous voyez ? Selon la tradition. Nous sommes tous passés par là. Il a été à mon service durant un temps.

Pitt se représentait très bien la situation. Il n'avait jamais fréquenté un tel établissement, mais il savait qu'il y régnait une hiérarchie très stricte et des traditions remontant non à des décennies mais à des siècles. Lequel des deux mentait ? Teague ou Laurence ? Et pourquoi ? Cela semblait si trivial !

Pitt avait conscience du regard de Teague sur lui. Il devait réagir, d'une manière ou d'une autre.

— Pensez-vous qu'il ait le moindre enjeu dans cette affaire, hormis en tirer un bon article ? Et, bien sûr, être récompensé pour cela ?

Teague sourit.

— Commandant, je ne crois pas que Frank Laurence ait d'autre but dans la vie que de rédiger de bons articles et d'en tirer avantage, sans égard pour les conséquences éventuelles.

— Avez-vous quelque chose à me rapporter, Mr. Teague ? demanda Pitt à mi-voix.

— Ah ! s'écria son interlocuteur en se calant de nouveau dans son fauteuil. Le moment est venu de faire son rapport au capitaine ?

Il souriait, mais ses yeux étaient méfiants, réservés. Pitt ne savait s'il devait considérer cette remarque comme une plaisanterie ou une pique.

— Vous n'êtes pas homme à perdre votre temps, lui fit-il remarquer.

Teague se détendit quelque peu. Il décroisa les jambes et les recroisa dans l'autre sens.

— Vous devez déjà savoir que Barton Hall est le propriétaire de la maison d'Inkerman Road où se sont déroulés les meurtres. Ce qui n'a rien d'étonnant. Oui, bien sûr, vous le saviez. J'ai été informé, par certaines connaissances, que Sofia et son mari, Nazario Delacruz, ont apporté à la fois leur compassion et leur appui à des individus recherchés par les autorités espagnoles. Des pénitents, mais aussi des personnalités politiques – peut-être accusées à tort, ou persécutées pour avoir lutté contre l'oppression. Ce n'est pas à moi de juger.

— Et quel lien faites-vous avec les meurtres ? demanda Pitt doucement.

Il n'avait pas à feindre son intérêt pour ces faits, dont il avait d'ailleurs déjà conscience, mais cela Teague le savait aussi.

— Sofia a tendance à être du côté des persécutés, quelle que soit leur cause, et que celle-ci soit ou non justifiée, répondit Teague en observant Pitt avec attention. Des personnes admirables se sont battues pour les droits des pauvres. D'autres l'étaient moins. Certains anarchistes ne songent qu'à détruire. Ils sont favorables à toute violence, même celle provoquée par cette affreuse guerre en ce moment. Ils idolâtrent le chaos et haïssent tous ceux qui possèdent ce qu'ils n'ont pas. Les autorités ne font guère de différence entre les deux.

C'était ce que Pitt avait pensé, mais il était toujours extrêmement curieux de savoir ce que Teague avait à dire, et pourquoi. Une idée lui vint, de plus en plus troublante alors qu'il suivait le raisonnement de son interlocuteur. Dans quelle mesure ce dernier avait-il déduit ses propos de ce qu'il avait vu et entendu au contact des hommes de la Special Branch ? Était-il en train d'apprendre ou de guider, à présent ? Et pourquoi ? Avait-il observé autre chose, qu'il passait sous silence ?

Tout en l'écoutant, Pitt se demandait si Nazario Delacruz était allié au mouvement anarchiste espagnol. Le gouvernement de son pays aurait-il pu exercer des représailles à l'encontre de Sofia ? Tendre ainsi un piège à Nazario pour le pousser à trahir ceux qu'il s'était engagé à aider ? Toutes ces hypothèses étaient venues à l'esprit de Pitt avant que Teague entre dans son bureau. La question était de savoir si ce dernier était là pour lui fournir des informations, ou pour lui en soutirer : et même s'il avait un intérêt personnel dans cette affaire et qu'il se servait de Pitt et de la Special Branch pour le défendre.

Teague était apparenté à une bonne partie de l'aristocratie anglaise, et même, indirectement, au Premier ministre lui-même. Cela en soi ne signifiait rien. Les traîtres pouvaient surgir des milieux les plus haut placés. S'il n'osait refuser l'aide de Teague, il pouvait en revanche ordonner à Stoker de mettre discrètement en garde ses hommes quant aux propos qu'ils tenaient devant lui et ses bénévoles.

Était-il déjà trop tard ?

Était-il même possible que Teague cherche à mettre à l'épreuve la discrétion de la Special Branch ? Le service avait autant d'ennemis que d'amis au sein du gouvernement. Le prince de Galles en particulier serait enchanté de voir Pitt démis de ses fonctions. Il y avait beaucoup d'autres hommes qu'il considérait comme étant plus aptes à les exercer, plus compétents et plus familiers des règles tacites de conduite entre gentlemen, des secrets à garder, des dettes contractées par qui et envers qui. Narraway avait su. Pitt apprenait, mais avec lenteur, et en commettant des erreurs.

— J'ai des relations en Espagne, disait Teague. Des gens que j'ai connus lorsque je suis allé faire du bateau là-bas par le passé. Cependant, il est inutile de demander un service à quelqu'un pour apprendre quelque chose que l'on sait déjà.

Ses yeux fouillèrent le visage de Pitt.

— Vous devez avoir conscience du climat politique en Espagne en ce moment…

— Certes.

— Est-il possible que Señora Delacruz ait été l'alliée des anarchistes ? Pourrait-elle protéger un des fugitifs impliqués dans les meurtres de Barcelone ? Ou un autre incident de ce genre ?

Pitt remarqua soudain combien Teague était tendu. Il se tenait étrangement immobile, les muscles raidis afin d'éviter tout mouvement involontaire susceptible de le trahir.

Les pensées se bousculèrent dans l'esprit de Pitt. Sûrement, il était impossible qu'un homme tel que Dalton Teague ait la moindre sympathie pour les anarchistes ? Il devait avoir une autre raison pour poser cette question. Était-il du côté des autorités espagnoles ? Peu probable. Sans doute fallait-il chercher un rapport avec d'éventuels espions et la toute récente guerre américano-espagnole.

— Ce n'est pas à exclure, admit-il lentement. Elle a des opinions assez radicales pour cela.

— Mais vous l'ignorez ? insista Teague d'un ton pressant. Smith ne vous a pas donné à penser qu'elle protégeait quelqu'un de précis ?

De nouveau, ses yeux fouillèrent le visage de Pitt. Il s'en rendit compte et se ressaisit.

— Si elle éprouve une compassion malavisée pour les anarchistes, ce serait embarrassant pour nous… et même pire.

Pitt n'avait que trop conscience de l'embarras que cela provoquait déjà.

— Peut-être les a-t-elle trahis ? reprit Teague. Ou bien ils ont cru qu'elle les avait trahis. Est-ce plausible, d'après ce que vous savez ?

— Je n'ai pas assez d'éléments pour répondre à cette question. Pas encore.

— J'espère que vous me le direz, lorsque vous le saurez ? demanda Teague avec un sourire. En attendant, je vais me renseigner de mon mieux.

Teague se leva, et Pitt l'imita. Cette fois, il fut le premier à tendre la main.

Il était maintenant trop tard pour aller voir Barton Hall, aussi Pitt rentra-t-il chez lui. Toujours plongé dans ses pensées, il ne s'était pas préparé à affronter les questions anxieuses de Jemima, mais un regard de Charlotte lui souffla que sa réaction serait importante. Une maladresse à présent ne serait pas facilement rattrapée.

Ils étaient assis dans le salon après le dîner. Pour une fois, tous les quatre étaient là. Les devoirs avaient été terminés et personne n'était retenu par d'autres engagements.

— Avez-vous du nouveau concernant Señora Delacruz, papa ? demanda Jemima d'un ton inquiet.

— Pas encore, mais nous la recherchons et nous suivons toutes les pistes qui se présentent, répondit-il, sachant que ses paroles sonnaient creux.

Là encore, Charlotte l'avertit d'un coup d'œil.

— Elle est peut-être morte, suggéra Daniel.

Pitt réprima l'envie instinctive de lui ordonner de se taire. Ils devaient eux aussi envisager cette hypothèse.

— Certes, dit-il. Mais le plus probable, c'est qu'elle est prisonnière quelque part et que, quand tout le monde aura perdu l'espoir, celui qui la retient réclamera une rançon.

— Qui paierait ? demanda Daniel.

— Les gens d'Angel Court, évidemment, rétorqua Jemima d'un ton sec.

— Ils ont de l'argent ? s'étonna Daniel. Et de toute façon, est-ce qu'ils veulent vraiment qu'elle revienne ? Les journaux prétendent que non.

— Cela ne signifie pas qu'ils refuseraient de verser une rançon pour éviter qu'elle ne soit tuée, intervint Charlotte en hâte. On ferait cela même pour quelqu'un qu'on déteste. Et les gens d'Angel Court ne la détestent pas. Ils ne sont pas d'accord avec tout ce qu'elle disait, c'est tout !

Jemima regarda Pitt.

— Avait-elle raison dans son prêche, papa ? Chacun d'entre nous peut-il devenir pareil à Dieu ?

— Oh ! Allons, coupa Daniel exaspéré. Personne n'est parfait ! Elle dit seulement aux gens ce qu'ils veulent entendre ! Peu importe le mal que vous faites, il y a toujours un moyen de se racheter ? Assez d'efforts, et vous deviendrez pareil à Dieu ? Il n'y a pas d'inégalité face à l'éternité, nous sommes tous les mêmes ?

— Elle n'a rien prétendu de tel ! riposta Jemima avec colère, élevant la voix. Et de toute façon, les gens ne veulent pas entendre ça ! Ils préfèrent penser qu'ils sont exceptionnels. Si n'importe qui peut aller au ciel, à quoi cela sert-il ? Ils ne veulent le paradis que s'ils peuvent en exclure autrui. Tu n'écoutes donc rien ?

— Ce n'est qu'une femme, Jemima, dit Daniel d'un ton patient. Pas une sainte. Elle n'en sait pas plus long que le reste d'entre nous.

— Si !

Jemima se tourna vers Pitt.

— N'est-ce pas, papa ? Elle est différente. Elle a du courage et de la passion. Elle a une vision que les autres n'ont pas… n'est-ce pas ?

Pitt avait soupçonné que cette question surgirait et qu'il devrait y répondre, mais il n'avait pas escompté que ce moment viendrait si vite. Il n'était pas prêt. S'il affirmait à Jemima que Sofia était honnête et qu'il s'avérait par la suite qu'elle soutenait des terroristes, Jemima aurait perdu sa foi en Sofia, mais en lui aussi. D'un autre côté, s'il avouait ne pas savoir, il donnerait l'impression d'éluder la question. Pourtant, c'était la pure vérité.

— Je ne sais pas, admit-il, choisissant ses mots avec soin. Mais on devrait juger ses paroles sur leur mérite, non à cause de la personne qu'elle est. On peut avoir des défauts et dire la vérité.

Daniel fronça les sourcils.

— Voulez-vous dire que c'est la vérité, papa ? Ou que vous savez qu'elle a des défauts ?

— Nous en avons tous, intervint Charlotte. Toi inclus, mon chéri. Nous t'aimons tout de même.

Ignorant sa mère, Daniel maintint son regard rivé sur Pitt, attendant sa réponse.

— Ta mère a parlé avec le sourire, dit ce dernier, mais je crois qu'elle était sérieuse. Et il est temps que tu ailles te coucher. J'ignore ce qu'il est arrivé à Sofia Delacruz, cela dit je fais tout ce que je peux pour le découvrir et, si possible, pour la secourir et châtier les meurtriers d'Inkerman Road. Peut-être y a-t-il un lien avec la religion, ou la politique, ou l'argent, ou une haine personnelle. Je l'ignore et je ne vais pas juger avant de le savoir. Le chapitre est clos pour ce soir.

Jemima prit une inspiration et fit mine d'ajouter quelque chose, puis se ravisa. Elle embrassa Pitt rapidement avant de lui souhaiter bonne nuit et de quitter la pièce.

— Elle va en être malade s'il s'avère que cette Sofia n'est qu'un charlatan, marmonna Daniel. Elle ne devrait pas monter la tête des gens comme ça. C'est vraiment mal.

— Oui, reconnut Pitt. Mais ne perds pas espoir pour l'instant.

Daniel se leva lentement.

— Je ne suis pas sûr d'aimer beaucoup la religion. Tantôt c'est ennuyeux, tantôt c'est dangereux. Au fond, l'ennui est sûrement préférable.

Il se dirigea vers la porte, effleurant le bras de Charlotte au passage.

— La vie est un peu comme ça, murmura-t-elle.

— Tantôt ennuyeuse, tantôt dangereuse ? demanda Pitt, surpris.

— Soit on opte pour la sécurité, soit on prend des risques. Les risques peuvent faire souffrir, mais au moins on a essayé. Et parfois, c'est merveilleux.

Elle lui sourit et il eut l'impression que la chaleur revenait dans la pièce. Il lui sourit en retour, sans chercher à protester.

Charlotte se leva et sortit sans bruit du salon. Le désarroi de Jemima la troublait. Sa fille était en proie à un émoi qui dépassait la simple sollicitude à l'égard d'une femme qu'elle n'avait vue qu'une seule fois, et lors d'un sermon.

Elle gravit les marches et frappa à la porte de l'adolescente. Une réponse étouffée lui parvint, qu'elle prit pour une invitation à entrer.

Jemima était assise sur son lit, perdue dans ses pensées. Elle leva les yeux d'un air interrogateur.

Charlotte referma la porte et s'assit au pied du lit.

— De quoi s'agit-il réellement ? demanda-t-elle, allant droit au but. Pourquoi t'inquiètes-tu à ce point pour elle ?

— Essaie-t-elle de faire parler d'elle, ou croit-elle sincèrement ce qu'elle prêche ?

— Je pense qu'elle est sincère. Pourquoi ?

Jemima ne répondit pas.

— Pourquoi cela importe-t-il qu'elle soit honnête ? L'important n'est-il pas de savoir si ce qu'elle dit est vrai ?

— Personne ne sait si c'est vrai, répondit Jemima en plongeant son regard dans celui de Charlotte. Personne ne peut savoir. Si on savait avec certitude, il ne s'agirait pas de foi, n'est-ce pas ?

— Non, admit Charlotte, s'exhortant à la patience. Mais tu n'as pas répondu à ma question.

— On la déteste parce qu'elle est intelligente et qu'elle dit ce qu'elle pense. Et que son point de vue a plus de sens que ce qu'on a prétendu jusqu'ici.

Les traits de Jemima étaient pincés, effrayés.

Charlotte mourait d'envie de la réconforter, mais devinait que des platitudes ne l'y aideraient pas.

— C'est vrai.

— Papa soupçonne-t-il son mari d'avoir manigancé tout cela ? demanda Jemima dans un souffle.

— Je ne crois pas, répondit Charlotte, déroutée par le cheminement de pensée de sa fille. Mais il doit envisager cette possibilité. Il arrive qu'un mari tue son épouse.

— Parce qu'elle a raison ? Parce qu'elle ne veut pas se taire et obéir ? Et penser la même chose que les autres ?

Charlotte déglutit.

— Parfois. Pas forcément. Il y a toutes sortes de motifs pour lesquels les gens se querellent, deviennent jaloux ou cupides. Pourquoi penses-tu à cela maintenant ? Nous ne savons pas ce qu'il est arrivé à Señora Delacruz.

— Elle est très belle, n'est-ce pas ?

Le visage tout plissé de Jemima reflétait sa confusion.

— Oui, en un sens. Mais quelle importance ?

— Sans doute qu'il l'aimait au début, jusqu'au moment où elle a commencé à parler de ses convictions avec tant d'éloquence.

— Il l'aime peut-être encore.

Jemima prit une profonde inspiration et lâcha un soupir.

— Vous souvenez-vous de la réception donnée par Lady Cromby ?

— Je me souviens que tu y es allée, oui.

— Son fils était là. Il a été vraiment gentil. Non, c'est un mot idiot !

Il y avait des larmes dans les yeux de Jemima à présent et elle cilla furieusement pour les refouler.

— Il était drôle et spirituel et… très beau. Je lui ai plu. Je l'ai vu sur son visage. Tout le monde s'en est aperçu. Nous avons commencé à parler de choses sérieuses. Il m'a demandé mon avis et je lui en ai fait part. Je n'aurais pas dû. Je n'étais pas d'accord avec lui, et certains des autres m'ont donné raison. Avant cela, il m'avait invitée à l'accompagner au théâtre… avec un chaperon, bien sûr. Mais à la fin de la soirée, il m'a dit que je ferais mieux de ne pas venir, parce que la pièce ne serait pas à mon goût.

Elle se tut, la gorge trop nouée pour continuer.

— Je suis désolée, dit Charlotte doucement.

Elle chercha des paroles honnêtes à prononcer, et n'en trouva aucune.

Jemima fouilla dans sa poche et en tira un mouchoir.

— Ce genre de choses m'est déjà arrivé, mais ça ne m'a pas blessée autant. Après, Annabelle m'a lancé que si j'avais le moindre grain de bon sens, je ne contredirais pas les garçons, parce que ça ne leur plaît pas, même s'ils ont tort. Pourtant, il n'est pas question d'avoir tort ou raison ! Juste de pouvoir penser et dire ce qu'on veut. Et si personne ne m'aime ? Vais-je devoir choisir entre jouer la comédie toute ma vie, ou rester seule jusqu'à la fin de mes jours ?

Elle reprit son mouchoir.

— Les réceptions sont stupides, je le sais. Mais suis-je obligée de surveiller sans arrêt mes paroles et de faire semblant d'être idiote ?

Brusquement, Charlotte comprit. Que répondre ? Elle se reconnaissait si bien dans sa fille ! À l'âge de Jemima, elle avait été très franche, très obstinée. Ses amies s'étaient mariées les unes après les autres, tandis qu'aucun prétendant ne se présentait pour elle. Comme Jemima, elle était assez jolie, mais elle avait des idées trop arrêtées.

Y avait-il un autre Thomas Pitt en ce monde pour aimer et épouser Jemima ? Et à supposer que oui, combien de déconvenues sa fille devrait-elle affronter avant de le rencontrer ?

— Tu n'es pas obligée de dire que tu es d'accord, suggéra-t-elle prudemment. Parfois, le silence est un choix plus sage.

— Je lui ai demandé de s'expliquer, répondit Jemima, raisonnable.

— Oh, ma chérie ! soupira Charlotte. Ne fais jamais ça. Comment pourrait-il expliquer ce qu'il ne comprend pas ? Si tu y réfléchis, tu verras…

— Mais est-ce pour cette raison qu'on a tué Señora Delacruz ?

— Rien ne prouve qu'elle soit morte. Et à supposer que ce soit le cas, nous ignorons qui l'a tuée et pourquoi.

— Mais est-ce qu'un garçon m'aimera si j'ai des opinions différentes des siennes ?

— Ce ne sera peut-être pas facile de trouver le véritable amour, mais si tu y parviens, votre union sera solide et durable. Néanmoins, il est parfois judicieux de tenir sa langue. Crois-moi, j'ai appris cette leçon à mes dépens. Pas seulement avec les hommes, avec n'importe qui. Avoir raison ne signifie pas être sage.

Charlotte se pencha et serra sa fille dans ses bras. Quand celle-ci lui rendit son étreinte, elle se détendit enfin.

Le lendemain matin, le *Times* publiait un nouvel article de Frank Laurence. Il ne critiquait ni la police ni la Special Branch pour l'absence de progrès dans l'enquête sur l'assassinat des deux malheureuses d'Inkerman Road et la disparition de Sofia Delacruz. Il n'émettait pas même d'hypothèse à ce sujet, ne se demandait pas si elle était morte ou vive.

Pitt le dévora, frappé par la question que Laurence soulevait réellement. Il émanait de l'article une sincérité si brûlante qu'il croyait entendre la voix du journaliste, comme si ce dernier était assis à côté de lui à table. Il revoyait son visage, ses traits brillants d'intelligence et d'humour.

> « Si elle est morte, c'est une tragédie et, à n'en pas douter, un des crimes les plus épouvantables qu'ait connus cette cité. En revanche, si elle est saine et sauve, libre de communiquer avec autrui, alors il s'agit d'un péché de tout autre nature. Il existe bien des façons de tromper les gens, de les dépouiller de leur argent, de leur terre, de leur avenir, de leur poste ou même d'une gloire qu'ils ont méritée. Souvent, c'est la cupidité qui, en nous faisant croire à des mirages, mène à notre perte. La perspective d'obtenir plus que ce que nous avons mérité est un appât qui séduit nombre

d'entre nous. Je suis bien placé pour le savoir ! J'ai été tenté. De diverses petites manières, j'ai mordu à l'hameçon. Qui ne l'a pas fait ? Cela peut être un acte aussi insignifiant que d'engager un pari quand on a de meilleures chances de gagner que son adversaire.

Si Sofia Delacruz nous a trompés, elle a sali nos rêves et notre foi envers la prière. L'homme qui craint pour sa vie invoque la grâce de Dieu. La femme dont l'enfant est malade supplie Dieu de l'aider, de le sauver, d'atténuer sa douleur coûte que coûte. Combien de soldats meurent en adressant une prière au Ciel ? Combien d'entre nous, rongés par le remords, prient pour être pardonnés ? Combien d'entre nous, tels des enfants dépassés par la vie, désorientés et trébuchants, se tournent vers Dieu pour qu'Il leur montre la voie ?

Nous cherchons des héros. Nous admirons ceux qui ont acquis auprès de Dieu une certitude pendant que nous tâtonnons dans les ténèbres. Nous puisons en eux le courage de réaliser nos aspirations. Nous voyons en eux l'honneur, la compassion, la sagesse, et surtout la foi. S'ils peuvent réussir, nous aussi. Qu'y a-t-il de plus sacré, de plus apaisant que l'espoir ?

Quelle est la gravité du péché de ceux qui demandent aux innocents de leur accorder leur confiance, et puis la détruisent ? Nous sommes tous des enfants au fond, quand nous sommes seuls, effrayés, impuissants.

Bien sûr, il y a une place pour la remise en question d'une doctrine, quelle qu'elle soit. Une place pour le doute et pour la discussion. Mais elle ne se trouve pas sur les lèvres des marchands d'espoir. En endossant le rôle de héros, en acceptant la confiance des vulnérables, on prend un engagement envers eux. Si nous n'escomptons pas la perfection, nous attendons l'honneur.

Sofia Delacruz a-t-elle trahi cet engagement, s'est-elle rendue coupable de blasphème envers le Dieu auquel elle prétend croire ? Nous ne le savons pas encore. Nous nous attachons à le découvrir, jour et nuit, dans la mesure de nos moyens, parce que cela est important. Si elle est innocente, alors il y a là quelque chose de beau que nous pouvons chérir. Dans le cas contraire, il nous faudra essayer de guérir, trouver une autre lumière à suivre. Peut-être l'un d'entre nous doit-il incarner cette lumière. Il n'est pas toujours nécessaire que ce soit autrui. »

Pour Pitt, il aurait presque été préférable que Laurence, comme tant de journaux à scandale, se concentre sur l'horreur des meurtres d'Inkerman Road. S'il s'était indigné des déclarations de Sofia, s'il avait blâmé son opiniâtreté, l'audace de sa conduite, s'il l'avait accusée d'être égoïste, cela aurait été prévisible. Ceux qui étaient d'accord auraient été satisfaits, et les autres l'auraient ignoré.

Laurence s'adressait aux gens réfléchis, aux justes, en quête d'espoir et de confiance dans cette époque désespérément incertaine. Il attaquait les autres, les piliers de la société, les esprits loyaux, lents à se décider.

Il replia le quotidien et se leva.

— Voilà qui ne va guère arranger les choses, fut son seul commentaire.

Lorsqu'il arriva à Lisson Grove, Stoker lui annonça qu'il avait pris rendez-vous avec Barton Hall pour lui, une heure et demie plus tard.

Pitt le remercia.

— Pas de nouvelles d'Espagne ? demanda-t-il, sans s'attendre à davantage qu'une réponse pour la forme.

Stoker l'en aurait déjà informé si tel avait été le cas.

— Rien de notable, monsieur. En revanche, je me suis renseigné un peu plus sur Laurence.

Il était debout, à mi-chemin de la porte et du bureau de Pitt, comme s'il ne pouvait se décider.

Un pressentiment assaillit Pitt.

— Pourquoi ? Qu'avez-vous découvert ?

— C'est curieux, monsieur. Il vous a dit qu'il ne connaissait Teague que de réputation à l'école.

— Je sais. Teague, en revanche, a affirmé le contraire. L'un d'eux a menti. Savez-vous lequel, et si cela a de l'importance ?

— C'est Laurence, monsieur.

Stoker se tenait au milieu de la pièce, le corps rigide.

— Il était vraiment brillant, en avance pour son âge. Un petit futé, m'a-t-on dit, doté de grandes capacités sur le plan des études. Infiniment meilleur que Teague. Mais bien sûr, nul en sport, à la différence de Hall, qui, bizarrement, n'était pas trop mauvais. Lui aussi était intelligent. Il a obtenu plusieurs prix d'excellence. Comme Laurence par la suite.

— C'est donc Laurence qui a menti, répéta Pitt à regret. Craint-il que Teague ne sache à son sujet quelque chose qu'il préfère nous cacher ?

Stoker fronça les sourcils.

— Laurence pourrait-il être un suspect dans cette affaire ? demanda-t-il d'un ton sceptique. Je ne vois pas comment !

— Moi non plus. Mais il n'aime pas Teague. Peut-être ne veut-il pas que nous découvrions pourquoi. En attendant, s'il désire que je compromette Teague, il perd son temps, ajouta Pitt, irrité. Je ne l'apprécie pas particulièrement, mais je n'ai rien contre lui et je ne compte pas régler les comptes de Laurence à sa place. Autre chose sur Barton Hall ?

— Oui, monsieur. Sur votre bureau.

Pitt descendit du fiacre et régla le cocher, puis traversa le trottoir en direction de l'entrée de la banque. C'était un bâtiment magnifique, doté d'une volée de marches en marbre menant à une colonnade et à une porte dignes d'un palais de la Renaissance. Il pénétra dans une antichambre feutrée, où un valet s'enquit poliment de ce qu'il pouvait faire pour lui. Pitt lui expliqua qu'il était venu voir Mr. Barton Hall. Le valet l'accompagna dans un nouvel escalier et le long d'un couloir silencieux avant de s'arrêter devant une porte.

Il frappa et on répondit aussitôt. Derrière son splendide bureau, Barton Hall se leva et inclina très légèrement la tête. Il paraissait parfaitement à sa place dans ce cabinet de travail austère, avec ses meubles coûteux, ses volumes reliés de cuir sur les rayonnages, ses chaises Chippendale et sa cheminée Adam.

— Bonjour, dit-il, d'une voix presque dénuée d'expression.

Il était vêtu d'un complet sévère, ses cheveux peignés en arrière révélant un front qui commençait à se dégarnir. Il avait l'air fatigué, bien qu'il ne fût que neuf heures et demie du matin.

— Bonjour, monsieur, répondit Pitt.

— Je ne vois pas très bien en quoi je peux vous aider, continua Hall. Si je savais quoi que ce soit concernant ces terribles événements, je vous l'aurais déjà dit. Si vous avez des nouvelles de Sofia et que vous avez jugé préférable de me les communiquer de vive voix, c'est courtois de votre part, mais ce n'était pas nécessaire. Quelle que soit la manière dont on me l'annonce, cela ne fera aucune différence.

Pitt éprouva envers lui un élan momentané de pitié. Il était visiblement en proie à un grand désarroi, peut-être dû à un sentiment de culpabilité, ou à la crainte que son rôle dans les récents événements ne soit sur le point d'être découvert, voire rendu public.

— Je n'ai aucune nouvelle, Mr. Hall. Certes, la police fait tout son possible pour découvrir l'auteur des crimes épouvantables d'Inkerman Road, et nous menons notre propre enquête. Cependant, si je suis revenu vous voir, c'est pour en apprendre davantage au sujet de Sofia Delacruz.

— Je ne sais absolument pas quoi vous dire, rétorqua Hall d'un ton sec.

Il fit néanmoins signe à Pitt de s'assoir et prit lui-même place derrière son bureau, lequel formait entre eux une barrière considérable.

— Elle ne m'a en rien laissé entendre qu'elle était en danger. Il y a toujours eu de petites contestations de son autorité, comme on peut s'y attendre dans toute association rassemblant de fortes personnalités, issues de milieux différents, que seule réunit une idée insensée.

Il changea de position gauchement. Sans doute se serait-il levé et aurait-il fait les cent pas dans la pièce s'il n'avait craint de paraître impoli.

— Commencez par le début, suggéra Pitt. Lorsqu'elle vous a écrit pour vous annoncer qu'elle venait d'Espagne exprès pour vous voir, vous avez dû lui demander pourquoi ?

Hall hésita un instant, juste assez pour trahir le fait qu'il pesait sa réponse avant de la donner.

— La plupart des questions financières sont confidentielles, Mr. Pitt…

— Elle vous consultait pour des questions financières ? s'écria Pitt, interloqué.

— Non, bien sûr que non ! Mais il s'agissait d'une question d'argent. Elle a affirmé qu'une somme considérable était en jeu, tout en refusant de me fournir des précisions. J'ai insisté en vain. Elle tenait à ce que nous nous parlions de vive voix. Je n'ai pu la persuader. Et comme vous le savez, je ne l'ai jamais vue.

— Que voulez-vous dire par « considérable » ?

— Que signifie « considérable » ? rétorqua Hall. J'ai supposé qu'elle n'était pas assez naïve pour parler de quelques milliers de livres. Comme je viens de vous le dire, je ne l'ai pas vue et je n'en sais pas davantage.

— Et pourtant, vous avez offert à Melville Smith l'usage de votre maison d'Inkerman Road pour que Señora Delacruz et deux de ses compagnes puissent s'y cacher. De quoi auraient-elles pu avoir peur, Mr. Hall ?

Hall avait pâli.

— Des fanatiques religieux qu'elle avait offensés par ses discours insensés ! rétorqua-t-il. De quoi d'autre ?

— Après son premier et seul sermon, vous avez estimé qu'elle courait un danger tel qu'Angel Court n'était pas un endroit assez sûr ? demanda Pitt, sans cacher son incrédulité. Elle a accepté de se rendre dans votre propriété, mais vous n'en avez parlé à personne d'autre ? Pensiez-vous qu'elle avait des ennemis parmi ses propres disciples ? Pourquoi ? Que s'est-il passé ce jour-là pour vous donner cette impression ?

— Je vous répète que je ne l'ai pas vue. J'ai eu une conversation avec Melville Smith.

Visiblement décontenancé, Hall noua et dénoua ses mains.

— Je… Mr. Pitt, il me répugne de vous révéler quelque chose qui ne concerne en rien la Special Branch, mais la somme qu'elle a mentionnée… il s'agissait de millions. J'ignore si c'était la vérité ou si elle exagérait. Je ne fais pas confiance à Smith. Je voulais qu'elle soit éloignée de lui, pour sa propre sécurité. Smith est… compétent, sans plus. Il nourrit des ambitions qu'il ne pourra jamais réaliser. Sofia est peut-être tout simplement hystérique, elle a toujours eu tendance à dramatiser. Cependant, s'il y a la moindre chance pour qu'elle ait raison, alors il était de mon devoir de la protéger.

— Raison à quel sujet, Mr. Hall ?

— Pour l'amour du Ciel ! Mon cher, je n'en sais rien ! cria Hall. Justement ! Je ne sais pas.

Pitt allait reprendre la parole, mais Hall le devança.

— Je suis désolé, s'excusa-t-il. Cette terrible affaire m'a profondément affecté. Ces… pauvres… idiotes ! Personne ne mérite de mourir ainsi.

Il fixa Pitt.

— Je ne devrais pas en vouloir à Sofia, dit-il avec un effort. Peut-être était-elle aussi perturbée qu'elles.

— C'est très compatissant de votre part, commenta Pitt, afin de combler le silence.

Hall haussa les épaules.

— Face à ces épouvantables conséquences, il est facile de se laisser aveugler par la colère et d'oublier que ceux qui ont offensé ne se rendaient probablement pas compte de la portée de leurs propos.

Il resta immobile, les yeux presque clos.

— C'est terrible pour Sofia.

Sa voix tremblait de consternation.

— Les gens sont confrontés à toutes sortes de bouleversements qui menacent la paix et la sécurité qu'ils tenaient pour acquises. Comment peut-elle ne pas comprendre qu'elle ajoute encore à leurs angoisses ? Le monde est de plus en plus incertain, Mr. Pitt. De fait, on pourrait dire qu'il est au bord de l'abîme.

Une fois de plus, Pitt ressentit une bouffée de pitié pour cet homme. Cependant, il voulait savoir ce que Hall imaginait, et la seule manière d'y parvenir était de le laisser parler.

Hall se pencha vers lui.

— Là-bas, protégée de la réalité dans son rêve religieux, elle mésestime les dangers de notre époque, suggéra-t-il, les yeux écarquillés, les sourcils froncés. Elle n'était pas une sotte, autrefois, mais les gens changent. J'ignore tout de l'Espagnol qu'elle a épousé, à part l'évidence ! Il est abominablement irresponsable et n'a aucune discipline. Dieu sait quelles sont ses convictions politiques. Il pourrait être anarchiste ! Elle est assez folle pour avoir choisi un homme pareil.

Il se tut, attendant sans doute que Pitt le contredise.

Celui-ci se contenta d'acquiescer d'un air compréhensif.

Hall le dévisagea gravement.

— Vous devez être encore plus conscient que moi du vent d'anarchie et de rébellion qui souffle sur l'Europe, dit-il d'un ton lugubre. En Russie, la situation est consternante. Le nouveau tsar a toutes sortes de projets pour des conférences de paix, mais il ne sait pas ce qu'il fait. Ses ministres lui font des courbettes et disent amen à tout, et puis continuent à faire exactement ce qu'ils ont toujours fait – ils renforcent leurs armées et n'auront de cesse qu'elles ne surpassent en nombre toutes les nôtres réunies.

Un frisson traversa Pitt à cette pensée, même s'il était convaincu que Hall exagérait la menace. La Special Branch s'inquiétait davantage de la montée en puissance de l'armement en Allemagne, pays plus proche et ouvertement belligérant. On y fabriquait des armes capables d'anéantir la cavalerie désuète qui avait été victorieuse lors des grandes batailles d'antan telles que Waterloo et les conflits qui s'étaient déroulés depuis, en Crimée ou en Afrique. Une petite armée de soldats britanniques avait battu six mille cavaliers soudanais cette année ! Mais ce n'était pas l'Europe.

— L'argent, reprit Hall avec gravité. L'argent est le nerf de la guerre. Notre richesse dépend de la puissance de notre flotte. L'Amérique commence à s'en rendre compte, ce qui explique, bien sûr, qu'elle se soit mise à construire des vaisseaux de guerre à un rythme effréné. Elle veut dominer tout le Pacifique, de San Francisco à Manille, et toutes les Caraïbes, d'où la guerre américano-espagnole pour la domination de Cuba.

Pitt ne discuta pas. Il savait parfaitement que l'idée de libérer Cuba du joug espagnol n'était qu'un prétexte. Tous les renseignements qu'il avait obtenus suggéraient que Cuba ne désirait aucunement être libéré et passer d'un pouvoir colonial à un autre.

— Il semble qu'elle ait tiré la leçon de notre exemple, observa-t-il.

Hall parut un instant déconcerté, puis comprit.

— Oui, je suppose, reconnut-il à regret. Mais ce qui nous concerne le plus, c'est le chaos en Europe. C'est la porte à côté. Si l'armée est condamnée dans cette affaire Dreyfus et que le gouvernement tombe, ce sera une catastrophe. Nous devons nous réarmer, nous moderniser. C'est un leurre de nous imaginer que nous pouvons répéter Trafalgar et Waterloo ! Certains pensent que les machines de guerre modernes sont tellement destructrices qu'elles ne seront jamais utilisées. Plaise à Dieu que ce soit vrai, mais ce n'est qu'une illusion.

Pitt n'avait aucun argument pour contredire les propos de Hall et, s'il en avait eu, il n'aurait pas eu le droit de les divulguer. Hall avait beau tirer toutes sortes de conclusions du fait de son appartenance aux cercles de la finance internationale, il n'avait pas accès aux informations détenues par le gouvernement ou les services secrets britanniques.

— Croyez-vous que Sofia Delacruz, ou sa disparition, ait un lien avec tout cela ? demanda-t-il prudemment.

Hall soupira, et ses épaules se détendirent quelque peu.

— Pas sciemment, peut-être, admit-il avec un haussement d'épaules. Je ne la crois pas mal intentionnée, plutôt imbue d'elle-même et un peu instable. Elle songe à son propre intérêt, bien sûr, mais j'imagine qu'elle ne soupçonne pas notre manque de préparation. Son mari a pu se servir d'elle sans vergogne, qui sait ? S'il est anarchiste ou qu'il a de la sympathie pour eux.

Il arqua les sourcils.

— J'avais cru que c'était un irresponsable, un égoïste incapable de maîtriser ses appétits. Il se peut qu'il soit beaucoup plus dangereux.

Un instant, Pitt fut tout à fait désarçonné, avant que la lumière se fasse en lui avec la violence d'un éclair. Il eut l'affreuse prémonition de ce à quoi Hall faisait allusion. Qu'il était stupide de sa part de ne pas en avoir pris conscience plus tôt ! Il était rivé à un petit tableau, exactement comme l'avait dit Narraway. Il se conduisait en policier, alors qu'il aurait dû réfléchir en tant que directeur de la Special Branch.

Il regarda Hall de nouveau, son visage grave, plutôt intellectuel, ses grandes mains, la sévérité de son col et de sa cravate noire, la tension de son corps dans cette pièce ancienne et magnifique qui parlait de tradition, d'ordre et de sécurité.

— Ce sont des possibilités, acquiesça-t-il. Et comme vous le faites remarquer, nous sommes mal préparés.

Un froid soudain l'avait envahi, comme si on était en janvier au lieu de mai. Il songea au roman récemment écrit par H. G. Wells, où il s'agissait d'une invasion de la Terre par les Martiens, et d'une défaite terrible et totale. Bien sûr, c'était de la pure fiction, mais elle reflétait à certains égards un autre ouvrage intitulé *La Bataille de Dorking*, qui évoquait une invasion réussie de l'Angleterre par l'Allemagne.

Il avait été écrit par George Chesney, un lieutenant-colonel désireux d'attirer l'attention sur le fait que, près d'un siècle après ses victoires sur Napoléon, la Grande-Bretagne se reposait sur ses lauriers comme si rien n'avait changé. Cependant, le livre n'avait en rien secoué l'apathie ou l'autosatisfaction de ceux qui étaient au pouvoir.

Il était temps de ramener la conversation sur Sofia. Hall avait digressé en évoquant l'anarchie et la finance internationale, mais Pitt se souciait avant tout des menaces qui pouvaient peser sur la nation. Les anarchistes lançaient des bombes, assassinaient, sabotaient, créaient la terreur en général. Jusqu'ici, la disparition de Sofia n'avait pas mené à une escalade de ce genre.

— Le moment est venu de m'apprendre tout ce que vous savez sur Sofia Delacruz, affirma-t-il calmement. Il est trop tard pour se cramponner à la discrétion et aux secrets de famille.

— Je suppose que c'est inévitable, en effet, soupira Hall, se laissant enfin aller contre le dossier de son fauteuil. Ce n'est pas un récit plaisant et il me répugne de le faire.

Pitt attendit.

— À sa manière, c'était une très belle femme, commença Hall. Elle avait aussi du caractère, ce qui ne plaît pas à tout le monde. La plupart des hommes préfèrent quelqu'un de plus… accommodant, de moins dérangeant. Néanmoins, alors qu'elle avait une vingtaine d'années, elle a reçu plusieurs demandes en mariage. Son père a jugé l'une d'elles extrêmement appropriée.

— Mais Sofia l'a refusée ?

— Oui. Sans fournir de raison. Au lieu de quoi, elle est partie comme dame de compagnie d'une dame âgée fort distinguée, d'abord à Paris, puis à Madrid, et enfin à Tolède, où, paraît-il, cette dame est décédée.

Jusque-là, Pitt ne voyait rien de déraisonnable dans la conduite de Sofia, en tout cas rien pour justifier l'expression d'intense dégoût qui se lisait sur le visage de Hall.

— À Tolède, elle a rencontré un jeune Espagnol, qui avait quelques années de plus qu'elle, continua Hall. Il était marié et père de deux enfants. Néanmoins, il a fait la cour à Sofia et le résultat a été encore plus désastreux qu'on n'aurait pu le prévoir.

Sa bouche se crispa et forma un trait mince.

— Sa femme a quitté le domicile conjugal en emmenant ses enfants. Cela n'a nullement influé sur le comportement du mari, ni sur celui de Sofia. Leur liaison a continué. Peu de temps après, abandonnée et au désespoir, l'épouse s'est donné la mort avec ses deux enfants. Ils ont brûlé vifs.

Il se tut brusquement. Son visage était tout pâle, la peau tendue sur les os de ses joues.

Un instant, le silence régna dans la pièce.

— Êtes-vous tout à fait sûr de ce que vous affirmez ? demanda enfin Pitt, révolté.

Il était stupéfié par le désir intense qu'il éprouvait de démentir ces accusations.

Il se remémora l'article de Laurence dans le *Times* de ce matin-là. Toute désillusion était douloureuse, à plus forte raison celle qui sapait les fondations de l'espoir et de la confiance. Il avait perçu dans les paroles de Laurence une souffrance aiguë et très personnelle. Il en ressentait lui-même la blessure à présent et sut avec un tressaillement de surprise qu'il avait été touché par les propos de Sofia. Ses idées étaient belles et, quoiqu'il ne les eût pas consciemment acceptées, il voulait conserver la possibilité d'y croire.

Bien entendu, il comprenait qu'on tombe amoureux. Il était tombé amoureux de Charlotte alors qu'il paraissait impensable qu'elle accepte de l'épouser et de renoncer à son confort et à sa place dans la société pour partager le logis et le revenu comparativement négligeable d'un policier.

Cependant, ses sentiments n'avaient pas altéré son sens moral. Ils ne l'avaient pas incité à envisager de se conduire de manière aussi abominable que, apparemment, Sofia et celui qui était désormais son mari l'avaient fait.

Y aurait-il même songé, si Charlotte avait été l'épouse d'un homme qu'elle n'aimait pas ? Il espérait de toutes ses forces que non. Mais en était-il certain ? Peut-on jamais être certain de ce genre de chose, au-delà de tout doute ? Il était facile de juger lorsqu'on n'était pas soi-même mis à l'épreuve. Il avait connu des gens qui avaient commis des crimes qu'il pouvait aisément comprendre, à défaut de pouvoir fermer les yeux. Il aurait peut-être été plus difficile d'être aussi résolu face à ses propres décisions, sa propre passion ou sa propre solitude.

Hall l'observait, jaugeant sa réaction.

— Je suis navré, dit-il à voix basse. Il est évident que vous ne saviez rien. Imaginez ce qu'éprouveront les malheureux qui croient en sa doctrine s'ils découvrent la vérité. Je ne pense pas exagérer en disant que sa tromperie équivaut à une trahison. J'aurais préféré protéger les gens de cette désillusion. J'ai tout tenté pour la persuader de ne pas venir en Angleterre, mais elle a insisté.

Pitt se fit violence pour choisir les mots appropriés. Quoi que Sofia eût fait, le meurtre de ses deux malheureuses compagnes était un acte barbare. Si elle avait connu un sort similaire, cela risquait fort de donner lieu à un incident international, aux conséquences tragiques.

— Supposons qu'elle ne soit jamais retrouvée. Quelles conclusions Laurence en tirera-t-il selon vous ?

Hall parut abasourdi.

— Pardon ?

— Frank Laurence, répéta Pitt. Il a écrit un article très éloquent sur la désillusion et la responsabilité dans le *Times* ce matin. Vous l'avez connu, me semble-t-il.

Hall parut perplexe.

— Vous avez fréquenté la même école.

— Vraiment ?

— Vous et Dalton Teague.

Le visage de Hall se figea, puis il recouvra son sang-froid, l'air vaguement confus.

— Oh ! Oui, Teague, bien sûr. Je ne me souviens pas de Laurence. À moins qu'il n'ait été ce petit gars insolent qui servait de valet à Teague, et qui était en admiration devant lui. Enfin, je suppose qu'il y avait pas mal de garçons comme lui. Ils pensaient pratiquement avoir affaire à un dieu. Nul n'a besoin de séparer les flots de la mer Rouge s'il peut frapper une balle de cricket assez fort pour l'expédier en dehors du terrain.

Il se redressa.

— Excusez-moi. Mes années d'école n'ont pas été les meilleures de ma vie. J'étais un bûcheur, comme on dit.

— J'ai entendu dire que vous jouiez plutôt bien au cricket, hasarda Pitt, au risque d'exagérer un peu.

— Je me débrouillais, c'est tout, répondit Hall, balayant le sujet d'un geste. Puis-je faire autre chose pour vous ? J'ai rendez-vous avec le doyen de St. Paul dans une demi-heure.

Il tendit la main vers une pile de papiers, l'air impatient de se remettre au travail.

— Un dernier point. Il paraît que Sofia a aidé des gens d'une manière ou d'une autre, des individus qui avaient commis des délits.

— C'est possible, répondit Hall.

Sa main s'était crispée sur les papiers, les jointures de ses doigts étaient devenues toutes blanches.

— Je vous ai déjà dit que nous ne communiquions pas.

— Apparemment, elle pensait qu'il était possible de racheter ses péchés, quels qu'ils fussent, à condition qu'on soit prêt à expier ses fautes. Elle leur offrait un sanctuaire et le pardon.

Hall déglutit.

— Vraiment.

Sa voix était dénuée d'expression, comme s'il respirait à peine.

— Cela faisait partie de son ministère, continua Pitt, impitoyable. Elle ne vous en a pas parlé ?

— Non, j'ai peur de ne pas pouvoir vous aider. Maintenant, commandant, j'ai des affaires urgentes à traiter. Si vous permettez… Mr. Barber va vous raccompagner.

Il se détourna, décrocha le téléphone fixé au mur derrière lui, et demanda un numéro d'une voix tendue.

Pitt se dirigea vers la porte et l'ouvrit, hésitant un instant sur le seuil avant de se retourner. Hall était blême, et le téléphone manqua de peu de glisser entre ses mains.

8

Pitt était assis à la table du petit déjeuner, son thé oublié, une tartine grillée en train de refroidir à la main. La lettre était arrivée par la première distribution de la journée. Charlotte l'avait apportée du vestibule quelques minutes plus tôt. Il n'y avait qu'une feuille, rédigée d'une écriture quasi illisible, adressée à lui personnellement. Les lignes penchaient à la fin, et il n'y avait pas de virgules.

Commandant Thomas Pitt

J'ai la soi-disant prophétesse Sofia Delacruz sous ma garde pour l'instant en sécurité et indemne à part une petite blessure. Enfin pas beaucoup plus. Évidemment ça pourrait changer en bien ou en mal. Tout dépend de vos compétences.

Vous devez à présent connaître la nature de son mariage avec Nazario Delacruz et la mort terrible de sa première femme Maria Dolores et de leurs deux petits enfants qui en a résulté. Si par hasard vous étiez assez naïf pour ne rien savoir de tout ça il vous sera facile de vérifier.

Votre choix est simple. Trouvez Nazario Delacruz à Tolède et faites-lui écrire en détail comment Sofia l'a séduit et poussé à trahir sa famille et à l'abandonner pour elle. Publiez ce récit dans le carnet mondain du Times. Je sais qu'il sera réticent à le faire. Elle sera tournée en ridicule et ceux qui l'ont aimée jusqu'ici vont la haïr et la mépriser. Sa religion absurde sera réduite à néant.

Mais d'un autre côté ça lui sauvera la vie parce que sinon elle mourra de manière très désagréable. Les morts de Cleo et d'Elfrida ont été relativement rapides. La sienne ne le sera pas.

La décision appartiendra bien sûr à son mari et pas à vous. Vous devez lui exposer ce choix. Naturellement il vous faudra un certain temps. Je vous accorde exactement deux semaines à compter de la date où vous recevez cette lettre. Si d'ici là je ne vois pas paraître la confession de Nazario dans le Times et croyez-moi je ne me laisserai pas duper par une fausse édition alors Sofia subira le martyre qu'elle prétend appeler de ses vœux.

Je doute que vous le souhaitiez. Vous êtes un tantinet sensible vous-même et vous avez une femme et des enfants !

Essayez de persuader Nazario. Nous verrons bien s'il est loyal !

Il n'y avait pas de signature.

Pitt avait conscience du regard de Charlotte sur lui. Son front était plissé par l'inquiétude. Qu'allait-il lui dire ? Que ferait-il s'il se trouvait à la place de Nazario Delacruz ? Celui-ci n'avait aucun moyen de communiquer avec Sofia, mais ne pouvait ignorer la nature et la profondeur de ses convictions. La lettre qu'on exigeait de lui détruirait tout ce qu'elle avait bâti et trahirait tous ceux qui avaient cru en elle.

Et pourtant Pitt était convaincu que le ravisseur de Sofia était prêt à l'assassiner, de manière violente et terrible, s'il refusait. Ses demandes expliquaient qu'il eût tué deux malheureuses qui n'avaient rien fait pour susciter sa fureur. Elles étaient tout simplement une preuve de son sérieux.

— Thomas ! dit Charlotte d'un ton pressant, où s'entendait la peur.

Il avait besoin de son opinion, de sa compréhension de Sofia. La Special Branch n'employait pas de femmes. Il lui tendit la lettre.

Elle la lut lentement, avec attention. Quand elle releva la tête, elle était blanche comme un linge.

— Sais-tu quoi que ce soit de cet homme ? demanda-t-elle d'une voix rauque.

— Bien sûr que non, répondit-il, perplexe. Nous ignorons totalement de qui il s'agit. C'est un mystère complet. L'écriture est épouvantable, mais l'orthographe est correcte. Il manie des phrases complexes avec aisance : « le martyre qu'elle prétend appeler de ses vœux » !

— Je ne parle pas de l'auteur de cette lettre ! répliqua-t-elle, presque sèchement tant elle était émue. Je parle du mari de Sofia ! Ce... Nazario. Que fera-t-il ? L'aime-t-il, ou est-ce un fanatique pour qui la mort de Sofia serait le plus bel encouragement possible à la foi ?

— Penses-tu qu'il soit derrière tout cela ? se récria-t-il, consterné.

— Est-ce plausible ? Et la famille de sa femme ? S'il est vrai qu'il l'a abandonnée pour Sofia, ses parents pourraient vouloir la venger.

— Pourquoi auraient-ils attendu aussi longtemps ? objecta-t-il, s'adressant à lui-même autant qu'à Charlotte. Ne l'auraient-ils pas tuée à l'époque ? Beaucoup de gens l'auraient compris. Les tribunaux auraient fait preuve de clémence. Pourquoi agir à Londres ?

Il prit une profonde inspiration.

— Quel gâchis ! Et ces pauvres Cleo et Elfrida ! Elles n'étaient pour rien dans tout cela.

Charlotte fit un pas en avant et lui effleura tendrement la joue.

— Tu as raison, c'est un gâchis. En fait, c'est monstrueux. Et il n'est pas impossible qu'il y ait un lien avec les anarchistes. Qui que soit le coupable, il soutient peut-être leur point de vue. Dieu sait que moi aussi, lorsque j'entends parler de la pauvreté et de l'injustice que subissent certains !

Il resta quelques instants silencieux, s'efforçant de se remémorer les traits de Sofia. Avait-elle évoqué son mari ? Il ne s'en souvenait pas. Elle n'avait parlé que de sa foi. C'était à ce propos qu'il l'avait interrogée. Il n'avait même pas envisagé que ses adeptes puissent constituer un danger pour elle, sans parler de son époux resté en Espagne.

De toute façon, il n'avait pas pris au sérieux les menaces censées peser sur elle. Il avait pensé aux dangers habituels auxquels la Special Branch était confrontée, à la marée toujours montante de violence en Europe et en Amérique. Il y avait eu plusieurs assassinats politiques. Des troubles éclataient n'importe où, n'importe quand, souvent fomentés par des extrémistes, des individus imprévisibles, des idéalistes aux projets irréalisables révoltés par la pauvreté qui faisait des millions de victimes de par le monde, depuis les taudis de Moscou jusqu'aux quartiers en révolte à Chicago en passant par les ruelles décrépites de Naples.

Et s'il s'agissait d'une conspiration visant à faire entrer l'Angleterre dans la guerre américano-espagnole, de jour en jour plus meurtrière ? Était-ce pour cette raison que Sofia avait été enlevée à Londres, et non à Tolède ? Les meurtres obscènes des deux autres femmes étaient-ils uniquement destinés à faire en sorte que l'information fasse partout la une des journaux ?

Nazario Delacruz était-il impliqué ou n'était-il qu'une victime, comme Sofia ? S'il refusait de céder au chantage, sa décision aurait-elle des répercussions internationales qu'il ne pouvait ni prévoir ni empêcher ?

Pitt avait espéré qu'il se produirait des faits nouveaux dans cette affaire. Il n'avait pas prévu celui-ci.

— Toute la presse a parlé de l'enlèvement, dit-il tout bas. N'importe qui a pu écrire cette lettre. Elle est peut-être déjà morte.

Contre lui Charlotte se raidit, sa main se figea. Il se détacha d'elle et la regarda.

— Ce n'est pas aussi simple que d'accepter ou pas.

— Aussi simple ! Accepter de détruire toute son œuvre, de renier sa foi, de piétiner les illusions de Dieu sait combien de gens – ou la laisser être torturée jusqu'à ce que mort s'ensuive ? C'est simple, cela ?

— Non, bien sûr que non. Seulement, pouvons-nous placer son mari face à ce choix sans savoir si l'auteur de cette missive détient réellement Sofia ? Sans savoir si elle est en vie ?

Charlotte, devenue très pâle, se blottit plus étroitement contre lui.

— Non. Je suis désolée. Mais il y a un semblant d'espoir… n'est-ce pas ? Et je t'en prie, ne me traite pas comme une enfant. Il y a un espoir, Thomas ?

— Je le crois. Néanmoins il faut que je sache si cette lettre est authentique avant de demander à Nazario Delacruz de prendre une décision.

— Comment vas-tu faire ?

— J'ai besoin de la voir. Le ravisseur doit le comprendre.

— Il ne t'a donné aucun moyen de lui répondre, lui fit-elle remarquer.

— S'il veut que j'agisse, il écrira de nouveau. Il l'a enlevée pour une raison précise. Il veut obtenir quelque chose… à supposer que ce soit bien lui qui la garde prisonnière.

Elle déglutit avec peine.

— Veux-tu dire que nous allons nous contenter… d'attendre ?

— Pas tout à fait. Je vais aller voir Frank Laurence et le prier d'écrire un article bien précis. Histoire de voir s'il y a des retombées.

— Tu apprécies ce journaliste malgré toi, n'est-ce pas ?

— Absolument malgré moi, admit-il avec gêne. Je serais curieux de savoir pourquoi il a menti à propos de ses liens avec Teague à l'école. Ça paraît absurde.

— Ça l'est peut-être ?

Il secoua la tête.

— Non. Les gens ne mentent pas sans raison. Il déteste Teague.

— Fais attention, Thomas. Cela pourrait te rendre très vulnérable.

Il devina à quoi elle pensait. Il était encore un novice à la direction de la Special Branch. Sa nomination n'avait pas plu à tout le monde. Ancien policier, il n'était pas issu des rangs de l'armée ou de l'aristocratie, ni même des cercles d'intellectuels qui évoluaient en marge de celle-ci. Il avait encore du mal à penser en homme politique et à considérer la situation dans son ensemble plutôt que de se concentrer sur la résolution d'un crime spécifique, où qu'elle le mène. Avec le recul, il se rendait compte qu'il y avait là une simplicité à laquelle il aurait aimé retourner à présent.

— Je serai prudent, promit-il.

— Vous voulez que j'écrive un article sur le thème de la rançon ? s'étonna Laurence, intrigué.

Il prit sa chope de bière et fixa Pitt par-dessus le rebord. Ils étaient assis dans un pub bondé et bruyant, où leur conversation ne risquait pas d'être entendue. Des éclats de rire et des exclamations sonores les obligeaient à se pencher l'un vers l'autre pour discuter.

— Seul un sot paie une rançon sans avoir la preuve que la victime est en vie, répondit Pitt. Si j'attends, le ravisseur entrera peut-être en communication avec nous, cependant je préfère prendre les devants. Je ne sais pas comment elle va, ni si elle va tenir longtemps.

— Tenir ? répéta Laurence aussitôt. Vous voulez dire qu'elle est blessée ? Qu'elle a été maltraitée ? Pitt, il me déplaît de dire cela, mais pensez-vous que le ravisseur puisse la relâcher, même si vous payez ?

Pitt se sentit glacé. Le regard de Laurence exprimait une compassion sincère.

— Non. Je ne crois pas.

— Que demande-t-il ?

— Je vous le dirai quand vous aurez besoin de le savoir, si cela arrive un jour.

— La rue n'est pas à sens unique, Pitt, dit Laurence avec circonspection. Je veux quelque chose en échange.

Pitt se raidit, imaginant déjà d'éventuelles menaces.

— Je le ferai, reprit Laurence tout bas. Mais quand vous la verrez, je tiens à être présent. Je vous donne ma parole que je ne ferai rien hormis la regarder.

— Et écrire un compte rendu dans le *Times* pour que tout le monde puisse le lire, lâcha Pitt avec amertume. Non.

— Vous voulez mon aide…

— Je peux m'adresser à quelqu'un d'autre…

— Non. J'accepte. Je ne peux pas me permettre de refuser, n'est-ce pas ?

— Préféreriez-vous vous abstenir ?

— Non… je vais le faire, céda Laurence. Un sujet intéressant, la rançon. Vous n'allez pas me dire ce que c'est, hein !

— Pas encore. Mais j'aurai une dette envers vous.

— Oh, oui ! s'écria Laurence. Et comment !

La réponse ne se fit pas attendre. Une lettre écrite de la même main qu'auparavant arriva au bureau de Pitt à Lisson Grove.

Félicitations, commandant,

C'est sage de votre part d'accepter ma proposition. Bien entendu vous désirez vérifier qu'elle est toujours en vie. Au moins pour le moment. Venez à l'ancien magasin d'articles de marine près de Horseferry Stairs ce soir à sept heures. Je doute que vous soyez assez stupide pour essayer de l'enlever ou d'arrêter ceux qui l'accompagneront. Si vous tentez quoi que ce soit ce n'est pas vous qui paierez mais elle.

Dois-je vous donner des détails ? Le corps humain peut supporter de grandes souffrances sans être délivré par la mort. Cleo Robles pourrait en témoigner – si elle était en vie, évidemment.

Faites ce que je vous dis, et vous verrez que Sofia est encore vivante.

Pitt fixa longuement la feuille de papier, puis gagna la porte et appela Brundage.

Ils marchaient d'un pas vif et presque silencieux le long de la route étroite, bordée d'un côté par quelques échoppes et pensions de famille, et de l'autre par des entrepôts qui donnaient sur la Tamise.

— À gauche ici, indiqua Brundage à voix basse.

Il précéda Pitt dans un passage qui menait à une rue encore plus déserte que la précédente. Sur la dizaine de réverbères qui auraient dû l'éclairer, un seul n'avait pas été cassé. Le magasin d'articles de marine se trouvait juste en face.

— Il a bien choisi, commenta Pitt avec dégoût, tout en s'avançant précautionneusement sur les pavés en mauvais état.

La porte avait été forcée un certain temps auparavant et la serrure rouillée pendait au chambranle. Il la poussa et Brundage entra derrière lui, soulevant à demi le battant afin de le refermer tant bien que mal.

Les vitres des fenêtres, intactes quoique incrustées de saleté, laissaient pénétrer la lumière du réverbère.

Pitt regarda autour de lui. Le magasin était vide. Il ne restait plus de marchandises ; sans doute avaient-elles été volées des mois plus tôt. Le sol était jonché de morceaux de bougie et de vestiges de cartons d'emballage, de clous et vis rouillés, de déjections de rats.

— Faites attention, avertit Pitt. N'allez pas vous enfoncer une pointe dans le pied.

— Non, monsieur. Bon endroit, cela dit. Pour surgir des ténèbres et y retourner. Nous devrions quand même les voir nettement pendant quelques secondes, juste assez longtemps pour vérifier qu'elle est en vie.

— C'est tout ce dont nous avons besoin. Je ne ferai rien sans en avoir la certitude, répondit Pitt, avant de retomber dans le silence.

Plusieurs minutes s'écoulèrent. Sept heures. Sept heures cinq. Sept heures dix.

— Ne pouvons-nous rien faire ? demanda Brundage, fébrile. Il ne va pas venir, ajouta-t-il, les dents serrées, la voix tendue par la colère.

— Je pense plutôt qu'il fait la démonstration de son pouvoir. Il prend plaisir à nous regarder attendre et fulminer. Soyez patient !

— Moi, j'aimerais le regarder se balancer au bout d'une corde ! grogna Brundage.

— J'y travaille. En fait, si c'est fait correctement, on ne se balance pas. On tombe, c'est tout.

— Dommage.

Brundage se figea, puis pivota vers la fenêtre en entendant claquer des sabots sur les pavés. Comme il faisait un pas vers la porte, Pitt le retint par la manche, aussi fermement qu'il put.

— C'est elle qui paiera, pas nous, siffla-t-il.

Brundage cessa de résister.

Dehors, sous le réverbère, le fiacre s'arrêta. Pitt plissa les yeux pour distinguer les silhouettes à l'intérieur. Il semblait y avoir deux personnes : une femme au premier plan, un homme assis de l'autre côté, tout juste une ombre.

La femme se tourna vers eux. Elle se mouvait gauchement, avec raideur. Son bras droit était couvert de bandages, et ses doigts repliés suggéraient qu'elle ne pouvait les bouger. Ses épais cheveux étaient emmêlés et poisseux. Son regard fixa directement la fenêtre comme si elle les reconnaissait à travers les vitres sales. Elle avait un œil enflé, la marque d'un coup sur la joue. Un filet de sang avait séché sur son autre joue et des taches sombres s'étalaient sur son col. Seuls l'angle de sa main et les éclairs que lançaient ses yeux presque noirs leur permirent d'identifier Sofia Delacruz.

— Dieu du Ciel, gémit Brundage.

Pitt garda le silence, mais lâcha le bras de Brundage. Il savait que son subordonné ne bougerait pas.

Le cocher agita son fouet. Le fiacre s'ébranla de nouveau, laissant Brundage cloué sur place, et Pitt pétrifié, glacé jusqu'à la moelle.

Il était neuf heures largement passées lorsqu'il rentra chez lui. Il ne dit rien à Charlotte de ce qui s'était passé, hormis qu'il avait vu Sofia et qu'elle était vivante. Il était soulagé de ne pas avoir à affronter Jemima ou Daniel. Il n'était pas certain qu'il aurait pu leur cacher l'horreur qu'il ressentait, ni son sentiment d'être submergé.

Il était assis sur le canapé du salon. La porte-fenêtre qui donnait sur le jardin était fermée et verrouillée pour la nuit. Une chaleur agréable régnait dans la pièce et il sentait le parfum des fleurs sur la table basse. Ce soir-là, il n'en tira aucun réconfort.

— Il va falloir que j'envoie quelqu'un en Espagne le voir, soupira-t-il.

Qui donc pourrait être le porteur de ce message ? Qui saurait convaincre Delacruz de rentrer à Londres avec lui pour affronter cette épouvantable décision ?

Charlotte se mordit la lèvre.

— Sois prudent, Thomas. Cela pourrait être dangereux. Celui qui la retient prisonnière doit avoir beaucoup de pouvoir. Il semble en savoir très long sur le passé de Sofia, en Espagne et ici. Sa capture a été manigancée de manière très habile, alors même qu'elle s'attendait à des ennuis et que ses propres fidèles étaient censés veiller sur elle.

Elle s'abstint d'ajouter que la Special Branch aussi devait la protéger, mais il en avait amèrement conscience et elle aussi.

— Je ne sais pas si Delacruz est un disciple de Sofia ou s'il se contente de l'aimer, dit Pitt lentement.

— On ne connaît jamais vraiment les convictions d'autrui. Nous ne sommes même pas toujours sûrs des nôtres avant d'en avoir besoin.

Charlotte posa sur lui un regard tendre et grave.

— Si on croit en soi, on peut accomplir presque n'importe quoi, et sinon, on n'essaie même pas, alors bien sûr, on échoue.

— La plupart des gens n'ont pas de religion, commenta-t-il, avec une tristesse soudaine. Ils évoluent dans des milieux sociaux qui ont certaines valeurs morales, mais ils n'iraient pas jusqu'à mourir pour les défendre. Certainement pas comme ces malheureuses sur Inkerman Road… et Sofia…

Une vague de nausée l'envahit à ce souvenir, accompagnée d'un incontrôlable élan de pitié.

Charlotte n'essaya pas de s'approcher de lui. Elle demeura immobile, mais ses yeux se soudèrent aux siens.

— Je ne parle pas de Sofia. Je pense qu'elle est peut-être plus préparée à mourir qu'à renier ce qu'elle est. À l'écouter, et je l'ai fait avec beaucoup d'attention, je ne crois pas qu'elle s'imagine nécessairement que Dieu va voler à son secours. Mais si elle renie son cœur et son esprit, que lui reste-t-il ? Une mort à petit feu, à force de se haïr ?

Pitt la regarda, redoutant profondément qu'elle n'eût raison. Par certains côtés, Charlotte ressemblait assez à Sofia Delacruz, même si ce n'était pas la foi qui guidait ses actions. Elle était impulsive, capable de se passionner pour défendre une cause qui lui tenait à cœur, de s'élever contre l'injustice sans égard pour sa sécurité. Si cela lui était arraché, si elle était contrainte de trahir ses convictions pour se protéger, que resterait-il d'elle ?

Préférerait-il la voir morte plutôt que rongée et détruite ? C'était une question absurde car il chercherait toujours une autre solution ; il se cramponnerait à l'espoir de la retrouver jusqu'au moment où il serait trop tard. Et ensuite, il s'accablerait de reproches ! Nazario Delacruz aurait sans doute la même réaction que lui, à moins, évidemment, qu'il ne soit l'instigateur de cette triste affaire ?

S'il en était ainsi, peut-être Sofia préférerait-elle mourir plutôt que de le savoir ! Sauf que son ravisseur avait juré que sa mort serait lente, cruelle et terrible, et que Pitt le croyait.

Charlotte avait raison. Pour la plupart des gens, la religion se limitait à une activité dominicale, un élément fondamental pour être accepté dans la société, faire partie d'un ensemble plus vaste et, pour l'essentiel, meilleur que l'individu, du moins dans ses moments les plus sombres. C'était une manière de connaître et d'aider les autres, une moralité partagée, plus forte que certains ne voulaient l'admettre.

En un sens, c'était extrêmement confortable. Pitt se souvenait que, durant son enfance, le dimanche matin, tout le monde traversait le communal pour se rendre à la vieille église, dont les tours dominaient les arbres environnants. Les cloches résonnaient dans la campagne, annonçant mariages et enterrements, les journées saintes de Pâques et de Noël. C'était une présence rassurante.

— Vas-tu parler à Nazario Delacruz toi-même ?

— Je ne peux pas quitter Londres en ce moment. Elle est ici et son ravisseur aussi. Il faut que j'envoie quelqu'un qui comprend la situation, ses tenants et ses aboutissants, et qui parle assez couramment l'espagnol.

— As-tu des hommes compétents ?

— J'ai déjà envoyé le meilleur découvrir ce qu'il peut. Il a enquêté sur les menaces qu'elle a reçues, à partir des lettres dont nous avons connaissance, sans résultat jusqu'ici. Peut-être puis-je trouver un diplomate à qui me fier pour maintenir l'affaire confidentielle. Je demanderai à Narraway s'il peut recommander quelqu'un.

— Bonne idée, dit-elle, se détendant enfin un peu.

Devant chez Vespasia, Pitt craignit de déranger, et éprouva un étrange ressentiment à la pensée qu'il ne pouvait plus venir chez elle à n'importe quel moment en s'attendant à être le bienvenu. Il ne s'était pas rendu compte auparavant à quel point il avait tenu cela pour acquis.

Cependant, il avait besoin des conseils de Narraway et l'affaire était urgente. Il était prêt à déranger n'importe qui.

La bonne qui ouvrit la porte dissimula sa surprise face à une visite aussi tardive. Quoi qu'elle eût pensé, elle était trop bien formée pour rien en laisser paraître.

Par chance, Vespasia et Narraway étaient encore debout, et Pitt fut introduit dans le salon.

— Qu'y a-t-il ? demanda Narraway dès que la domestique se fut retirée. Avez-vous retrouvé Sofia Delacruz ?

— Oui et non. J'ai reçu une lettre accompagnée d'une demande de rançon.

Il la sortit de sa poche et la tendit à Narraway. Quand il reprit la parole, sa voix tremblait légèrement.

— Et je sais qu'elle est en vie, du moins qu'elle l'était il y a deux heures. Mais elle a été battue, et je crois qu'elle a le bras cassé.

Narraway lut la lettre sans rien dire, puis, sans demander l'avis de Pitt, la montra à Vespasia.

— Oh, mon Dieu ! murmura-t-elle en la reposant sur la table, à côté d'un petit vase en cristal qui contenait une unique rose couleur pêche. Il vous faut réagir, Thomas. Cet homme est très intelligent et je crois qu'il a l'intention de mettre ses menaces à exécution. De fait, il est tout à fait possible qu'il ait délibérément formulé une exigence qu'il sait impossible à satisfaire.

— Oui, ce ne sont pas des paroles en l'air, confirma Narraway. Mais que veut-il tirer de tout cela ? C'est ça que je ne comprends pas. Avez-vous la moindre idée de son identité, Pitt ?

— Non. C'est peut-être un des membres de son groupe. Je sais que Melville Smith aspirait à prendre les rênes de l'organisation. Il a pu se persuader qu'il agissait dans le but de modérer sa doctrine et de la rendre plus accessible à un plus grand nombre…

Narraway esquissa un mince sourire, dépourvu de joie.

— Ses propos vont certainement dans ce sens, observa Vespasia. Cela dit, pensez-vous qu'il soit derrière cet enlèvement ?

Elle était très digne, comme toujours, mais l'ombre d'une profonde émotion voilait son regard.

— Non, répondit Pitt sans hésiter. C'est un opportuniste, comme l'a fait remarquer Henrietta. À mon avis, c'est Barton Hall qui a organisé la disparition de Sofia, avec l'aide de Smith. La maison d'Inkerman Road lui appartient. Mais il est terrifié à présent. La situation a échappé à son contrôle. Il n'avait pas prévu les meurtres et maintenant il ne sait plus quoi faire.

— Pourquoi voulait-il qu'elle disparaisse ? demanda Vespasia, pragmatique. Parce qu'elle est un embarras pour sa famille ? C'est absurde. Certes, il aurait préféré qu'elle reste à Tolède et que l'Angleterre n'entende pas parler de sa philosophie. De là à assassiner deux innocentes… quelqu'un doit exercer des pressions irrésistibles sur lui, Thomas. Vous devez découvrir qui et pourquoi.

— Et comment, ajouta Narraway. Comment s'y prend-on ? Quels sont ses points faibles ?

— D'abord, je dois trouver quelqu'un qui portera ce message à Nazario Delacruz à Tolède, répondit Pitt. Ou ailleurs, où qu'il soit. Pourvu qu'il ne soit pas l'instigateur de son enlèvement !

Vespasia cilla. Elle n'avait pas besoin de formuler ses pensées, car celles-ci se lisaient sur ses traits : elle imaginait l'amour, la certitude du bonheur, et puis cette ultime et terrible trahison. Elle ressentait tout cela de manière plus aiguë à présent qu'elle ne l'eût fait un an ou même quelques mois plus tôt.

Narraway jeta un bref regard vers elle, puis s'adressa à Pitt.

— J'irai moi-même, déclara-t-il fermement. Mon espagnol est un peu rouillé, mais encore raisonnable. Et physiquement, je pourrais passer pour un Espagnol. Je l'ai déjà fait. D'ailleurs, c'est le cadet de vos soucis. Rien dans cette affaire n'a aucun sens compte tenu de ce que nous savons. Vous avez peu d'informations vérifiables. Il doit y avoir au moins un facteur majeur dont nous ignorons tout. Pourquoi Sofia est-elle réellement venue en Angleterre ? Le savez-vous ?

— Ce n'était certainement pas pour prêcher ses nouvelles idées, affirma Vespasia. Si intéressantes soient-elles, et si profondément en soit-elle convaincue. Pourquoi revenir maintenant ?

— Pourquoi pas ? rétorqua Pitt. L'Angleterre est son pays natal.

— Dans ce cas, elle devait le connaître assez bien pour ne pas s'imaginer qu'elle y aurait du succès, répliqua

Vespasia. Elle avait une autre raison, Thomas. Quelque chose l'a-t-il poussée à quitter l'Espagne ?

Pitt et Narraway échangèrent un regard.

— Et Barton Hall ? s'enquit Narraway. Son rôle est-il déterminant, ou purement accidentel ? Je crains qu'il ne soit de la plus haute importance.

— Ce qui est sûr, c'est qu'il est terrifié, répondit Pitt. Cela se lisait sur son visage quand j'ai quitté son bureau. Je venais de lui dire que Sofia avait coutume d'aider les fugitifs, les pénitents pourchassés.

Vespasia haussa les sourcils.

— Vraiment ?

Pitt revit l'expression de Hall.

— Il m'a fait l'effet d'un homme qui se sent totalement dépassé, et qui ne s'y attendait pas. J'ignore quelles étaient ses intentions et ce qui a mal tourné, mais le fait est qu'il a peur. Même s'il voyait en Sofia une source d'embarras, il ne voulait sans doute pas qu'il lui arrive malheur ou que quiconque soit tué. On s'est servi de lui…

— Il aurait agi sur une impulsion ? demanda Narraway, intrigué. Je ne crois pas aux coïncidences. Hall est un individu très conventionnel. Il s'est toujours conduit comme il faut, depuis sa plus tendre enfance.

— Pour autant que vous le sachiez, observa Vespasia en souriant. Peut-être est-il plus apte à dissimuler ses aventures que nous ne l'avons supposé ?

— Vous n'avez pas besoin de vous inclure dans mes erreurs, ma chère, répondit Narraway en lui rendant son sourire. Je n'ai jamais été aussi attentif que vous aux murmures de la bonne société. Qu'avez-vous entendu dire de Mr. Hall ?

— Très peu de choses, avoua-t-elle, surprise. Sa réputation irréprochable est sans doute méritée. Depuis son veuvage, ses passions semblent exclusivement intellectuelles. Il est bien éduqué, c'est un érudit inné qui a trouvé sa voie et s'y est consacré. Je crois qu'il est vertueux, au sens où on l'entend dans la bonne société. Il n'a ni l'imagination ni l'appétit nécessaires pour s'écarter du droit chemin.

Narraway cilla.

— Quelle terrible condamnation en une seule phrase !

Pitt était d'accord. Pourtant, les gens les plus ennuyeux pouvaient surprendre, si quelque chose les y poussait suffisamment. Il ne pouvait oublier la terreur qu'il avait lue dans le regard de Hall.

— Il a très peur, répéta-t-il.

— Intéressant, murmura Narraway. Je me demande ce qui pourrait effrayer Barton Hall. Je ne vois qu'une question d'argent, et il ne semble pas y en avoir ici. Que savez-vous de Nazario Delacruz ?

— Rien du tout. C'est une des choses que vous devez découvrir. Le récit de Hall est-il exact ? A-t-il vraiment abandonné femme et enfants pour Sofia ? Sa famille a-t-elle joué un rôle dans l'enlèvement ? Ou celle de sa défunte épouse ? Si ces gens haïssent Sofia, cela semble une vengeance extraordinairement cruelle, et fort tardive. Quant aux deux autres victimes, Cleo et Elfrida, pourquoi les tuer, et aussi abominablement ?

— Je ferai tout ce que je peux, promit Narraway.

— Nous, rectifia Vespasia.

Il la regarda, l'indécision visible sur son visage. Pas à propos de ce qu'il s'apprêtait à dire, mais sur la manière dont il allait le faire.

— Je devrai voyager rapidement et pas forcément de la façon la plus confortable, commença-t-il. Et quiconque capable d'assassiner deux femmes dans le seul but de prouver le sérieux de ses intentions est extrêmement dangereux. Je pense…

— … que vous pouvez faire mieux tout seul ?

Les sourcils argentés de Vespasia s'arquèrent de surprise, et d'un certain amusement, en revanche son visage demeura inflexible.

Il était évident aux yeux de Pitt que c'était là un des moments de mise à l'épreuve entre eux, à présent que leur lien était infiniment plus proche qu'avant. Vespasia n'était pas habituée à ce qu'on la guide ou lui dise ce qu'elle pouvait faire, encore moins ce qu'elle ne pouvait pas faire. Il ne s'agissait pas que d'amour-propre ou d'envie de participer à l'action ; des émotions sincères et complexes étaient en jeu. Elle avait l'intention manifeste d'aller en Espagne avec lui, et pourtant elle devait trouver un moyen d'y parvenir sans le défier ouvertement.

Quant à Narraway, il devait capituler sans avoir l'air de le faire.

— Craignez-vous que je ne vous gêne ? demanda-t-elle avec douceur. Ou que le souci de ma sécurité ne soit pour vous une trop grande préoccupation ?

— Vous êtes toujours une préoccupation, répondit-il avec un sourire où perçait un certain plaisir, voire une pointe de fierté.

Pitt, qui observait la scène en silence, comprit soudain combien Narraway aimait Vespasia, et la profondeur de son engagement envers elle, le premier de sa longue vie bien remplie. C'était une situation toute nouvelle pour lui, dangereuse au sens où elle pouvait lui causer des souffrances insoupçonnées jusqu'alors, et pleine d'embûches précisément pour cette raison.

Soudain, l'orgueil de Vespasia s'évanouit.

— L'enjeu est beaucoup trop important pour ne pas nous mettre d'accord, se hâta-t-elle de dire. La vie de cette malheureuse en dépend. Ni vos sentiments ni les miens ne comptent en comparaison. Si je peux vous aider, vous devez me laisser venir. Je parle espagnol couramment et j'ai des amis à Madrid et à Tolède. D'un autre côté, si vous devez voyager plus vite que je ne le peux, ou que ma présence nous met en danger, je resterai à Londres. Non que Londres semble beaucoup plus sûr, certainement pas pour cette malheureuse Sofia.

Narraway prit une profonde inspiration, puis lâcha un soupir.

— Je vais prendre des dispositions immédiatement. Préparez-vous à voyager le plus léger possible, avec un seul bagage de taille moyenne. Choisissez des tenues pratiques. Nous serons dans le train pendant un certain temps. Je crains qu'il ne soit impossible d'emmener une femme de chambre.

Il la regarda posément, lui signifiant qu'aucune discussion n'était possible.

— Je suis tout à fait capable de m'habiller moi-même, Victor, dit-elle en lui souriant. Et j'ai déjà fait des voyages plus intéressants que confortables. Je serai prête dans une heure.

Elle se tourna vers Pitt.

— Nous ferons tout notre possible. Je n'ose imaginer comment Nazario Delacruz va réagir face à ce dilemme, le pauvre homme.

Pitt se leva en même temps qu'elle.

— Merci.

9

Narraway et Vespasia prirent un train pour Douvres à l'aube. Ils avaient deux semaines pour se rendre à Tolède, informer Nazario Delacruz de ce qui s'était passé et le persuader de rentrer à Londres avec eux afin de faire face à l'affreux dilemme posé par la demande de rançon.

— Il ne devrait pas être très difficile à trouver, observa-t-elle alors qu'ils s'installaient dans le compartiment. Tolède n'est pas une grande ville. Et Sofia sera connue de n'importe quelle église, de réputation sinon personnellement.

— Ce n'est pas cela qui m'inquiète, répondit-il. Mais plutôt d'être le moins cruel possible…

Elle posa sur lui un regard calme et franc.

— Il n'existe aucune manière charitable de lui annoncer la vérité, mon ami. Et vous ne devez pas lui mentir. Cela serait vraiment impardonnable.

Il éprouva un pincement de culpabilité.

— Mon souci n'était pas de le ménager, avoua-t-il tout bas, bien qu'ils fussent seuls. J'ai besoin qu'il ait l'esprit lucide, et non troublé par l'émotion. Il faut qu'il écoute et qu'il réfléchisse aussi clairement que possible.

Elle eut un sourire empreint de regret.

— Bien entendu. Comment vous proposez-vous de procéder ?

— Je ne sais pas. Avant de lui parler, j'aimerais m'assurer que Barton Hall a dit vrai concernant la fin de son mariage.

— Même si Sofia est à blâmer et que cette pauvre femme s'est donné la mort par désespoir, cela influe-t-il sur ce que nous devons dire ou faire dorénavant ?

— Non, bien sûr que non. Mais cela pourrait le présenter sous un jour tout à fait différent. J'ai besoin de savoir à quoi m'attendre de sa part, si je peux avoir confiance en lui ou pas.

Elle détourna le regard un instant.

— Je sais. Vous devez envisager l'hypothèse qu'il puisse lui-même être impliqué. Il a pu se lasser de Sofia, comme apparemment il s'est lassé de sa première épouse, et autoriser quelqu'un d'autre à l'assassiner, de façon à recouvrer sa liberté.

— Vespasia !

Elle se tourna vers lui.

Les rayons du soleil tombaient sur son visage, soulignant l'éclat de son teint, les contours de ses pommettes, le dessin de ses sourcils. Cependant, ils révélaient aussi les fines rides, qui, à la lueur des bougies, passaient presque inaperçues.

— Vous me jugez brutale ? Certes. Mais c'est une femme intelligente, belle à sa manière, d'une éloquence indéniable. Il a pu être fasciné au début, puis s'être habitué à elle, et enfin se rebuter de son incessante énergie, de ses opinions, de sa soif de vivre. Il a pu trouver quelqu'un de plus jeune, de plus facilement impressionnable, de plus docile. Cela arrive.

— Seulement si ce qu'il ressentait au départ n'était qu'une passade, dit-il avec conviction. Pas si c'était de l'amour.

— C'est ce que nous devons déterminer, si possible. Peut-être la compagnie de Sofia devient-elle fastidieuse à la longue. C'est courant lorsque les gens se consacrent totalement à une cause. J'en ai connu.

Derrière les vitres du compartiment défilaient les champs fertiles et les prés verdoyants du Kent, ponctués ici et là d'étendues boisées. Douvres et la mer n'étaient pas très loin.

— J'ignorais que vous aviez des relations en Espagne, et justement à Tolède, observa-t-il. D'ailleurs, comment se fait-il que vous parliez espagnol ?

Il était perplexe. Elle n'avait jamais évoqué l'Espagne avec lui par le passé. Il comprit qu'en dépit de leur amitié et des nombreux sujets de conversation qu'ils avaient abordés, il y avait des pans entiers de sa vie dont il ignorait presque tout.

— Ce n'est pas très intéressant, dit-elle en souriant. Juste après mon veuvage, je suis allée en Espagne parce que je voulais échapper à l'interminable monotonie de la saison londonienne, aux commisérations et aux encouragements des gens, à leurs plans transparents pour modeler ma vie à ma place.

Elle se détourna de nouveau et Narraway lut la douleur sur ses traits. Il eut envie de la toucher, mais c'eût été une intrusion.

— J'avais l'impression de m'enfuir, ajouta-t-elle tout bas. Et j'avais honte parce que j'aurais dû avoir le sentiment que ma vie s'était achevée et non qu'elle venait de commencer. J'éprouvais un désir très fort de la commencer ailleurs, dans un endroit où personne ne me connaissait. Je suppose que je m'identifie à Sofia, juste un peu. Je suppose qu'elle aussi s'enfuyait.

— J'avais songé qu'il y avait une ressemblance, commenta-t-il en souriant.

Une soudaine bouffée de soulagement l'avait envahi lorsqu'elle avait avoué ne pas avoir été submergée de chagrin à la mort de son mari. Le souvenir de lui ne viendrait pas ternir son bonheur… ni le sien.

Elle arqua légèrement les sourcils.

— En effet… je renouerai avec d'anciennes relations et je tâcherai de me renseigner discrètement au sujet de Sofia, de ses amis ou ennemis et de l'opinion qu'on avait d'elle. À propos, quand s'est-elle convertie ? Le savons-nous ?

— Non.

— Dans ce cas, j'essaierai de le découvrir. Et d'en apprendre davantage sur Nazario et son premier mariage. Après tout, nous n'avons que la version de Barton Hall pour cette partie de sa vie. Quoi qu'il en soit, j'espère qu'il n'a pas de liaison en vue, murmura-t-elle. J'aimerais beaucoup croire qu'il est innocent.

Tandis que le train continuait à avancer en cahotant, Narraway réfléchit. Il avait beau fouiller sa mémoire, il ne savait que peu de choses concernant Barton Hall, au fond. C'était un banquier, un de ces hommes invisibles qui tiennent les rênes du pouvoir financier d'une main si sûre qu'on finit par oublier leur existence.

Ils autorisaient d'immenses prêts et conseillaient ceux qui souhaitaient placer leur fortune. Tous étaient au courant de leur situation respective et savaient précisément qui possédait de vastes lopins de terre arable ou des terrains situés au cœur de Londres, sur lesquels on construisait des palais ou des résidences destinés à des princes étrangers. Cette connaissance, en soi, représentait un certain pouvoir.

Les principaux clients de la banque de Hall étaient l'Église et la Couronne, ces deux géants silencieux, ces piliers de respectabilité. Le prince de Galles empruntait depuis des années de l'argent qu'il négligeait fréquemment de rembourser. Toutefois, ces transactions s'effectuaient généralement en privé, les sommes prêtées par des amis assez riches et trop peu méfiants. Quant aux biens et aux revenus de l'Église, qui se montaient à des millions, ils étaient hors de portée du scandale, grâce à des placements fort discrets dans des secteurs que d'aucuns, dotés d'une conscience sensible, auraient pu juger répugnants. L'Église en tant que propriétaire immobilière se prêtait peut-être à des pratiques douteuses mais il n'aurait su dire jusqu'à quel point. Les biens « résidentiels » recouvraient une multitude de réalités. L'Église avait aussi investi dans les mines de charbon, l'industrie lourde et le foncier. Se livrait-elle à des spéculations plus ou moins honorables ?

De quoi Hall avait-il tant peur ?

La réponse à cette question devait résider dans d'autres domaines de sa vie. Veuf depuis plusieurs années, il semblait parfaitement satisfait de le rester. Ses loisirs étaient sérieux, en rapport avec son poste et sa réputation. Possédait-il une facette plus sombre, autrement plus secrète ?

Narraway en doutait. Cependant, lui non plus n'avait pas prévu le gâchis consternant de l'affaire Sofia Delacruz. Il n'avait pas craint davantage que l'embarras traditionnel d'un Anglais face à des manifestations d'émotions déplacées en public. À ses yeux, la religion s'observait en silence et, pour l'essentiel, en privé. Si on remettait quoi que ce fût en question, c'était par écrit, et pour soi-même uniquement. Et bien entendu, cela ne se faisait pas si on était une femme !

L'ambition ultime de Hall était de devenir gouverneur de la Banque d'Angleterre. Narraway ne pouvait l'imaginer tombant fou amoureux au point de sacrifier tout ce qu'il possédait et de plonger tête baissée dans l'inconnu.

Mais après tout, il n'aurait pu l'imaginer de lui-même non plus !

Il jeta un coup d'œil à Vespasia et, l'espace d'un moment terrifiant, se demanda quels actes insensés, imprévisibles, il aurait pu accomplir si elle l'en avait prié. Il aurait été prêt à tout. L'important, c'était qu'elle n'aurait jamais rien exigé qui fût moralement critiquable. Ni d'elle-même, et encore moins d'un autre. D'où l'autre grande difficulté qui pesait sur Narraway. Si cette expédition à Tolède révélait une sinistre affaire de crime, de vengeance, ou toute autre question concernant la Special Branch, il lui faudrait prendre des risques, des décisions floues sur le plan éthique et difficiles à justifier.

Cela avait fait partie de ses responsabilités par le passé, et c'était désormais le plus lourd des fardeaux que Pitt portait. En fait, c'était la raison pour laquelle Narraway avait pensé qu'il convenait si bien à ce poste. Sa sensibilité face aux jugements moraux signifiait qu'ils ne seraient jamais faciles pour lui. Il ne chercherait jamais à les justifier, à faire endosser le blâme à autrui. Il ferait des erreurs et apprendrait à vivre avec. Il eût été dangereux de confier d'aussi grands pouvoirs à un homme qui pouvait les accepter sans état d'âme.

Narraway n'était pas à l'abri du danger. Il avait commis des actes qu'il préférait ne pas révéler à Vespasia. Certains, bien que douloureux, avaient été justes. Il y en avait d'autres pour lesquels il avait été sûr de lui à l'époque, mais il l'était beaucoup moins à présent. Pour sa part, il ne lui poserait jamais de questions sur son passé, ses secrets, et en aucun cas sur ses anciens amants. De fait, il était tout à fait convaincu qu'il préférait ne pas savoir. Il était un peu stupéfait de se découvrir jaloux.

Cependant, la question immédiate était de savoir s'il serait amené à se conduire d'une manière qui le ferait apparaître à Vespasia sous un jour nouveau. Même si elle comprenait, intellectuellement parlant, elle serait troublée de découvrir la face cachée d'un homme avec qui elle avait des relations intimes, un homme qu'elle avait pris pour mari et qui, par conséquent, était lié à elle non seulement en privé mais en public.

Ses pensées retournèrent à Hall. Il avait fréquenté Eton et Oxford, un pedigree impeccable ! Dalton Teague avait suivi le même parcours. Était-ce pour cette raison qu'il s'impliquait à présent dans les recherches visant à retrouver

Sofia ? Par loyauté envers un ancien camarade d'école et d'université ? Ils avaient dû faire leurs études en même temps, même s'ils n'avaient pas forcément été amis. Hall était un étudiant doué, dépourvu de charme et de qualités athlétiques. Teague avait été l'exact opposé, séduisant, charismatique, un des meilleurs joueurs de cricket qui eût jamais figuré dans l'équipe d'Angleterre. Tout le monde s'était attendu à le voir échouer à ses examens – et à la surprise générale, il avait plutôt bien réussi.

Malgré tout, des amitiés pouvaient se nouer entre les gens les plus différents – exactement comme les mariages. Et certaines allaient même jusqu'à prospérer.

De nouveau, il contempla Vespasia. Elle pivota soudain, rencontra son regard et lui sourit. Absurdement ravi, il faillit poser sa main sur la sienne, puis se rendit compte que ce serait par trop sentimental. Ils n'avaient plus vingt ans ! La rougeur lui monta aux joues, il sourit gauchement en retour, puis fit mine de regarder la campagne qui défilait sous ses yeux.

En fin d'après-midi, ils traversèrent la Manche. À Calais, ils devraient emprunter un train en partance pour le sud et Saint-Sébastien, sur la côte nord de l'Espagne, puis de là un autre train pour Madrid, et un dernier, enfin, pour Tolède.

C'était une de ces journées languides où, depuis le pont du ferry, le monde entier paraissait bleu. Au-dessus d'eux, la voûte presque immaculée du ciel déversait une lumière éblouissante sur les eaux qui se fendaient dans un jaillissement d'écume. Des mouettes suivaient leur sillage, leur vol décrivant lui aussi un arc harmonieux, comme si la vie n'était qu'un reflet exquis de la marée.

La brise atténuait la chaleur du soleil, mais elle était à peine assez forte pour ébouriffer les cheveux de Vespasia alors qu'ils regardaient ensemble s'éloigner les blanches falaises de Douvres. Il était difficile à cet instant de se rappeler que leur mission était urgente et terrible.

— Victor, que pensez-vous de l'empressement que met Dalton Teague à rechercher Sofia ? Je ne peux croire qu'il soit d'accord avec ce qu'elle prêche. Ses enseignements vont à l'encontre de tous les privilèges apportés par la naissance ou par la fortune. Elle considère que ceux-ci entraînent le devoir de servir, et non le droit inné d'en jouir.

— C'est ainsi que l'aristocratie voyait la chose à l'origine, lui fit-il remarquer. Et certains sont toujours de cet avis. Teague est apparenté à plusieurs familles très anciennes, dont les Salisbury et les ducs de Devonshire.

— Je sais, dit-elle, fixant toujours la traînée blanche derrière eux.

Bien sûr qu'elle le savait, se rappela-t-il. Elle était apparentée à la plupart d'entre elles aussi. Elle était issue de l'aristocratie, n'y était pas entrée de par son mariage. À présent qu'il la connaissait beaucoup mieux et qu'elle lui était réelle dans l'intimité de la chair, du rire, du plaisir et de la douleur, et qu'il avait touché les humeurs délicates et secrètes de son cœur, le monde de la haute société lui faisait l'effet d'un mirage, inextricablement associé à des incidents qu'il préférait oublier.

Jeune recrue dans la Special Branch, bien avant d'en devenir le directeur, il avait été impliqué dans une affaire complexe en Irlande, au début des troubles. Narraway avait une quarantaine d'années, Teague était au sommet de sa carrière de sportif. Narraway s'était servi du charme et des faiblesses de Teague pour concevoir un piège dangereux et le mettre en œuvre. Il avait atteint le but recherché, mais ni l'un ni l'autre n'en était sorti indemne, pas plus que d'autres qui n'étaient peut-être que des spectateurs irréfléchis et imprudents, plutôt que mal intentionnés. L'épisode fascinant et finalement tragique de Violet Mulhare s'était gravé dans sa mémoire et l'embarrassait encore. Était-ce pour cette raison qu'il n'aimait pas Teague ? Ce dernier n'avait pas manifesté la moindre gêne vis-à-vis du rôle qu'il avait joué. Pour Narraway, un homme devait au moins être capable d'éprouver du remords en pensant à la douleur qu'il avait causée.

Il aurait de loin préféré que Vespasia n'en sût rien, mais même s'il était peu probable que cet épisode fût lié à l'affaire qui les préoccupait, le taire reviendrait à mentir. Teague lui avait déplu à l'époque, probablement parce qu'il semblait réussir sans difficulté tant de choses que d'autres n'accomplissaient qu'au prix de grands efforts et après plusieurs tentatives.

— Je crois que vous avez raison. Teague ne croit pas le moins du monde à ce qu'elle prêche, dit-il avec lenteur. Au premier abord, je dirais qu'il cherche à se mettre en avant, comme d'habitude. Il se pose en héros, qui utilise son argent et son pouvoir pour aider une personne qui est en difficulté. Le fait qu'il ne souscrive pas à ses vues ne fait qu'accentuer la noblesse de sa conduite.

Elle lui lança un regard ironique.

— Vous ne l'aimez vraiment pas, n'est-ce pas ? Non que cela m'étonne.

Il eut soudain la terrible pensée que Teague avait pu être autrefois un admirateur, voire un amant de Vespasia. Son hostilité envers lui se durcit, se muant aussitôt en une haine ardente.

Puis il se jugea ridicule et se ressaisit quelque peu. Il avait eu des liaisons. Quoi de plus banal pour un homme de son âge, normalement constitué ? Sur le moment, il avait parfois éprouvé des sentiments passionnés. C'était seulement après coup qu'il avait compris qu'il s'était voilé la face et que le vernis de la romance dissimulait une réalité plus terre à terre. En réalité, il n'avait fait qu'éloigner temporairement une solitude qui s'était refermée plus étroitement autour de lui par la suite.

— Je ne m'attendais pas à ce que vous le trouviez sympathique, mon cher, dit-elle avec douceur, regardant les mouettes s'adonner à des volte-face et à des piqués au-dessus de l'eau. Au fond, c'est un opportuniste. Un homme dépourvu de convictions, sauf celles qui le servent à un instant donné.

— Pensez-vous que Pitt en ait conscience ?

— Thomas n'est pas aussi naïf que vous le craignez. Les gentlemen impressionnent moins la classe des domestiques qu'ils n'aiment à le penser.

— La classe des domestiques ? répéta-t-il, incrédule.

Jamais il n'avait pensé à Pitt ainsi.

Vespasia eut un sourire patient.

— Sa mère était blanchisseuse dans une grande propriété des Home Counties. Chez Sir Arthur Desmond, me semble-t-il. Un homme très bon, qui avait malgré tout ses défauts et ses excentricités. Par la suite, quand Thomas est devenu policier, il a vu les faiblesses des riches et des puissants de plus près que ne l'imaginent leurs semblables. Ce ne sont ni la richesse ni l'éducation de Teague qui m'ennuient, mais sa grâce et son courage sur le terrain de cricket. Tout de blanc vêtu, ébloui par le soleil, on fait figure de demi-dieu pour des millions de gens. Et on en vient à s'imaginer qu'on est supérieur au commun des mortels.

Narraway réfléchit à cette remarque, regardant les falaises qui commençaient à se confondre avec l'horizon. Elle avait raison. C'était en cela que Teague différait des autres hommes fortunés et haut placés.

— Pourquoi vous est-il antipathique ? demanda-t-elle, coupant court à ses réflexions.

— Je ne sais pas. Ce sont des soupçons sans aucun fondement, admit-il, avant de se rendre compte que Vespasia saurait qu'il éludait sa question. J'ai eu affaire avec lui lors d'une enquête, il y a des années. Au moins vingt ans. Il n'y a joué qu'un rôle périphérique.

Elle continua à observer les mouettes, le visage à demi détourné de lui.

— Je sais que bien des choses doivent demeurer confidentielles, Victor. Je ne vous demande pas de me divulguer des secrets, je voudrais simplement savoir si Thomas court plus de danger qu'il n'en a conscience. Ce qui compte, c'est le présent, et non le passé. La raison pour laquelle vous doutez de Dalton Teague pourrait-elle affecter Thomas aujourd'hui ?

On n'entendait rien que les remous de l'océan, son murmure contre les flancs du ferry, et de temps à autre le cri des oiseaux.

— C'est une vieille histoire, dit-il enfin. Je ne me suis pas très bien conduit. J'étais amoureux d'une femme appelée Violet Mulhare. Du moins, je le pensais à l'époque. Je me suis servi de Teague et je les ai arrêtés tous les deux. Teague l'a trahie pour s'en tirer. Elle a été capturée avec l'homme que je poursuivais. Teague m'a affirmé par la suite qu'il jouait un double jeu, mais il mentait.

Vespasia garda le silence.

— Je sais, admit-il. Ce n'était pas très élégant de ma part.

— Avez-vous cru Teague ?

— Non. Je crois qu'il a changé de côté au dernier moment, quand il a compris que j'allais les remettre tous les deux à la justice. Mais je ne peux pas le prouver.

— Bien sûr que non, dit-elle d'un ton ironique. Teague est trop prudent pour cela.

Vespasia se souciait-elle du fait qu'il avait aimé Violet ? Il la regarda et ne sut que penser. Cela comptait pour lui sans qu'il pût se l'expliquer. Cela n'aurait pas dû, pas à présent. Ces événements étaient arrivés à d'autres êtres, plus impulsifs et plus superficiels.

Elle se tourna vers lui, fouillant son regard. Il se sentit mal à l'aise, comme mis à nu. Il n'était pas accoutumé à être aussi vulnérable.

— Votre jugement de Teague est probablement juste, murmura-t-elle. Je l'ai très peu connu, par choix. J'avais le sentiment de me conduire injustement, mais ce que vous dites me soulage. Je me sens moins coupable d'avoir eu des préjugés. Mon instinct était meilleur que je ne le pensais.

Elle lança un dernier regard à la pâle clarté des falaises, dont les contours s'estompaient à mesure que le soleil descendait à l'horizon. Le long crépuscule s'achevait.

Elle voulait rester sur le pont jusqu'à ce qu'il n'y ait plus du tout de lumière, peut-être jusqu'à ce que les premières étoiles apparaissent dans le ciel. Non qu'elle ne désirât pas se retrouver seule avec Narraway dans leur petite cabine. Ce serait un plaisir, au contraire. Elle avait été mariée auparavant, et avait eu des enfants, mais cela semblait appartenir à une autre vie. Bien, bien longtemps auparavant, lorsqu'elle était très jeune, elle s'était battue sur les barricades à Rome, lors des révolutions de 1848. Elle avait aimé Mario Corena, et avait pensé alors qu'elle n'aimerait jamais plus ainsi.

Son premier mariage avait été affectueux, mais jamais passionné. Les longues années qui avaient suivi avaient apporté divers attachements sans grande importance.

Tout d'abord elle avait vu en Victor Narraway un allié dans les combats que Pitt avait menés. Petit à petit, elle en était venue à le considérer comme un ami. C'était cela, sans doute, qui avait fait la différence. Il n'était pas un amant dont la passion s'était apprivoisée pour se muer en une sorte d'amitié ; ç'avait été un compagnon dans des causes communes et leur relation s'était approfondie au point de bouleverser leur existence. Narraway l'avait accepté et avait refoulé sa nervosité. Car elle savait qu'il avait éprouvé de la peur, bien qu'elle fût profondément enfouie, cachée tout au fond de lui-même.

Elle songea à son propre passé, à ses amours, grands et petits, aux bons moments et aux chagrins. Mario Corena et elle n'avaient connu ensemble que les batailles frénétiques de la jeunesse. Elle ne saurait jamais dans quelle mesure elle l'avait sublimé.

Victor Narraway était bien réel, spirituel et résolu, cynique face aux choses de la vie, mais incroyablement vulnérable aussi. Malgré son expérience dans l'armée indienne, le gouvernement et les services secrets, la Special Branch avec ses arcanes et ses trahisons, il n'avait que peu de compréhension des femmes au quotidien. Une partie de lui la croyait plus fragile, plus idéaliste et moins lucide qu'elle ne l'était. Cela faisait partie du mythe selon lequel les femmes étaient plus tendres, plus pures et plus délicates que les hommes. Elle devrait prendre d'infinies précautions pour le dépouiller de ses illusions. Il est difficile de renoncer à certains rêves.

Il y eut un instant de silence, puis elle reprit :

— Pourquoi pensez-vous que Teague s'intéresse à cette affaire, Victor ?

— Je l'ignore. Mais je suis sûr qu'il a ses raisons. Il veut quelque chose.

— Se venger ? murmura-t-elle.

— Non. Non, tout cela remonte à trop longtemps.

Alors même qu'il prononçait ces paroles, il sut que le temps ne ferait aucune différence. Teague avait pu attendre la parfaite occasion. Au lieu de nuire à Narraway, il s'en prendrait délibérément à l'homme qui lui avait succédé, son ami et son protégé, ce qui le blesserait d'autant plus et ajouterait un sentiment de culpabilité à sa détresse. Il y avait là une recherche qui correspondait parfaitement à la nature de Teague.

— Vraiment ? insista Vespasia.

— Oui, dit-il, s'efforçant d'afficher une certitude qu'il n'éprouvait pas.

Il se battrait jusqu'au bout pour cette affaire. Il ne devait pas permettre que Sofia soit détruite, ni que le meurtre des deux femmes reste irrésolu, mais surtout, il ne devait pas permettre à Teague de se venger sur Pitt.

Elle s'approcha un peu plus et glissa son bras sous le sien.

Après avoir débarqué, ils se rendirent droit à la gare. Le voyage fut long jusqu'à Madrid où ils passèrent la nuit avant de reprendre un train le lendemain pour arriver à Tolède un peu avant le coucher du soleil. C'était une ville magnifique, ceinte de remparts, qui datait de l'époque glorieuse où l'Espagne était une puissance mondiale en plein essor, et la splendeur médiévale à son apogée. La tolérance y régnait. Chrétiens, musulmans et juifs vivaient et travaillaient côte à côte, partageant librement les merveilles de l'art et du savoir, bénéficiant tous de la grandeur du pays. Bien sûr, c'était avant 1492, l'expulsion des Maures et des Juifs et la montée de l'Inquisition, quand toute différence était devenue un péché, et tout questionnement interdit.

Ils avaient réservé une chambre à l'hôtel, ayant envisagé toutes les variations possibles au préalable. À présent, assis dans le fiacre, ils savouraient en silence la traversée des vieux quartiers.

Des souvenirs surgirent de la mémoire de Vespasia. Les années s'évanouirent, la laissant avec une sensation d'exubérance comparable à celle qu'elle avait éprouvée la première fois qu'elle était venue, en quête de nouveauté, d'excitation et d'aventure. Elle avait trouvé au moins une partie de ce qu'elle cherchait. Connu de bons moments.

À présent, elle était plus heureuse qu'elle ne l'avait jamais été, y compris à l'époque enivrante de sa jeunesse. Même le fait de savoir qu'ils étaient venus dans le but de prévenir une tragédie ne pouvait altérer son sentiment sous-jacent de paix.

L'hôtel était excellent. Ils dînèrent de bonne heure, puis regagnèrent leur chambre.

— J'ai un message de l'envoyé de Pitt, annonça Narraway à voix basse. Il a remonté la piste des lettres de menace, mais n'a trouvé que des gens qui n'avaient pas d'autre exutoire à leur besoin d'importance. La plupart étaient anglais. Exprimer leur rage sur le papier semblait leur suffire.

Il soupira, sachant qu'il avait capturé son attention. Il se tenait debout dos à la lumière, mais pas directement devant la grande fenêtre qui avait vue sur la vieille ville.

— Je doute que l'enlèvement de Sofia ait un rapport avec ses convictions religieuses, si excentriques soient-elles, ajouta-t-il. Ceux qu'elles offensent ne seraient pas allés jusqu'à l'assassinat.

Elle fronça les sourcils.

— Ces meurtres atroces ne visaient-ils pas à nous convaincre que Sofia subira le même sort si son mari ne salit pas sa réputation en la dénonçant ? Cela me paraît religieux, voire satanique.

Elle prit une inspiration.

— C'est un peu mélodramatique, n'est-ce pas ? Je suis désolée. Néanmoins je crois que Thomas et vous sous-estimez l'importance que les gens attachent à leurs croyances. Beaucoup n'ont pas hésité à mourir pour elles par le passé, par dizaines de milliers.

— Je sais, dit Narraway doucement, en faisant un pas vers elle. Mais il y a autre chose derrière cette affaire. D'après Pitt, Barton Hall est profondément effrayé, et ce n'est pas à la perspective de perdre une bataille religieuse. Il a peur de quelque chose de tangible, de mesurable. Et il n'ose pas révéler à Pitt ce dont il s'agit, ce qui signifie que c'est illégal ou un scandale qui mènerait à sa ruine ou à celle d'un de ses proches.

— Peut-être craint-il pour sa réputation ou a-t-il perdu une énorme somme d'argent. N'a-t-il pas accès à des fortunes dans l'exercice de ses fonctions ?

— C'est pourquoi je redoute un lien avec une affaire autrement plus grave.

— Victor, l'assassinat de Sofia pourrait-il déclencher la révolution qui semble couver un peu partout ? Ou nous précipiter dans la guerre américano-espagnole ?

— Je l'ignore, admit-il. Mais soyez prudente, je vous en prie. Cette affaire n'est pas aussi simple que je le pensais.

Elle n'en avait pas parlé à Narraway, ni à quiconque, d'ailleurs, mais elle avait lu certains écrits publiés par des révolutionnaires autoproclamés. Ils bouillonnaient de colère et de pitié face aux inégalités, accusant le pouvoir de priver le peuple d'espoir et de dignité, et, trop souvent, de sa vie. Ils étaient convaincus que, sans gouvernement, la bonté naturelle de l'être humain reprendrait le dessus et que ce serait l'aube d'une ère nouvelle. Qu'il suffirait d'un geste passionné et violent pour donner à chacun le courage d'agir. Aucun d'eux n'expliquait pourquoi les guerres brutales du passé n'avaient pas abouti à cet avènement.

Elle comprenait leur rage, leur douleur, mais à ses yeux, ils se berçaient d'illusions. Peut-être étaient-ils aveuglés par l'injustice qu'ils côtoyaient et, dans certains cas, qu'ils subissaient.

Sofia Delacruz, elle, n'était pas en colère, elle débordait d'espoir. Du moins, c'était l'impression qu'elle donnait. Vespasia était-elle si aisément abusée ? La clé de l'énigme se trouvait-elle dans la nature de Nazario, l'homme qu'elle avait épousé et que, sans doute, elle aimait ?

Cependant, si Barton Hall avait dit vrai, ils étaient unis par un acte d'égoïsme qui avait débouché sur une tragédie. Une femme et deux enfants avaient péri en conséquence de l'adultère et de l'abandon. Était-il possible de fonder un bonheur, sans parler d'un lien de confiance, sur des faits aussi cruels ?

Le repentir suffisait-il à effacer pareille horreur ? Sofia elle-même avait déclaré que le repentir était incomplet si l'on conservait le fruit de son péché. Que la justice naturelle exigeait réparation d'une certaine manière. Ses propos n'étaient-ils qu'une injure, une hypocrisie de plus ?

Vespasia espérait avec ferveur découvrir une autre explication à la conduite de Sofia, plus en accord avec ses discours. Sauf, bien sûr, que parfois c'est l'amertume du remords qui nous apprend à changer, et le besoin d'être pardonné qui nous incite à pardonner à autrui.

Elle devait se préparer à toute éventualité.

Narraway sortit de bonne heure, après avoir expliqué à Vespasia qu'il ne savait pas du tout combien de temps il serait absent, mais qu'il n'y avait aucune raison de s'inquiéter s'il ne revenait pas avant la tombée de la nuit.

Il s'immobilisa à la porte de leur chambre, dans le couloir qui menait à l'escalier du vestibule principal. Il avait décidé qu'ils seraient moins remarqués dans un établissement discret que dans un endroit plus en vue, qui aurait été un choix naturel s'ils étaient simplement là en tant que touristes. Ni l'un ni l'autre ne souhaitait qu'on les prît pour un couple en lune de miel, ce qu'ils étaient pourtant, en un sens.

Vespasia en particulier se sentait gênée et presque sotte d'être aussi heureuse d'une situation qui en général concernait des gens trois fois plus jeunes qu'eux. Cela dit, elle devinait que peu d'entre eux l'auraient appréciée autant, ou auraient eu une conscience aussi aiguë du fait que le bonheur est précieux, et trop aisément gâché par de petites manifestations de négligence ou d'orgueil.

Elle était debout en face de lui. Elle aurait aimé le toucher, et même l'embrasser, mais hésitait. Trouverait-il ce geste déplacé alors qu'il s'apprêtait à quêter des explications à des meurtres épouvantables, afin de prévenir d'autres violences ? Alors que les journées à venir pourraient aboutir à la souffrance quoi qu'ils fassent ?

Et pourtant, un moment non saisi risquait d'être regretté longtemps, et jamais complètement rattrapé. À cette pensée, elle prit sa décision.

Elle s'avança d'un pas, la tête haute comme toujours, et lui effleura tendrement la joue. Elle était presque aussi grande que lui.

— Bonne chance, murmura-t-elle en l'embrassant.

Il noua les bras autour d'elle, puis la lâcha et se détourna, mais pas avant qu'elle eût entrevu son sourire, et senti l'émotion qui, un instant, avait menacé de le submerger.

Narraway parti, Vespasia commença par se procurer divers journaux locaux et se mit à étudier le carnet mondain, à la recherche d'occasions qui lui permettraient de rencontrer d'anciennes connaissances au plus vite, et de manière apparemment fortuite. Ils ne disposaient que de quelques jours pour trouver Nazario Delacruz et le ramener en Angleterre. D'ailleurs, combien de temps Sofia pourrait-elle endurer cette épreuve ? Cet homme risquait-il de la tuer sans en avoir l'intention ? Avait-il même la moindre intention de l'épargner ?

À mesure qu'elle réfléchissait, les obstacles lui paraissaient de plus en plus insurmontables. Et pourtant, la précipitation aussi pouvait menacer leurs maigres chances de succès : il fallait choisir des mots justes, juger Nazario correctement. Elle n'osait imaginer sa détresse face au chantage auquel il était confronté. Si elle s'autorisait à y songer, elle ne serait plus capable de se concentrer sur la seule tâche utile qu'elle pouvait entreprendre.

Elle n'avait pas le temps de cultiver de nouvelles relations, elle devait se contenter de celles qu'elle avait déjà. Soudain, elle vit précisément ce dont elle avait besoin.

En fin d'après-midi, bien que légèrement fatiguée par le voyage et la chaleur considérable qui régnait en Espagne en comparaison de Londres, elle revêtit une des robes les plus élégantes qu'elle avait apportées, optant pour une teinte chaude et très seyante.

À cinq heures et demie, elle descendit de l'équipage qu'elle avait loué et entra la tête haute dans un élégant parc, avec tant d'assurance et d'autorité que personne ne s'avisa de lui demander si elle avait un carton d'invitation.

Au bout d'une demi-heure de bavardages insipides, de compliments polis et d'allusions à des personnages en vue, elle se retrouva enfin face à la femme qu'elle était venue voir.

Dorothea Warrington avait de l'argent et un certain style. D'apparence quelconque, elle possédait un esprit vif et des cheveux remarquables dont elle savait fort bien tirer parti. Debout immobile près d'une fontaine, elle regarda Vespasia approcher avec une incrédulité croissante.

— Bonsoir, Dorothea, dit Vespasia en souriant. Je ne savais pas si vous étiez toujours en Espagne, mais le climat vous sied admirablement. Je ne vous ai jamais vu aussi bonne mine. Vous nous éclipsez toutes.

Dorothea, qui avait quitté la haute société londonienne dans des circonstances un tantinet délicates et qui détestait son teint mat, presque basané, se sentit soudain plus positive envers elle-même. Elle toisa Vespasia des pieds à la tête, notant sa pâleur et son port altier.

— Comme c'est généreux de votre part ! dit-elle avec un sourire hésitant. Vous avez raison, bien sûr. Je me plais infiniment ici.

C'était un pur mensonge. Elle détestait Tolède. Cependant, personne ici n'était au courant des erreurs de jugement qu'elle avait commises à Londres.

— J'imagine qu'à cette époque de l'année, vous êtes venue pour le climat ?

Ses yeux perçants s'efforçaient de jauger la situation de Vespasia et de deviner quelle catastrophe avait pu l'arracher à la saison qui battait son plein à Londres pour se rendre dans une petite ville espagnole où elle ne connaissait personne. La lueur d'intérêt qui brillait dans son regard aurait pu passer pour de la sollicitude, mais elle avait l'éclat de la curiosité.

Vespasia, qui avait prévu le tour que prendrait la conversation, s'y était préparée.

— Ma filleule est tombée amoureuse, et il s'avère que son choix a été des plus inappropriés, répondit-elle avec un léger haussement d'épaules, comme si l'incident était sans grande importance.

Dorothea s'avança d'un pas.

— Oh, mon Dieu ! C'est très triste.

— En effet, reconnut Vespasia, qui dut se faire violence pour ne pas reculer. Naturellement, sa mère est dans tous ses états et désire que l'affaire soit conclue sans… scandale. Elle a déjà exprimé ses sentiments, avec les pires résultats imaginables.

— Oh, mon Dieu ! répéta Dorothea, s'humectant la lèvre inférieure. Les jeunes gens peuvent être si entêtés ! Mais quand nous pensons être amoureux…

Elle laissa sa phrase en suspens, attendant que Vespasia fournisse d'autres détails.

— Exactement.

Vespasia faillit s'étrangler sur le mot. Elle avait oublié à quel point Dorothea pouvait être odieuse. Depuis sa propre disgrâce, elle se réjouissait de celle d'autrui.

— Je vois que vous comprenez. J'ai pensé pouvoir lui faire entendre raison. Elle m'écoutera si je peux lui parler en tête en tête. Elle sait que j'aurai son intérêt à cœur, et que je ne m'exprime pas par simple souci des convenances.

Elle hésita à embellir son mensonge, puis décida d'ajouter une confidence pour faire bonne mesure.

— Il m'est arrivé d'être amoureuse à moi aussi, et par la suite, j'ai regretté de ne pas avoir écouté les conseils qu'on m'avait prodigués.

Les sourcils bruns de Dorothea s'arquèrent.

— Ne sommes-nous pas toutes passées par là ? demanda-t-elle tout bas. Pas toujours avec des résultats souhaitables.

Sans doute était-ce une allusion amère aux raisons de sa propre présence en Espagne.

— Puis-je vous aider, de quelque manière que ce soit ? Je connais un grand nombre de gens…

— Peut-être… acquiesça Vespasia. L'affaire risque d'être… urgente.

Dorothea était ravie. Ses yeux brillaient.

— Avez-vous entendu parler d'une certaine Sofia Delacruz ?

Dorothea retint un cri.

— Mais bien sûr ! Elle est très connue. Pour l'amour du Ciel, vous ne voulez pas dire que votre filleule s'est laissé entraîner dans ce culte absurde ? Est-elle amoureuse de l'un des adeptes ? Dans ce cas, vous devez faire tout ce que vous pouvez.

— Vous la connaissez ? demanda Vespasia innocemment.

— Personnellement ? Bien sûr que non. Mais à ce qu'on raconte, elle est plus qu'excentrique. J'ai honte de dire qu'elle est anglaise, paraît-il. Cela dit, elle a épousé un Espagnol, par conséquent elle n'est plus vraiment des nôtres.

Vespasia réprima un frisson de dégoût.

— Comment est-elle ? Pensez-vous que cela vaudrait la peine de plaider auprès d'elle ?

Dorothea eut un geste catégorique.

— Absolument pas. Elle n'écoute personne. C'est une fanatique. Elle vous tiendra toutes sortes de propos ridicules avec lesquels il vous sera impossible d'être d'accord. Du moins, c'est ce que j'ai entendu dire. Je ne l'ai jamais rencontrée.

Elle agita ses mains maigres d'un geste théâtral.

— Je ne peux pas supporter ces passions abstraites et solennelles. C'est d'un mauvais goût, n'est-ce pas ? Il n'y a rien de pire que les ennuyeux. Que peut-on faire d'eux ?

— S'en débarrasser le plus vite possible, répondit Vespasia aussitôt. Malheureusement nous ne pouvons tous être d'accord sur qui ils sont. Cette femme est-elle vraiment si assommante ?

— Je n'en ai aucune idée, avoua Dorothea. Je suppose que si vous envisagez sérieusement de lui parler, rien ne vous empêche de vous renseigner auprès de ses fidèles.

— Ne seront-ils pas partiaux ?

— Vous pourriez toujours essayer l'opposition, suggéra Dorothea, une pointe d'indifférence dans la voix.

Elle commençait déjà à se désintéresser de la conversation.

— L'opposition ?

Dorothea eut un haussement d'épaules alambiqué, qui manquait singulièrement d'élégance.

— Eh bien, ma chère, elle ne fait pas l'unanimité, n'est-ce pas ? Son passé est plus que douteux… vous ne croyez pas ? À moins que vous n'en sachiez rien ?

Sans doute était-ce une référence à l'épouse de Nazario, la tragique Maria Dolores. Vespasia affecta l'ignorance. Si c'était de cela qu'elle parlait, une version plus pittoresque et moins charitable de l'histoire serait peut-être utile à défaut d'être de bon goût.

— Je vois que non ! s'exclama Dorothea, enchantée. Elle est très belle, dans le genre étrange et mélodramatique. Apparemment, Nazario Delacruz aime ce genre de chose. Voyez-vous, il a quitté son épouse pour elle. Le scandale a été épouvantable. Elle n'a rien d'une Anglaise. Les yeux noirs, l'orgueil espagnol. Elle se pavane plutôt qu'elle ne marche.

— La… l'épouse ? demanda Vespasia, manquant de peu de se trahir en disant son nom.

— Non, bien sûr que non ! Sofia ! Maria Dolores était une douce créature, un peu gâtée, certes. Et falote, d'après ce que je sais. Mais la moitié des femmes à Londres aussi… au moins la moitié.

Vespasia songea qu'elle payait très cher ces bribes d'informations, si toutefois c'en étaient.

— En effet, dit-elle sans état d'âme. Malheureusement, les plus remarquables ont tendance à déserter la capitale. L'on ne peut s'empêcher de se demander s'il y a là un lien de cause à effet…

Dorothea tourna cette remarque dans sa tête, soupçonneuse, puis décida que c'était un compliment.

— Issue d'une excellente famille, bien sûr. Maria Dolores… « Marie des douleurs », c'est cela que son nom signifie. Pauvre créature ! Quelle idée d'affubler un enfant d'un nom pareil !

— Tandis que Sofia signifie « sagesse », observa Vespasia avant d'avoir pu s'en empêcher.

— Eh bien, tout le monde peut se tromper ! répliqua Dorothea sèchement. J'ai toujours été surprise que la famille de Maria Dolores ne cherche pas à se venger de Nazario ou de Sofia. Je crois que je l'aurais fait. Pas vous ?

La question était directe et Vespasia décida d'y répondre.

— Oui, je crois, si j'en avais le courage. Mais je pourrais aussi me contenter d'attendre le moment propice pour ne pas risquer d'être prise en flagrant délit.

— Ne pensez-vous pas que les policiers comprendraient ? Ou les juges, au moins ?

— Je ne sais pas. Peut-être cela dépendrait-il des vengeances qu'eux-mêmes ont exercées en privé. Même alors, je crois que je préférerais ne pas avoir à relater les tragédies familiales pour échapper au châtiment de la justice.

Dorothea eut un petit frisson de satisfaction.

— Je suis tellement contente que vous soyez venue à Tolède ! La vie va avoir plus de piquant maintenant que vous êtes là.

— Quel est le nom de famille de Maria Dolores ? demanda Vespasia.

Dorothea écarquilla les yeux.

— Seigneur ! Vous n'allez pas aller voir sa famille, si ? Ce serait… d'une audace !

Elle voulait dire grossier et déplacé, mais elle aurait jubilé si Vespasia avait commis pareille offense.

— Pas du tout, la rassura Vespasia. Néanmoins, vous avez vous-même jugé surprenant que ces gens ne se soient pas vengés. Je me demande s'il y a une raison à cela.

Dorothea parut subitement fascinée.

— Cela paraît… étrange, n'est-ce pas ?

— À présent que vous le dites, oui ! Oui, en effet. Je me demande pourquoi ils ne l'ont pas fait. Des années ont passé. Je n'aurais pas pu ronger mon frein aussi longtemps. Je me renseignerai discrètement et je vous tiendrai au courant.

— Et leur nom ? insista Vespasia.

— Oh ! Je vous informerai, affirma Dorothea d'un ton désinvolte. Ne viens-je pas de le dire ?

Vespasia refusa de mordre à l'hameçon. Peut-être avait-elle mérité cela. Elle se serait méprisée autant qu'elle méprisait Dorothea si l'enjeu n'avait pas été aussi important. Elle se força à sourire.

— Cela m'intéresserait beaucoup d'en savoir davantage à propos de Sofia elle-même. Mais j'imagine que vous ne pouvez pas m'aider sur ce point…

— Je…

Dorothea rougit légèrement.

— Je connais un peu une nonne dans un des couvents en bordure de la vieille ville. Si vous le désirez, je peux vous l'indiquer.

— Merci, Dorothea. Vous avez toujours été généreuse, mentit-elle sans hésiter.

Dorothea parut stupéfaite. Si elle soupçonnait un sarcasme, elle ne protesta pas.

Le lendemain matin, peu après huit heures, la voiture de Vespasia s'arrêta devant les hauts murs du couvent, une bâtisse sans doute très ancienne, superbe dans sa simplicité.

Vespasia se dirigea vers la porte d'entrée, se présenta au gardien et demanda à voir sœur Maria Madalena. Citant le nom de Sofia, elle précisa que l'affaire était urgente.

Cinq minutes plus tard, l'énorme porte en bois se rouvrit et elle pénétra dans le silence d'un cloître, des grains de poussière tourbillonnant dans les rais obliques du soleil matinal. Le sol était usé par des années de passage, chaque marche de l'escalier creusée en son centre.

On la fit entrer dans une pièce calme, dont la fenêtre ornée d'une grille en fer forgé laissait passer des rectangles de lumière. Elle s'assit sur une des deux chaises et attendit, songeuse, que sœur Maria Madalena apparaisse.

C'était une femme menue, au visage doux, affligée d'une très légère claudication. Elle semblait avoir environ le même âge que Vespasia. Il y avait dans son regard une grande paix, et un soupçon d'humour.

— Lady Vespasia Narraway, sourit-elle en s'inclinant, d'un geste étonnamment gracieux. Je crois savoir que vous voulez m'interroger au sujet de Sofia Delacruz. Je ne peux vous dire que ce que je sais et je n'ai aucune raison de parler d'elle autrement qu'en bien. Je ne partage pas sa foi. Cela m'est impossible. Mais j'ai un grand respect pour elle et je suis désolée d'apprendre qu'elle a de graves ennuis.

— Je vous remercie. Je crois savoir que vous la connaissez personnellement ?

— Oh, oui ! affirma sœur Maria Madalena. Elle venait nous rendre visite. Elle se plaisait ici, elle aimait se sentir un peu en dehors du monde, voyez-vous ? Nous causions souvent ensemble. Nous étions d'accord sur beaucoup de petites choses du quotidien.

Elle sourit.

— Pas sur qui nous sommes, d'où nous venons, où nous allons et même pourquoi. Mais le pas à pas, oui.

Elle sourit et son visage en fut illuminé.

— C'est le pas à pas qui compte, vous ne pensez pas ?

Vespasia décida d'être honnête avec cette religieuse sereine, au jugement si sage.

— J'ai peur qu'il ne soit arrivé quelque chose de très déplaisant à Señora Delacruz, et j'espère qu'en savoir plus sur elle nous aidera à éviter une véritable tragédie. Je ne peux vous en dire beaucoup plus, hormis ce que chacun sait à Londres. Elle a été enlevée et deux de ses compagnes ont été sauvagement assassinées.

Le visage de son interlocutrice refléta la douleur, mais pas l'horreur et pas la moindre incrédulité. Vespasia, qui parlait pourtant l'espagnol couramment, se demanda un instant si elle n'avait pas compris.

— Oh, Seigneur ! murmura Maria Madalena. Il y a tant de tragédie dans le monde, et tant de méchanceté. Je ferai tout ce que je peux pour vous aider.

L'ombre d'un sourire se dessina sur ses lèvres.

— Sans doute serait-il plus prudent de ma part de ne pas l'admettre, mais une interprétation erronée de la doctrine n'est qu'un détail en regard de l'intégrité d'une personne ou de son amour pour son prochain. Sofia n'a jamais manqué de courage, ce qui la perdra peut-être. Il n'est pas facile d'ouvrir la voie, où qu'on aille.

— Lui reprochait-on ses convictions ?

Sœur Maria sourit.

— Ici, à Tolède ? Vous ne connaissez pas notre histoire. Autrefois, nous étions célèbres pour notre tolérance. C'était avant que soient chassés d'ici ceux dont les idées étaient différentes des nôtres, et que les rares qui restaient soient persécutés. À l'époque, l'art et la science étaient florissants. Les différences n'étaient pas considérées comme une menace ; elles ouvraient la porte à un savoir plus étendu. La peur est une chose terrible, Lady Vespasia, une maladie qui se propage comme le feu d'un esprit à l'autre, et qui consume ce qu'il y a de meilleur en nous. Nous cessons d'écouter et nous passons trop vite à l'attaque au lieu de réfléchir.

« Pour en revenir à votre question, à Tolède, dans les vieux quartiers, non. Ses idées étaient jugées étranges et intéressantes. Elle m'a poussée à réévaluer certains des enseignements de ma propre foi. Nous adorons la certitude et nous imaginons la voir alors qu'en réalité il n'en est rien.

— Votre visage me dit que vous n'avez pas peur, observa Vespasia doucement.

— Non. Je suis certaine des valeurs qui comptent, telles que l'honneur et la bonté. Nous ne devrions pas modeler Dieu à notre image, avec nos doutes et nos craintes, notre besoin de juger et de condamner, notre soif de sécurité, notre désir d'avoir raison coûte que coûte. Laissons notre âme s'apaiser car Dieu n'est jamais capricieux, jamais cruel et il n'a jamais tort. C'est notre compréhension qui trébuche. Même les êtres humains les plus intelligents ne sont que des enfants. Les plus sages d'entre nous le savent.

— Sofia était-elle parmi les plus sages ?

— Seigneur, non ! Parmi les plus courageux, certainement. Et parmi les plus doux, à sa façon. Elle cherchait toujours à aider les vrais pénitents à retrouver leur chemin vers la lumière. C'est un acte de grande piété.

— Vous n'êtes pas surprise qu'elle ait été enlevée ?

Sœur Maria réfléchit un instant avant de répondre, pesant ses mots avec soin.

— Sofia œuvrait avec beaucoup de gens. Elle ne refusait jamais le gîte ni le couvert à personne si elle pouvait l'offrir.

Elle se mordit la lèvre et hésita, puis parvint à une décision.

— Un homme est venu la voir, peu après le meurtre brutal d'un ami. Celui-ci avait été retrouvé mutilé, la gorge tranchée. J'ignore ce que le fugitif a dit à Sofia. Elle ne me l'a pas répété et, bien entendu, je ne le lui ai pas demandé. Mais il a cherché refuge auprès d'elle. Il était épouvantablement effrayé. Elle a été très perturbée par cet incident et m'a confié qu'elle craignait pour la vie de ce malheureux, et pour son âme.

— Elle vous a dit cela ? s'étonna Vespasia.

— Elle n'en aurait rien fait si elle n'avait pas eu besoin de mon aide. Selon elle, il lui avait confessé un grave péché, qui pouvait avoir des conséquences terribles. Elle m'a demandé de lui trouver un refuge où il serait hors d'atteinte de ceux qui cherchaient à le tuer. Elle m'a donné sa parole qu'il n'avait pas commis de meurtre.

— Et vous l'avez crue ? demanda Vespasia.

Des idées nouvelles se bousculaient dans sa tête. Qui était ce fugitif ? Détenait-il la clé de l'enlèvement de Sofia ? L'affaire était-elle politique, après tout ? Y avait-il un lien avec la révolte espagnole contre l'oppression ? Ou la guerre avec l'Amérique ?

— Oui. Je la crois toujours. Je n'ai jamais vu Sofia mentir, ni à autrui, ni à elle-même. C'est la personne la plus honnête que je connaisse, et je choisis mes mots avec soin. Évidemment, cet homme a pu la tromper.

— Cependant, vous l'avez caché ? insista Vespasia, s'efforçant de garder un ton égal. Est-il toujours chez vous ?

— Non. Je l'ai hébergé quelques jours seulement, le temps qu'elle trouve sa propre solution pour le protéger. Je ne lui ai pas demandé en quoi elle consistait et elle ne me l'a pas dit. Je crois qu'elle a obtenu de l'argent pour l'envoyer quelque part, mais c'est une simple supposition.

Vespasia pesa ce qu'elle venait d'entendre, la gravité de l'expression de la religieuse. Elle devinait qu'il serait d'inutile d'insister. Si Maria Madalena en savait davantage, elle ne se considérait pas libre de le divulguer.

— Merci. Il semble fort possible que le secours qu'elle a apporté à cet homme soit la cause de ses ennuis actuels. Combien de temps s'est-il écoulé entre cet incident et son départ pour l'Angleterre ?

— Moins d'un mois. C'est pourquoi je me suis sentie obligée d'enfreindre sa confidence et de vous en parler. Je vous en prie… faites tout ce que vous pouvez pour l'aider. Ses croyances sont des blasphèmes aux yeux de mon Église, ou semblent l'être, mais c'est une femme bonne et, pour moi, il n'y a que cela qui compte. C'est une enfant de Dieu autant que quiconque. Qui que soit cet homme, et quel que soit le péché qu'il lui a avoué, elle ne songeait qu'à lui porter assistance, à tort ou à raison.

— Je vous le promets, déclara Vespasia, avant de se lever et de la remercier de nouveau. Oui, je vous le promets.

10

Le bureau de l'inspecteur Latham croulait sous des piles de rapports, entre lesquels se trouvaient deux tasses de thé en émail, à moitié pleines. Une pipe au fond noirci reposait sur le cendrier, dégageant une odeur chaude, plutôt agréable.

— Je vous l'ai déjà dit… monsieur, répondit Latham d'un ton impatient. Le médecin affirme qu'elles sont mortes la veille du jour où vous les avez trouvées, tôt dans la soirée. Pour autant que nous puissions en être sûrs, à quelques minutes d'intervalle. Le temps était chaud et ensoleillé. Il y avait des mouches. Ce n'est pas joli à imaginer, mais ça nous aide à déterminer l'heure. Sans doute autour du crépuscule. Il dure longtemps à cette époque de l'année. Le ciel était dégagé, il faisait assez clair pour qu'on n'ait pas peur d'ouvrir la porte, mais assez sombre pour que les voisins soient à l'intérieur, en train de dîner. S'ils ont vu quoi que ce soit, ils auront pensé qu'elles avaient des invités. Deux fiacres ont été remarqués dans la rue, cela dit on ne peut pas savoir si c'est le même qui a été vu deux fois.

— À quelle heure ? demanda Pitt aussitôt.

— Enfin, monsieur, à moins d'attendre de la visite, les gens ne regardent pas leur horloge sans arrêt. Les voisins commencent tout juste à se remettre de leurs émotions. Si vous débarquez chez eux pour leur poser encore des questions, comme les hommes de Mr. Teague, vous allez entendre toutes sortes d'histoires qui n'ont ni queue ni tête. Nous sommes capables de faire notre travail, mais il faut admettre qu'il y a des meurtriers qu'on n'attrape jamais. La moitié de l'Angleterre a essayé d'arrêter Jack l'Éventreur ! Ce n'est pas pour ça qu'on a réussi.

Il prit une profonde inspiration, et fit un effort pour contrôler sa colère.

— Laissez-nous donc mener notre enquête ! Si le moindre détail suggère que c'est une affaire politique, nous vous en informerons. Maintenant, pouvez-vous rappeler les hommes de Teague, s'il vous plaît ? Je n'ai rien contre les héros, mais qu'ils restent à leur place, au lieu de s'installer à la nôtre.

— Je ne l'ai pas invité, inspecteur, répondit Pitt d'un ton las. Sofia Delacruz est une personnalité politique et elle est toujours portée disparue.

— Je croyais que c'était une sorte de prédicatrice ?

Latham secoua la tête.

— Ces histoires-là ne m'intéressent pas, personnellement. Je vais à l'église le dimanche et je m'occupe de ce qui me regarde. Qui voudrait débattre avec le révérend ? Pour quoi faire ?

— Il y a des gens qui débattraient avec Dieu lui-même, soupira Pitt. Je suppose que vous n'avez pas découvert d'autres indices matériels ?

— Rien que vous ne sachiez déjà. Le tueur s'est servi d'un couteau bien affûté. Il a dû l'emporter.

— Vous êtes absolument certain qu'il était seul ? coupa Pitt.

— On dirait que oui.

Il ramassa la pipe posée sur le cendrier, mais ne la ralluma pas, se contentant de la tenir au creux de sa paume comme s'il savourait le contact du bois lisse.

Pitt fronça les sourcils.

— Croyez-vous que ce soit possible ? Iriez-vous seul tuer deux femmes et en enlever une troisième, qui tenterait sans doute de résister ? De fait, une femme qui n'hésiterait pas à vous attaquer pour sauver ses deux compagnes ? Je prendrais quelqu'un avec moi.

— J'y ai songé, monsieur. D'abord, si j'allais commettre un acte aussi épouvantable, je ne voudrais pas qu'un autre soit au courant, car alors je serais à sa merci jusqu'à la fin de mes jours. À moins de l'éliminer également, hein ? Mais j'aurais peur qu'il n'ait la même idée et qu'il ne prenne les devants.

Pitt hocha la tête.

— J'irais seul, reprit Latham à mi-voix, avec une assurance croissante puisque Pitt ne le contredisait pas. Je surveillerais la maison du dehors. À la tombée de la nuit, une fois les lampes allumées, je saurais où se trouve chacune des femmes. J'attendrais qu'une d'elles soit montée au premier étage.

Pitt songea au jardin, aux cachettes près des buissons, en bordure de la propriété. Un homme pouvait aisément s'attarder là sans éveiller de soupçons en faisant mine de promener son chien ou de fumer une pipe.

— C'est logique, commenta-t-il. Avez-vous trouvé des indices susceptibles d'étayer cette hypothèse ?

— Quelques-uns. Le sol est un peu sec, mais par endroits, il y a des empreintes dans l'allée, côté nord. Pas moyen de savoir si c'étaient celles de l'assassin, néanmoins c'est possible.

Il mit la pipe de côté.

— Comme je disais, j'aurais surveillé les lieux au préalable, observé leurs habitudes, et ce soir-là, j'aurais attendu qu'il y ait une femme seule en haut et une autre dans la cuisine. J'aurais attaqué celle-là d'abord, puis l'autre pendant que la dernière était encore au premier étage. Ainsi, elle ne pouvait pas s'échapper sans passer à côté de moi.

— Il aura fallu être très rapide, déclara Pitt, pensif.

— À en juger par le sang, on a l'impression qu'il a tué celle qui était dans la cuisine d'abord et qu'il a rattrapé la seconde dans l'escalier. Ce que je ne comprends pas, c'est pourquoi elle ne s'est pas précipitée dans la rue.

— La porte d'entrée était fermée à clé, répondit Pitt. Verrouillée en haut et au milieu. Elfrida Fonsecca n'était pas très grande. Elle n'aurait sans doute pas pu atteindre le verrou et le tirer avant qu'il la rejoigne. Et il lui bloquait l'accès au jardin.

Une bouffée de compassion l'envahit tandis qu'il se représentait la scène.

— La pauvre, dit Latham d'un ton amer. Mais si le verrou était mis, ça veut dire qu'il a dû s'introduire dans la maison par-derrière. Ou qu'il l'a tiré lui-même après qu'on l'eut fait entrer.

— Cela signifierait qu'il devait dormir là, lui fit remarquer Pitt. Et par conséquent, que c'était un des leurs.

— Possible. Elles auront cru qu'il était venu les protéger – les malheureuses. Dans ce cas, ça ne peut pas être l'Espagnol. Il est trop petit pour atteindre le verrou supérieur.

— Melville Smith, si. Mais il a un alibi pour toute la soirée. Quelqu'un d'autre aurait-il pu revenir, verrouiller la porte après les faits ?

— Dans quel but ? demanda Latham, sceptique. Au départ, j'ai cru que nous avions affaire à un fou ordinaire. Qu'il n'y avait aucun rapport avec l'identité de cette femme. Maintenant, je ne sais plus quoi penser, sinon qu'on n'inflige pas ce genre de violence à une inconnue, à moins d'être complètement dément. Il est plus logique de penser que l'assassin voulait quelque chose et qu'il était prêt à tout pour l'obtenir. Nous nous sommes renseignés sur tous ceux qui sont venus avec elle, sans trouver de mobile aussi… personnel.

« Si l'un d'entre eux a fait le coup, ils sont probablement tous impliqués, ou alors ils ont des raisons de le couvrir. À mon avis, ils sont tous un peu frappés. Mais pas plus que beaucoup de gens solitaires, ou qui ne se sont jamais vraiment intégrés dans la société. Quand même, ces femmes ne méritaient pas ça.

Pitt s'abstint de commentaire, remercia Latham et prit congé de lui.

La journée était fraîche et venteuse. Les passants marchaient d'un pas vif, les femmes tenaient leur chapeau de crainte qu'il ne s'envole.

Pitt était reconnaissant à Latham de se montrer aussi coopératif. La police ne collaborait pas toujours volontiers avec la Special Branch. Elle voyait là un conflit de juridiction et considérait qu'elle se chargeait du sale travail pendant que d'autres recueillaient les lauriers.

Plongé dans ses pensées, il s'apprêtait à traverser l'artère principale quand on l'interpella.

— On ne sait plus trop quoi faire, hein ? lança gaiement le nouveau venu. Le ravisseur ne s'est pas manifesté ? Ça n'est guère prometteur. Vous ne pensez pas qu'il l'aurait tuée par accident, si ? Elle avait l'air capable de se défendre.

Pitt s'arrêta net et pivota vers lui, mourant d'envie d'effacer le sourire narquois qu'arborait son interlocuteur.

— Ce n'est pas un jeu ! s'indigna-t-il, furieux. Cette femme est un être humain comme nous tous, pas une créature imaginaire que vous pouvez modeler à votre goût pour vendre vos maudits journaux !

Laurence écarquilla les yeux, mais ne fut pas le moins du monde désarçonné. Pitt comprit au contraire que le journaliste avait fait exprès de le provoquer pour qu'il perde son sang-froid. Les hommes en colère commettent des erreurs, en disent plus qu'ils n'en ont l'intention.

— Vous craignez qu'elle ne soit morte, dit Laurence doucement. Parce que la rançon est trop élevée, c'est ça ?

— Je n'ai pas parlé de rançon, rétorqua Pitt en traversant la rue d'un pas rapide.

— Inutile de le dire, mon cher. Ça se voit à votre tête, commenta Laurence, se maintenant à sa hauteur. C'est une somme d'argent ? Une grosse somme ? Le noble Mr. Teague va-t-il offrir de la verser ? Cela ferait vraiment de lui un héros, n'est-ce pas ? Je vois d'ici les gros titres ! Dalton Teague paie une fortune pour sauver la vie d'une sainte espagnole dont il ne partage aucunement les idées ! Peut-être est-ce lui qui l'a enlevée, pour pouvoir voler publiquement à son secours ensuite ?

— Pourquoi n'écrivez-vous pas cet article ? Vous verrez bien, suggéra Pitt d'un ton sec. Sauf que, bien sûr, Teague vous mettrait sur la paille.

— En effet, admit Laurence avec un sourire amer. C'est exactement ce qu'il faudrait faire. Et ce ne serait pas la première fois. Vous devriez y songer, Mr. Pitt. Regardez bien la carrière de Dalton Teague et ce qui est arrivé à ceux qui lui ont tenu tête.

— En faites-vous partie ? rétorqua Pitt, qui se demandait pourquoi Laurence détestait Teague à ce point. Lui avez-vous tenu tête et en avez-vous subi les conséquences ? Est-ce de cela qu'il s'agit, au fond ?

— Il s'agit de Sofia Delacruz, et de découvrir qui a tué Cleo et Elfrida, répondit Laurence. N'est-ce pas ?

Il haussa légèrement les épaules.

— Ou s'agit-il de terrorisme, ou de la guerre entre l'Espagne et l'Amérique, et du risque que les autres pays y soient entraînés et qu'on ait affaire à un conflit mondial ? Si oui, de quel côté serions-nous ?

D'abord tenté de louvoyer, Pitt décida que ce serait absurde. Laurence savait aussi bien que lui que cette crainte-là ne pouvait être ignorée.

— Avez-vous quelque chose d'utile à m'apprendre ? se contenta-t-il de demander.

— À vrai dire, oui. Vous auriez peut-être intérêt à vous renseigner sur les relations qui existent entre Teague et Barton Hall. Ils se connaissent beaucoup mieux que vous ne semblez le soupçonner. Il est étrange qu'ils aient omis de vous en parler, au vu des circonstances.

— Vous me l'avez déjà dit, lui fit remarquer Pitt. Ils ont fréquenté la même école, au même moment. Vous aussi, d'ailleurs, ce que vous avez esquivé avec soin. Ni Teague ni Hall n'ont fait allusion à vous, pourtant vous parlez de Teague à la moindre opportunité.

Laurence haussa un sourcil.

— Avez-vous jamais fait partie d'une équipe à l'école, Pitt ? Ou à l'université ? Avez-vous idée du genre de loyauté que créent ces liens-là ? Savez-vous à quel point les meilleurs joueurs sont idolâtrés par leurs camarades ? Savez-vous ce qu'il en est de faire partie de ce noyau ?

Son visage s'assombrit.

— Ou ce qu'il en est d'être le bûcheur, celui qui ne frappe pas la balle, qui ne marque pas de points ?

L'amertume perçait dans sa voix.

— Et pourtant, vous pouvez réussir vos examens… n'est-ce pas ? Vous êtes bon en maths, capable d'écrire une dissertation, de comprendre et de mémoriser les cours d'histoire. N'est-ce pas le duc de Wellington qui a affirmé que la bataille de Waterloo avait été gagnée sur les terrains de sport d'Eton ?

Il regarda Pitt d'un air interrogateur.

— Bien des choses ont été perdues et gagnées sur des terrains de sport, Pitt. Ne l'oubliez pas !

Sur ce, avec un petit salut moqueur, il pivota et s'éloigna, laissant Pitt immobile sur le trottoir, en proie à la perplexité. Il ne pouvait mettre le doigt dessus, mais il y avait là un secret. Quelque chose qui concernait Teague, et l'Espagne, et Laurence voulait qu'il le découvre.

Dalton Teague fut rappelé à l'esprit de Pitt moins d'une heure plus tard, lorsqu'il rentra à Lisson Grove. Stoker fulminait. Son visage était blanc de colère, son corps si rigide qu'il refusa de s'asseoir.

— Ses satanés gars sont partout ! accusa-t-il dès que Pitt eut franchi le seuil. Maintenant, Russell lui mange dans la main. Teague par ici, Teague par là ! Il ne fait plus attention à ce que je dis. Et résultat ? Il a filé à Nottingham pour suivre une fausse piste. Il s'avère que la femme qu'il a retrouvée n'est qu'une Gitane. Pas plus Sofia Delacruz que moi.

Ce n'était pas la première fois que la Special Branch s'engageait dans une impasse. Plusieurs de ces pistes erronées avaient été apportées par Teague, mais les leurs n'avaient pas été plus fructueuses.

— Les journaux en ont eu vent ?

Pitt dépassa Stoker pour prendre place à son bureau, vit la pile de rapports qui l'attendait, et prit brusquement conscience des enquêtes qu'il négligeait à cause de la disparition de Sofia. C'était tout juste s'il se souvenait des détails concernant les incidents de sabotage dans les usines de Londres. L'ingérence de Dalton Teague, ses annonces à la presse, maintenaient l'affaire Delacruz dans tous les esprits, et les rumeurs allaient bon train.

Teague était-il manipulé par un individu plus intelligent que lui ? Cette possibilité était venue à l'esprit de Pitt récemment. Avait-on songé à ce bel homme charismatique, qui avait des liens avec nombre de grandes familles anglaises, et joué sur sa soif d'adulation ? S'agissait-il d'un piège, et Pitt avait-il mordu à l'appât ?

Ou Laurence essayait-il de le guider pour qu'il découvre des faits significatifs concernant Teague ?

En comparaison avec le reste de l'Europe, la Grande-Bretagne connaissait un calme relatif. Le malaise avait même gagné les États-Unis, où une nouvelle classe de citadins pauvres manifestait, s'unissant pour réclamer des droits impensables auparavant. Des incidents violents avaient éclaté. La violence couvait-elle ici aussi ? Pitt avait-il échoué à avoir une vue d'ensemble parce qu'il était trop focalisé sur une seule enquête, comme à l'époque où il travaillait à Bow Street ? Narraway l'avait pourtant mis en garde.

À présent, Narraway était en Espagne et Pitt n'avait toujours aucune nouvelle de lui.

— Russell est un agent compétent, affirma-t-il. Dites-lui de ne pas se conduire comme un imbécile. Parcourez ces rapports, ajouta-t-il en désignant les documents posés sur son bureau. Je vais aller voir Teague et le prier de se montrer plus discret.

— Il n'en fera rien, déclara Stoker sèchement. On dirait un cheval qui a le mors aux dents. Je ne sais pas ce que vous pensez pouvoir faire.

— Je ne m'attends pas à ce qu'il obéisse, répondit Pitt avec un sourire crispé. Je veux en découvrir un peu plus long sur lui, ce qu'il sait et ce qu'il a réellement en tête.

Stoker écarquilla les yeux.

— Croyez-vous qu'il ait joué un rôle dans la disparition de Sofia, monsieur ? Ça voudrait dire qu'il sait qui a tué ces deux femmes. C'est le genre d'actions que mènent les anarchistes, mais je ne peux pas croire qu'il en soit un. C'est un aristocrate jusqu'au bout des ongles, qui a des générations de privilèges derrière lui. Ses ancêtres remontent sûrement à la conquête normande ! conclut-il d'un air dégoûté.

— Comme ceux de nous tous, Stoker. Seulement, les siens étaient à cheval et les nôtres à pied, et du mauvais côté, ironisa Pitt. Et non, je ne crois pas une seconde qu'il soit intentionnellement du côté des anarchistes. Teague est du côté de Teague, et un homme de ce genre peut être manipulé.

— Oui, monsieur.

Stoker s'était déjà installé à son bureau et commençait à examiner les documents quand Pitt, sur le seuil, se retourna.

— Stoker ?

— Oui, monsieur ?

— Tâchez de découvrir si Teague a des liens avec l'Espagne. De n'importe quelle sorte.

— Vous pensez que c'est le cas ? s'étonna Stoker.

— Je ne sais pas. Laurence l'a laissé entendre.

Pitt trouva Teague dans le salon discret de son club de gentlemen. Il était nonchalamment calé dans son fauteuil, ses longues jambes étirées devant lui, chevilles croisées, un verre de xérès à la main.

— Mon cher, je suis content de vous voir, lança-t-il à Pitt avec un sourire désinvolte. Asseyez-vous, je vous en prie. Puis-je demander au serveur de vous apporter un verre de xérès ? Je vous recommande l'amontillado.

Teague avait à dessein formulé cette invitation de manière vague, pour que Pitt ne sache pas s'il lui offrait le xérès, ou s'il attendait de lui qu'il le règle lui-même. Il n'était pas membre de ce club-ci, bien que Narraway l'eût persuadé de la nécessité d'appartenir à deux autres. Il ne s'agissait nullement de cachet ou d'être accepté dans la haute société, mais plutôt de savoir qui fréquentait qui, qui était inclus dans quel cercle et qui ne l'était pas. C'était le genre d'observation trop subtile pour être confiée à un agent inexpérimenté. Il fallait faire appel à sa mémoire, comprendre un sous-entendu lorsque les derniers éléments d'une affaire se mettaient en place. Parfois, l'important était de remarquer le ton d'une conversation, l'expression d'un visage, deux personnes évitant ostensiblement de partir ensemble.

— Non, merci. C'est un peu tôt pour moi.

Teague sourit, mais son regard était froid.

— Vous avez raison. J'ai peur que vous n'ayez fort à faire avec cette disparition, sans compter toutes les autres questions dont vous devez vous occuper. Nous sommes face à une situation de plus en plus menaçante.

Il décroisa les jambes et les recroisa dans l'autre sens.

— J'avoue que je commence à mieux saisir l'énormité de la tâche de la Special Branch. Comment diable pouvez-vous garder l'œil sur tout ? C'est tellement… amorphe ! Des milliers de gens en Europe sont agités, à l'affût d'un moyen d'en découdre avec les autorités. Il est impossible de les surveiller tous. Et comment faire le tri entre les beaux parleurs et ceux qui sont susceptibles de lancer une bombe un de ces jours ?

Il pencha la tête d'un côté, l'air intéressé. Le soleil de la fin d'après-midi créait un halo autour de ses cheveux magnifiques.

— La plupart d'entre eux ne m'inquiètent pas, répondit Pitt avec un sourire.

Il prit place en face de Teague, feignant d'être aussi à l'aise que lui.

— Dans l'ensemble, c'est leur propre gouvernement qu'ils veulent renverser, pas le nôtre.

— C'est tout ce que vous trouvez à dire ? se récria Teague, incrédule. Ils ne vous inquiètent pas !

Comprenant que sa désinvolture apparente risquait de se retourner contre lui, Pitt résolut de se montrer plus circonspect.

— Nous surveillons ce qui se passe, dit-il calmement, en soutenant le regard de Teague. Nous avertissons les gouvernements étrangers si nous découvrons quelque chose qui les concerne. Et vice versa.

— Comment savez-vous qu'ils vous disent la vérité ?

— Nous ne le savons pas. Nous prenons note, et puis nous parvenons à nos propres conclusions.

Teague arqua les sourcils.

— Vous devez avoir une mémoire phénoménale pour garder en mémoire des milliers de listes, les comparer et leur donner un sens. C'est ce qu'un de vos agents m'a expliqué. Qu'on pourrait déduire presque n'importe quoi de la plupart de ces informations. Il faut être brillant pour tirer la bonne conclusion.

Il semblait à demi assoupi, voire un peu ivre, mais la main qui tenait la tige de son verre en cristal était ferme et, sous ses paupières tombantes, ses yeux étaient perçants.

— On remarque certaines tendances, répondit Pitt. Très souvent, c'est l'élément qui détonne qui vous permet de saisir le tableau dans son ensemble.

— C'est fascinant.

Teague leva la main pour attirer l'attention du serveur, qui s'approcha aussitôt.

— Oui, Mr. Teague ? Vous désirez ?

— Merci, Hythe. Le commandant Pitt est encore en service. Pourriez-vous nous apporter du thé ?

Il se tourna vers Pitt.

— Préférez-vous du thé de Chine ou d'Inde ?

— D'Inde, je vous remercie.

Il aurait été gênant de refuser. D'ailleurs, Pitt appréciait le thé.

— Bien, monsieur, dit Hythe en s'inclinant. Je vous l'apporte tout de suite.

— Moi aussi, je préfère le thé indien, commenta Teague. Mais revenons à l'image que vous avez utilisée. L'analogie me paraît très frappante, en effet : en fin de compte, la pièce donne l'impression de ne pas être à sa place parce qu'on se trompe de tableau. C'est pourquoi, sans doute, j'ai observé vos hommes accumuler toutes sortes d'informations qui peuvent paraître triviales, sans rapport avec l'enquête. Les plus intelligents d'entre eux, en tout cas. Stoker est un agent compétent, calme, réservé, observateur, loyal. L'homme, j'imagine, qu'il faut avoir à ses côtés en cas de lutte. Cela arrive-t-il jamais ?

— Très rarement. Il est en général un peu tard alors.

Pitt tenta de se laisser aller contre son dossier avec la même désinvolture que Teague. À défaut d'être aussi élégant, il pouvait paraître détendu.

— Tout de même, il doit y avoir des moments où cela compte. Encore que la vitesse et la force ne surpassent jamais l'intelligence.

Teague le dévisageait tranquillement. De près, Pitt remarqua des reflets verts dans ses yeux bleus.

— Ces pièces que vous rassemblez…

Il les énuméra sur ses doigts.

— Sofia Delacruz est une femme séduisante, illuminée par une passion hors du commun. Elle vit à Tolède. Elle a fondé une nouvelle religion excentrique et absurde à laquelle elle semble tenir coûte que coûte.

« Elle a quitté l'Angleterre et sa famille pour rejeter un mariage dont elle ne voulait pas. Elle est tombée amoureuse d'un homme déjà marié, dont l'épouse s'est suicidée avec leurs deux enfants. Elle est venue en Angleterre prêcher son extraordinaire croyance. Elle dérange la haute société. Barton Hall, un cousin éloigné, est son seul parent survivant. Elle prétend désirer une réconciliation entre eux, pourtant apparemment elle ne le voit pas. Elle ne tente aucunement de modérer son prêche si radical. Elle disparaît, peut-être avec la complicité de ses propres adeptes. Elle a reçu des menaces de mort, dont certaines au moins doivent être prises au sérieux. Pas d'erreur jusqu'ici ?

— Non. Quel tableau obtenez-vous à partir de ces éléments ? s'enquit Pitt, curieux.

— Je suis certain que nous ne les possédons pas tous, répondit Teague sans détacher son regard du sien. Pour quelle raison est-elle vraiment venue ici ? Elle ne se soucie guère de Hall, et lui encore moins d'elle. De fait, elle représente pour lui un embarras considérable. Ils auraient une bien meilleure chance de se réconcilier s'ils laissaient entre eux autant de distance que possible. Elle doit bien le savoir ?

— Dans ce cas, une des pièces manquantes est la raison de son voyage, conclut Pitt.

Ils s'observaient l'un l'autre, attentifs au moindre détail, notant chaque mot prononcé ou tu, chaque expression, à l'affût de la moindre contradiction.

— Bien entendu, observa Teague avec un mince sourire. Je crois que celle-ci se trouve tout à fait au centre du tableau, pas vous ?

— Oui. Je serais surpris que ce ne soit pas le cas.

Pitt n'ajouta rien, laissant Teague diriger la conversation, curieux de savoir où ce dernier voulait en venir.

— Avez-vous remarqué combien une pièce change en fonction de son éclairage ? reprit Teague. L'ombre recouvre des endroits différents.

La remarque était pertinente, et Pitt se sentit à la fois intrigué et un peu mal à l'aise. Il n'avait pas songé à cela.

Teague souriait ouvertement à présent.

— Vous avez eu la lumière braquée sur Sofia. Et si vous la placez sur Barton Hall ? Que voyez-vous alors ?

Il fixait Pitt avec intensité, comme un chat fixe un trou de souris dans le mur.

Ce dernier réfléchit un instant. Non à son opinion de Hall, mais à ce qu'il voulait faire croire à Teague, et surtout à ce que celui-ci espérait qu'il dirait ! Là se présentait l'occasion de braquer la lumière sur Teague. L'air de rien, il pouvait poser toutes sortes de questions, et tirer des conclusions non seulement des réponses de son interlocuteur, mais aussi des informations qu'il donnait sans en avoir été prié, des silences qu'il comblait sans raison. Surtout, de ce qu'il taisait. C'était une opportunité qui ne se représenterait peut-être pas.

— Je vois un homme apparenté de loin à une femme très dérangeante. Impliqué de près dans l'affaire malgré lui parce qu'il est le seul membre de sa famille en Angleterre. Il désapprouve ses convictions et trouve fort gênant qu'elle vienne les prêcher dans son propre pays.

Teague eut un sourire tolérant.

— Cela n'est pas nouveau, Mr. Pitt. Apparemment, elle le fait depuis des années.

— Pas en Angleterre, rétorqua Pitt, entrevoyant une brèche soudaine dans laquelle il s'engouffra. C'est la première fois qu'elle vient ici et qu'elle attire un public nombreux, juste sous son nez.

Teague sourit.

— Vous pensez donc que cela l'exaspère au point qu'il l'a fait enlever ?

Sa voix était légèrement empreinte de reproche, comme si Pitt avait été un élève favori qui le décevait.

— Avec quel résultat ? Elle est connue de milliers de personnes plutôt que de quelques centaines à présent. Au lieu d'apparaître comme une fauteuse de troubles qui dérange les certitudes tranquilles et ordinaires de chacun, elle est devenue une victime, brutalement privée du droit de choisir et de professer sa foi.

Il se pencha vers Pitt avec empressement.

— Barton Hall n'est pas un imbécile, Pitt. C'est un homme d'une grande intelligence. Il manque peut-être d'imagination, mais il possède une certaine vision et une excellente appréciation des détails. Il est sensé, et parfois courageux. Il gère les placements des grandes fortunes de l'Église et de la Couronne. Croyez-vous qu'il commettrait un acte aussi stupide ?

Pitt dut se faire violence pour garder un ton neutre.

— Il semble que vous le connaissiez plutôt bien, Mr. Teague.

— Mais oui ! Enfin, mon brave, j'ai fait mes études avec lui. Je le connais sans doute mieux que sa propre famille. C'était un fort en thème, sacrément doué. Il réussissait avec brio des examens qui nous donnaient à nous autres bien du fil à retordre.

Il pinça les lèvres, comme s'il s'abstenait d'ajouter quelque chose par modestie.

— Pas à moi… mais à la plupart des gens. Nous révisions ensemble parfois, nous nous entraidions, nous fixions des défis… vous comprenez ?

Teague savait parfaitement qu'il n'avait fréquenté aucune université, sans parler d'Oxford. En revanche, il ignorait que Pitt avait reçu des cours particuliers au domaine où sa mère avait continué à travailler, après la condamnation de son père et sa déportation en Australie.

Pitt sourit. Sa réponse fut calculée.

— Oui, en effet. J'ai été éduqué avec le fils de Sir Arthur Desmond. Nous avions des précepteurs au château, bien sûr, mais le principe est le même. Il y avait entre nous une certaine rivalité, tantôt amicale, tantôt pas. C'était à la fois une aide et une émulation.

Teague écarquilla les yeux. Un instant, il parut désarçonné, fait rare chez lui.

— Nous en sommes venus à très bien nous connaître, peut-être mieux que personne n'aurait pu le faire, reprit Pitt. J'aurais dû accorder plus d'importance à votre opinion de Hall.

Il ponctua ses paroles d'un sourire et attendit.

Teague, encore décontenancé, ne sut d'abord que dire. Il prit sa décision rapidement. Il y était habitué. Lorsqu'une balle de cricket fend les airs dans votre direction, on n'a qu'une fraction de seconde pour choisir comment la frapper.

— C'est ma faute, dit-il avec regret. J'aurais dû vous informer. J'admets que, jusqu'à très récemment, je n'avais pas imaginé quel rôle Hall avait pu jouer dans toute cette affaire. Je ne songeais qu'à essayer de retrouver Sofia Delacruz pendant qu'il en est encore temps. Dieu seul sait ce que cette pauvre femme a dû subir !

— Avez-vous des éléments suggérant qu'elle n'est plus en vie ?

Teague prit une inspiration.

— Oh, non ! Pas du tout. Si le ravisseur voulait sa mort, il l'aurait tuée en même temps que les autres, à Inkerman Road, non ? Pourquoi l'enlever à moins d'avoir un but ? Car vous ne verserez une rançon qu'à condition de savoir qu'elle est vivante, n'est-ce pas ?

— Oui. Bien sûr que oui.

— Mais il n'y a pas eu de demande de rançon ?

— Pas la moindre… jusqu'ici, affirma Pitt. Peut-être joue-t-on au chat et à la souris avec nous, dans l'espoir que le découragement nous poussera à l'erreur ?

— C'est possible. Mais le moment viendra, et cela ne va pas tarder, je crois, où le ravisseur devra agir. Pouvons-nous nous permettre d'attendre ? Et s'il s'affole et perd son sang-froid ?

— Dans ce cas, il la tuera et prendra la fuite. Mais permettez-moi de vous retourner la question concernant Hall. Que voyez-vous d'autre quand vous braquez la lumière sur lui ?

Teague répondit aussitôt :

— Je vois un homme qui s'est engagé dans une affaire qui le dépasse et qui est en train de perdre pied.

Sa voix était parfaitement calme, et pourtant il y perçait une émotion, étrange et indéfinissable.

— Il est terrifié et ne sait vers qui se tourner, ajouta-t-il, affrontant le regard de Pitt sans ciller.

— Je suis d'accord avec vous.

Pitt n'avait hésité qu'un instant. Exprimer son désaccord l'aurait trahi. Teague savait qu'il n'était pas naïf à ce point. S'il avait permis à Teague de la mépriser intellectuellement en plus de socialement, il se serait placé en situation d'infériorité. Là, en revanche, Teague jouait avec lui et savourait la partie. Pitt avait besoin de jouer lui aussi, afin d'apprendre, de déchiffrer et d'interpréter les omissions, et il devait se plier au rythme de Teague, l'amener à révéler ce qu'il voulait taire. Il veilla à garder une expression neutre.

— Cela ne signifie pas pour autant qu'il y ait un lien avec la disparition de Sofia. Peut-être se sent-il tout simplement coupable d'avoir prêté à Melville la maison d'Inkerman Road et de nous avoir menti.

Une lueur de compréhension traversa le regard de Teague. Pour la première fois il hésita avant de répondre. Puis il recroisa les jambes. C'était un geste désinvolte, très élégant, et il en avait conscience.

— Certes. Il est possible qu'il n'y ait aucun rapport. Je suis sûr que vous connaissez l'ampleur de ses responsabilités professionnelles. Son anxiété vient peut-être de là, auquel cas Sofia ne représente qu'un souci supplémentaire. Cela expliquerait qu'il n'ait pas trouvé le temps de la voir ni insisté pour en provoquer l'occasion. Pour un banquier, la religion constitue un des piliers de la société, ce n'est pas quelque chose que l'on remet en question, sans parler d'en changer. Les banquiers détestent le changement. L'argent et la confiance sont les réalités. Il ne souhaite pas qu'on le pense indifférent à sa disparition, mais sa peur a peut-être d'autres causes. Est-il en votre pouvoir d'enquêter là-dessus ?

Pitt saisit la perche qu'on lui tendait.

— Pas aisément, mais s'il y a des raisons de le faire, je peux me renseigner.

Il observa avec attention le visage de Teague, ses longues mains posées sur ses genoux, percevant la tension dans ce corps si gracieusement étiré dans le fauteuil.

— Pensez-vous que je le doive ?

Teague prit une brève inspiration et exhala lentement.

— Je pense qu'il serait peu sage de vous en abstenir, Mr. Pitt.

En fin d'après-midi, alors que Pitt n'avait presque rien appris de nouveau au sujet de Barton Hall, il fut convoqué par Sir Walter.

— Que diable les activités professionnelles de Hall ont-elles à voir avec la disparition de Sofia Delacruz ? demanda ce dernier à son entrée.

Le soleil doré du crépuscule tombait sur le tapis, exhaussant ses couleurs.

— Avez-vous la moindre idée de ce que vous demandez ?

— Oui, monsieur, répondit Pitt gravement.

À l'évidence Sir Walter était las et redoutait que l'enquête ne se solde par un échec. Pitt décida d'abattre son meilleur atout.

— La banque de Hall détient une partie considérable de la fortune de la Couronne et de l'Église d'Angleterre, par conséquent je suppose que sa réputation doit être au-delà de tout soupçon.

— Précisément. Interroger ces gens-là reviendrait à suggérer qu'il pourrait y avoir des… irrégularités. Partout au monde, les banques reposent sur la confiance. Tout n'est qu'un vaste château de cartes. Qu'il se produise un désastre assez grave dans l'une d'elles et le malaise peut se propager à toutes les autres. Ensuite le sauve-qui-peut s'installe…

— C'est précisément ce que je cherche à empêcher, affirma Pitt d'une voix posée, qui ne trahissait pas l'anxiété qu'il éprouvait. Avant même qu'il n'y ait le moindre murmure.

— Quel murmure, Pitt ? Pour l'amour du Ciel, cessez de tourner autour du pot et dites-moi où vous voulez en venir !

— Mr. Dalton Teague m'a suggéré de m'intéresser à certaines questions, dans la plus grande discrétion, naturellement. Au vu de sa position et de ses relations de longue date avec Mr. Hall, je n'ose l'ignorer.

— Oh ! Je vois. Dans ce cas, je vous obtiendrai les autorisations nécessaires. Mieux vaut que Hall n'en sache rien, cependant. Soyez très discret, Pitt. Le moindre chuchotement pourrait ruiner nombre de familles en vue. Il suffit d'un mot malheureux pour déclencher la panique. N'y allez pas avec vos gros sabots.

Il eut un sourire morose, des cernes d'épuisement semblables à des bleus sur son visage.

Une fois muni des autorisations nécessaires, Pitt retourna à Lisson Grove, relut les lettres et les documents qui avaient été récupérés à Angel Court, prenant des notes au fur et à mesure. Enfin, il se rendit à la banque, où il se pencha sur les relevés des transactions effectuées par Hall. Il les éplucha jusque tard dans la nuit, à la lueur de la lampe à gaz. Ses yeux étaient fatigués, et le gardien faisait les cent pas impatiemment devant le bureau fermé à clé où il travaillait quand il crut avoir enfin trouvé un début de réponse.

Hall avait procédé à d'importants placements dans des terres au Canada. Pour l'essentiel, cet argent appartenait à l'Église d'Angleterre, et au premier abord, la transaction semblait similaire à d'autres déjà effectuées pour des biens qui avaient généré de vastes profits. Ce fut seulement à l'aide de documents obscurs, difficiles à déchiffrer, que Pitt comprit que Hall essayait désespérément de lever des fonds d'un montant identique à partir d'une autre source.

Il se remit à étudier le placement canadien, en quête d'actes de propriété, de relevés de comptes, de dividendes reçus en retour de l'argent placé. Il ne trouva rien. Était-ce cette affaire qui avait amené Sofia à Londres ? S'agissait-il d'une spéculation dont elle avait espéré profiter ? Ou d'un désastre qu'elle avait tenté d'empêcher ?

À moins que Hall n'eût fait une terrible erreur et qu'elle n'eût voulu le manipuler, l'obliger à commettre un acte qu'il n'aurait jamais envisagé autrement ? Cette hypothèse répugnait à Pitt, mais il ne pouvait l'exclure. Avait-elle eu l'intention de le mettre en garde, de l'aider, de le faire chanter, ou de causer sa ruine ?

Quoi qu'il en fût, cela risquait à présent de lui coûter la vie.

Il griffonna quelques notes en veillant à ce qu'elles ne soient compréhensibles qu'à lui seul, puis remit classeurs et dossiers à leur place et annonça au gardien qu'il était prêt à partir.

L'homme le regarda d'un air soupçonneux et plein de ressentiment.

— Je vous remercie, dit Pitt courtoisement. Je crois que ce que je cherche n'est pas ici, mais j'apprécie que vous m'ayez laissé le temps de m'en assurer. Bonsoir.

Le mensonge lui avait paru nécessaire. C'était un de ces moments où la vérité risquait de faire plus de mal que de bien.

— Bonsoir, monsieur, répondit l'homme, un peu radouci. Je suis content que vous n'ayez rien trouvé, monsieur, si vous voyez ce que je veux dire. On s'occupe de gens importants ici. Faudrait pas qu'ils soient mal à l'aise. On risquerait de perdre leur clientèle.

— En effet, opina Pitt, avant de sortir dans la nuit tiède.

Sa découverte pesait sur lui. Il se sentait oppressé par des possibilités qui ne lui avaient jamais traversé l'esprit auparavant. Peut-être Narraway avait-il raison de penser que l'affaire était de nature financière, en fin de compte. Si les anarchistes voulaient provoquer la chute des gouvernements, quoi de mieux qu'un scandale qui causerait la ruine d'une banque ? Le marasme économique qui s'ensuivrait se répandrait dans le monde entier comme un feu de prairie, consumant tout sur son passage. Ce serait infiniment plus efficace qu'un assassinat politique, quelle que fût la victime.

11

Vespasia acheva de relater à Narraway ce qu'elle avait appris de sœur Maria Madalena. Il avait écouté sans l'interrompre, le visage grave. Quand il parla enfin, c'était avec plus d'émotion qu'elle ne s'y attendait.

— Il y a quelque chose d'essentiel qui nous échappe, commenta-t-il doucement. Plus j'entends parler de Sofia, plus je suis obligé de prendre sa foi au sérieux. Non que je la partage, mais je dois accepter qu'elle y croit sincèrement. Et cela ne fait qu'aggraver la situation.

Il prit une profonde inspiration, sans détacher son regard de Vespasia.

— Je crois qu'elle mourra plutôt que de se renier.

Ils étaient à l'hôtel, assis sur un balcon qui dominait une petite place pavée, où s'étiraient les ombres du couchant. Il n'y avait pas un souffle de brise, les feuilles des arbres étaient immobiles. Un jeune homme mince et séduisant s'avança au milieu de la rue, d'une démarche fanfaronne, comme s'il était le propriétaire des lieux. Il pénétra dans l'échoppe du graveur, en face de l'hôtel. L'orfèvrerie de Tolède était célèbre dans le monde entier.

— Elle connaît un secret et on va la torturer à mort pour qu'elle parle, murmura Narraway. Un secret qui a ses racines ici, en Espagne. Quelque chose qu'on lui a confessé.

— Cela nous aiderait-il de le savoir ?

— C'est possible. Surtout, nous devons découvrir qui est concerné. Les détails pourraient avoir leur importance.

— Peut-être l'homme qui s'est confessé a-t-il menti ? Peut-être a-t-il tué l'autre, celui qu'on a trouvé éviscéré, ou du moins sait-il qui l'a tué ?

Il fronça les sourcils.

— Je crois qu'elle l'aurait obligé à se repentir et à tout avouer à la police, ne serait-ce que pour éviter qu'un innocent ne soit condamné à sa place.

— Êtes-vous sûr qu'il ne s'agit pas d'une vengeance fomentée par la famille de la première épouse ? C'est un chagrin terrible que de perdre son enfant et ses petits-enfants, par le suicide et par le meurtre. Je suppose qu'il est impossible que Nazario ait été mêlé à cette tragédie, d'une manière ou d'une autre ? Pensez-vous que ce soit plausible ? Qu'à tort ou à raison, la famille s'imagine qu'il les a tous tués ?

— Il y a une foule de choses que nous devons apprendre, soupira-t-il.

Elle le dévisagea à la lumière déclinante. Son teint semblait plus sombre et ses yeux plus noirs sous les reflets dorés du crépuscule. Parce qu'elle le connaissait bien à présent, elle percevait l'anxiété sur ses traits.

— Qu'y a-t-il ? demanda-t-elle tout bas. À quoi pensez-vous ?

Il eut un sourire sans joie.

— Je n'ai aucune raison de penser que Nazario est coupable, mais nous ne devons pas négliger cette éventualité.

— La famille de sa première épouse blâme-t-elle Sofia ? insista-t-elle, redoutant sa réponse.

Si tel était le cas, elle en aurait de la peine, mais pourquoi ? Avait-elle admiré cette femme au point que sa culpabilité ternirait un espoir, un rêve ? Sofia pardonnait-elle d'autant plus passionnément qu'elle comprenait qu'on éprouvât le besoin d'être pardonné ? D'ailleurs, Vespasia n'avait-elle jamais emprunté ce chemin elle-même pour être si prompte à juger et à être déçue ?

Elle avait conscience du regard de Narraway, plus attentif qu'elle ne l'aurait souhaité à cet instant précis. Comme cela la rendait vulnérable de se soucier à ce point de son opinion, comme il lisait en elle !

— Non, dit-il avec une pointe d'étonnement. Je n'ai pu découvrir pourquoi. J'aimerais en savoir davantage, mais je n'en ai pas le temps. J'irai voir Nazario lui-même dès demain.

Cela se révéla plus difficile qu'il ne l'avait escompté. Lorsqu'il se renseigna à la vieille abbaye où Sofia et Nazario vivaient, on lui apprit, non sans réticence, que Nazario était parti quelques jours plus tôt pour un monastère à la campagne, où il aidait les gens du village le plus proche. Apparemment, il s'y rendait souvent. Personne ne savait quand il devait revenir à Tolède. Narraway n'avait d'autre choix que d'engager un guide et un cheval pour le rejoindre sur place.

Il rentra à l'hôtel et en informa Vespasia, qui fut quelque peu alarmée. Il comprit, avec un amusement mêlé de gêne, qu'elle avait peur pour lui.

— Ma chère, dit-il avec douceur, j'ai commencé ma carrière dans l'armée des Indes. Je monte parfaitement à cheval. J'ai même livré des batailles avec un sabre dans une main et les rênes dans l'autre. Je vous assure que je suis capable de chevaucher à une allure raisonnable sur une route correcte.

Il se pencha pour lui effleurer la joue d'un baiser, savoura la douceur de sa peau et ferma les yeux, en partie parce qu'il ne voulait pas la voir rougir. Au fond, ils se connaissaient encore bien peu.

Elle chercha quelque chose à dire, en vain, alors elle se contenta de lui caresser la joue tendrement et se mordit la lèvre en le regardant partir.

Il fallut plusieurs heures de chevauchée entre chien et loup pour atteindre le monastère, et Narraway y prit plaisir. Il y avait très longtemps qu'il n'avait pas monté, mais son cheval était un animal puissant, à la fois enthousiaste et docile, qui progressait avec aisance sur le terrain accidenté.

Il se détendit peu à peu et se laissa guider par sa monture, regardant le paysage avec intérêt. Par certains côtés, ce trajet lui rappelait son séjour en Inde. La végétation y était très différente, mais il avait encore en mémoire la vue dégagée, les ombres qui se confondaient avec l'horizon, la chaleur de l'air sur son visage, et surtout ce balancement sur la selle, l'odeur de la terre, de la poussière et des plantes foulées par les sabots.

Il était aussi soulagé de repousser encore un peu le moment où il devrait faire face à Nazario Delacruz, lui parler de la demande de rançon et se faire une opinion de lui. Jauger autrui était un réflexe qu'il avait acquis à la Special Branch et qui lui déplaisait de plus en plus à mesure qu'il se détachait de celle-ci. Il commençait à apprécier la liberté qu'il y a à ne pas être obligé d'avoir raison. Désormais, ses erreurs, graves ou non, ne seraient jamais qu'un embarras. La responsabilité revenait entièrement à Pitt.

Sauf que le pouvoir s'accompagnait d'obligations. Ce n'était pas la société qui le disait, mais sa propre conscience, à laquelle il est impossible d'échapper.

Par endroits le chemin était raide et ils devaient avancer l'un derrière l'autre, Narraway suivant son guide. Ailleurs, en revanche, il était possible de chevaucher côte à côte et il en profita pour engager la conversation. Il était évident au comportement des chevaux que ce trajet leur était familier.

— Señor Delacruz vient souvent à ce monastère ?

— Oui.

— À intervalles réguliers ? Chaque mois ?

Le guide haussa les épaules.

— Peut-être.

— Pourquoi ?

— C'est un lieu saint, répondit le guide en faisant le signe de croix distraitement. Ce sont des hommes bons. Ils s'occupent des pauvres, des malades.

Était-ce là que Sofia avait caché le fugitif qu'elle protégeait ? Nazario veillait-il sur lui en son absence ?

— Et des pénitents ?

Il ne savait pas comment formuler sa pensée clairement en espagnol, comment dire des fuyards en quête d'asile. Et s'il le faisait, il risquait d'être pris pour un agent du gouvernement, ou un informateur.

Le guide haussa les épaules et se détourna, redevenu évasif. La conversation était terminée.

La nuit était tombée lorsqu'ils arrivèrent, le ciel constellé d'étoiles. Elles semblaient si denses loin des lumières de la cité que la voûte céleste ressemblait à une tache laiteuse qui s'étendait jusqu'aux confins sombres de l'horizon.

Le monastère se dressait seul sur une hauteur, ses contours carrés évoquant une forteresse. Le sentier qui y menait était pentu et le cheval ralentit l'allure. Lorsqu'il descendit de sa monture pour lui faciliter la tâche, Narraway s'aperçut qu'il était affreusement courbaturé et se félicita que l'obscurité dissimule ses mouvements. Non que son compagnon eût été assez grossier pour le lui faire remarquer.

Le guide souleva l'énorme heurtoir en fer fixé à la porte en chêne. Dès qu'on l'ouvrit, il expliqua en espagnol ce qu'il savait de Narraway. On ne pouvait se méprendre sur l'avertissement qui perçait dans sa voix lorsqu'il exposa au gardien les raisons de sa visite. De son côté, Narraway comprit suffisamment ses propos pour se rendre compte que sa question concernant les pénitents était répétée.

Le moine actionna une cloche suspendue à une pierre grossièrement taillée dans l'entrée. Quelques secondes plus tard, un second moine apparut et prit les rênes des chevaux.

Narraway et son guide furent conduits à l'intérieur, dans un mélange d'anglais et d'espagnol. On leur offrit le gîte et le couvert, mais Narraway expliqua à l'abbé qu'il était venu voir Nazario Delacruz au sujet d'un grave danger menaçant sa famille, et qu'il devait l'en informer immédiatement, en tête à tête.

L'abbé ne chercha pas à biaiser. Quelques minutes plus tard, Narraway était assis en face de Nazario à une table en bois polie par des siècles d'usage.

— Que puis-je faire pour vous, señor ? demanda celui-ci courtoisement.

Il était à peu près de la même taille que Narraway, peut-être plus grand de deux ou trois centimètres, aussi mince et musclé, très brun.

Narraway répugnait à lui expliquer ce qui l'amenait, toutefois il n'y avait pas d'échappatoire possible. Tourner autour du pot ne ferait qu'ajouter à l'inévitable chagrin qu'aurait cet homme. Il devait cesser de s'imaginer face au même dilemme. Et se souvenir que Delacruz avait apparemment abandonné femme et enfants, et que le chagrin de cette malheureuse avait été la cause de leur mort. Avait-il fait preuve d'une cruauté délibérée, ou simplement d'égoïsme, de faiblesse ?

Bien sûr, rien n'excluait la possibilité qu'il fût lui-même, directement ou indirectement, responsable de l'enlèvement de Sofia. Narraway avait presque songé « de la mort de Sofia ».

Narraway devait lui annoncer la nouvelle de façon à pouvoir jauger sa réaction, au cas où.

— Je m'appelle Narraway, dit-il. Je suis l'ancien directeur de la Special Branch en Angleterre, qui concerne…

— Je sais ce que c'est, coupa Nazario. Que venez-vous faire à Tolède ? Si nous avons des révolutionnaires ici, je n'en connais pas. Et avant que vous posiez d'autres questions, je n'ai aucune envie d'en connaître.

Il s'était exprimé dans un anglais fluide et plein d'aisance, bien que Narraway se fût adressé à lui en espagnol.

— À vrai dire, pour autant que je le sache, cela n'a aucun rapport avec une quelconque révolution. Mais il est intéressant de voir que c'est la première chose qui vous vienne à l'esprit.

Nazario fronça les sourcils.

— Vous venez de la Special Branch. De quoi d'autre pourrait-il s'agir ? Que voulez-vous dire par « pour autant que je le sache » ?

Narraway prit une inspiration pour expliquer qu'il était à la retraite, puis se ravisa.

— Je suis profondément navré, Señor Delacruz, dit-il, la bouche soudain sèche. Votre épouse a été enlevée. Nous ignorons par qui. Nous avons fait tout notre possible…

Il se tut, lisant sur le visage de Nazario une stupeur mêlée d'incompréhension, suivie d'une effroyable prise de conscience.

— Savez-vous qui a pu faire cela ? reprit Narraway.

Nazario secoua la tête, comme incapable d'articuler un son.

— Vous comprenez ? insista Narraway.

— Bien sûr que je comprends, répliqua-t-il d'un ton sec. Je parle anglais !

— Je sais, répondit Narraway, gardant son calme. Je voulais dire que vous paraissez stupéfait, mais pas incrédule.

— Non… non, elle a fait l'objet de menaces, à de nombreuses reprises. Aucune n'a jamais été suivie d'effet, hormis des désagréments insignifiants. Là, c'est différent, n'est-ce pas ?

Sa voix frémit un peu. Son regard fouilla celui de Narraway.

— Je vois à votre visage qu'il y a autre chose. Quoi ? Je vous en prie, ne jouez pas sur les mots. Vous parlez de ma femme. Cela concerne-t-il les anarchistes, oui ou non ?

— Nous ne le savons pas, admit Narraway avec franchise. Mais deux des femmes qui étaient avec elle ont été assassinées.

Il observa l'expression de Nazario avec intensité.

— Lesquelles ?

— Cleo et Elfrida.

La douleur crispa les traits de Nazario. Il ne maîtrisa son émotion qu'au prix d'un effort visible.

— Vous pensez que Sofia est encore en vie ?

Un espoir mêlé d'affolement brillait dans ses yeux, accompagné d'une angoisse encore plus forte qu'auparavant. Il en savait davantage qu'il ne voulait l'avouer.

— J'en suis presque sûr. Mais je n'ai aucune certitude, sans quoi je vous le dirais.

Il imaginait, avec une acuité qu'il aurait préféré ne pas ressentir, la terreur de cet homme. Son amour pour Vespasia, son dévouement total envers elle avaient altéré sa capacité à mener des interrogatoires comme autrefois. Ces sentiments lui apportaient-ils aussi une intuition nouvelle ? Il en avait besoin, si douloureux que cela fût.

— Que savez-vous ? insista Nazario.

Il se cramponnait tant bien que mal à sa dignité, luttant pour ne pas s'effondrer devant un inconnu, un étranger – et à plus forte raison un Anglais. Une nationalité connue pour son phlegme.

— Il y a eu une demande de rançon. Le ravisseur savait que nous ne ferions rien avant d'avoir obtenu la preuve qu'elle est en vie. Il y a trois jours, elle l'était.

Nazario se pencha vers lui.

— Une rançon ? Combien ? Je n'ai presque rien, de quoi vivre, pas davantage. Mais il y a des gens que je peux solliciter.

Sa voix s'était raffermie, comme s'il osait espérer.

— Combien, Señor Narraway ?

Une bouffée de nausée envahit Narraway alors qu'il songeait aux paroles qu'il allait devoir prononcer. Tout le calme, toute la paix intérieure que Nazario avait su trouver étaient sur le point de voler en éclats, comme si on lui arrachait les vêtements qu'il portait. En fin de compte, il resterait nu, et Narraway éprouverait le sentiment de commettre une indiscrétion rien qu'à le regarder. Et pourtant, s'il n'accomplissait pas sa mission, il ne serait d'aucune utilité à personne. Nazario et Sofia avaient besoin d'aide et non de pitié.

— Il ne s'agit pas d'argent, dit-il enfin. Señor Delacruz, j'ai besoin de votre aide, de votre franchise et de votre lucidité. Je crains que la situation ne soit extrêmement compliquée. Vous connaissez certains des individus impliqués, mais pas tous. Je ne joue pas délibérément avec vos émotions en vous livrant ces faits un à un, j'essaie d'apprendre ce que je peux de vous. Je crois que le partage d'informations est notre seule arme efficace.

— D'informations ? répéta Nazario d'une voix rauque. Quelles informations ? Je vous dirai tout ce que je sais. De quoi avez-vous besoin ?

— Je vais vous raconter ce qui s'est passé, dans la mesure où nous le comprenons, et j'attends de vous que vous me l'expliquiez, si vous le pouvez.

Narraway relata les faits, simplement, sans citer de noms.

— Nous savions que votre femme avait reçu des menaces. Nous avons pris des précautions qui nous semblaient raisonnables. Cependant, elle a disparu, avec deux autres femmes qui ont été sauvagement assassinées dans une maison d'Inkerman Road, à deux miles d'Angel Court, où elles séjournaient auparavant.

Nazario demeura immobile.

— Nous avons cru tout d'abord qu'il s'agissait peut-être d'une manœuvre délibérée visant à attirer l'attention…

Le visage de Nazario s'assombrit sous l'effet de la colère. Il se contrôla avec difficulté.

— Melville Smith a reconnu les avoir aidées à se cacher dans cette maison. Pas pour attirer l'attention, encore qu'il en ait tiré profit, mais pour protéger Sofia. Je crois qu'il disait la vérité, même si ses mobiles étaient mitigés.

— Il est partisan d'un enseignement plus simple, expliqua Nazario d'une voix tendue. D'accroître le nombre de fidèles en assouplissant la doctrine, en la rendant plus digeste… et mensongère. Il s'y emploie depuis des années et elle a toujours refusé. Cela dit, je ne crois pas qu'il irait jusqu'à tuer…

— Nous non plus. La maison appartient à Barton Hall, qui est, à mon avis, la raison principale du voyage de Sofia en Angleterre…

Il se tut, dévisageant Nazario.

— Oui, concéda ce dernier en baissant les yeux. Hall est un de ses cousins, j'ignore au juste à quel degré.

Il releva la tête, l'air accablé.

— Elle a refusé de me dire pourquoi elle partait, elle a seulement affirmé que c'était absolument nécessaire. Elle a aussi insisté pour y aller seule, en disant que j'avais affaire ici, ce qui est vrai, et qu'elle devait accomplir cela sans moi. Elle a ajouté que ma présence nous exposerait à un danger plus grand.

Les muscles de sa mâchoire se crispèrent. Un nerf minuscule tressauta à sa tempe.

— Je n'aurais pas dû me laisser persuader !

Sa colère était dirigée contre lui-même. Une fois de plus, il détourna les yeux, comme si Narraway lui faisait le même reproche et qu'il avait honte d'affronter son regard.

Il fallait insister et Narraway ne s'autorisa pas à hésiter.

— Pourquoi, Señor Delacruz ? Quelle menace pesait sur elle ? Ce n'est pas le moment de protéger qui que ce soit ! Le ravisseur, quelle que soit son identité, a tué Cleo et Elfrida pour nous montrer qu'il ne plaisantait pas. Elles ont été éventrées, leurs entrailles arrachées, pour nous faire bien comprendre qu'il est à la fois capable de tout, et prêt à tout.

Nazario était blême. On aurait dit que son visage aussi s'était vidé de son sang. Narraway redouta d'être allé trop loin. Un témoin paralysé par l'horreur ne lui servirait à rien.

— Señor Delacruz… reprit-il, radouci. Le ravisseur exige certaines actions de votre part pour libérer Sofia. Il sait qu'il n'obtiendra rien de vous si elle n'est pas saine et sauve. Vous avez des décisions terribles à prendre. Vous devez avoir l'esprit aussi clair que…

— Quelles décisions ? coupa Nazario en se redressant, foudroyant Narraway du regard. Que voulez-vous dire ? Je ferai tout ce qu'on exige de moi. Suggérez-vous que je pourrais refuser ? Quelle espèce d'homme êtes-vous donc ?

Narraway sourit presque, mais ce n'était qu'un pincement des lèvres.

— Un homme lui aussi marié à une femme qui a du courage et des convictions, et qui ne voudrait pas que j'agisse à l'encontre de ma conscience pour la sauver. Et qui ne me remercierait certainement pas d'avoir pris une décision qu'elle jugerait comme étant celle d'un lâche, quoi que j'en pense moi-même.

— Je ne comprends pas.

La voix de Nazario se brisa. Il semblait sur le point de perdre toute maîtrise de lui-même.

— Pour l'amour de Dieu, cessez de parler par énigmes et dites-moi ce que vous voulez ! Qui est-ce ? Savez-vous qui est derrière tout cela ? Y a-t-il un rapport avec votre gouvernement ? Veulent-ils échanger Sofia contre quelqu'un d'autre ?

— Non.

Narraway se rendit compte qu'il faisait traîner les choses en longueur plus qu'il ne l'aurait dû.

— Le gouvernement n'a aucun rôle là-dedans, et rien à perdre ni à gagner. Ce que veut le ravisseur, c'est que vous veniez en Angleterre et que vous disiez que Sofia est une menteuse, une femme qui vous a délibérément détourné de votre première épouse et de vos enfants, et que cela a été la cause de leur mort. Que vous avez tous deux caché ces faits pour échapper à la disgrâce. Bien sûr cela reviendrait à renier ce qu'elle croit et prêche depuis des années, mais elle aurait la vie sauve.

Pendant de terribles, d'atroces secondes, il n'y eut qu'un silence absolu.

— Et si je refuse ? demanda enfin Nazario.

— Alors elle sera assassinée, de la même manière que Cleo et Elfrida, éventrée et éviscérée, avoua Narraway, envahi par la nausée.

Il crut que Nazario allait perdre connaissance.

— Je suis désolé, acheva-t-il d'une voix étranglée.

— Ce n'est pas vrai, dit Nazario avec lenteur, choisissant ses mots comme si l'anglais était brusquement devenu pour lui une langue inconnue et qu'il devait réfléchir pour formuler ses phrases. Maria Dolores et moi étions séparés avant que Sofia arrive à Tolède. Naturellement, nous n'étions pas divorcés. La religion catholique, qui était la nôtre à l'époque, interdit un tel acte. Et nous n'avions pas de motif valable pour une annulation.

Il s'interrompit, revivant ce souvenir douloureux.

Narraway patienta, attendant qu'il soit prêt à poursuivre. Non pas pour observer ses réactions mais par décence à l'égard d'une souffrance qu'il était impuissant à soulager.

— Ma femme est partie vivre avec nos enfants dans une petite maison qui appartenait à sa famille, continua Nazario. Je ne l'en ai pas empêchée, dans l'intérêt des enfants et parce que je ne voyais aucun moyen de nous réconcilier. Je sais maintenant qu'elle n'avait pas toute sa raison. Je ne m'en rendais pas compte à l'époque. Peut-être ne voulais-je pas le voir.

Il marqua une pause.

— Je me suis consacré à des bonnes œuvres, surtout liées à ce monastère, mais en restant basé à Tolède.

— Et Sofia ?

— C'est à cette époque-là qu'elle est arrivée. Elle était dame de compagnie d'une dame âgée assez fortunée. Quand cette femme est tombée malade, je l'ai aidée.

— Vous êtes médecin ?

— Je possède les qualifications nécessaires, acquiesça Nazario. Mais mon père est mort et m'a laissé des revenus suffisants pour que je puisse vivre sans avoir besoin d'exercer. Je le fais par compassion, sans demander de paiement. J'ai connu Sofia dans ces circonstances. Notre amitié est née parce que j'avais rendu service à cette femme pour qui elle avait beaucoup d'estime, plus, je pense, que pour sa propre mère.

Son visage se durcit.

— Maria Dolores s'est méprise sur nos relations. Comme si j'avais pu forniquer avec une femme que j'en étais venu à aimer, au domicile de sa bienfaitrice et amie mourante !

Sa voix était altérée par la douleur.

— Voilà l'opinion que mon épouse avait de moi ! Elle a essayé de me persuader de les abandonner, alors même que cette pauvre femme était à l'agonie. J'ai refusé.

Narraway attendit en silence.

Nazario prit une profonde inspiration et exhala lentement.

— Elle était convaincue de mon infidélité et est devenue de plus en plus hystérique. Elle a menacé de se tuer et de tuer les enfants. À mon éternel regret, je ne l'ai pas crue. J'aurais dû. C'est exactement ce qu'elle a fait. Elle a tué les enfants rapidement – il faut que je le croie –, par compassion, et puis elle a mis le feu à la maison et s'est tailladé les poignets.

Les secondes s'égrenèrent.

— C'est le médecin de la police qui m'a révélé tout cela, mais il a fait croire à un accident. Maria Dolores était issue d'une vieille famille très respectée, qui possède une fortune considérable, mais surtout qui compte de nombreux prêtres et même un cardinal parmi ses ancêtres récents. Ç'aurait été pour eux une honte indicible. Le suicide est un péché impardonnable, sans parler du meurtre de ses propres enfants.

Les larmes roulaient sur ses joues à présent, en dépit de ses efforts pour les réprimer.

— Elle a été enterrée dans un cimetière chrétien. Bien sûr, quand j'ai épousé Sofia, certains ont prétendu que Maria Dolores était morte de chagrin. Peut-être est-ce vrai, mais je n'ai commis aucun péché et Sofia encore moins. J'ai laissé dire, pour la mémoire de mes enfants. Et je suppose, pour Maria Dolores aussi.

Il eut un sourire amer.

— Certes, on pourrait m'opposer que la famille de feu ma femme m'aurait empêché de révéler la vérité ! Mais Sofia avait pitié d'elle, bien qu'elles ne se soient jamais rencontrées. Sofia m'aimait et elle comprenait qu'une autre femme ait pu m'aimer aussi. Sofia est ainsi. Maintenant, dites-moi, Mr. Narraway, puis-je la laisser mourir ?

Narraway ne pouvait répondre à cette question, et essayer aurait été une insulte.

— Ou dois-je déclarer au monde entier qu'elle est une traînée qui m'a arraché à ma femme et à mes enfants ? Elle qui a soigné sa bienfaitrice mourante, une femme qu'elle aimait comme une mère, et qui n'est venue dans mes bras, dans mon lit, qu'après la mort de Maria Dolores et après notre mariage. Comment puis-je faire l'une ou l'autre de ces choses ? Dites-le-moi !

— Je ne peux pas, avoua Narraway honnêtement. J'ignore ce que je ferais à votre place.

— Vraiment ? Ne diriez-vous pas qu'il doit y avoir une troisième solution et que vous donneriez votre vie pour la trouver ?

— Si, souffla Narraway, se représentant le visage de Vespasia. C'est cela que je ferais.

On frappa à la porte et Nazario se leva pour aller l'ouvrir. L'abbé entra, les regarda tour à tour et lut la détresse et l'épuisement sur leurs visages.

— Mes frères, je crois qu'il est temps que vous vous accordiez quelques heures pour vous reposer, peut-être méditer un peu, et dormir. Avec la paix vient une force nouvelle.

Il se tourna vers Narraway.

— Nous vous avons préparé une chambre.

Le lendemain matin, longtemps après le lever de soleil qui survenait très tôt à cette saison, Narraway se rendit au réfectoire. La plupart des moines y prenaient leur petit déjeuner, mais il fut conduit à une table à l'écart que seul Nazario occupait. Il avait les yeux cernés, profondément enfoncés dans leurs orbites. Il paraissait exténué.

Il leva la tête lorsque Narraway tira la lourde chaise en bois pour s'assoir en face de lui. On apporta des couverts, du pain et du jambon coupé en tranches fines, des olives et du beurre aromatisé aux herbes, puis Nazario rompit le silence.

— J'y ai pensé presque toute la nuit, dit-il. Elle ne m'en a pas parlé, mais il s'est produit certains événements qui, à mon avis, ont pu la contraindre à aller voir Barton Hall. Elle ne les a pas évoqués avec moi parce qu'elle savait que j'aurais préféré qu'elle ne prenne pas ce risque, et Dieu sait que j'aurais voulu me tromper !

Il se tut brusquement, prit le gobelet en étain posé devant lui et but une longue gorgée de vin.

— Il vaut mieux que je vous raconte toute l'histoire, pour que vous puissiez juger quelles parties – s'il y en a – peuvent avoir un lien avec ce qui s'est passé. Vous avez dit que la maison où Cleo et Elfrida ont été tuées appartenait à Barton Hall. Je n'ai pas attaché d'importance à ce détail sur le moment, et peut-être n'en a-t-il pas.

— Dites-moi tout, insista Narraway.

Allait-il être enfin question de ce mystérieux fuyard qu'elle avait protégé ?

Nazario réfléchit en silence quelques instants.

— Il y a plusieurs semaines, une quinzaine de jours peut-être avant le départ de Sofia pour Londres, un homme est venu la trouver, en proie à un grand désarroi. Ce n'était pas chose rare. Elle est connue pour sa compassion. Cet homme a affirmé qu'un de ses amis, un dénommé Alonso, avait monté avec lui une supercherie de proportions presque inimaginables, qui avait réussi au-delà de leurs rêves les plus fous, au point de mettre leur vie en péril. Alonso avait été assassiné, avec une extrême brutalité. Poignardé et laissé presque en lambeaux en pleine campagne, près d'une route où il allait forcément être découvert.

Nazario lança un bref regard à Narraway, puis baissa les yeux sur son assiette.

— Il ne sert à rien de tuer quelqu'un si le corps n'est pas retrouvé, ajouta-t-il, presque dans un souffle. Juan Castillo, son camarade, a compris le message qu'on lui adressait. Il était terrifié. Il savait qu'il serait la victime suivante. Surtout, il craignait de mourir sans s'être confessé et avoir reçu l'absolution. Il est venu voir Sofia et lui a avoué tout ce qu'il avait fait. Je n'ai aucune idée de la nature de cette supercherie, car bien sûr elle ne me l'a pas révélé.

— Qu'est-il arrivé à Castillo ?

— Je ne sais pas. Elle l'a caché, avec succès pour autant que je le sache. Du moins, elle croyait qu'il était toujours en vie quand elle est partie pour l'Angleterre.

— Vous ignorez où ?

Narraway connaissait la réponse, mais il devait poser la question.

— Oui. Elle n'a voulu le dire à personne. La police n'a jamais trouvé d'indice quant à l'assassin d'Alonso ou à son mobile. Mais à en juger par la description que vous avez faite des meurtres d'Elfrida et de Cleo, je crains qu'il n'y ait un lien.

— Et vous ne savez vraiment rien de cette supercherie ? insista Narraway, conscient de la nécessité d'aller jusqu'au bout.

La vie de Sofia en dépendait, et peut-être l'enjeu était-il plus vaste encore.

Nazario hésita.

Cette fois, Narraway n'attendit pas :

— Même si elle ne vous l'a pas dit, vous devez l'avoir déduit, reprit-il, pressant. Nous avons besoin de tous les indices possibles. Nous nous débattons dans les ténèbres.

— Il s'agissait d'argent, répondit Nazario. D'une somme considérable. Une fortune.

— Comment ? Vous avez parlé d'une supercherie. Cela suggère un mauvais tour plutôt qu'une escroquerie. Pourquoi voulait-elle voir Barton Hall ? A-t-il un rapport avec cette affaire ?

— Je devine que oui. Ou peut-être qu'il pouvait intervenir ? Je ne vois aucune autre raison pour laquelle elle aurait pu vouloir lui parler. Leur querelle remonte à des années et leurs divergences d'opinion sont irréconciliables. Ni l'un ni l'autre ne va changer et elle ne voudrait pas qu'il fasse semblant. J'ignore ce qu'il en pense. Je ne l'ai jamais rencontré.

— Mais elle a affirmé qu'elle devait le voir sans délai ?

— Elle m'a dit qu'il ne pouvait y avoir de discussion, et encore moins de querelle, à ce sujet. J'ai compris à son expression qu'elle redoutait cette entrevue, mais qu'elle pensait que la seule décision honorable était d'y aller.

— Elle avait peur ?

Nazario eut un sourire amer.

— Je crois, mais pas d'être assassinée. Et d'après ce qu'elle avait entendu dire de Barton Hall, elle ne le croyait pas capable d'en arriver là. Il est arrivé quelque chose qu'elle n'avait pas prévu, ni même imaginé.

— Aurait-elle pu découvrir qui a tué Alonso, et par conséquent qui menaçait Castillo ?

Nazario écarquilla les yeux.

— On a assassiné Cleo et Elfrida. Pourquoi avoir enlevé Sofia plutôt que la tuer, elle aussi ? Cela n'a aucun sens. Sofia n'a pas été mêlée à cette supercherie, pas plus que Cleo ou Elfrida. Si vous aviez pu la rencontrer, vous le sauriez.

— Dans ce cas, Sofia cache quelque chose, peut-être l'endroit où se trouve Castillo, conclut Narraway. Et de ce fait, la clé de la supercherie.

— Et Hall, quel rôle joue-t-il là-dedans ? De quel côté est-il ?

— Sans doute du sien, commenta Narraway d'un ton sombre. Vous avez dit que la supercherie concerne de l'argent. Hall est un banquier qui gère des fortunes. Il semble peu probable qu'il n'y ait aucun lien.

— Vous êtes certain que Sofia ne lui a pas parlé ?

— Non, je n'en suis pas certain du tout. Il est très possible qu'elle l'ait fait. Et je donnerais cher pour savoir ce qu'il est advenu de Castillo.

— Moi aussi. Il est venu demander à Sofia de sauver son âme. Elle lui a offert toute la compassion dont elle est capable, et je ne l'en ai aimée que davantage. Mais je ne permettrai pas à cet acte de lui coûter la vie.

— Dans ce cas, accompagnez-moi en Angleterre et nous ferons face à ce dilemme.

Le visage de Nazario était de cendre.

— Je ne peux pas les laisser la déchirer… mais je ne peux pas non plus déclarer que c'est une putain et qu'elle est responsable de la mort de Maria Dolores. Cela détruirait tout ce qu'elle est, tout ce en quoi elle croit et qu'elle essaie d'enseigner.

— Je sais. C'est une décision impossible. Nous devons tenter de trouver une troisième solution. Pour cela, il nous faut disposer de tous les faits. Il nous reste encore quelques jours. Le ravisseur n'attend pas de réponse avant notre retour en Angleterre. Je suis sûr qu'il saura que nous sommes arrivés. Prenez quarante-huit heures pour étudier toutes les possibilités, jeûner et prier ou ce que vous avez coutume de faire.

Nazario, la tête entre les mains, ne répondit pas. Ses épaules tremblèrent, secouées par des sanglots qu'il ne pouvait plus réprimer. Narraway se leva sans bruit. Le moins qu'il puisse faire était de ne pas s'immiscer dans son intimité.

Ils repartirent de nuit, espérant arriver à Tolède avant l'aube.

Le vaste ciel s'étirait au-dessus d'eux, étincelant d'étoiles, et un vent d'est soufflait sur leurs visages. Un énorme flanc de colline succédait à un autre. La lune montait lentement au sud-est, aux trois quarts pleine, et projetait sur le chemin leur ombre noire comme de l'encre de Chine, changeante au gré des contours du paysage.

Ils ne parlaient pas. Narraway s'en félicita. Nazario chevauchait devant lui et la conversation aurait été difficile. D'ailleurs il n'y avait rien à dire. Peut-être Nazario était-il absorbé par les souvenirs. À sa place, Narraway l'aurait été. Il aurait essayé de revivre chaque instant de bonheur, le plus insignifiant fût-il, la caresse du soleil sur son visage, Vespasia se tournant pour lui sourire, l'effleurement d'une main lors d'un moment très beau que des paroles auraient gâché, comme un caillou vient briser la surface étale de l'eau.

Comment pouvait-on aimer et supporter de renoncer à cet amour ? Y avait-il toujours un dernier jour, une dernière fois, une dernière caresse ?

Avec un élan de douleur soudain, presque insupportable, il se prit à désirer que l'éternité dont parlait Sofia existe réellement. Le contraire serait impossible à endurer. Maintenant qu'il aimait, il se débattait, comme un homme lutte contre la noyade, contre la pensée qu'il puisse se retrouver seul au monde.

Peut-être Sofia était-elle une idéaliste, mais son rêve était magnifique. La force de sa vision devait survivre. Il savait qu'elle serait prête à mourir plutôt que d'être forcée de la renier. Combien de temps faudrait-il à son ravisseur pour s'en rendre compte ?

Quand ils arrivèrent au sommet de l'ultime colline, le soleil se levait, resplendissant au-dessus de l'horizon. Bien qu'exténué, les muscles endoloris, Narraway eut le souffle coupé par le spectacle splendide qu'offrait la cité au loin.

D'un accord tacite, ils parcoururent le reste du trajet dans le même silence. Les rues commençaient à s'éveiller lorsqu'ils se séparèrent devant le domicile de Nazario. Narraway continua jusqu'à l'hôtel, confia son cheval au palefrenier et monta droit à sa chambre.

Vespasia dormait tout habillée sur le lit, comme si elle avait été réticente à s'abandonner à la fatigue. Il s'attarda sur le seuil à la contempler. Ses cheveux avaient échappé à leurs épingles. Son visage était paisible, l'anxiété effacée par le sommeil. Elle paraissait à la fois plus jeune et plus vulnérable.

Quant à lui, il était couvert de poussière et à bout de forces après sa longue chevauchée et la vision éprouvante de la souffrance de Nazario. Il n'était pas rasé non plus et en avait une conscience aiguë. Il mourait d'envie de s'étendre à côté de Vespasia et de sombrer lui aussi dans l'oubli, ne fût-ce que deux heures durant, mais il savait qu'il devait empester le cuir et la sueur du cheval.

Il la contempla en silence encore un instant. Puis il entra dans la salle de bains, et fit sa toilette avant de revenir s'allonger sur le lit.

Lorsqu'il se réveilla, ce fut comme si quelques minutes seulement s'étaient écoulées depuis qu'il s'était endormi. Il avait la tête lourde, les membres si courbatus que le moindre mouvement lui arrachait une grimace. Vespasia était debout à côté de lui, tout habillée, ses cheveux remontés en un chignon lâche, une tasse de thé fumant à la main. Il lut à la fois l'inquiétude et un soupçon d'amusement dans ses yeux gris argent.

Elle ne parlait pas, et il comprit qu'elle l'avait réveillé d'une caresse.

— Je suis désolée, dit-elle avec douceur. Nous n'avons pas de temps à perdre.

Elle posa la tasse sur la petite table de chevet.

— Buvez, et racontez-moi ce qui s'est passé. Comment va Nazario ? Il doit être anéanti. Que pouvons-nous faire pour l'aider ?

— Il faut que je me lève…

Il se redressa, s'efforçant de masquer la douleur.

— Non, déclara-t-elle en le repoussant tendrement mais fermement contre l'oreiller. Vous allez boire votre thé et me dire ce que vous avez appris. Personne ne travaille au mieux lorsqu'il est épuisé, pas même vous, mon ami.

Narraway lui rendit son regard, s'apprêtant à protester, puis se ravisa. Elle avait raison, elle le savait et lui aussi.

Il but le thé à petites gorgées. Le breuvage était chaud, à la température idéale. Il fut soulagé qu'elle s'abstienne de tout commentaire ironique à propos de l'armée des Indes ou des charges de cavalerie. Tout cela remontait à bien longtemps.

Il lui rapporta les propos de Nazario, sans évoquer ses impressions de ce dernier. Il ne voulait pas que le jugement de Vespasia fût influencé par le sien.

Elle attendit jusqu'à ce qu'elle soit sûre qu'il avait terminé.

— Eh bien ? demanda-t-il.

— Vous le croyez, n'est-ce pas ?

Ce n'était pas une question.

— Oui. Néanmoins, j'ai l'intention de vérifier sa version des faits, dans la mesure du possible. Et nous ne pouvons le faire qu'ici, à Tolède. Il nous faudra un jour ou deux, mais peu importe. Le ravisseur n'agira pas avant que nous ayons répondu. Il veut quelque chose. Il ne la tuera qu'une fois certain d'avoir échoué.

L'horreur se lut dans son regard mais elle ne le contredit pas, ce qui, en soi, était glaçant. Vespasia était toujours prête à se battre si elle pensait qu'il y avait la moindre chance de l'emporter.

— Vous devriez dormir encore quelques heures, dit-elle enfin. J'apprendrai tout ce que je peux. J'ai pris contact avec quelques relations et il devrait m'être possible de confirmer au moins une partie des dires de Nazario. Je vais me renseigner plus amplement sur cette Anglaise dont Sofia s'est occupée. Elle devait avoir des domestiques, et les gens de maison sont observateurs.

— Vespasia, soyez prudente ! Qui que soit…

— Bien sûr, Victor, assura-t-elle vivement. Je vais demander qu'on vous apporte une collation un peu plus tard. Si je ne suis pas de retour à l'heure du dîner, vous pouvez lancer les chiens à ma recherche.

— Vespasia ! appela-t-il alors qu'elle atteignait la porte.

Elle se retourna. Une fois de plus, il fut frappé par son extraordinaire beauté. Un instant, il en resta sans voix.

— Vous ne pouvez pas me suivre, dit-elle en souriant. Vous portez votre chemise de nuit. Vous auriez l'air ridicule. À ce soir.

Elle lui adressa un sourire suave et sortit.

— Bon sang, murmura-t-il tout bas, mais il était si épuisé que le sommeil l'emporta avant qu'il puisse y penser davantage.

12

Pitt rentra chez lui au comble de l'agitation. À force de parcourir documents et archives, il avait perdu la notion du temps. Et c'était seulement à la fin qu'il avait décelé un ordre et un lien entre les immenses sommes d'argent dont il était question.

Au premier abord, les placements effectués semblaient avoir donné lieu à des dividendes dépassant de loin les prévisions les plus optimistes. Cependant, après avoir examiné les papiers plusieurs fois, Pitt avait compris que les rentrées d'argent émanaient de sources diverses et que le lien apparent n'existait pas en réalité.

Pourquoi avoir pris la peine de dissimuler des transactions qui étaient parfaitement légitimes ? Que redoutait Barton Hall pour s'affoler ainsi et s'empresser de rassembler des fonds aussi vastes ?

Une pensée troublante, qu'il essayait de refouler, lui revenait obstinément à l'esprit. S'agissait-il de haute trahison ? Cet argent était-il en réalité placé dans des armements étrangers ? L'Allemagne se targuait de son industrie lourde et prétendait que sa production était sur le point de dépasser celle de l'Angleterre. Était-ce la raison pour laquelle Hall dissimulait ses transactions ?

Le fiacre s'immobilisa le long du trottoir. Pitt régla le cocher et le remercia distraitement avant de descendre et de gagner sa porte.

Charlotte était encore debout et l'attendait, comme s'il rentrait souvent à cette heure tardive et que cela ne lui causait aucune anxiété, sans parler de dérangement. Elle posa son ouvrage et lui donna un bref baiser, puis disparut dans la cuisine.

Pitt retira ses bottes et s'assit au coin du feu mourant. On avait beau être en mai, les soirées demeuraient fraîches.

Moins de dix minutes plus tard, Charlotte était de retour, apportant du thé bien chaud, des sandwiches au bœuf et une grosse part de cake sur un plateau. Elle mit le tout sur la petite table à côté de lui et remplit deux tasses. Les sandwiches et le gâteau étaient destinés à Pitt. Il ne s'était pas rendu compte auparavant qu'il mourait de faim.

Il la remercia et se cala dans son fauteuil, appréciant ces quelques instants de répit. La porte-fenêtre était fermée car il faisait nuit, mais la senteur des fleurs et de l'herbe coupée flottait encore dans l'air. Ç'aurait été un moment idéal pour tout oublier, s'abandonner à la paix et au silence, se libérer peu à peu de l'angoisse qui lui nouait l'estomac. Seulement, s'il cédait à la tentation, il s'endormirait, sans avoir pleinement savouré le bonheur d'être là. Ce serait comme si la soirée n'avait jamais eu lieu. Il avait trop besoin de ce réconfort pour le gaspiller ainsi.

Charlotte l'observait. Il sourit et se laissa aller davantage contre le dossier, regrettant de ne pouvoir lui révéler ce qu'il avait découvert. L'époque semblait bien lumineuse et bien lointaine où il était un simple policier, et que les crimes, si épouvantables eussent-ils été, ne concernaient qu'une poignée d'individus. À présent, c'était différent, le mal était impersonnel. Le partager avec Charlotte ne lui aurait procuré ni aide ni satisfaction. La souffrance de deux femmes et la torture de Sofia étaient atroces ; mais si ce qu'il redoutait se révélait exact, l'avenir de nations entières risquait d'être affecté. Le conflit entre l'Amérique et l'Espagne n'était peut-être qu'un début.

Prétexter qu'il n'avait pas compris, en acceptant sa nomination à ce poste, la portée énorme de ses responsabilités internationales était le genre d'apitoiement sur soi qu'il aurait méprisé chez autrui. Toutefois il était difficile d'écarter cette pensée, surtout quand il était fatigué et qu'il avait l'esprit confus, encombré par trop de connaissances dans certains domaines, et par trop peu dans d'autres.

Il avait aimé solliciter l'avis de Charlotte sur les gens, surtout les femmes ou les membres de sa classe sociale, à laquelle il n'appartenait pas. Elle avait parfois couru un risque considérable en participant à ses enquêtes et fait preuve d'une remarquable perspicacité. Il n'aurait pu élucider certaines de ces affaires sans elle.

Depuis qu'il était entré dans la Special Branch, tout avait changé. Trop d'affaires reposaient sur le secret, le condamnant à une solitude bien plus grande. Il regrettait l'équilibre que lui avait apporté un autre point de vue, souvent plus nuancé que le sien.

Ce fut elle qui rompit le silence.

— Penses-tu que l'enlèvement de Sofia soit lié à son enseignement, ou que ce ne soit qu'une coïncidence et qu'il s'agisse en réalité d'une nouvelle série de révolutions qui se prépare en Europe ? demanda-t-elle. Ce serait pire que celles de 48, n'est-ce pas ?

— Je ne sais pas, avoua-t-il. J'aimerais dire que ce n'est pas possible, mais ça l'est. Quoi qu'il en soit, je doute que nous puissions contenir les troubles beaucoup plus longtemps sans adopter des réformes assez radicales. La violence est contagieuse et bien des gens n'ont rien à perdre si la guerre éclate en Europe et en Russie. Ou en Afrique, d'ailleurs. En ce moment même, le conflit américano-espagnol menace de s'étendre.

— Sofia joue-t-elle un rôle là-dedans ? Sciemment, je veux dire ?

— Non, je ne crois pas…

Il s'interrompit. Il ne lui avait pas avoué que Sofia, lorsqu'il l'avait vue dans le fiacre, avait été maltraitée. Il ne lui avait pas parlé de son visage tuméfié.

— Est-elle toujours en vie, d'après toi ? insista-t-elle d'une voix sourde.

— Elle l'était juste avant que Narraway et tante Vespasia partent pour l'Espagne. Maintenant, je ne sais pas. Je… je ne sais pas combien de temps elle peut tenir. Mais son ravisseur la tuera dès qu'elle lui aura révélé ce qu'il veut savoir. Je crois qu'elle protège quelqu'un. J'ignore qui et pourquoi.

Charlotte était immobile, toute pâle malgré la lueur des appliques à gaz.

Lui en avait-il trop dit ?

— Je suis désolé, murmura-t-il en tendant une main vers elle, paume offerte. Tu n'avais pas besoin de savoir cela…

Elle mit sa main dans la sienne et la serra, le foudroyant du regard à travers ses larmes.

— Allais-tu jamais me le dire ? Comment puis-je protéger Jemima, ou lui expliquer quoi que ce soit, si tu me maintiens dans l'ignorance ? Thomas, elle est terrifiée. Elle pense que les femmes qui défendent leurs convictions ne seront jamais aimées. Qu'elles seront respectées, craintes, haïes, admirées, mais qu'aucun homme ne voudra jamais les épouser.

C'était absurde, affligeant et désespérément facile à comprendre. L'histoire était jonchée d'héroïnes qui, dans l'ensemble, avaient été seules. Quelle jeune fille de seize ans veut être exclue, pour quelque raison que ce fût ?

— C'est ainsi qu'elle voit Sofia, courageuse et trahie par un mari qui s'est lassé de son courage et de ses batailles, continua Charlotte. Peut-être n'est-elle pas très loin de la vérité !

— Qui sait ? dit-il. Je pense… je pense que c'est en partie ce que disait Sofia. Si on se protège de la vie, on la perd entièrement, les bons moments comme les mauvais.

Elle se pencha vers lui, nichant la tête au creux de son épaule. Il referma les bras autour d'elle et la serra très fort.

Le lendemain, il fut de nouveau abordé par Frank Laurence dans la rue.

— Bonjour, commandant, lança ce dernier d'un ton grave, en réglant son pas sur le sien.

Ils passaient devant un vendeur de journaux. Un nouveau scandale avait remplacé la disparition de Sofia à la une des quotidiens.

— Je n'ai rien à vous dire, Mr. Laurence.

— Pour être franc, et bien malgré moi, je me soucie de ce qu'il va advenir de Sofia Delacruz, répondit le journaliste. Elle divague sans doute, et si je la rencontrais, je la trouverais sûrement ennuyeuse à mourir. J'imagine qu'elle essaierait de me convertir ! Malgré tout, j'admire son courage. À propos, vous n'avez toujours pas compris ce qu'elle tentait de faire, si ?

Au prix d'un effort, Pitt se contrôla. S'il cédait à la colère, il trahirait bien plus que son exaspération.

— Je vous crois, dit-il calmement. Qu'avez-vous l'intention de faire pour remettre son nom, et le vôtre, à la une ?

Laurence cilla.

— Pas moi, commandant. Mr. Teague. Il va tenter quelque chose pour retenir l'intérêt du public. Vous n'avez pas besoin de moi pour le savoir, tout de même ?

Pitt s'immobilisa.

— Vous haïssez vraiment Teague, n'est-ce pas ! Assez pour mentir sur la nature de vos relations, et cela sans aucune raison. Avant que vous mentiez, je ne m'en souciais pas du tout. Maintenant, je m'interroge.

Laurence parut mal à l'aise. Un instant, il évita le regard de Pitt et, quand il l'affronta enfin, il hésita, comme s'il se demandait s'il valait mieux mentir de nouveau, ou dire enfin la vérité.

Pitt soupira et fit mine de s'éloigner.

— Vous avez raison, reconnut Laurence. Il y a certaines choses que je sais. Comme je ne peux pas les prouver, j'hésitais à les mentionner.

Pitt se retourna vers lui.

— Si cela n'a aucun rapport avec l'affaire, je m'en moque. C'est un mensonge inutile, ce qui me suggère que vous n'avez aucun respect pour la vérité. Vous affabulez afin de rendre plus intéressante une histoire qui n'existe que dans votre imagination…

Laurence rougit. Pitt, qui n'avait pas soupçonné que le journaliste puisse être embarrassé, en resta stupéfait. Il eut subitement la certitude que Laurence éprouvait une réelle émotion, douloureuse de surcroît. Il avait beau avoir un côté manipulateur, l'intégrité, à certains égards, comptait à ses yeux.

— Je ne peux rien prouver, murmura-t-il. Mais je sais que c'est vrai.

Une expression fugitive traversa ses traits, un mélange de fureur et d'intense souffrance.

Pitt le crut, tout en étant perplexe. Qu'avait-il bien pu se passer à l'école pour que la blessure soit encore si profonde chez un homme tel que Laurence, plein d'esprit, d'intelligence et de sagacité ?

— Il s'agit de tricherie, énonça Laurence.

Cette fois, son regard était absolument direct et franc.

— Tricher en sport est méprisable. C'est une tache sur le caractère d'un homme. Mais tricher lors d'examens déterminants pour sa future carrière, voilà qui est infiniment plus grave. C'est un mensonge qui porte sur l'avenir, sur tous ceux et toutes celles qui ont confiance en vos compétences. C'est une insulte envers ceux qui ont jugé vos connaissances et engagé leur honneur en affirmant que vous possédez les aptitudes nécessaires. Quand on va consulter un médecin, c'est parce qu'une institution l'a déclaré capable de prescrire des médicaments, voire de vous ouvrir l'estomac. Avec un architecte, on croit que la maison qu'il a conçue sera solide. Si on a besoin d'un avocat pour défendre sa vie ou sa liberté, on pense que cet homme est versé en droit, et qu'il peut le faire.

Il eut un petit geste sec.

— C'est pareil quel que soit l'art ou la science dont on parle.

Pitt n'y avait pas songé en ces termes, mais il fut soudain frappé par la justesse de ses propos. C'était une confiance que l'on tenait pour garantie.

— Vous savez qui a triché ?

— Bien sûr que oui.

— Comment ? Si vous en avez été témoin, pourquoi ne l'avez-vous pas signalé sur-le-champ ? insista Pitt. Aviez-vous peur de ne pas être cru ? Ou qu'on se venge de vous ?

Il avait parlé d'un ton calme, mais il savait que ses paroles piqueraient Laurence au vif. Pourtant, il était intrigué. Laurence était encore profondément furieux et il s'était exprimé assez ouvertement dans ses articles pour prouver qu'il n'était pas un lâche. À moins que son courage actuel ne fût le résultat d'un silence passé, dont il cherchait maintenant à se racheter ?

— Non, commandant, répondit Laurence si bas que Pitt fit un pas vers lui pour l'entendre. Je n'avais pas peur. Mais peut-être avais-je tort. Je me suis interrogé à l'époque sur d'étranges amitiés, loyautés et faveurs que je ne parvenais pas à comprendre. La première était de savoir pourquoi un garçon tel que Hall, studieux, physiquement gauche, affublé du sobriquet cruel de « piocheur », avait été autorisé à faire partie de la première équipe. Il était à peine médiocre, et pourtant il a gardé sa place alors que des garçons plus doués étaient ignorés…

Pitt réprima l'envie de l'interrompre pour lui fournir la réponse : il avait appris à son détriment que l'impatience pouvait étouffer des paroles qui auraient été à même d'éclairer bien des choses.

Laurence sourit, retroussant durement ses lèvres, d'un air de regret.

— C'est un maître qui a tout vu et qui a commis l'erreur d'en parler. Du moins, c'est ce qu'il m'a dit et je l'ai cru. Je le crois toujours.

— Je n'ai trouvé aucun scandale attaché au nom de Hall, intervint Pitt. Et ce n'est pas faute d'avoir cherché.

— Il n'y en a pas eu, répondit Laurence avec amertume. Le maître concerné m'a dit qu'on l'avait écouté avec courtoisie et incrédulité. Avant qu'il ait pu soumettre ses preuves, un incendie s'est déclaré. Ses documents ont été détruits et il a péri asphyxié. Personne n'a trouvé cela suspect. On a supposé qu'il avait jeté un mégot de cigare dans sa corbeille à papier sans se rendre compte qu'il était encore allumé.

Sa voix était assourdie par l'émotion, comme si, même après toutes ces années, il réprimait l'envie de pleurer.

Pitt éprouva d'abord un élan de compassion envers lui. À cet instant précis, il ressentit une amitié sans réserve pour cet homme. La mort du maître était un chagrin qu'il aurait pu partager. Ensuite il aurait aussi éprouvé une colère brûlante, une soif rageuse de justice et, s'avoua-t-il, de vengeance, face à l'arrogance qui pouvait détruire impunément et aller de l'avant comme si de rien n'était.

— Hall ? dit-il à voix haute.

Laurence entendit la fureur dans la voix de Pitt, vit peut-être même la pitié dans son regard et, l'espace d'un instant, sut qu'il n'était pas seul. Puis il se ressaisit et sa dureté revint.

— Bien sûr.

— Pour qui ?

Le sourire de Laurence s'élargit.

— Je suis assez sensé pour ne pas vous le dire. Il vous faudra chercher vous-même. Si vous ne pouvez le déduire, alors j'aurai rendu service à la Special Branch. Vous ne seriez pas apte à la diriger.

— J'imagine qu'il a triché pour plusieurs individus, répondit Pitt en l'observant avec attention. Ce qui présente des hypothèses affligeantes.

Laurence acquiesça.

— En effet. Le pouvoir est affligeant, du moins potentiellement. Il est curieux que la nullité vue à l'école puisse poursuivre quelqu'un tout au long de sa vie, non seulement dans sa propre mémoire, mais, plus dangereusement encore, dans celle des autres.

— Vous avez pourtant un nom précis à l'esprit, lui fit remarquer Pitt. Vous ne m'auriez pas accosté ici, dans la rue, dans l'unique but de faire une observation générale, si énorme soit-elle.

— Bien sûr que non. Vos talents de détective tant vantés doivent maintenant entrer en jeu. J'ai entendu dire que vous étiez brillant. Je ne me souviens plus qui c'était, mais je suis sûr que quelqu'un l'a dit.

— Pas récemment, répliqua Pitt, une pointe d'amertume dans la voix.

Ils firent quelques pas, puis Laurence reprit la parole.

— Vous imaginez-vous la haine entre ces deux tricheurs ? demanda-t-il avec un mélange de satisfaction et de dégoût. La haine de leur complicité, qui au fil des années va pourrir et se muer en haine tout court. « J'étais un garçon plus pauvre que vous, je n'avais ni votre grâce ni votre popularité, alors j'ai acheté votre acceptation en trichant ! J'ai prostitué mon intelligence en échange de votre amitié ! »

Il eut un petit frisson de pitié amère et de révulsion.

— « Ce n'est pas vous qui avez fait de moi ce que je suis, mais vous m'avez offert l'occasion de le devenir et je l'ai saisie. »

Ils avancèrent encore un peu avant qu'il continue.

— Et du point de vue de l'autre homme : « J'avais le talent et la grâce. Je pouvais me faire aimer de presque n'importe qui, mais je ne pouvais pas réussir ces maudits examens. Je n'avais pas l'intelligence nécessaire. J'ai été obligé de vous laisser voir mon échec et d'acheter votre intelligence pour que vous trichiez pour moi et que j'obtienne mon diplôme. J'ai dû monter sur l'estrade dans ma cape, mon mortier sur la tête, alors que vous me regardiez, sachant que je ne l'avais pas mérité – que vous l'aviez eu à ma place ! Toute ma vie je vous regarderai en me demandant à qui vous l'avez révélé, qui s'est moqué de moi à cause de cela ! »

L'émotion s'entendait dans sa voix.

— Songez-y, Pitt. Sentez-vous la puanteur de cette haine, semblable à un acide qui vous ronge l'estomac ?

Était-il question d'un meurtre, ou l'imagination de Laurence s'emballait-elle face à une tragédie des plus ordinaires ?

Laurence attendait sa réponse.

— Oui, je l'imagine. Avec une foule de possibilités, toutes sordides. Vous dites qu'il a triché pour le compte de plusieurs élèves. Croyez-vous qu'ils se connaissent ? Ou que chacun croie être le seul ?

— Je n'avais pas songé à ça, admit Laurence, surpris. Je pense qu'ils devaient s'en douter. Au bout d'un certain temps, tout le monde sait qui a l'esprit vif et concentré, qui est soit borné, soit paresseux. Cela dit, je ne fais que deviner. Il y a des surprises, je veux dire des gens honnêtes. Pourquoi ?

Il regarda Pitt avec curiosité.

— Vous pensez qu'ils se protégeraient mutuellement ? J'en doute. Il est beaucoup plus probable qu'ils mentiraient sans vergogne et qu'ils se tiendraient à bonne distance de quiconque risquerait d'être au courant. Si je savais, je ferais très attention à ne pas le montrer – du moins pas avant de pouvoir me protéger et riposter par un coup fatal. Les règles de la chasse : on ne blesse pas sa proie car un animal blessé est dangereux. Soit on le tue, soit on le laisse tranquille.

— Ça ne vous ressemble guère, Laurence, ironisa Pitt. Je pensais que vous étiez le preux défenseur de la vérité !

— Le sarcasme vous sied mal, commandant.

Le ton de Laurence était redevenu léger, quoiqu'un peu forcé.

— Vous savez parfaitement que la menace est réelle et je n'ai pas plus envie que vous de brûler vif dans mon fauteuil ! Je ne désire nullement que vous provoquiez mon meurtre, je veux être vivant pour goûter ma... « vengeance » est un mot si laid, n'est-ce pas ? Quoi qu'il en soit – je tiens à survivre à cette affaire et j'aimerais que Sofia Delacruz en sorte vivante aussi, même si elle est atteinte d'une légère folie. Le monde a fait de quelques-uns des meilleurs d'entre nous des fous, ne serait-ce que pour nous délivrer de l'ennui des gens éminemment sains d'esprit. Si toutefois agir de manière prévisible constitue une preuve de santé mentale ? Il m'arrive d'avoir des doutes philosophiques à ce sujet.

— Tuer sa proie ou la laisser tranquille, répéta Pitt, songeur. Bien sûr, si on peut trouver quelqu'un d'assez stupide pour tirer à sa place, on ne court aucun danger.

Laurence se mit à rire.

— Vous êtes un cynique, commandant. Oui, bien sûr, je voudrais que vous tiriez à ma place et j'aurais préféré que vous n'en ayez pas conscience. Mais seulement parce que je pense que vous visez bien mieux que moi.

— Vraiment ? fit Pitt, sceptique. Dans ce cas, il vous faudra être un peu plus honnête quant à la cible.

— Vous ne tirerez que lorsque vous saurez, déclara Laurence avec une conviction absolue. C'est là que réside mon avantage. Je vous fais confiance.

Il eut un brusque sourire, plein de charme, puis tourna les talons et s'éloigna à une vitesse surprenante.

Pitt continua jusqu'à Lisson Grove, si perdu dans ses pensées qu'il faillit plusieurs fois s'engager dans la mauvaise direction.

Dans quelle mesure Laurence était-il sincère ? Pitt n'aurait-il pas dû avoir le bon sens de ne pas accorder foi aux dires d'un journaliste, à plus forte raison s'il était aussi manipulateur que celui-là ?

Pourtant, il émanait de ce dernier une sorte de loyauté qui incitait Pitt à le croire, en dépit de son expérience et des signaux d'alarme qui se déclenchaient dans son esprit. Tout ce que Laurence avait dit était logique. Il était bien trop intelligent pour ne pas s'en être assuré. Néanmoins, Pitt se promit de faire vérifier ses affirmations par Brundage. Y avait-il eu un maître ayant succombé à un incendie dans son logement, à l'époque où Hall terminait ses études et que Laurence venait d'arriver ? Ce maître avait-il eu Laurence comme élève, et s'était-il trouvé en mesure de savoir si Hall avait aidé quiconque à réussir ses examens d'une manière illicite ?

Si l'élève qui avait triché en avait conservé des preuves, les possibilités de chantage étaient immenses. Sauf, bien sûr, qu'en dénonçant son camarade, il se déshonorerait aussi. Le bénéficiaire de la triche avait donc tout intérêt à ce que son bienfaiteur jouisse d'une existence prospère et fortunée, ou meure le plus vite possible ! Quant au maître qui avait découvert le pot-aux-roses, il n'avait certainement pas, en refusant d'être soudoyé, envisagé la possibilité d'un assassinat. Si c'était un avertissement, il était d'une efficacité redoutable.

Comme les meurtres de Cleo et d'Elfrida. La similarité lui sauta aux yeux, lui donnant la nausée. Il réprima un haut-le-cœur au souvenir de la scène d'Inkerman Road.

Dire que Barton Hall avait toutes les chances de devenir le prochain gouverneur de la Banque d'Angleterre ! Était-ce la récompense qu'il visait ?

À Lisson Grove, il trouva Brundage qui l'attendait, l'air gêné. Pitt eut un désagréable pressentiment.

— Que se passe-t-il, Brundage ? demanda-t-il avec appréhension.

— Mr. Teague est ici, monsieur. Il désire vous voir. Il affirme vouloir vous remettre son rapport en main propre.

Pitt lâcha un juron. Il n'était vraiment pas d'humeur à discuter avec Dalton Teague.

— Il refuse d'être reçu par quelqu'un d'autre, ajouta Brundage, devançant sa réponse.

Son visage d'ordinaire jovial était tendu et il avait les yeux cernés.

— Je crois qu'il s'intéresse à ce que vous allez dire, monsieur. Il est plus ici pour se renseigner que pour vous renseigner… me semble-t-il… monsieur.

À présent, Brundage paraissait inquiet, comme s'il craignait d'avoir outrepassé son rôle.

Pitt eut un sourire réticent.

— J'en suis sûr. Avant que vous le fassiez entrer, j'ai une mission à vous confier.

En termes brefs, il résuma à son subordonné les propos de Laurence.

— Est-ce vrai, monsieur ? demanda Brundage, sidéré. Ça pourrait vouloir dire…

Il s'interrompit, dépassé par les perspectives effrayantes qui s'offraient à lui.

— C'est ce que je veux que vous découvriez, répondit Pitt. Brundage !

Ce dernier se redressa.

— Oui, monsieur ?

— Pour l'amour du Ciel, soyez discret.

Brundage lui décocha un grand sourire et sortit, hochant à peine la tête.

Teague patientait dans l'antichambre du bureau de Pitt, lequel était fermé à clé, comme toujours lorsqu'il s'absentait. Il se leva à son entrée, d'un mouvement fluide et naturel, mais pour la première fois depuis que Pitt le connaissait, il paraissait fatigué. Son apparence était aussi soignée que d'ordinaire, sa tenue aussi impeccable, car son valet y veillait, cependant la tension se lisait sur son visage sombre, et ses cheveux, un tantinet aplatis, semblaient avoir perdu de leur vitalité. Il tendit la main à Pitt, un geste de courtoisie dont il ne s'acquittait pas toujours.

— Ce doit être un enfer pour vous, dit-il avec compassion.

— C'est déplaisant, concéda Pitt brièvement, avant de l'inviter à entrer.

Dès qu'ils furent assis, Teague reprit la parole.

— Je n'ai jamais cru que Sofia Delacruz avait disparu de son plein gré, avoua-t-il gravement. Mais il va de soi que cette possibilité devait être envisagée. Nous serions passés pour des sots s'il ne s'était agi que d'une simple liaison sordide.

Il garda ses yeux bleu azur fixés sur Pitt.

— Je me suis parfois demandé si ces supposés saints se lassent de leur propre image et aspirent à une vie ordinaire. Sont-ils censés prendre du bon temps ? Avoir le droit à l'erreur, comme nous tous ? Ou faut-il toujours qu'ils aient raison, qu'ils se montrent constamment justes, sobres, équitables ?

— Doux Jésus, j'espère que non ! répondit Pitt spontanément, regrettant aussitôt cet instant d'abandon en voyant le sourire de Teague. Est-ce là preuve de sainteté ? Il ne me paraît pas naturel d'être aussi imbu de sa personne… si essentiellement absurde !

Teague soupira et se cala sur son fauteuil.

— Je ne connais pas cette femme. Cependant, les éléments que j'ai pu réunir me portent à croire qu'elle n'est pas partie volontairement, ni avant l'assassinat de ses malheureuses adeptes, ni après. Et je doute fort qu'elle se trouve très loin d'Inkerman Road.

Soudain, il ne s'agissait plus d'un échange de politesses, qu'il fallait conclure le plus vite possible. Pitt se découvrit tendu, attentif aux paroles de Teague, au ton de sa voix, observant son visage, ses mains puissantes posées sur ses genoux, et même la raideur de ses épaules.

— Pourquoi dites-vous cela ? demanda-t-il aussi calmement qu'il en était capable.

— Question d'efficacité, répondit Teague d'un ton neutre. Je peux faire appel à un grand nombre d'hommes, commandant. Des domestiques, mais aussi d'anciens collègues, d'autres sportifs issus de diverses disciplines, des gens qui ont représenté leur comté quand j'avais une vingtaine d'années. J'ai joué dans l'équipe du Surrey pendant un temps. Toutes sortes de gens sont prêts à m'aider : d'anciens équipiers, des adversaires, des passionnés du cricket, des employés chargés de l'entretien des terrains. Un mot ici et là, l'ami d'un ami, vous savez ? Ce n'est pas comme quand on est interrogé par la police. Eh bien, il n'y a aucune trace d'elle nulle part. Elle n'a pas pu partir à pied. Je suis sûr qu'elle a tenté de résister ! Pas vous ?

Il regarda Pitt avec attention, scrutant ses yeux, sa posture, exactement comme Pitt l'épiait.

— Si. Vous pensez qu'elle a été blessée, dès ce moment-là ?

Teague cilla.

— Dès ce moment-là ? Vous pensez qu'elle a été blessée depuis ? Avez-vous appris quelque chose ? Découvert quelque chose ?

Pitt hésita un instant. Devait-il mentir ou dire la vérité ? Teague connaissait Hall depuis sa jeunesse, son enfance, même. Il pourrait lui révéler toutes sortes d'informations fort utiles. Peut-être connaissait-il d'autres propriétés susceptibles de servir de geôle.

D'un autre côté, Teague était peut-être parfaitement au courant de la tricherie et du rôle que Hall y avait joué.

Était-il personnellement impliqué ? C'était peu plausible, mais pas exclu. Sa réussite depuis prouvait son intelligence. Cependant, il arrive que les individus les plus brillants soient paresseux, surtout ceux qui préfèrent la gloire du stade au silence de la salle d'étude.

Teague patientait, le regard fixé sur lui.

— J'aimerais que ce soit le cas. Mais comme vous l'avez dit, il est vraisemblable qu'elle se soit défendue. De fait, je ne peux exclure la possibilité qu'elle soit morte.

La mâchoire de Teague se crispa. Il s'humecta les lèvres.

— Auriez-vous déjà renoncé ?

Une infime pointe de mépris perçait dans sa voix, qu'il aurait peut-être qualifiée de déception et qui suggérait que Pitt n'avait pas été à la hauteur de ses attentes.

— La possibilité, répéta Pitt lentement. Pas la probabilité. Je crois qu'elle a été enlevée pour une raison bien précise.

Teague arqua les sourcils.

— Vraiment ? L'avez-vous déduit ou simplement deviné ?

Pitt lui adressa un demi-sourire.

— Je l'ai déduit et je l'espère. C'est une femme remarquable.

— Comment êtes-vous parvenu à cette conclusion ? insista Teague.

Pitt prit une décision, les muscles raidis par la crainte d'aller trop vite en besogne.

— Son corps n'a pas été retrouvé, contrairement à celui des deux autres femmes qui ont été assassinées si sauvagement. Je crois que le ravisseur avait d'autres intentions à son sujet.

— Vraiment… commandant ? Serait-ce une question… d'argent ?

Teague le dévisageait toujours avec intensité.

— J'en doute, répondit Pitt, qui n'avait nullement l'intention de lui révéler les termes de la rançon. Aucune demande n'a été faite. Si c'était le but, pourquoi attendre si longtemps ?

— Pour faire monter la pression ? Ses disciples vont forcément être de plus en plus émus à mesure que le temps passe.

— Ils ont été émus par les meurtres des autres femmes, lui fit remarquer Pitt. Je crois que, si on avait exigé de l'argent, ils l'auraient donné immédiatement.

Teague acquiesça.

— Vous avez peut-être raison. Dans ce cas, que peut-il bien vouloir ? Qu'elle renie sa foi, à votre avis ? En public ?

Pitt se contraignit à garder un visage impassible.

— Pensez-vous qu'elle serait prête à le faire ? renvoya-t-il.

Teague réfléchit, puis un mince sourire se dessina sur ses lèvres.

— Mais alors, pourquoi aurait-il tué les deux autres femmes ? Cela n'aurait pas de sens. Il aurait sûrement été plus efficace de les enlever et de la faire chanter, en lui disant que ses compagnes paieraient de leur vie si elle ne renonçait pas publiquement à ses convictions ?

Pitt hocha la tête.

— Ç'aurait été plus logique, admit-il. Cependant, nous supposons là que celui qui l'a enlevée avait un plan. J'espère que c'est vrai, mais je n'en suis pas certain.

Teague parut songeur.

Pitt attendit, sans cesser de l'observer.

— J'ai découvert un certain nombre de choses à son sujet, murmura Teague. D'après ses sermons, si on peut les qualifier ainsi, et ce que ses compagnons disent d'elle. J'imagine qu'on vous a rapporté que Melville Smith transmet maintenant en son nom un message assez différent du sien ?

— Oui…

— Très… dilué. Je suis sûr qu'il est bien intentionné, mais à sa manière il la trahit.

— Je doute qu'il voie les choses sous cet angle. Qu'alliez-vous dire à ce propos ?

De nouveau, les yeux de Teague se braquèrent sur Pitt, comme s'il cherchait à lire dans ses pensées.

— Qu'elle pardonne sans distinction là où Dieu serait plus circonspect. Ce qui me pousse à me demander si elle a formé des alliances que Smith juge criminelles ou, plus probablement, dangereuses sur le plan politique.

Pitt devina où il voulait en venir.

— Avec les anarchistes ?

— Est-ce impossible ?

— Pas du tout. La même pensée m'était venue à l'esprit.

— Dans ce cas, ce sont peut-être eux qui ont organisé son enlèvement. Encore que je ne voie pas pourquoi, si elle leur a offert le réconfort ou le pardon.

— Moi non plus. Cependant, il y a des différences d'approche entre les divers groupes.

— Je vois.

Teague ne précisa pas s'il en avait déjà conscience.

— Smith semblait certain qu'elle était venue en Angleterre pour parler à Barton Hall, qui apparemment est un de ses parents éloignés. Sait-il dans quel but ?

— Il affirme que non. Avez-vous une idée ?

Pitt réprima l'envie d'ajouter qu'il savait que Hall et lui avaient été amis à l'école. Comme s'il avait décelé une lueur dans son regard, Teague répondit par une question prudente :

— Connaissez-vous le journaliste, Frank Laurence ?

— Je l'ai rencontré. Pourquoi ?

— Il est assez irresponsable. Toujours en train d'essayer de se faire un nom, en exprimant librement des opinions invérifiables. Si je parle de lui, c'est que je pense qu'il sait, ou qu'il soupçonne, que Hall a joué un rôle dans l'enlèvement de Sofia Delacruz, reprit Teague. Hall est extrêmement ambitieux, le savez-vous ? Il rêve d'être nommé gouverneur de la Banque d'Angleterre un jour. Un homme comme Frank Laurence n'hésiterait pas à guider l'opinion publique en sa faveur s'il y trouvait son avantage. Ou à le détruire, dans le cas contraire.

Pitt prit une inspiration pour protester, mais se ravisa et exhala en silence.

— Un petit homme dangereux, conclut Teague, les yeux rivés aux siens. Dévoré par l'ambition, mais dépourvu de l'intelligence, du pouvoir ou du sang-froid nécessaires pour être le cerveau de cette affaire.

— Laurence ? Quel pourrait être son mobile ? demanda Pitt, feignant de prendre cette hypothèses au sérieux.

— Aucune idée.

Teague haussa les épaules.

— Il aurait pu être payé, j'imagine.

— Par qui ? Par Barton Hall ?

— Peut-être.

Teague se leva lentement.

— Je ne vais pas renoncer, mais je suis assez découragé, je l'avoue. Cette pauvre femme doit être à bout de forces.

Ils échangèrent une poignée de main, brève mais ferme.

— Je crains que vous n'ayez raison, dit Pitt. Merci, Mr. Teague.

Ce dernier parti, Pitt se rassit et réfléchit. Teague avait essayé de découvrir ce qu'il savait, s'il était encore résolu à retrouver Sofia ou s'il commençait à éprouver un sentiment de défaite. Il furetait constamment. Et c'était lui, et non Pitt, qui avait évoqué Hall le premier, presque comme s'ils étaient tombés d'accord pour voir en lui un suspect.

Par ailleurs, Teague semblait aussi désireux de discréditer Laurence que Laurence l'était de le discréditer, lui. Était-ce une coïncidence ? Ou cela avait-il son importance ?

Le lendemain soir, Pitt reçut un message délivré en main propre l'informant du retour de Narraway et de Vespasia, et l'invitant à les rejoindre au plus vite en profitant de leur voiture.

Dix minutes plus tard, il était assis dans le carrosse, l'esprit bouillonnant d'hypothèses. Aussitôt arrivé, il remercia le cocher en hâte et se dirigea vers la porte, qui s'ouvrit avant même qu'il eût le temps de frapper.

Debout près de la cheminée, Narraway était pâle et paraissait épuisé. Vespasia occupait son fauteuil habituel et sur le canapé était assis un homme mince aux yeux sombres dont l'expression hantée trahissait l'identité, Nazario Delacruz.

Une théière était posée sur la table, accompagnée d'une assiette de sandwiches fraîchement préparés. Narraway s'acquitta des présentations, puis resta en retrait.

D'une voix très basse, avec de nombreuses pauses, Nazario relata que Sofia accueillait souvent des pénitents, expliquant qu'un homme était venu à elle, terrifié après le meurtre de son compagnon laissé éviscéré au bord de la route, un crime qui rappelait atrocement ceux de Cleo et d'Elfrida.

— Elle a accepté de le protéger, ajouta Narraway tout bas. Elle l'a caché, à condition qu'il se repente pour le crime qu'il avait commis et qu'il fasse tout son possible pour en atténuer les effets.

— De quoi était-il coupable ? demanda Pitt à Nazario.

— Je ne sais pas au juste, sinon qu'il était mêlé à une vaste supercherie impliquant une grosse somme d'argent. Il est venu trouver Sofia parce qu'il ne voulait pas mourir sans s'être confessé. Il avait peur d'aller en enfer. Elle était déterminée à ce qu'il expie sa faute, mais elle n'a jamais dit ce que c'était.

— Très peu de temps après, Señora Delacruz a décidé de venir à Londres s'entretenir avec Barton Hall, intervint Narraway.

— Barton Hall, répéta Pitt tout bas.

— Oui.

Avec une clarté soudaine, Pitt se souvint de sa visite à la banque, des énormes sommes d'argent dépensées et en partie remplacées. Puis il se remémora les paroles de Narraway à propos de la perte de confiance et de l'effet que pouvait produire la chute d'une banque sur une autre, et ainsi de suite. Comme avec une rangée de dominos.

Il regarda Narraway et lut la compréhension dans ses yeux : Sofia avait découvert une escroquerie de grande envergure, qui déclencherait une succession de faillites et plongerait l'économie mondiale tout entière dans le chaos.

Pitt se tourna vers Nazario, qui répondit avant même qu'il eût formulé sa question.

— Je vais aller directement à Angel Court, réfléchir, peser le pour et le contre et prier. Demain, je vous donnerai ma réponse.

Pitt inclina la tête en signe d'assentiment. Personne ne protesta.

13

Après les événements de la veille au soir et sa visite tardive chez Vespasia, Pitt arriva encore las à Lisson Grove. Il s'assit à son bureau, les membres courbaturés, les yeux fatigués, et accepta avec reconnaissance le thé que Stoker lui apporta. Il en but une gorgée avant de lui parler de Nazario Delacruz, en termes brefs, sans lui épargner l'horreur de la situation. Il était inutile d'avertir Stoker que Nazario risquait d'être imprévisible et méfiant à leur égard, voire de chercher sa propre solution.

— Pauvre diable, commenta Stoker quand il eut terminé.

— Certes, dit Pitt à voix basse. J'aurais dû prendre toute cette affaire beaucoup plus au sérieux dès le début.

Stoker eut l'honnêteté de ne pas protester.

— Je me suis penché sur les placements de Barton Hall au Canada, annonça-t-il avant de secouer la tête. S'il a détourné de l'argent, je ne vois pas à quoi il l'a employé. Il vit dans la propriété où il est né. Il est membre de quelques clubs de gentlemen, dont certains depuis des années. En général, il est plutôt frugal pour ce qui est de ses dépenses. Il a un bon tailleur, mais c'est normal dans sa situation. On ne confie pas son argent à quelqu'un qui a l'air de ne pas pouvoir s'offrir un manteau décent. Il n'entretient pas d'équipage, n'offre pas de cadeaux coûteux. Pour autant que je le sache, il n'a pas de relations particulières avec une dame. Son épouse est morte et il n'a fréquenté personne depuis.

« J'ai aussi vérifié qu'il ne s'adonnait pas au jeu, sous quelque forme que ce soit, j'ai cherché d'anciennes dettes, voire des traces de chantage, le tout en vain, ajouta Stoker, visiblement frustré. Darlington, qui est pourtant un expert en affaires financières, n'a rien pu suggérer de plus.

— Merci, répondit Pitt, la mine sombre. S'il n'a rien à cacher, de quoi donc a-t-il peur, et pourquoi a-t-il besoin de plus d'argent ? Cela n'a peut-être rien à voir avec Sofia Delacruz, mais nous ne pouvons nous permettre de l'ignorer.

— Non, monsieur. Croyez-vous que Hall soit impliqué dans les meurtres ? Mais pourquoi ? Aurait-elle pu le faire chanter à propos de cette vieille histoire de triche à l'école ? Même si c'est le cas, je le vois mal assassiner ces femmes comme ça. Il a l'air tellement… l'air d'un banquier, enfin ! Qui n'a pas plus d'imagination qu'une jatte de crème anglaise !

Pitt sourit malgré lui. En effet, tout chez Barton Hall semblait prévisible.

— Ce n'est pas une mauvaise chose, si on veut passer pour ce qu'on n'est pas.

— Je suppose. Ah ! Il y a une chose, monsieur. Il voyage beaucoup. Surtout en Europe, à Paris en particulier, mais pas seulement.

— Intéressant, commenta Pitt.

Il avait du mal à détacher ses pensées de Nazario Delacruz, et du moment où, debout dans le magasin d'articles de marine, il avait vu le visage tuméfié de Sofia qui le fixait à la lueur du réverbère.

— Chargez quelqu'un de se renseigner à ce propos, si possible, mais faites vite. Sofia n'a peut-être plus qu'un jour ou deux, à supposer qu'elle soit encore en vie à l'heure qu'il est. Nazario doit prendre sa décision dans les heures qui viennent…

— On nous a accordé plus longtemps que ça, monsieur…

— Peu importe, si son ravisseur la torture à mort avant, même sans en avoir l'intention ! répliqua Pitt, l'accent du désespoir dans la voix.

— Oui, monsieur, admit Stoker, qui avait pâli. Je vais mettre un homme sur l'affaire immédiatement.

Pitt se rendit à Angel Court dans l'après-midi. Le temps pressait. Sofia étant toujours portée disparue, et personne ne sachant avec certitude si elle était encore en vie ni quels sévices elle avait pu endurer, tous étaient profondément bouleversés. Ils n'avaient pas encore surmonté la perte de Cleo et d'Elfrida, et s'efforçaient tant bien que mal de garder la foi face à une telle adversité.

Pitt avait averti Nazario la veille au soir que Smith continuait à prêcher et qu'il avait considérablement modéré le message de Sofia. Nazario avait paru déçu, sinon vraiment surpris. Pitt en avait conclu que la divergence d'opinion entre Sofia et lui datait d'un certain temps. Nazario en avait à l'évidence conscience. Smith, pour sa part, se comportait selon ses propres convictions.

Au fond, c'était compréhensible. Il est rare que deux personnes soient d'accord sur la manière de conduire un groupe ou une organisation. Pitt ne dirigeait pas la Special Branch comme Narraway. Se serait-il modelé sur lui s'il avait pu ? Il ne se posait la question qu'à cause du besoin de comprendre Nazario et Melville Smith, mais la réponse était déjà présente à son esprit. Non, il n'aurait pas pris les mêmes décisions, ni réagi pareillement aux conséquences qui en découlaient. On est loyal envers le poste qu'on occupe, quelle que soit l'admiration ou l'amitié que l'on a pour son prédécesseur.

Melville Smith devait agir selon ce que lui dictait sa conscience, et non copier Sofia s'il pensait que le jugement de celle-ci était erroné.

Pitt entra dans la résidence, passant devant la sculpture imposante de l'archange. La vieille femme arrosait ses plantes. Elle lui lança un regard curieux, mais se détourna dès qu'elle l'eut reconnu. Elle semblait plus hagarde encore qu'avant. Ses mains étaient maculées de crasse.

Pitt éprouva un élan de compassion envers elle. Peut-être était-elle aussi émue que les autres par la disparition de Sofia, mais elle semblait à l'écart de la petite communauté. Il se demanda si elle parlait anglais et songea à lui dire quelques mots, avant de se raviser : si elle ne comprenait pas, il ne ferait que la mettre dans l'embarras. D'ailleurs, elle lui tournait le dos, penchée sur les pots, enlevant ici et là des feuilles qu'elle glissait dans son autre main, l'arrosoir posé à côté d'elle sur les pavés.

La porte s'ouvrit alors qu'il s'apprêtait à frapper. D'un geste, Henrietta l'invita à entrer et referma le battant fermement derrière lui. Elle avait les yeux cernés et les traits tirés de qui a très peu dormi. Ses épais cheveux, ramenés sévèrement en arrière, faisaient ressortir l'ossature de ses joues et de sa mâchoire. Elle traversa une pièce après l'autre, le menant enfin à celle où il avait parlé à Melville Smith. Ses pas étaient silencieux sur les lames du plancher. Elle marchait avec raideur, comme si ses articulations étaient douloureuses, mais il n'aurait su dire si sa douleur était physique ou si elle émanait surtout du chagrin qui la rongeait.

Melville Smith et Ramon se tenaient debout, encadrant Nazario Delacruz. Tous paraissaient mal à l'aise. Nazario était pâle et tendu, les marques de l'épuisement visibles sur son visage, dans ses épaules tassées. Il salua Pitt d'un signe de tête.

Ramon Aguilar, la mine inquiète, lui adressa l'ombre d'un sourire avant de se rctourner vers Nazario, attendant que ce dernier entame la conversation, maintenant qu'il était parmi eux.

Melville Smith évita le regard de Pitt. Il avait l'air crispé, voire coupable, peut-être parce qu'il avait amèrement conscience du fait que Sofia avait disparu alors qu'il se considérait responsable d'elle. Pitt eut pitié de lui. Il se trompait. Personne, sans doute même pas Nazario, n'avait été responsable de Sofia.

Nazario prit la parole :

— Je parlerai ce soir.

Smith et Ramon Aguilar se raidirent à ces mots. Leur désapprobation ne faisait aucun doute, mais ni l'un ni l'autre ne souleva d'objection. À l'évidence, ils avaient déjà exprimé leur point de vue.

Smith regarda Pitt, guettant sa réaction.

— Señor Delacruz, je crois que nous devrions discuter de cela en privé. Vous pourrez répéter notre conversation à qui vous voudrez ou demander conseil comme vous le jugerez approprié. Mais je voudrais m'assurer que vous avez conscience de certains faits.

Il se tourna vers Smith.

— Pouvons-nous utiliser votre bureau, monsieur ?

Smith hésita, réticent à renoncer au vestige de contrôle qu'il détenait encore.

Nazario répondit à sa place :

— Bien sûr. Venez.

Il pivota et précéda Pitt, sans vérifier que ce dernier lui emboîtait le pas. Une fois dans le bureau, il referma la porte et prit un des deux fauteuils, laissant l'autre pour Pitt.

— Que désiriez-vous me dire, commandant ?

— Avez-vous évoqué vos raisons avec eux ? demanda Pitt en guise de préambule.

Nazario haussa ses sourcils tout noirs.

— Non. Je ne veux pas répéter ce que cet homme raconte sur Sofia. C'est faux, comme je l'ai dit au señor Narraway. Melville Smith s'en moque peut-être, mais Ramon serait profondément bouleversé d'entendre ces horreurs et de savoir que certains pourraient les croire vraies.

La bonté se lut sur ses traits.

— C'est un homme simple, et tendre. Il avait une sœur qu'il adorait. Elle a été déshonorée par une passion très humaine que l'Église catholique ne pardonne pas aux femmes. Il en souffre toujours. Ce coup supplémentaire lui ferait du mal pour rien et son jugement en serait peut-être altéré, ce qu'il regretterait par la suite. Je ne laisserai personne endosser le blâme pour mes actions.

— C'est admirable, dit Pitt avec douceur. Mais est-ce sage ?

— Sage ?

La voix de Nazario trembla légèrement.

— Qu'est-ce qui est sage, Mr. Pitt ? Que feriez-vous à ma place ? Avez-vous abouti à une décision sage ?

— Vous avez le droit de m'accabler de reproches, murmura Pitt, la mort dans l'âme. Mais nous ne pouvons nous offrir le luxe de nous quereller à présent, vous et moi. Je veux agir pour le mieux. Je me moque de savoir comment nous y parvenons, j'aimerais seulement être certain que nous n'aurons pas de regrets.

Nazario se laissa aller contre le dossier de son fauteuil, comme s'il n'avait plus la force d'être en colère.

— Vous voulez connaître ma décision. Le temps presse. J'en ai conscience. Je vais prêcher ce soir. Non pas la nouvelle philosophie de Mr. Smith, mais la vérité magnifique, brûlante, que délivrait Sofia. Inutile de chercher à m'en dissuader. Je connais Sofia, Mr. Pitt. C'est ce qu'elle ferait, ce qu'elle est prête à défendre à tout prix, dût-elle en mourir…

Pitt le considéra calmement, se remémorant le visage meurtri qu'il avait vu dans le fiacre.

— En êtes-vous sûr ? Je ne vous mentais pas en disant que son ravisseur la tuerait brutalement et sans hésiter…

Nazario frissonna et sembla se recroqueviller sur lui-même.

— Je le sais. Quoi qu'il arrive, je ne vous accuserai pas de m'avoir induit en erreur. Maintenant, assurons-nous que je ne vous fourvoie pas. J'imagine que vous aimez votre femme, votre famille ? Oui, je vois à votre visage que vous trouvez cette question presque absurde, comme s'il n'y avait qu'une réponse possible.

— Il n'y en a qu'une, acquiesça Pitt.

Il songea soudain à Jemima et à Daniel, et fut assailli par une foule de souvenirs. Nazario, lui, avait perdu ses enfants à jamais. Pitt n'osait imaginer cette douleur-là : il ne les verrait pas grandir. Ils ne seraient jamais de jeunes gens, de jeunes femmes, ils n'auraient jamais de vie à eux, d'amour, d'enfants à eux. Ce deuil frappait des millions de gens, mais chaque perte était personnelle, irréparable.

Nazario esquissa un mince sourire.

— J'aime ma femme aussi, Mr. Pitt. Mais je l'aime pour ce qu'elle est, pas pour ce qu'elle m'apporte. Pour moi, je voudrais qu'elle rentre à la maison saine et sauve. Peu m'importe l'opinion que le reste du monde a d'elle.

Il se pencha en avant, soudain pressant.

— En revanche, ce qu'elle pense d'elle-même a une importance infinie. Mon confort personnel vaut-il la peine de détruire ce qu'elle est ? Est-ce cela, l'amour ? C'est l'amour de mon confort momentané, pas l'amour d'elle.

Pitt le fixa, attendant la suite.

— Croyez-vous en Dieu, Mr. Pitt ?

La question le prit au dépourvu.

— Pas à un Dieu providentiel qui va intervenir et sauver votre femme, répondit-il.

Les paroles suivantes lui furent pénibles, pourtant Nazario devait les entendre.

— On l'a déjà maltraitée ! Je l'ai aperçue, brièvement certes, mais cela ne faisait aucun doute. Son visage était tuméfié. Je n'ai pas pu voir le reste de son corps, mais peut-être était-ce encore pire. Sa posture suggérait qu'elle souffrait du bras. Dieu ne va pas lui venir en aide !

La colère et la peur vibraient dans sa voix. Il revoyait non seulement le visage bleui de Sofia, mais celui, pâle comme un linge, de sa mère, tendu par la bataille qu'elle était en train de perdre contre la maladie. Avait-elle imaginé que le Dieu dont elle pratiquait le culte chaque dimanche allait la sauver ?

— Seul un enfant croit en un tel Dieu, Mr. Pitt, dit Nazario tout bas. Un enfant qui ne comprend pas que le chemin est long et pénible, empli d'ombres qui sont parfois aussi ténébreuses que la lumière est merveilleuse. Mais la lumière trace en nous un sillon plus profond, capable de contenir tout le bonheur qui existe. Sofia le sait. Elle a des moments de doute, et même de désespoir. C'est alors que la foi compte, la croyance en le bien, même s'il semble se refuser à vous.

— Alors vous allez le laisser la tuer ? se récria Pitt, non sans difficulté.

Il en voulait à Nazario de sa docilité, de son acceptation. Ce n'était pas lui qui allait mourir, sans doute dans des conditions si horribles qu'on avait du mal à les imaginer. Serait-il aussi sûr de lui s'il avait vu les corps de Cleo et d'Elfrida ? Pitt devait-il lui décrire le sang et les mouches, l'indignité obscène du spectacle, la souffrance qu'elles avaient dû endurer ?

— Non, répondit Nazario, coupant court à ses réflexions. J'essaie de vous faire comprendre que le Dieu qui la sauverait était votre invention, pas la mienne. Est-ce le même Dieu, selon vous, qui la fait souffrir autant ?

— Je n'ai pas dit ça ! protesta Pitt, interdit.

— Vos pensées se lisaient sur votre visage. Le Dieu dont on vous a parlé vous a déçu à un moment donné. Et je pense que vous avez endossé un rôle qui consiste à réparer le mal fait, à remettre de l'ordre dans les choses, parce que vous voulez qu'elles soient ainsi.

Pitt aurait voulu le nier, mais il y avait un soupçon de vérité dans les propos de Nazario. Il se contenta de sourire.

— Vous pensez que je m'imagine capable de faire le travail de Dieu ? demanda-t-il, incrédule.

— Un peu. Peut-être un geste à la fois, quand l'occasion se présente à vous. Cette idée vous déplaît, mais c'est la vérité.

Là encore, Nazario avait vu juste, même si depuis la mort de sa mère Pitt s'était éloigné de la religion. Il avait essayé de combler le vide par de petites certitudes, pas à pas, par des valeurs dont il ne doutait pas. On ne pouvait qualifier cela de foi, car il n'y avait aucune confiance là-dedans, aucune croyance en un pouvoir suprême.

— Je fais ce que j'estime juste, dans le cadre de mon travail, déclara-t-il. Comme la plupart des gens.

— Vous ne m'avez pas répondu. Croyez-vous en Dieu ou non ? En un dieu quel qu'il soit ?

— Je ne sais pas, rétorqua Pitt avec impatience. Mais là n'est pas la question. Comptez-vous sur une intervention divine ? Êtes-vous prêt à risquer la vie de votre femme là-dessus ?

— Non, bien sûr que non ! riposta Nazario d'un ton mordant. Mais je sais en quoi je crois et j'essaie désespérément de m'y accrocher, même si toute mon âme brûle de la sauver parce que je le veux… maintenant… plus que tout. Je le laisserais me prendre à sa place, s'il acceptait, mais je ne lui serais d'aucune utilité. J'ignore ce qu'elle refuse de lui avouer.

— Et si vous le saviez ? demanda Pitt aussitôt. Le lui diriez-vous ?

Nazario se laissa aller en arrière dans son fauteuil.

— Je suis heureux de ne pas avoir à faire ce choix, avoua-t-il doucement. Sofia protège quelqu'un, mais aussi les convictions qu'elle a dans cette vie, et pour l'éternité. Croyez-vous en l'éternité, Mr. Pitt ? Pensez-vous que la bonté soit une réalité ou quelque chose qui nous arrange, une invention destinée à rendre la vie plus supportable, une tentative d'apporter du sens là où il n'y en a pas ?

Pitt ne répondit pas. Il songea de nouveau à sa mère. Elle avait créé pour lui une sécurité, un temps de bonheur qui n'avait pas été assombri par la peur, parce qu'elle avait placé son bien-être avant le sien propre. Non par manque de confiance en lui, mais par une confiance plus grande en son Dieu, et en l'amour. Maintenant qu'il avait des enfants à son tour, il le comprenait.

Jamais il n'avait accepté que les êtres qu'il aimait puissent être condamnés à disparaître, à se dissoudre du jour au lendemain dans le néant. Ce refus prouvait-il qu'il avait la foi, ou révélait-il seulement un besoin ? Il s'était refusé à y penser, parce qu'il n'avait pas de réponse à ses interrogations. La perte d'un être cher était trop douloureuse à envisager si l'on n'imaginait pas un réconfort dans l'au-delà.

— Vous est-il plus facile de détourner les yeux ? reprit Nazario, presque comme s'il lisait dans ses pensées. Pas à moi. Il faut que je cherche jusqu'au moment où je vois quelque chose, même si je dois le changer peu à peu jour après jour. C'est cela qui a un sens. Je n'accepterai pas que la beauté, le courage, tous les moments de tendresse, tous les actes d'amour disparaissent et soient perdus. Quoi que je trouve ou si j'échoue, je continuerai à chercher. Si je renie la foi de Sofia, c'est sa vie que je renie.

Un instant, Pitt éprouva exactement le même besoin de chercher, et le même courage. Puis il se souvint de la décision qu'ils devaient prendre.

— Alors, vous la laisserez mourir, conclut-il doucement.

— Je vous ai dit ce que j'allais faire, rétorqua Nazario. Je prêcherai sa doctrine ce soir.

Pitt se sentit soudain glacé. Il imaginait les scènes qui se dérouleraient aussi nettement que si elles avaient lieu sous ses yeux.

— Les réactions seront violentes, se hâta-t-il de dire. Sortez la tête hors des nuages de votre philosophie et voyez la réalité en face. Vous allez déchaîner des émotions très fortes, à la fois chez ceux qui ont peur d'elle et ceux qui se cramponnent à ses idées et qui souhaitent désespérément qu'elle soit secourue. Il y aura peut-être des émeutes ! Ce serait un prétexte idéal à son ravisseur, quel qu'il soit, pour franchir l'ultime pas. Réfléchissez !

— C'est ce que je fais, répondit Nazario, d'un ton calme. Elle est prisonnière depuis vingt-huit jours déjà, Mr. Pitt. S'il ne l'a pas encore tuée, cela ne saurait tarder. Il veut savoir où elle a caché Juan Castillo, cet homme venu quêter son salut auprès d'elle, et mourir en paix après avoir essayé de réparer le mal qu'il avait fait. Elle ne le dénoncera pas. Elle préférera mourir. D'ailleurs, si elle parle, il la tuera de toute manière. Elle doit le savoir aussi.

— Pourquoi au nom du Ciel protégez-vous cet homme ? s'écria Pitt. Qui est-il ? S'agit-il donc d'une affaire politique après tout ? La religion n'est-elle qu'une excuse ?

— Non, je ne sais pas de quoi il s'agit ! répliqua Nazario indigné, se levant à demi. Mais je crois savoir pourquoi. Et en un sens, c'est religieux, au sens où tout dans ce monde émane de Dieu ! La foi, ce n'est pas que des mots qu'on marmonne le dimanche et qu'on oublie le reste de la semaine. La façon dont on vit reflète ce qu'on croit vraiment, quoi qu'on en dise. Sofia croit qu'il n'y a pas de ténèbres d'où on ne peut revenir, si on le désire assez. Elle en est convaincue et elle en fait l'expérience depuis des années. Castillo lui a demandé de l'aide.

Le visage de Nazario était devenu de cendre.

— Je sais de quoi ces gens sont capables, Mr. Pitt. Ne me traitez pas comme un rêveur qui aurait perdu tout sens des réalités.

Il fixa Pitt gravement.

— La foi est censée donner de l'espoir, non vous éblouir au point que vous ne discernez pas les ténèbres, ni la nécessité de travailler, d'affronter la vérité avec toutes ses joies et ses chagrins. Si vous n'avez pas saisi cela, c'est que vous n'avez pas écouté Sofia. Je vais prêcher, Mr. Pitt. Vous ne pouvez pas m'en empêcher. Je n'ai commis aucun crime, et vous le savez. Je respecterai vos lois, mais je compte essayer de sauver ma femme, si elle est encore en vie, et le faire à ma manière.

Ses yeux étaient sombres et inflexibles, et Pitt sut que discuter serait une perte de temps. Il ne pouvait plus rien faire quant à l'approche que Nazario Delacruz avait choisie. Il ne savait honnêtement pas ce qu'il aurait fait à sa place. Il ne pouvait que remercier le Ciel de lui avoir épargné cette épreuve.

— Eh bien ? s'enquit Charlotte à son retour.

Il était las, il avait les pieds douloureux, et il n'aurait rien désiré davantage que de passer la soirée en famille, à écouter les siens parler de n'importe quoi hormis de politique, de religion et de Sofia Delacruz. Malheureusement, c'était impossible. Il avait déjà passé deux bonnes heures avec Stoker et Brundage à mettre en place une protection policière dans la salle où Nazario devait s'exprimer.

Désormais, il n'y avait plus qu'à attendre, mais son esprit ne cessait de passer toutes les éventualités en revue. Il l'expliqua brièvement à Charlotte avant de lui emboîter le pas en direction de la cuisine.

La pièce était chaude et sentait bon. Assis dans son panier à côté du fourneau, Uffie agita la queue à l'entrée de Pitt, mais ne s'approcha pas : il avait enfin compris qu'il n'était pas censé être là, et que le plus sûr moyen d'y rester était de se faire tout petit.

Pitt s'assit sur la chaise la plus proche et lui caressa les oreilles. La queue d'Uffie battit nettement plus fort.

— Bonsoir, Uffie, lui dit Pitt doucement. Tu as de la chance. J'espère que tu t'en rends compte. Tout le monde te raconte ses soucis et personne ne s'attend à ce que tu trouves une solution.

Charlotte comprit l'allusion et l'ignora.

— Que va faire Nazario ?

Minnie Maude sortit de l'arrière-cuisine, une grosse tarte aux pommes dans les mains. Elle regarda tour à tour Pitt, Uffie et Charlotte. Comme la réponse ne venait pas, elle déposa la tarte sur la table et ressortit. Uffie resta où il était.

— Il compte prêcher ce soir. Je n'ai pas pu l'en dissuader. Je crois qu'il a une espèce de plan, mais il n'a pas voulu me dire lequel.

Charlotte était immobile, toute pâle.

— Oh, Thomas ! Penses-tu qu'il ait l'intention de la laisser martyriser… pour la cause ?

Pitt, que la même pensée avait effleuré, s'était refusé à l'envisager. À présent, il devait y faire face.

— Je ne crois pas. Et s'il le faisait, je ne sais pas si ce serait un geste religieux ou politique. Ce Castillo dont il a parlé n'est pas connu de nos services, ni des autorités en Espagne. Peut-être est-ce un faux nom.

— Mais pourquoi Sofia est-elle venue en Angleterre ? insista-t-elle. Parce qu'il va se passer quelque chose ici ? En rapport avec le conflit entre l'Espagne et l'Amérique, peut-être ? Nous avons été en guerre avec l'Espagne par le passé, parfois pour des raisons religieuses. Les gens n'oublient pas facilement.

— Il pourrait s'agir d'une multitude de choses, répondit-il d'un ton las. Mais je crois que cela concerne la raison pour laquelle elle désirait voir Barton Hall. Ce qui serait d'ordre politique. Une grosse somme d'argent semble avoir été rassemblée dans la plus grande discrétion. Une fortune, à vrai dire !

— Des fonds destinés à la prédication ? suggéra-t-elle, sceptique. Volés à quelqu'un ?

— Je l'ignore. Soit on la torture pour découvrir où elle a caché Castillo, soit celui-ci n'est qu'un prétexte pour servir un autre but. Lequel pourrait être n'importe quoi : faire d'elle une martyre pour développer sa religion, ou se débarrasser d'elle pour prêcher une doctrine plus modérée, qui obtiendrait peut-être plus de succès, et sans causer de scandale. Ou se débarrasser d'elle pour des raisons personnelles…

Il n'acheva pas sa pensée. Elle lui répugnait trop pour qu'il la dise à haute voix. Il savait que Charlotte en serait blessée.

— L'argent, la religion, la politique et la passion, commenta-t-elle. Tout cela est un peu vague, n'est-ce pas ?

Pitt, trop fatigué pour se concentrer, devait se faire violence pour réfléchir logiquement.

— Quelqu'un veut savoir où elle a caché Castillo. Par conséquent, cet homme doit être au cœur de l'affaire. Tout a commencé quand elle lui a donné refuge. Il lui a avoué avoir commis un acte qui à ses yeux est un crime. Peu après, elle a annoncé qu'elle devait venir en Angleterre s'entretenir avec Barton Hall.

— Es-tu absolument certain qu'ils ne se sont pas parlé ? Même si elle ne l'a pas vu, il y a le téléphone. Je suis sûre qu'il en a un.

— Je l'ignore. Il affirme que non, mais il se peut qu'il ait menti.

— Tu le soupçonnes, n'est-ce pas ? Crois-tu qu'il pourrait s'agir du ravisseur ?

— Pourquoi ? C'est un banquier anglais, qui nourrit l'ambition de devenir gouverneur de la Banque d'Angleterre. Qu'aurait-il à voir avec un criminel espagnol, sans doute un terroriste ou un révolutionnaire ?

— Tu es sûre de lui ? insista-t-elle, sceptique.

Il sourit.

— Oui, c'est une des choses dont je suis sûr. Teague et Laurence le connaissent tous les deux depuis leur jeunesse.

Les archives sont là. J'ai fait tout vérifier. Laurence prétend que Hall et Teague sont amis, d'une certaine manière, depuis l'âge de onze ou douze ans. Laurence ne les aime ni l'un ni l'autre.

— Était-il à l'école avec eux ?

— Il était plus jeune, mais oui, il a fréquenté la même école. Il affirme que Hall a triché pour aider certains élèves à réussir leurs examens. Il a refusé de me dire qui ou comment. Il déteste Hall pour cela, car le seul homme qui était au courant est mort lors d'un incendie. Laurence croit qu'il a été assassiné.

Elle le regarda calmement, les yeux attristés.

— Et l'a-t-il été ? interrogea-t-elle doucement. Pourrait-il s'agir d'une vengeance ?

— J'en doute, mais je ne sais pas. Il y a trop de possibilités.

Il entendit un son léger à la porte. Tout d'abord il crut que Minnie Maude était revenue, mais en pivotant il vit Jemima. Elle semblait perplexe et abattue. C'était l'émotion qu'elle avait entendue dans leurs voix qui la troublait plus que les faits qu'elle devinait.

— Est-elle morte, papa ? demanda-t-elle simplement.

— Je ne sais pas, avoua-t-il. Son ravisseur a exigé une rançon si terrible que j'ignore si son mari va céder ou non.

— A-t-il assez d'argent pour le faire ?

— Il ne s'agit pas d'argent. L'homme qui la retient prisonnière veut qu'il renie tous les enseignements de Sofia en disant qu'elle est une femme horrible et menteuse, responsable de la mort de sa première épouse et de leurs enfants.

À côté de lui, Charlotte prit une brève inspiration, et il lut la douleur sur le visage de sa fille. Cependant, si Nazario reniait Sofia, tout le monde le saurait, Jemima comprise. Lui dire la vérité dès maintenant l'y préparerait et montrerait au moins qu'il lui faisait confiance.

Elle respira profondément.

— Est-ce cela que tu ne sais pas ? S'il va le faire ou non ?

— Il a un plan. Il refuse de me dire en quoi il consiste, sans doute parce qu'il craint que je ne l'empêche d'agir. Mais il affirme qu'il ne la trahira pas en racontant des mensonges, en disant qu'elle a été cupide ou égoïste.

Elle réfléchit un instant.

— Ferais-tu cela, papa ? Renierais-tu tes convictions pour avoir la vie sauve ?

Comme sa question était abominablement simple ! Vue sous cet angle, la réponse paraissait facile. Le courage ou la lâcheté ? La vie ou l'honneur ?

— J'espère que non. Mais peut-être m'y résoudrais-je s'il s'agissait de sauver ta vie ou celle de ta mère. Ou celle de Daniel. Je vous aime énormément.

Elle sourit et soudain ses yeux s'emplirent de larmes.

— Je sais, papa. Ça n'est pas la même chose si la personne en danger est quelqu'un qu'on n'aime pas ou qu'on ne connaît même pas. C'est cela un martyr, n'est-ce pas ? Quelqu'un qui est prêt à mourir plutôt que de dire qu'il ne croit pas en Dieu ?

— Je crois qu'on peut être un martyr pour n'importe quelle cause. Il ne s'agit pas forcément de Dieu.

— Mais Dieu est la plus grande des causes, non ? Parce qu'on ne sait pas vraiment s'Il existe, n'est-ce pas ?

— Moi, je ne sais pas, admit-il. Ma mère était croyante…

Du coin de l'œil, il vit Charlotte se mordre la lèvre.

— On peut penser qu'on sait, reprit-il. Je crois que c'était le cas pour elle.

— Y a-t-il différentes manières de savoir ?

— Absolument. Certaines choses sont très compliquées. On y vient lentement, pas à pas, et parce qu'on y tient assez pour continuer à essayer.

— Comme avec les mathématiques, observa-t-elle avec une pointe d'humour. Ou le violon ? C'est terriblement difficile. Il faut trouver ses propres notes et juger si elles sont justes ou non.

— Exactement. C'est difficile, on fait des erreurs, mais à la fin la musique sera magnifique.

— Je veux qu'elle le soit avant la fin, dit-elle avec gravité.

— Je n'aurais pas dû dire cela. Si le Dieu de ma mère existe, il n'y a pas de fin.

Pitt se rendit à la salle de bonne heure, afin d'aider Stoker et Brundage à s'acquitter des derniers préparatifs avant le sermon de Nazario. Non seulement il fallait prévenir d'éventuelles violences mais aussi tenir compte de la panique et des blessures susceptibles d'en résulter.

— Pensez-vous vraiment qu'il veuille déclencher une émeute, monsieur ? lança Brundage, incrédule. Est-ce sa manière à lui de nous punir ?

Il paraissait morose. À l'évidence, il se sentait encore coupable de l'enlèvement de Sofia.

— Elle avait conscience des risques, répondit Pitt patiemment. Et quand on lui a proposé d'aller se cacher dans la maison d'Inkerman Road, elle y est allée de son plein gré ! S'ils ne nous avaient pas menti, il ne lui serait peut-être rien arrivé du tout. Nous étions censés la protéger d'une attaque, et non la garder prisonnière à Angel Court !

— Je me demande pourquoi Hall ne nous a pas soufflé mot de l'existence de cette maison d'Inkerman Road. N'avait-il pas confiance en nous lui non plus ? Ou avait-il une autre raison de se taire, d'après vous ? Et s'il avait vu Sofia, malgré tout ? Quant à ces terres au Canada, j'ai eu beau chercher, je ne trouve rien qui ait pu justifier leur acquisition. On a découvert de l'or et des gisements de minerai précieux plus à l'est et plus à l'ouest, mais pas sur les siennes !

Pitt se figea.

— Pas sur les siennes !

Était-ce là ce dont il s'agissait ? Hall avait-il été escroqué ? Avait-il versé une fortune pour des terres censées contenir de l'or ou une autre matière précieuse, comme en Californie en 49, et à Kimberley en Afrique du Sud ?

En un éclair, il comprit. C'était cela que Sofia avait découvert ! Qu'il s'agissait d'une supercherie manigancée par Castillo et son camarade, l'homme qu'on avait assassiné et dont on avait abandonné la dépouille au bord d'une route près de Tolède.

Pas étonnant que Castillo se cache ! Hall l'étriperait s'il parvenait à mettre la main sur lui. Et il torturerait Sofia à petit feu pour la forcer à lui révéler où il se trouvait. Car il devait à tout prix réduire cet homme au silence.

Hall n'avait pas détourné d'argent : il tentait de maquiller ses pertes en attendant de trouver un moyen de les dissimuler définitivement. Pas étonnant qu'il s'affole, qu'il soit au bord du désespoir. Tout placement comportait un risque, mais on ne s'attendait pas à ce qu'un banquier de la réputation de Hall se laisse abuser ainsi, et dépouiller d'une fortune appartenant à l'Église et à la Couronne !

Était-ce ce que Sofia était venue lui dire ? Sans doute. Elle voulait l'avertir, voire lui proposer une solution.

Mais dans ce cas, pourquoi l'aurait-il enlevée ?

Et si elle n'avait pas eu l'intention de l'aider, pourquoi serait-elle venue en Angleterre ?

Le soupçonnait-elle d'avoir assassiné Alonso ? Voulait-elle le contraindre à expier son crime ?

Si Hall voulait récupérer son argent et mettre cette affaire derrière lui, il fallait qu'il réduise Sofia au silence, et le seul moyen sûr d'y parvenir était de la tuer.

Dès qu'elle lui aurait avoué où se trouvait Castillo.

— Merci, Brundage, dit-il avec chaleur. Je crois que vous venez d'élucider l'affaire ! Cette partie-ci, du moins.

— Oui, monsieur, balbutia Brundage, abasourdi.

Une foule considérable se rassembla bien avant l'apparition de Nazario. Pitt avait conseillé à Charlotte de ne pas venir, et en tout cas de ne pas amener Jemima. Il était fort possible que la soirée prenne une tournure dramatique, voire tragique. Jemima devrait être mise au courant, mais dans le calme. Il ne voulait pas qu'elle assiste à des scènes d'hystérie, et encore moins qu'elle soit témoin de la douleur de Nazario – le cas échéant.

Charlotte lui avait adressé un mince sourire, et refusé de se plier à sa requête.

— Elle pensera que tu la crois incapable d'affronter la vérité, Thomas, avait-elle murmuré, si bas qu'il avait eu du mal à saisir ses paroles. Elle se sentira exclue de quelque chose qui comptait beaucoup pour elle.

— Je sais que cela compte à ses yeux ! avait-il protesté. C'est pourquoi je ne veux pas qu'elle vienne, au cas où les choses tourneraient mal.

— Si elles tournent mal, il faudra qu'elle l'accepte, avait répondu Charlotte. Elle a presque dix-sept ans, Thomas. Elle n'est plus un bébé que tu peux protéger de la réalité. Si tu le fais, tu n'atténueras pas la douleur lorsque les premières vraies déconvenues viendront, tu ne feras qu'ajouter à son incompréhension, et surtout tu lui donneras l'impression de la croire trop fragile pour voir les choses en face. Elle ne te le pardonnera pas.

Il savait qu'elle avait raison et vit la peur présente en elle aussi, lorsqu'il prit le temps de la reconnaître.

— Veille sur elle, avait-il dit, sachant parfaitement que c'était un conseil inutile.

À présent, debout dans la vaste salle où Nazario devait parler, il observait les gens qui ne cessaient d'entrer, et se bousculaient pour trouver des places. Certains paraissaient excités, d'autres maussades, d'autres encore déjà prêts à en découdre. Beaucoup arrivaient par groupes de quatre ou cinq, par familles entières. Ils fixaient l'estrade déserte, redoutant que le sermon ne débute avant qu'ils ne soient assis et qu'ils n'en manquent une partie.

Les policiers s'étaient postés ici et là, et les hommes de Pitt aussi, mais plus discrets, et évidemment en civil. Ils étaient très peu nombreux en comparaison de la foule.

Pitt remarqua plusieurs ecclésiastiques, reconnaissables à leurs cols et à leur robes, tous assez âgés, la mine inquiète. Il repéra aisément Vespasia, pas seulement parce que la lumière tombait sur son visage ou ses cheveux clairs, mais à son maintien. On ne pouvait jamais la confondre avec quelqu'un d'autre. Narraway l'accompagnait, pressé contre elle par d'autres qui s'avançaient pour prendre des places.

Charlotte se trouvait juste derrière eux, Jemima à côté d'elle, aussi grande que sa mère et, à bien des égards, si semblable à elle. La poitrine comprimée par l'émotion, Pitt prit une profonde inspiration et s'obligea à détourner les yeux.

Ce faisant, il aperçut Teague, qui dépassait d'une bonne demi-tête tous ceux qui l'entouraient. Ce dernier pivota afin de saluer du chef un homme corpulent qui se tenait à quelques pas de lui. Pitt reconnut un secrétaire d'État, sans doute un parent de Teague, comme tant d'autres. Que diable cet homme faisait-il là ? D'autres membres du gouvernement étaient-ils présents ?

Si oui, étaient-ils venus entendre le sermon de Nazario Delacruz ? Ou vérifier que la police et la Special Branch étaient à la hauteur de la situation ? Était-ce lui qu'on jugeait ?

— Les charognards se rassemblent, dit une voix à côté de lui.

Il se retourna et vit Frank Laurence.

— Ils sont un peu en avance, répliqua Pitt sèchement. Il n'y a pas encore de cadavre.

— Si vous avez de la chance, ils se trahiront, reprit Laurence. Mais j'imagine que vous le savez ! Êtes-vous l'instigateur de cette petite manifestation ou vous êtes-vous contenté de l'autoriser ?

— Comment auriez-vous suggéré que je l'empêche ?

Pitt entendait la tension percer dans sa voix. Laurence l'irritait comme un grain de sable dans l'œil.

— Bonne question. Avez-vous vu Barton Hall ? Il doit forcément être ici.

— Vraiment ? Pourquoi ? demanda Pitt en lui faisant face.

Laurence sourit.

— Pour apprendre les intentions de Nazario et, surtout, celles de Dalton Teague. Ne feriez-vous pas la même chose à sa place ?

— Je ne sais pas. Quelle est sa place ? répliqua Pitt en soutenant son regard.

— Oh, c'est une question très intéressante ! L'auriez-vous rayé de la liste des suspects, par hasard ? C'est peut-être pour cette raison qu'il est là : pour savoir qui lui a succédé.

Pitt haussa les sourcils.

— Et vous, c'est pour ça que vous êtes là ? Espérez-vous me manipuler d'une manière ou d'une autre pour que je mette Teague dans le box des accusés ? C'est Teague que vous haïssez réellement, n'est-ce pas ?

— Pourquoi devrais-je le haïr ? C'est Hall qui a triché !

Une colère sombre, amère, brillait dans les yeux de Laurence.

— Pour être exact, vous avez dit qu'il avait aidé quelqu'un d'autre à tricher, rectifia Pitt. Les notes de Hall ont été obtenues honnêtement. N'est-ce pas ce que vous avez dit ? Il a triché pour quelqu'un d'autre, parce qu'il voulait se faire accepter. Une faiblesse très humaine. Ne l'avons-nous pas tous connue, à un moment ou à un autre ?

Il posa sur Laurence un regard franc, dépourvu d'indulgence.

— Pas vous ?

Laurence rougit imperceptiblement. Il en parut très différent, presque vulnérable.

— Si, bien sûr. Mais je n'ai pas triché pour y parvenir.

— Je suis sûr que vous n'avez jamais triché lors de vos examens. Je doute fort que vous en ayez eu besoin. En revanche, vous mentiriez si vous prétendiez que vous n'avez jamais utilisé votre vivacité d'esprit pour inciter quelqu'un à vous en dire plus long qu'il ne le désirait ou qu'il n'en avait l'intention. Et puis vous êtes allé publier ses révélations.

— Un pari audacieux, Mr. Pitt !

— Pas du tout. Vous l'avez fait avec moi.

Pitt ponctua ses paroles d'un sourire badin, semblable à ceux dont Laurence avait usé lors de leurs premières rencontres.

— Touché, admit Laurence tout bas. Pour répondre à votre question, oui, c'est Teague que je hais. Je serais ravi de le voir en enfer. Depuis très haut… j'espère.

Le sourire de Pitt s'accentua.

— Naturellement. Mais si vous l'expédiez là-bas, la distance entre vous s'en trouvera d'autant plus réduite.

— Soupçonnez-vous toujours Barton Hall ?

— Je n'ai nullement l'intention d'aborder ce sujet avec vous.

— Je pense que oui. Vous avez découvert quelque chose qui vous a beaucoup intéressé lorsque vous vous êtes rendu à sa banque, et que vous en êtes ressorti plusieurs heures plus tard.

Pitt se sentit glacé. Il ne pouvait pas empêcher Laurence de le suivre, mais il ne s'était pas rendu compte de sa présence à proximité de la banque. Il fit de son mieux pour ne rien laisser paraître de son désarroi.

— N'est-il pas normal que j'envisage toutes les possibilités ? rétorqua-t-il d'un ton léger. Qu'il y ait ou non matière à enquêter. Celle-là semblait évidente. Ne me dites pas que vous n'y avez pas pensé. Je n'ai trouvé aucune anomalie.

Ce n'était pas à proprement parler la vérité. Il y avait l'acquisition de ces biens immobiliers dans le nord du Canada. Mais Laurence ne devait rien savoir.

Un silence soudain se fit dans la foule, mettant fin à leur conversation. L'instant d'après, Nazario était accueilli par des acclamations. Malgré sa haute taille, il paraissait plutôt petit dans le faisceau de lumière, sa pâleur accentuée par ses vêtements sombres et ses cheveux noirs. Ses yeux cernés se détachaient énormes au-dessus de ses pommettes saillantes.

Il s'inclina et prit la parole. Son anglais était excellent, son accent si léger qu'il n'affectait en rien la compréhension.

Il se présenta nommément, puis en tant que mari de Sofia.

Le silence régnait dans la salle. On entendait à peine les gens changer de position. Le mouvement se devinait au murmure du tissu, au souffle exhalé.

— Je suis venu parler au nom de mon épouse. Je sais que mon ami et camarade, Melville Smith, s'en est chargé depuis son absence…

Pitt chercha ce dernier des yeux, et il lui fallut un moment pour le reconnaître. Il était blême et tendu, le visage aussi neutre qu'un masque d'argile.

— … il a maintenu la flamme en vie, dit Nazario, le visage grave. Ç'a été un acte courageux et je lui en sais gré. Il savait comme moi que Sofia avait été enlevée, et alors même que nous sommes réunis ici pour parler de foi et d'honneur, et du long chemin que nous devons tous emprunter pour parvenir à la compréhension, elle est quelque part seule avec son bourreau, qui va peut-être la tuer un jour ou l'autre…

L'assemblée tout entière prit une inspiration choquée. Quelqu'un lâcha un cri, aussitôt étouffé.

Pitt aperçut soudain Hall. Ce dernier avait une mine épouvantable. Il ne semblait pas conscient de ses voisins, une femme imposante à sa gauche, un petit homme aux cheveux blancs à sa droite. Laurence, à un mètre de Pitt, regardait l'estrade avec horreur.

— Je suis prêt à dire tout ce qu'elle vous aurait dit, continua Nazario, d'une voix qui portait jusqu'au fond de la salle. Melville Smith s'exprime avec douceur, en partie parce que c'est un homme doux, mais quelles que soient ses véritables convictions, il les a modérées dans l'espoir de sauver la vie de Sofia.

Pitt dévisagea Nazario, demeuré impassible. C'était un mensonge. Il devait bien le savoir ?

— Sofia croit que nous sommes tous les enfants de Dieu, reprit-il, plus fort et plus distinctement. De Jésus-Christ à Satan, nous sommes tous tirés de la même étoffe, chacun d'entre nous. Et nous pouvons être qui nous voulons dans l'éternité. Homme ou femme ! Génie ou idiot, et tout ce qu'il y a entre les deux. La beauté physique ne signifie rien. Dieu voit notre cœur. S'il nous accorde la richesse, c'est pour nous mettre à l'épreuve. C'est un prêt de Dieu, comme nos talents, une occasion de prouver que nous les utilisons à bon escient ou non. Le jugement nous attend.

Personne n'esquissa un geste. Chacun espérait qu'il expliquerait ce qu'il était arrivé à Sofia, et ce qu'il allait faire à ce sujet. Le silence n'allait pas durer très longtemps.

— Comment nous conduisons-nous envers ceux qui sont démunis, seuls, lents de parole ou d'esprit ? poursuivit Nazario. Les traitons-nous avec condescendance, avons-nous une attitude hautaine ? Profitons-nous de leur faiblesse ? Quand on tyrannise sa femme, qu'on parle de haut à son serviteur, qu'on insulte son employé, voit-on le Christ à leur place ? Le traiterait-on de la même manière ? Bien sûr que non ! Moi non plus ! Fais-je toujours confiance aux gens comme je le ferais si je me souvenais que Dieu voit tout ce que je fais ? Bien sûr que non ! Mais je devrais !

À présent, le public s'agitait. Quelqu'un cria le nom de Sofia et demanda où elle était. Un second renchérit, tandis que d'autres s'approchaient de l'estrade.

— Vous voulez un spectacle ! tonna Nazario. Vous voulez que je vous dise ce qu'il est arrivé à Sofia ? Je n'en sais rien ! Je sais seulement qu'elle a été enlevée de force et que ses deux compagnes ont été massacrées, qu'elles ont eu les entrailles arrachées comme les proies d'un vautour.

Parmi l'assistance atterrée, une dizaine d'hommes se levèrent, s'insurgeant contre la brutalité de ses propos. Quelqu'un demanda de nouveau où était Sofia. Une femme maigre accusa Nazario de l'avoir tuée.

— Vous êtes venus ici pour vous entendre dire combien vous êtes merveilleux ? lança Nazario d'une voix sonore, luttant pour se faire entendre. Vous êtes merveilleux et terribles – comme toute l'humanité. Vous êtes ce que vous choisissez d'être ! Ce que vous désirez assez pour en payer le prix. On torture Sofia pour lui faire avouer où elle a caché un homme qui a cherché refuge auprès d'elle, parce qu'il craignait pour sa vie.

Peu à peu, la foule redevint silencieuse, le vacarme refluant lentement.

— Il avait commis une faute dont il avait honte. J'ignore de quoi il s'agissait, car Sofia ne trahit jamais une confidence. Elle l'a aidé à se repentir et à réparer le mal qu'il avait fait. Celui qui l'a enlevée la torture pour qu'elle lui avoue où cet homme se trouve ! Elle n'en fera rien. Elle préférera mourir.

À présent, le public était horrifié. Personne ne l'interrompit. Des femmes s'étaient mises à pleurer tout bas, comme si on était à l'église.

— Il est en mon pouvoir de la sauver, m'a-t-on dit, reprit Nazario avec difficulté, d'une voix qui se brisait. Si je raconte un mensonge à son sujet. Si j'affirme qu'elle est une putain, une femme de mœurs légères qui m'a séduit et qui a été la cause du suicide de ma première épouse. Ce n'est pas vrai, et je refuse de dire que ça l'est. Devrais-je m'y résigner pour lui sauver la vie ? Devrais-je renier la vérité pour que son ravisseur la relâche ?

Il eut un geste implorant des bras.

— Y a-t-il un homme ou une femme ici qui croit que ce monstre la laissera partir ? Elle sait qui il est ! Elle l'a vu, elle lui a parlé ! Elle doit connaître son nom. Imaginez-vous un seul instant qu'il puisse la libérer ? Même si elle lui pardonnait, ou si je lui pardonnais, la justice, elle, ne peut lui pardonner ses crimes !

Du coin de l'œil, Pitt aperçut Brundage qui, à l'autre bout de la salle, faisait signe à un policier en service. D'autres agents apparurent à la porte, mais Pitt ne les attendit pas. Il se rua en avant, fendant la foule.

Nazario parlait toujours, sa voix à peine audible par-dessus les plaintes et vociférations du public.

— Où est-elle ? cria un homme aux cheveux blancs. Qu'avez-vous fait d'elle ?

Quelqu'un riposta, ses paroles incompréhensibles dans le vacarme.

Un homme de haute taille lança à toute volée sa canne en direction de Nazario. Le projectile l'atteignit à l'épaule et tomba sur le sol avec un bruit sonore. Nazario fit un pas en arrière.

Melville Smith sortit des coulisses et gagna le centre de l'estrade, essayant de protéger Nazario, qui lui échappa et s'avança de nouveau.

— C'est comme ça que vous autres « chrétiens » vous conduisez ? lâcha-t-il. C'est comme ça que les Anglais se conduisent ?

Il y eut un silence soudain qui prit tout le monde par surprise.

Pitt promena un regard sur la salle et vit Teague, ses cheveux blonds bien visibles dans la foule. L'espace d'un instant, lui aussi parut décontenancé. Puis il se retourna et s'adressa à ceux qui l'entouraient, avec des gestes apaisants.

Non loin de lui, Barton Hall le fixait, le visage gris comme la cendre, la haine gravée sur chacun de ses traits. Teague ne semblait pas l'avoir remarqué, bien qu'il ne fût qu'à quelques mètres de lui.

— Allons la chercher ! cria une voix. Fouillons partout !

Une demi-douzaine d'enthousiastes répétèrent son cri et se précipitèrent vers les portes.

— Arrêtez ! hurla Nazario en vain, sa voix étouffée par le vacarme.

Il tendit de nouveau les bras en un geste implorant.

— S'il vous plaît ! Vous ne pouvez l'aider ainsi…

— Vous voulez sa mort ! riposta un inconnu avec fureur. Vous avez tout manigancé !

La réponse de Nazario fut perdue.

Certains se ravisèrent et, au lieu de se diriger vers les portes, se pressèrent vers la scène.

La police commençait à arriver en nombre, dispersant les agitateurs. Pitt, presque au pied de l'estrade, voyait des échauffourées, un chapeau jeté à terre ici et là. Un homme essayait de se frayer un chemin vers la porte à grands coups de canne. Au fond de la salle, une femme se mit à hurler, une plainte fluette et perçante qui allait crescendo.

Deux hommes montaient les marches de l'autre côté de l'estrade. Parvenu en haut, l'un d'eux se jeta sur Nazario en proférant des injures.

Ce dernier se tourna pour se défendre, trop tard. Frappé à la tempe, il s'effondra sur le sol. Son agresseur leva le bras, et Pitt distingua l'éclair d'une lame de couteau. Il grimpa les marches quatre à quatre, mais avant qu'il ait pu intervenir, une vieille femme s'était ruée hors des coulisses et jetée sur l'homme au couteau, serrant les mains autour de son cou. Tous deux s'écroulèrent alors que Nazario tentait tant bien que mal de se relever.

La femme se déchaîna contre l'inconnu, le frappant si fort qu'il lâcha son arme pour l'attraper par les cheveux. Sa coiffure lui resta dans la main.

Pitt agrippa l'épaule de la femme et sentit des muscles durs comme l'acier sous le tissu de sa robe. De près, il la reconnut enfin. C'était la vieille femme qui balayait Angel Court, sauf qu'à l'évidence il s'agissait en réalité d'un homme.

Castillo !

Bien sûr. Visible aux yeux de tous, et pourtant caché.

Pitt usa de tout son poids et de toutes ses forces pour le séparer de l'agresseur, qui d'ailleurs ne se défendait plus. Il gisait inerte sur le plancher, le cou formant un angle bizarre, comme s'il était brisé.

Castillo cessa de lutter.

Nazario se remit péniblement debout, étourdi.

Le couteau luisait par terre, presque invisible dans la lumière projetée par les feux de la rampe.

Teague était monté sur la scène aussi. Il regardait non pas Pitt ni Nazario, ni le mort, mais Castillo, le crâne dénudé, encore vêtu de sa robe, laquelle était désormais en lambeaux.

Castillo se figea. Puis, s'arrachant brutalement à la prise de Pitt, il détala et disparut dans les coulisses, aussitôt happé par les ombres.

Sur le point de s'élancer à sa poursuite, Teague esquissa un demi-sourire et fit signe à un des policiers de s'en charger. Brundage se hâta vers la porte principale afin de barrer le chemin au fuyard s'il s'avisait d'emprunter la sortie des artistes.

Teague considéra tour à tour Pitt et Nazario, une expression totalement neutre sur le visage.

— Que diable fabriquez-vous, Pitt ? Ceci est un fiasco total.

Il lança un regard furieux à la victime.

— Qui diable est cet homme ?

Enfin, il se tourna vers Nazario.

— Vous le connaissez ?

Nazario lui adressa un sourire amer, mais ne répondit pas. Il tremblait encore.

Le calme était revenu à présent. Le public était stupéfait, gêné, voire honteux.

Teague pivota, levant les mains pour obtenir l'attention.

— Mesdames et messieurs, commença-t-il gravement. Cette terrible tragédie doit prendre fin. J'ai fait tout ce que j'ai pu, avec le temps, l'argent et l'influence dont je dispose. J'avais eu l'intention d'informer le commandant Pitt au préalable, par courtoisie, mais les circonstances viennent de tout changer. Je dois m'adresser à vous tous, et vous renvoyer chez vous rassurés et en paix.

Il jeta un coup d'œil à Pitt, son expression toujours indéchiffrable.

— Je suis certain à présent de savoir où Sofia Delacruz est retenue prisonnière…

Il dut se taire, sa voix noyée sous les cris et les acclamations. Plusieurs personnes gesticulaient.

Teague pressa doucement la foule de redevenir silencieuse. Il s'avança vers Pitt, la main tendue. Pitt ne pouvait refuser de la serrer sans paraître privé de raison. Il s'exécuta, s'efforçant d'arborer un air surpris et heureux. Il avait l'impression d'être une gargouille.

— Nous devons lui porter secours, reprit Teague d'une voix claire et sonore. Mes hommes sont prêts. Qu'en dites-vous, commandant ?

Une seule réponse était possible.

— Nous allons prendre des dispositions immédiatement. Merci.

Teague se tourna de nouveau vers le public, un grand sourire sur les lèvres. Brundage surgit à côté de Pitt, hors d'haleine.

— Castillo s'est échappé, monsieur. Le pauvre diable pourrait être n'importe où.

Teague demeura impassible. Pitt éprouva un frisson soudain, comme si son sang s'était transformé en glace.

14

Pitt prit une profonde inspiration. Désormais il n'avait plus le choix. Peu importait si c'était Hall, Teague ou les circonstances qui l'avaient pris de vitesse, il devait agir ce soir-là ; dès qu'il aurait pu réunir ses hommes et échafauder un semblant de plan. L'homme qui détenait Sofia aurait vent de ce qui s'était passé d'ici une heure ou deux au plus tard, à supposer qu'il ne fût pas déjà au courant.

— Ne vous inquiétez pas pour lui, dit-il à Brundage. Allez chercher Stoker et autant d'hommes que vous pourrez en trouver en un quart d'heure.

Il s'adressa à Teague :

— Nous devons préparer notre action avec soin. Toute erreur risque d'être fatale…

— Naturellement, répondit Teague aussitôt. Il doit y avoir un endroit tranquille où nous pouvons discuter. J'ai une demi-douzaine d'hommes qui peuvent être là d'ici une demi-heure. Il me suffit de trouver un téléphone.

Il baissa les yeux sur le public. Les gens s'attardaient, excités, effrayés ou en colère, bloquant les issues sans le vouloir.

— Il y en a un dans la rue, monsieur, déclara Brundage en désignant la gauche. À deux cents mètres environ.

Teague le remercia.

— Je reviens, lança-t-il à l'intention de Pitt avant de descendre rapidement les marches de la scène pour se hâter vers la sortie.

Pitt reporta son attention sur Brundage.

— Quelqu'un sait-il qui était ce dément ? Je suppose qu'il est mort ?

— Oui, monsieur, répondit Brundage, qui avait un peu pâli. Je ne sais pas si Castillo avait l'intention de frapper aussi fort ou si ç'a été un coup de malchance. Quoi qu'il en soit, personne n'a l'air de savoir où il est allé ni ce qu'il lui est arrivé. D'après la police du quartier, cet homme était connu d'eux. Un peu dérangé. La tête pleine de lubies religieuses. Il se prenait pour un ange vengeur ou quelque chose comme ça. Il s'est déjà attiré des ennuis pour avoir injurié des gens, il en a même attaqué un ou deux, mais il n'était jamais allé aussi loin.

— Et Nazario ? Il a reçu un vilain coup. Est-il sain et sauf ?

— Il va sûrement avoir mal pendant quelque temps, mais pour l'instant il n'a qu'une idée en tête : retrouver Sofia.

— Bien. Allez chercher autant d'hommes que possible. Revenez dans vingt-cinq minutes au plus tard, qui que vous ayez. La rapidité est essentielle.

Brundage hésita.

— Vous fiez-vous aux hommes de Teague, monsieur ?

— Je songeais plutôt à garder l'œil sur eux, rétorqua Pitt d'un ton sombre. Nous ne pouvons pas nous permettre de les laisser partir devant.

Brundage parut soulagé.

— Non, monsieur. Je n'ai aucune confiance en eux. Ils risquent de tout gâcher. Et s'ils parviennent à la sauver, les journaux vont raconter qu'ils ont fait le travail de la Special Branch à sa place.

— Il y a aussi la question du ravisseur, commenta Pitt.

— Vous le voulez vivant ?

— Je ne sais pas si je m'en soucie. Seulement, je préférerais ne pas avoir à arrêter un des hommes de Teague, et encore moins Teague lui-même, pour avoir tué ce salaud.

— La presse se régalerait, acquiesça Brundage. La Special Branch arrête le héros. Ça nous ferait paraître sous un jour pire encore.

Pitt comprenait parfaitement ce que Brundage ressentait. Lui aussi avait une conscience aiguë de leurs propres défaillances dans cette affaire. Teague ne leur ferait pas de cadeau.

— Vous êtes sûr que c'est Hall, monsieur ? reprit Brundage.

— Pas absolument certain, mais presque. S'il a acquis ces immenses étendues du Manitoba en croyant qu'il y avait des diamants là-bas et qu'il a ensuite découvert qu'on avait abusé de lui, il sera prêt à tout. Et qu'il l'apprenne par Sofia Delacruz, qui avait déjà causé un embarras considérable à sa famille, n'aura fait qu'ajouter à sa fureur.

— Oui, monsieur. Je vais rassembler autant d'hommes que je peux.

Il fit mine de s'en aller, mais Pitt le rappela.

— Apportez des armes. Les choses risquent de très mal tourner.

— Oui, monsieur. Il me faudra peut-être un peu plus de temps.

— Pas beaucoup plus, Brundage !

— Non, monsieur.

Pitt gagna les coulisses. Il voulait s'assurer par lui-même que Nazario allait bien, et avait aussi une foule de questions à lui poser. Avait-il prévu ce coup de théâtre ? L'avait-il causé délibérément ? Avait-il su dès le début qui était Castillo ? S'il avait menti sur quoi que ce fût, c'était le moment de l'avouer.

Les deux premières loges étaient vides. Dans la troisième, Pitt trouva Nazario Delacruz assis dans un très vieux fauteuil. Un des hommes de Pitt était avec lui.

— Merci, Hollingsworth, dit Pitt en lui adressant un signe de tête. Attendez-moi dehors pendant que je m'entretiens avec Señor Delacruz. Mais informez-moi dès que Mr. Teague sera de retour. Dès son retour, quoi qu'il arrive, c'est clair ?

— Oui, monsieur.

Hollingsworth se redressa, puis tourna les talons et sortit, refermant la porte derrière lui.

Pitt dévisagea Nazario. Bien que visiblement secoué, ce dernier lui rendit un regard grave et lucide qui le rassura.

— Nous partirons dès que Teague aura réuni ses hommes, annonça-t-il en s'asseyant face à lui.

La pièce était chichement meublée. Hormis quelques chaises, il ne s'y trouvait qu'une table toute simple, assez grande pour qu'une dizaine de personnes puissent prendre place autour. Sans doute servait-elle de salle de réunion.

Nazario se redressa avec une grimace de douleur.

— Et les vôtres ?

— Brundage les aura amenés d'ici là, ceux qu'il aura réunis. Nous ne pouvons nous permettre d'attendre.

Nazario acquiesça.

— Je vous accompagne.

Ce n'était pas une question, mais une affirmation.

— À condition que vous en soyez capable, répondit Pitt avec un léger sourire. Mais avant d'en venir là, il est grand temps que vous me disiez tout ce que vous savez. Nous pourrions commettre une erreur fatale par ignorance. Et comme je suppose que vous n'avez pas déclenché cette scène dans l'intention de sacrifier votre épouse à la cause ou de vous débarrasser d'elle, vous devez tenir autant que nous à ce que l'opération soit un succès.

Nazario parut d'abord frappé de stupeur, puis furieux. L'instant d'après, il maîtrisa ses émotions.

— J'ignorais qu'il s'agissait de Castillo, dit-il rapidement. Pour moi, c'était une vieille femme qu'on avait chassée de chez elle et qui avait besoin d'être hébergée, au moins pour un temps.

— Et l'escroquerie ? Que saviez-vous à ce sujet ?

Nazario parut perplexe.

— Quelle escroquerie ? De quoi parlez-vous ? demanda-t-il, une étrange tension dans la voix. Sofia n'aurait jamais trompé quiconque.

— Celle qui consistait à vendre des terres sans valeur au Canada, en se basant sur de faux documents suggérant que le sous-sol recelait des diamants.

— Des diamants ? Au Canada ? Je ne vois pas du tout de quoi vous voulez parler.

— Le Canada est riche en ressources minières, répondit Pitt. Il y a des diamants dans certaines régions, mais pas dans le Manitoba, jusqu'à présent.

Nazario fronça les sourcils, s'efforçant de comprendre.

— C'est ce que Castillo vous a dit ?

— C'était en cela que consistait la supercherie. Hall a versé une fortune pour acquérir ces terres au nom de l'Église d'Angleterre. Il est chargé de placer une bonne partie de son argent.

— Ah ! s'écria Nazario avec un sourire de regret. C'est pourquoi Sofia voulait le voir, pour l'avertir. Mais elle est arrivée trop tard. Il avait déjà effectué la transaction. Et à présent, il faut qu'il la fasse taire, mais d'abord il doit découvrir où elle a caché Castillo, puisqu'il est au courant.

— Oui. Quand son partenaire dans cette fraude a été assassiné et abandonné, il a compris qu'il s'agissait d'un avertissement. Mais au lieu de s'enfuir dans un endroit où on ne le retrouverait jamais, il est allé se confesser à Sofia. Elle a dû lui dire qu'une confession ne servait à rien sans repentir.

— Oui, acquiesça Nazario. Elle aura voulu le contraindre à restituer l'argent. Dans ce cas, où est-il ?

Il secoua la tête.

— Si Castillo l'avait, Mr. Pitt, je crois qu'il l'aurait rendu à l'heure qu'il est. Pourquoi serait-il venu sinon dans cette intention ?

Aux yeux de Pitt, la réponse n'était que trop claire.

— Ce n'était peut-être pas lui qui l'avait, mais son complice, dit-il d'un ton las. Comment s'appelait-il ?

— Alonso Escobar. Et dans ce cas, pourquoi Hall ne le lui aurait-il pas repris et n'aurait-il pas laissé Castillo en paix ? Cette affaire est trop compliquée pour qu'il s'agisse d'une simple vengeance. Trop dangereuse et trop sanguinaire.

— Oui. Il y a quelqu'un d'autre derrière tout cela, celui qui a conçu le plan dès le début. Il pourrait être n'importe où, à l'abri.

Un coup frappé à la porte interrompit la conversation. Brundage entra aussitôt.

— J'ai six hommes, monsieur. Mr. Narraway, Mr. Stoker, Hollingsworth, vous-même et moi. Et Mr. Delacruz, s'il va suffisamment bien ?

— Je vais bien, affirma Nazario en se levant, réussissant presque à dissimuler un tressaillement de douleur. Je vais très bien.

— Des armes ? s'enquit Pitt.

— Oui, monsieur. Et Mr. Teague vient d'arriver. Il a huit hommes avec lui, tous armés.

— Merci, dit Pitt, se levant à son tour. Où est-il ?

— Devant la porte, monsieur. Je nous ai procuré un fourgon. Du genre qu'on utilise pour le transport de meubles.

— Merci. Occupez-vous de Señor Delacruz, et envoyez-moi Teague.

— Bien, monsieur.

Il offrit son bras à Nazario, qui déclina poliment son aide et se redressa pour sortir. Brundage le suivit avec un sourire, tenant la porte ouverte pour Teague avant de la refermer derrière lui.

— Prêt ? demanda ce dernier, s'arrêtant à deux pas de Pitt.

Il le regardait droit dans les yeux. À présent, il n'y avait plus de faux-semblants, plus de prétendue alliance. Teague l'emmenait parce qu'il n'avait pas trouvé le moyen de procéder sans lui. Soudain une pensée plus troublante se fit jour dans l'esprit de Pitt. Teague savait déjà exactement comment il allait sortir de cette affaire. Il serait le héros, l'homme qui avait sauvé la vie d'une femme dont il ne partageait pas les croyances, alors que la Special Branch en avait été incapable !

Un instant, alors qu'il fixait le visage séduisant de Teague, ses traits bien dessinés, Pitt douta de lui-même. C'était à cause de son attitude que Sofia s'était rendue à Inkerman Road. Si elle s'était sentie en sécurité à Angel Court, il ne lui serait peut-être rien arrivé.

Était-il trop tard pour la sauver ?

— Bien entendu, répondit Pitt avec un calme parfait. Je vous attendais. Nous devons y aller. Je présume que vous avez un véhicule pour vos hommes ? Bien.

Teague écarquilla les yeux.

— N'avez-vous aucune intention d'élaborer un plan ? Vous ne savez même pas où vous allez, mon brave ! Sans parler de savoir quoi faire quand nous y serons.

Pitt lui rendit son regard, feignant l'innocence et une légère surprise.

— L'endroit est-il si proche d'ici que nous n'aurons pas le temps de parler avant d'y arriver ?

En un éclair, Teague comprit. Un mélange de colère et d'admiration se lut sur ses traits avant de s'évanouir.

— Je ne suis pas sûr d'avoir de la place pour vous, dit-il avec un sourire.

— Pas si vous êtes neuf, reconnut Pitt en lui rendant le même sourire. Mais vous pouvez monter avec nous. Venez !

Teague était trop habile pour montrer son irritation. Il régla son pas sur celui de Pitt, et ils gagnèrent ensemble la porte qui donnait sur l'extérieur.

Stoker les attendait sur le trottoir. Il faisait encore jour, tout juste. Il restait environ quatre semaines avant la nuit la plus courte. L'air tiède, un peu humide, sentait vaguement le fleuve.

— Mr. Teague va monter avec nous, lança Pitt, assez fort pour que tous les hommes l'entendent. Nous ne roulerons pas trop près les uns des autres afin de ne pas ressembler à une armée d'invasion. Nous devons avoir l'air de déménageurs, en train de terminer notre journée.

— Ou de gars qui filent faute d'avoir réglé leur loyer ! siffla Stoker entre ses dents.

Pitt ne répondit pas, mais ce n'était pas chose rare, en effet.

Dans le fourgon, Pitt fit asseoir Teague en face de lui et le pria de lui donner les informations dont il disposait.

— C'est une vieille usine qui donne sur la Tamise, commença-t-il. Elle n'est pas loin si on y va en bateau, mais le temps de débarquer et de grimper les escaliers, même quatre à quatre, on ne peut pas s'en approcher de cette manière sans leur donner un bon quart d'heure d'avertissement. Il vaut mieux arriver par la rive, ce qui signifie que nous devons faire un détour vers le sud.

— Une usine désaffectée ? demanda Pitt, fouillant en vain ses souvenirs.

Il y en avait trop le long du fleuve pour deviner de laquelle il s'agissait.

— Elle tombe en ruine. L'endroit est dangereux. Trop dangereux même pour que les clochards s'y réfugient. Tout rouille, pourrit et s'effondre par-ci, par-là. La bâtisse tout entière est en train de s'enfoncer dans la vase.

Pitt ne détachait pas son regard du visage de Teague, imaginant la réaction de Stoker alors qu'il visualisait l'endroit. Stoker avait été marin. Les mots ne lui faisaient pas peur, bien qu'il respectât leur pouvoir, mais la vase lente, aspirante, nauséabonde du fleuve lui répugnait. Pour le moment, son subordonné n'était qu'une silhouette dans le noir.

— Nous ferions bien d'envoyer quelqu'un sur l'eau quand même, observa-t-il. Ceux qui sont là pourraient se sauver en bateau. Nous aurions l'air ridicules si nous n'avions pas prévu cette éventualité.

Teague acquiesça.

— Je ferai descendre deux de mes hommes avant d'arriver.

Pitt haussa les sourcils, non que Teague pût le voir.

— C'est inutile. Nous enverrons deux des miens. Ils sont tout aussi capables d'emprunter une embarcation, et tout aussi prêts à le faire.

Teague n'hésita qu'une seconde. Cet arrangement donnait à Pitt le contrôle du fleuve, mais augmentait considérablement son avantage en nombre à l'intérieur de l'usine. Pitt le savait aussi bien que lui, seulement il n'avait pas d'autre choix.

— Combien d'hommes seront là, d'après vous ?

— Pas beaucoup. À moins qu'il ne sache que nous venons, ce qui est possible après le fiasco de ce soir.

— Comment les avez-vous trouvés, monsieur ? demanda Stoker, une déférence inhabituelle dans la voix.

Pitt se prit à espérer qu'elle était feinte. En revanche, la question était pertinente. Il aurait aimé voir le visage de Teague.

Il y eut un long silence.

— Nous avons posé de nombreuses questions, dit enfin Teague lentement, comme s'il choisissait ses mots avec soin, et pour finir, nous avons eu de la chance. J'ai des amis, des gens qui ont admiré ma carrière de joueur de cricket… des supporteurs, vous comprenez ?

— Oh, oui, monsieur ! s'empressa de dire Stoker.

— L'un d'eux s'est présenté spontanément, reprit Teague, plus détendu. Il avait vu une femme qui ressemblait à Sofia Delacruz. Elle semblait avoir des difficultés, se quereller avec l'homme qui l'accompagnait. Elle désirait partir mais il l'en empêchait. Mon… supporteur… a essayé d'intervenir et s'est entendu dire que cette femme avait l'esprit dérangé. Qu'elle avait besoin d'être maîtrisée ou qu'elle se ferait du mal. Sur le moment, il l'a cru. Par la suite, il a eu des doutes.

— Et vous avez ajouté deux et deux pour faire quatre.

— Précisément.

— Je vois, conclut Stoker, apparemment satisfait.

Pitt fut soulagé. Il ne pouvait se permettre d'offenser Teague à présent, alors qu'ils étaient sur le point de retrouver Sofia. Malgré tout, alors qu'ils continuaient à bavarder dans l'obscurité croissante, il ne put s'empêcher de songer à d'autres pièces du puzzle, aux fragments qui ne formaient pas encore une image complète. Les omissions le taraudaient.

Suivant les instructions de Teague, ils s'arrêtèrent le long d'un quai. Hollingsworth et Brundage descendirent.

Teague leur indiqua l'usine en ruine, à moins de cent mètres de là, puis reprit place dans le véhicule, lequel s'ébranla de nouveau pour combler la courte distance qui les séparait du bâtiment. Ils s'arrêtèrent le long des murs délabrés. Pitt sortit, suivi de Teague, Stoker, Narraway et Nazario. Sur un signe de tête, il les précéda dans la ruelle, en direction de l'entrepôt où les hommes de Teague les attendaient.

La nuit était dégagée, la lune aux trois quarts pleine projetait plus de clarté que Pitt ne l'aurait souhaité, mais des nuages se profilaient à l'est. Dans un quart d'heure, l'astre serait invisible.

Ils s'avancèrent le long du quai, veillant à rester dans l'ombre d'une énorme grue flanquée de piles de bois.

Personne n'était en vue. On n'entendait aucun son hormis le murmure continu du fleuve au-dessous d'eux, les vaguelettes éclaboussant les gigantesques piliers, le flux et le reflux de la houle, de temps à autre une vague venant se briser sur les galets du rivage. La marée descendait, mais n'allait pas tarder à changer.

Le clair de lune dessinait des motifs sur les flots huileux, interrompus ici et là par des morceaux de bois à la dérive, des étendues d'écume. Nul ne montait la garde à l'usine, aucune silhouette ressemblant de près ou de loin à un être humain.

Peut-être arrivaient-ils trop tard.

Un bac se détacha du quai où ils avaient laissé Brundage et Hollingsworth, un peu plus bas. Il s'avança sur la Tamise, les rames plongeant silencieusement dans l'eau.

Le moment était venu de prendre une décision. Ils ignoraient si Hall se trouvait devant ou derrière eux. Savait-il que l'homme qui avait volé au secours de Nazario n'était autre que Castillo ? S'il l'ignorait encore, peut-être faisait-il une ultime tentative pour forcer Sofia à lui révéler où ce dernier se cachait.

Il se tourna vers Teague.

— Allons-y.

— Non ! protesta Teague d'un ton sec. S'il vient de l'autre côté, nous devons l'arrêter avant qu'il atteigne Sofia ou qu'il avertisse ses hommes. Je ne sais pas combien il en a. Pas beaucoup, mais un suffirait pour la tuer avant que nous puissions l'en empêcher.

— Il est peut-être déjà à l'intérieur, lui fit remarquer Pitt. Allons !

Teague lui saisit le bras.

— J'ai des gens qui font le guet, siffla-t-il. Il n'est pas encore là. Attendez ces nuages. Il n'y en a que pour quelques minutes. C'est sûrement ce qu'il attend, lui. Venez !

Il s'élança en avant, se frayant un chemin à travers les débris qui jonchaient le chemin menant à la rue.

Pitt lui emboîta le pas, imité par Narraway. Nul ne parla avant qu'ils s'arrêtent dans la cour déserte de l'usine. Teague leur fit signe de se dissimuler dans l'ombre.

— Laissons-le passer devant, souffla-t-il.

— S'il vient, objecta Pitt.

— Oh ! Il va venir.

La voix de Teague suintait la certitude et la satisfaction.

— Il y est obligé. Si elle est encore en vie, et que nous la trouvons avant qu'il arrive, elle l'identifiera et il sera fini.

Il lâcha un petit grognement.

— Il se balancera au bout d'une corde jusqu'à ce que mort s'ensuive.

Un frisson parcourut l'échine de Pitt. Il y avait dans les propos de Teague un détachement presque inhumain. Il semblait envisager cette issue avec plaisir.

Les nuages commençaient à obscurcir la lune. Quelque part sur leur gauche, non loin de la rue, un léger bruit s'éleva, celui du bois heurtant le bois.

Teague se figea, avant de pivoter lentement, scrutant la grille.

— Silence ! ordonna-t-il.

Pitt entendit alors un grincement métallique, suivi d'un brusque crissement de gravier et d'un silence de quelques secondes, comme si quelqu'un avait glissé, recouvrait l'équilibre et s'avançait de nouveau sans bruit.

Il fut le premier à l'apercevoir. Un homme de haute taille se déplaçant gauchement, tâtonnant presque dans les derniers mètres qui le séparaient de l'immense corps de bâtiment. Barton Hall. Pitt le reconnut à sa démarche, à l'angle de sa tête et de ses épaules. L'instant d'après, son visage apparut dans le clair de lune voilé. Il ressemblait à un homme à l'agonie : il avait les joues creusées, les yeux enfoncés dans leurs orbites. On sentait en lui une profonde douleur, ses gestes étaient lents, engourdis.

Il batailla avec le loquet avant de s'apercevoir qu'il était cassé et n'avait pas besoin d'être soulevé. Un coup d'épaule suffit pour ouvrir la porte branlante. Il se faufila dans l'espace, la laissant entrebâillée.

Teague leva le bras, leur indiquant à tous de le suivre. Il passa le premier, Pitt sur ses talons.

Ils pénétrèrent dans l'entrée de l'énorme usine. À l'évidence, elle était à l'abandon depuis des années. Le toit s'était en partie effondré, formant une carcasse de débris, de verre brisé, de poutres et de solives suspendues selon des angles bizarres. Les murs étaient tachés, les fenêtres cassées, voire dépourvues de vitres. Les pièces d'une grue hors d'âge pendaient mollement contre les cloisons défoncées d'un quai de chargement. Des machines mangées par la rouille se dressaient tels des spectres, ou des squelettes. La puanteur du bois pourri imprégnait l'air et se mêlait à l'odeur fétide de la vase.

— L'endroit rêvé où garder un prisonnier, murmura Pitt. Il peut hurler jusqu'à se rendre malade sans que personne ne l'entende.

— Enfin, mon vieux, ne restez pas là ! s'écria Teague d'une voix tendue. Il faut qu'on l'empêche d'arriver jusqu'à elle.

Hall se trouvait quelque part devant eux, mais ils ne le distinguaient plus.

Pitt fit un pas en avant.

Derrière lui, Stoker et Narraway s'écartèrent sur la gauche, tandis que Nazario et Brundage, qui les avait rejoints, se déportaient sur la droite. Lentement, avec précaution, ils s'avancèrent sur le sol jonché d'obstacles. Non seulement il suffirait de trébucher sur un morceau de bois, des gravats ou un bout de métal pour alerter Hall, mais s'ils tombaient sur des fragments de verre ou des pointes, ils risquaient aussi de se blesser gravement.

Ils atteignirent l'entrée de l'atelier principal. Lorsque Teague tenta d'ouvrir la porte, l'encadrement céda sous sa pression. Pitt s'engagea derrière lui, aussitôt assailli par des relents de moisissure et de putréfaction.

Devant eux, un bruit retentit : un claquement sur le bois, sec et net. Le bruit d'un pas humain, et non l'émiettement confus d'un plancher qui s'effrite.

Teague s'immobilisa, leva la tête. Il se tourna vers Pitt, indiqua sa gauche, puis s'avança lui-même dans la direction qu'il venait de montrer.

Pitt l'imita prudemment, redoutant de se cogner dans les restes de machines qui encombraient les lieux.

Les nuages se dissipèrent un instant, et le clair de lune se déversa sur le toit crevé. Des poutres entières gisaient sur le sol. Un pas mal placé et c'était la chute.

Pitt enjamba un tas de chaînes et un crochet de grue. Teague était toujours devant lui.

Hall restait invisible.

Au-dessus d'eux, les poutres gémirent et plièrent.

Quelque part sur leur gauche, un rat s'enfuit, raclant le sol de ses griffes. L'usine entière semblait vibrer d'infimes mouvements : ceux des hommes s'avançant pas à pas, des petites créatures nocturnes en quête de nourriture, de l'eau qui envahissait peu à peu les lieux, recouvrant le sol et les débris, en faisant autant de pièges cachés.

Pitt se figea. Quelqu'un bougeait-il au-dessus d'eux ?

Devant eux sur la droite, la haute silhouette de Teague émergea de l'obscurité. Pitt distinguait plusieurs autres hommes dans l'ombre. Ceux de Teague ? Combien en avait-il ? Certains d'entre eux avaient dû arriver par le fleuve. Il en compta quatre ou cinq.

Brundage était sur sa droite, Narraway en face de lui. Il ne voyait pas Nazario.

— On dirait que c'est ici le champ de bataille, chuchota Teague.

— Je me moque des champs de bataille, rétorqua Pitt avec fougue. Où est Sofia ? Est-elle ici ? Qu'est-il arrivé à Hall ? Il est le seul à savoir où elle se trouve.

Soudain, une série de détonations déchira le silence. Un instant plus tard, une seconde.

Teague s'était volatilisé.

Étouffant un juron, Pitt s'avança dans le faisceau de clarté projeté par la lune.

— Hall ! cria-t-il. Barton Hall !

Quelques secondes s'écoulèrent dans un silence total, puis il y eut un mouvement au-dessus d'eux, à peine plus qu'une ombre traversant le clair de lune.

— Qu'y a-t-il, Pitt ?

Pitt leva les yeux. Hall était debout au bord du cratère créé par l'effondrement partiel de l'étage au-dessus d'eux. Trois poutres demeuraient en place, traversant l'espace. Les autres étaient déchiquetées, brisées par des pans de mur écroulés ou simplement pourries à force d'avoir été exposées aux intempéries.

Teague, à dix mètres de Hall, lui faisait face de l'autre côté du cratère.

Stoker avait déjà sorti son arme.

Pitt s'adressa à Hall.

— Vous ne pouvez pas sortir d'ici. L'usine est encerclée. Sofia ne peut vous dire où se trouve Castillo à présent, parce que personne ne le sait. Il s'est échappé après avoir tué l'agresseur de Nazario.

Hall baissa les yeux vers lui, puis considéra le vide béant qui le séparait de Teague, le sol jonché de détritus, les dernières poutres qui s'étiraient entre eux.

Pitt songea à Frank Laurence, à l'hostilité qu'il vouait à Teague et à tout ce qu'il avait raconté concernant l'école, la triche, la dette et la haine.

Il regarda les deux hommes face à face.

— Nous avons fait du chemin, n'est-ce pas ? dit-il, presque sur le ton de la conversation.

Sa voix résonna dans l'immense espace, au-dessus du bruit de l'eau qui gouttait, des grattements furtifs des pattes de rats et des craquements de la charpente.

— Vous souvenez-vous de la salle d'examen ? Vous, Hall ? Vous aviez toujours toutes les réponses, alors que les autres étaient encore en train d'essayer de comprendre la question.

Il pivota légèrement.

— N'est-ce pas, Teague ? Il réfléchissait comme un génie, mais courait comme un canard ! Vous vous souvenez du terrain de cricket, n'est-ce pas, Teague ? Vous étiez un dieu. Vous possédiez la grâce, la puissance et le talent. L'adresse et la vitesse. Mais tout cet entraînement faisait de vous un cancre, n'est-ce pas ! Vous aviez besoin de Hall pour qu'il vous aide à tricher. Quelle honte si Teague, lui entre tous, échouait à ses examens ! Teague le héros, qui pouvait faire n'importe quoi. Un dieu en sport, un âne en classe ?

Teague s'approcha du bord du cratère.

— Balivernes ! Si Laurence avait pu prouver ce que vous avancez, il l'aurait fait il y a des années !

— Mais Mr. Winters, lui, était au courant, n'est-ce pas ? insista Pitt d'une voix sonore. Vous souvenez-vous de lui ? Il a brûlé vif chez lui. Il avait fumé. Laissé tomber de la cendre encore chaude. Du moins c'est ce qu'on a dit.

Hall se dirigea vers Teague, séparé de lui par une énorme poutre restante. Elle grinça sous son poids, et un nuage de plâtre tomba. Sans y prêter attention, Hall fit deux autres pas vers Teague.

Celui-ci souriait, sa crinière semblable à un halo au clair de lune.

— Qu'avez-vous fait de l'argent, Hall ? Il doit bien en rester ! Pourtant, vous continuez à emprunter.

— Pour compenser ce que l'escroquerie a englouti, répondit Hall.

On aurait dit un homme au bord du gouffre, mais il ne vacilla pas sur la poutre, les yeux rivés sur Teague.

Du coin de l'œil, Pitt vit que Stoker avait braqué son arme sur Hall. Il maintint la sienne sur Teague.

Ce dernier éclata de rire.

— Vous pensiez que la mine de diamants du Manitoba vous rapporterait une fortune et que votre succès serait couronné par le poste de gouverneur de la Banque d'Angleterre. Sir Barton Hall ! Peut-être Lord Barton Hall un jour ! Prêt à sauver le pays. À nous ramener à la gloire.

Soudain, Pitt discerna un tableau tout autre que celui qu'il avait imaginé. Il ne s'agissait pas d'argent, ni de richesse matérielle, mais de ce qu'on pouvait obtenir grâce à l'argent. La gloire ! La reconnaissance d'hommes dotés du pouvoir de vous confier un poste et de vous le retirer. Il s'agissait d'un déshonneur… et d'un sauvetage.

Il leva les yeux vers Teague.

— Est-ce là son intention ? demanda-t-il en souriant. Sauver la banque, et ce faisant, empêcher la chute de toutes les autres ? Juste à temps ?

Teague parut stupéfait, puis le toisa.

— Très intelligent, commandant. Vous avez enfin compris. Un jour ou deux après moi, mais oui, c'est cela qu'il voulait faire. Intervenir et jouer les héros. Sauf qu'il n'y a pas de diamants dans le Manitoba ! L'imbécile !

Barton Hall s'avançait vers lui sur la poutre.

— Attention, Teague ! lança Pitt, comme il faisait un nouveau pas.

Teague jeta un coup d'œil vers lui. À cet instant, Hall se jeta sur lui, le percutant en pleine poitrine. Ils luttèrent au corps à corps un long moment, puis Hall referma ses bras autour de Teague et bascula dans le vide, l'entraînant dans sa chute. Les deux hommes s'écrasèrent sur le sol de l'étage inférieur.

Pitt courut jusqu'à eux, trébuchant et titubant alors que le noir se refermait sur lui. Il trouva Hall au centre du bâtiment, absolument immobile. Un seul regard lui suffit pour comprendre qu'il s'était brisé le cou.

Pitt se tourna vers Teague au moment où Narraway arrivait à son tour, suivi de Stoker.

Teague était encore en vie, mais du sang sortait de sa bouche et dégoulinait sur son visage. Il respirait avec difficulté.

Le moment n'était pas à la compassion, et nul ne pouvait plus l'aider.

— Où est Sofia ? demanda Pitt. Et où est l'argent ?

— Il est en lieu sûr, murmura Teague. Demandez à Hall…

— Il est trop tard pour ça. Vous étiez le complice de Castillo et d'Alonso. Était-ce votre idée ?

— Une bonne idée, grimaça Teague. Cet imbécile de Hall a tout gobé !

— Où est l'argent ? répéta Pitt. Laissez-moi le récupérer et sauver la banque de la ruine. N'est-ce pas ce que vous alliez faire de toute façon ? Redevenir le héros en offrant votre fortune personnelle pour la sauver et être récompensé par le poste de gouverneur de la Banque d'Angleterre ! Vous l'auriez mérité.

— Pourquoi diable devrais-je vous le dire ? hoqueta Teague.

Ses forces s'épuisaient vite. Il devait saigner de l'intérieur.

— Parce que si vous le faites, je le rendrai. Vous mourrez en étant le héros que vous avez toujours eu besoin d'être.

Teague esquissa un semblant de sourire, une sorte de frémissement des lèvres.

— Et sinon, je ferai en sorte que votre nom soit sali par le sang de Sofia Delacruz et des deux femmes qui sont mortes sur Inkerman Road. Et pour autant que je le sache, celui de ce pauvre Mr. Winters, il y a bien longtemps, à l'époque où vous n'étiez pas assez brillant pour réussir vos examens et que vous avez persuadé Barton Hall de vous y aider. Même votre gloire de sportif n'y survivra pas.

— Pourquoi devrais-je vous croire ? souffla Teague, qui luttait contre les ténèbres.

— Parce que je vous donne ma parole.

Teague murmura quelque chose d'inaudible.

Pitt se pencha davantage pour l'entendre. C'était un chiffre. Les derniers mots que Teague prononça furent le nom de la banque et celui de l'homme à qui s'adresser.

Pitt tendit la main et lui referma les yeux, puis se leva. Il regarda ses hommes.

— Nous allons dire que Teague a péri lors d'un accident durant un affrontement pour prendre le contrôle des lieux, déclara-t-il calmement.

Ils le dévisagèrent. Ce fut Brundage qui prit la parole.

— Nous savons qu'il a tué les femmes d'Inkerman Road et sans doute l'homme retrouvé au bord de la route en Espagne. Et peut-être même ce vieux professeur !

— Non, nous ne le savons pas, rétorqua Pitt. Mais s'il l'a fait, il est mort aussi à présent.

— C'était un monstre ! s'indigna Brundage. Et nous ne savons même pas si Sofia est encore en vie ! Il l'a peut-être torturée à mort. Allez-vous cacher cela aussi ?

Pitt répondit tout bas, parce que les mots lui étaient douloureux :

— Si elle est morte, c'était pour garder le secret de l'escroquerie et éviter la chute des banques. Voulez-vous punir Teague au point que l'affaire s'ébruite ? Cela rendrait son sacrifice inutile.

Brundage resta muet, immobile et abasourdi.

— Non, il ne le veut pas, intervint Narraway à sa place. Mais le moment est mal choisi pour nous disputer à ce sujet. Trouvons Sofia, si toutefois elle est bien ici.

Il baissa la voix.

— Et mettez les hommes de Teague en état d'arrestation ! Nous déciderons plus tard du chef d'accusation. Il faut éviter une fusillade !

Brundage regarda autour de lui, la main sur son arme.

— Et les hommes de Hall ?

— Je doute qu'il en ait eu, observa Pitt. Il n'est venu ici que parce que Teague l'y a attiré. Je ne crois pas que Hall ait espéré s'en tirer vivant, le malheureux.

Tout en parlant, il avait regagné l'abri de l'ombre. Ils étaient trop vulnérables au clair de lune. Il se demanda si les hommes de Teague allaient se rendre maintenant qu'il était mort. S'ils n'avaient pas réellement compris leur rôle dans cette affaire, ils allaient tomber de haut. Néanmoins, il ne voulait pas se reposer sur cette hypothèse.

D'autre part, Nazario était armé. S'ils ne retrouvaient pas Sofia en vie, il serait peut-être tenté de se venger. Pitt ne pourrait pas lui en vouloir si tel était le cas, et il ne voulait pas davantage être contraint de l'arrêter.

Il laissa les autres rassembler l'équipe de Teague pendant que Nazario et lui entamaient une fouille systématique de l'usine, avançant prudemment, à l'affût des poutres branlantes et des planchers pourris qui céderaient sous leur poids. Ils progressaient sans bruit, sans échanger un mot de crainte qu'il ne restât des gardes dissimulés, effrayés à présent, et convaincus de n'avoir plus rien à perdre.

La puanteur de la vase était partout. Le bâtiment lui-même semblait se tasser à chaque nouveau grincement, comme s'il sombrait peu à peu, aspiré par le fleuve. La marée montait.

Ce fut Pitt qui trouva Sofia, dans une des pièces du rez-de-chaussée. Un homme était en faction devant la porte. Il leva son arme, mais Pitt le prit de vitesse et lui décocha un violent coup de poing, mettant tout son poids dans son geste. Il en ressentit l'impact jusqu'en haut du bras. L'homme tomba comme une pierre et ne bougea plus. Pitt l'enjamba et s'approcha de Sofia, allongée à même le sol.

Elle ouvrit les yeux et eut un mouvement de recul, comme si elle s'attendait à être frappée.

— Tout va bien, murmura-t-il. C'est la police. Je ne vous ferai pas de mal.

Elle le dévisagea à la faible lueur du clair de lune.

— C'est moi, Pitt. Thomas Pitt. Pouvez-vous vous asseoir ?

Il lui offrit son bras et ce fut seulement quand elle s'appuya sur lui pour se redresser qu'il sentit la douleur. Peu importait. Il referma sa main sur la sienne et l'aida.

— Pouvez-vous tenir debout ? Venez. Nous allons vous sortir d'ici et vous emmener voir un médecin.

Il la souleva aussi doucement que possible.

Elle était debout, chancelante, quand Pitt entendit un bruit à la porte. Il sortit son arme, écartant brusquement Sofia afin de pouvoir tirer. Ce fut Nazario qui apparut sur le seuil, des larmes de soulagement brillant sur ses joues.

— Merci, dit-il d'une voix rauque. Seigneur Dieu ! Merci.

Il s'avança et prit Sofia dans ses bras.

Elle s'accrocha à lui un instant, puis se redressa avec difficulté, en proie à une évidente souffrance. Elle tourna vers Pitt son visage meurtri, maculé de poussière. Ses vêtements étaient déchirés, ses cheveux emmêlés, mais elle le gratifia d'un long sourire.

— Je savais que vous viendriez à mon secours, Mr. Pitt, mais je vous suis profondément reconnaissante de ne pas avoir tardé davantage. Je ne crois pas que j'aurais pu tenir plus longtemps. Qu'allez-vous faire de Mr. Teague ?

— Il est mort. Je lui ai donné ma parole qu'il serait enterré avec les honneurs si l'argent se trouve à l'endroit qu'il m'a indiqué.

Elle prit une longue inspiration, le visage magnifique de gratitude.

— Merci, Mr. Pitt. Vous avez des convictions. C'est bien. C'est très bien.

Le Londres de Charlotte et Thomas Pitt

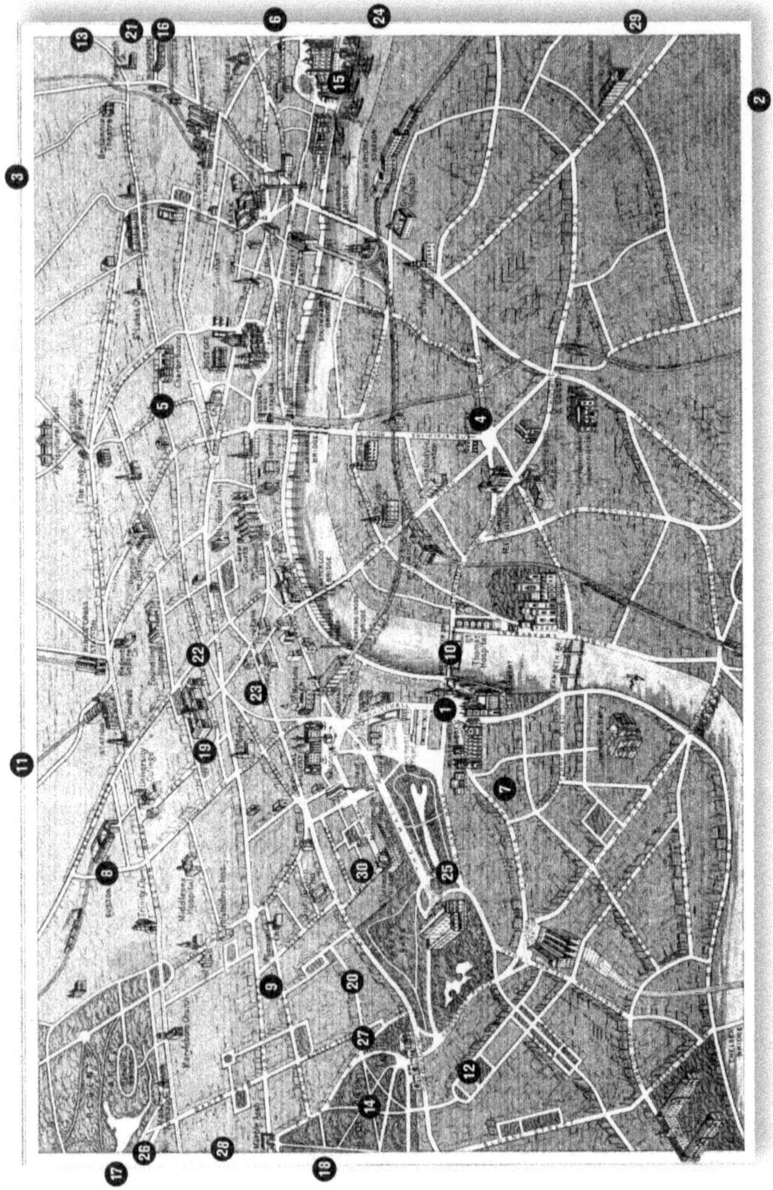

Les numéros renvoient à la tomaison des livres

Retrouvez Charlotte et Thomas Pitt dans les épisodes précédents :

01. L'Étrangleur de Cater Street (1881)
Suffragette avant l'heure, la téméraire Charlotte Ellison n'aime ni l'étiquette ni le badinage des jeunes filles bien nées. Dévorant en cachette les faits divers des journaux, sa curiosité la mêlera à une affaire des plus périlleuses, aux côtés du séduisant inspecteur Pitt de Scotland Yard. Dans le Londres des années 1880, le danger guette et les femmes en sont souvent la proie…

02. Le Mystère de Callander Square (1883)
Cette enquête semblait élémentaire : quelle femme de chambre indélicate du très chic Callander Square a enterré ses nourrissons adultérins dans le parc ? Mais la vérité est loin d'être aussi simple, et le gentleman inspecteur Thomas Pitt n'est pas au bout de ses surprises, dans cette haute société victorienne où les faux-semblants sont rois.

03. Le Crime de Paragon Walk (1884)
Un crime sordide vient troubler la quiétude huppée de Paragon Walk. Tandis que l'inspecteur Pitt, chargé de l'affaire, se heurte à l'hostilité et au mutisme des résidents du quartier, son épouse Charlotte, assistée de sa sœur Emily, la charmante Lady Ashworth, ne se laisse pas intimider par cette omerta de classe. De garden-parties en soirées, elles font tomber un à un les masques de l'élite.

04. Resurrection Row (1886)
Qui donc s'amuse à déterrer les morts du très chic quartier de Gadstone Park ? S'agit-il de farces de mauvais goût ou faut-il y voir une plus sombre menace ? Chargé de l'enquête, Thomas Pitt se perd en conjectures. Mais le code de bonne conduite de la haute société anglaise ne tardera pas à se craqueler, révélant sa corruption et sa fausse respectabilité.

05. Rutland Place (1886)
Appelée à la rescousse par sa mère pour résoudre un vol de collier, Charlotte Pitt s'immisce dans les affaires de Rutland Place… sans se douter que de menus larcins peuvent cacher des secrets pour le moins compromettants, et finir dans le sang ! Entre chantage, empoisonnement et petits crimes entre amis, la ténacité de Charlotte pourrait s'avérer dangereuse.

06. Le Cadavre de Bluegate Fields (1886)
Fidèle à son instinct de fin limier, l'inspecteur Pitt ne tarde pas à trouver la noyade d'Arthur Waybourne suspecte : issu de la gentry londonienne et atteint de la syphilis à seize ans, le jeune homme semblait avoir plus d'un secret à cacher… Mais après avoir arrêté et fait condamner à mort le précepteur antipathique de la victime, Pitt commence à douter. N'aurait-il pas envoyé un innocent à la potence ?

07. Mort à Devil's Acre (1887)
Le corps émasculé d'un médecin d'apparence respectable est retrouvé dans le quartier mal famé de Devil's Acre. Thomas Pitt, appelé pour mener l'enquête, découvre que ce crime abominable est semblable au meurtre d'un autre homme découvert quelques jours auparavant. Mais le lien entre les deux hommes semble inexistant. Les choses ne s'arrangent pas quand le corps d'un lord est retrouvé à son tour.

08. Meurtres à Cardington Crescent (1887)
Dans l'élégante demeure de Cardington Crescent, le jour se lève sur la corruption. Et quand c'est un aristocrate volage qu'on assassine au petit matin, son épouse ne tarde pas à être accusée… Sauf qu'il s'agit d'Emily, la sœur de Charlotte Pitt. Et que le célèbre couple enquêteur, touché de plein fouet, est prêt à tout pour détourner les condamnations hâtives.

09. Silence à Hanover Close (1887)
Lorsque Thomas Pitt doit rouvrir le dossier d'un meurtre commis trois ans auparavant dans le somptueux quartier d'Hanover Close, Charlotte et sa sœur Emily lui apportent une aide précieuse en lui ouvrant les portes de la haute société. Mais les secrets qu'elles surprennent sont lourds de conséquences et pèsent comme un couperet sur la vie de Pitt, exposé aux plus sourdes menaces.

10. L'Égorgeur de Westminster Bridge (1888)
Le gentilhomme ligoté au réverbère de Westminster Bridge est vêtu très élégamment, mais il est mort la gorge tranchée. Qui a tué Sir Lockwood Hamilton, l'un des plus consciencieux membres du Parlement ? Avant même que l'inspecteur Thomas Pitt ne commence son enquête, l'un des collègues de Sir Lockwood rencontre le même sort. L'égorgeur de Westminster Bridge continue son œuvre macabre…

11. L'Incendiaire de Highgate (1888)
Suite aux crimes commis par Jack l'Éventreur, la police de Londres reçoit des renforts de tous les quartiers de la ville. Mais lorsqu'un incendie criminel ravage une maison du quartier tranquille d'Highgate, l'inspecteur Thomas Pitt vient épauler le commissariat local. La maîtresse de maison est morte carbonisée pendant que son époux médecin était en

train d'accoucher une de ses patientes. Qui est réellement visé par le pyromane ?

12. Belgrave Square (1889)
Lorsqu'un obscur usurier est assassiné du côté de Clerkenwell, une discrète jubilation se répand parmi ses clients. Mais quand l'inspecteur Pitt trouve dans son bureau une liste avec les noms de la plupart des gentlemen londoniens, il prend conscience de l'ampleur de sa tâche. Et il devra compter sur son épouse Charlotte pour pénétrer ce monde de cupidité que la police n'est pas autorisée à voir…

13. Le Crucifié de Farrier's Lane (1889)
Alors que Thomas et Charlotte Pitt assistent à une représentation théâtrale, le juge Samuel Stafford meurt empoisonné dans une loge voisine. Il s'apprêtait à rouvrir le dossier d'un homme condamné cinq ans plus tôt à la pendaison. L'inspecteur Pitt se retrouve avec deux enquêtes criminelles à mener, et police et magistrature ne semblent guère disposées à lui faciliter la tâche.

Pitt devient commissaire à Bow Street…

14. Le Bourreau de Hyde Park (1890)
La découverte de corps décapités dans Hyde Park fait resurgir une peur que les Londoniens n'avaient plus ressentie depuis Jack l'Éventreur. Et si Thomas Pitt, récemment promu commissaire, ne trouve pas très vite le coupable, on ne donne pas cher de sa tête ! Un premier cadavre est retrouvé sur un bateau, puis un second dans un kiosque à musique ; tout Londres réclame vengeance.

15. Traitors Gate (1890)
Sir Arthur Desmond, mentor du commissaire Thomas Pitt, est retrouvé mort dans un club londonien. Pendant ce temps, au ministère des Colonies, un traître divulgue à l'Allemagne des informations sur la politique anglaise en Afrique. Or Desmond travaillait aux Affaires étrangères… Thomas Pitt et sa femme vont risquer leur vie dans cette intrigue qui mêle souvenirs, amitié et affaire d'État.

16. Pentecost Alley (1890)
Deux ans après le massacre des prostituées de l'East End par Jack l'Éventreur, un tueur est de nouveau à l'œuvre dans le quartier de Whitechapel. Le commissaire Thomas Pitt va se trouver confronté à la puissante famille des FitzJames dont l'influence à Londres est telle qu'il n'aura pas droit au moindre faux pas. Que vaut en effet la parole d'une prostituée contre celle d'un FitzJames ?

17. Ashworth Hall (1890)
En cette fin de siècle, les dissensions politiques en Irlande n'en finissent pas d'empoisonner le gouvernement britannique. Une rencontre secrète

est alors organisée entre protestants et catholiques irlandais dans le manoir d'Ashworth Hall, et le commissaire Pitt se voit contraint d'assurer la sécurité du lieu. La paix du royaume est soudain mise en péril lorsque l'un des convives est assassiné…

18. Brunswick Gardens (1891)
Chez le très respecté pasteur Parmenter, éminent théologien, un meurtre vient d'être commis et la victime n'est autre que la belle assistante du pasteur. Une femme libre dont les idées modernes lui avaient valu de nombreuses inimitiés. Chargé de cette affaire, le commissaire Thomas Pitt devra faire preuve de tact et d'habileté. Car les consignes sont claires : éviter un scandale.

19. Bedford Square (1891)
Le général Balantyne ne décolère pas contre cet inconnu qui a eu le mauvais goût de venir mourir sur son perron de Bedford Square. Mais pour Thomas Pitt, l'existence d'un lien entre la victime et le vieux militaire ne fait aucun doute. Grâce à son épouse Charlotte, il découvrira le chantage dont étaient victimes six personnes influentes et qui menaçait leur bien le plus cher : leur réputation.

20. Half Moon Street (1891)
Londres semble bien triste au commissaire Thomas Pitt depuis que Charlotte est partie se reposer à Paris. Mais la découverte d'un cadavre travesti ne lui laisse guère le temps de sombrer dans le spleen. Aidé de l'irascible sergent Tellman, Pitt fouille les consciences et les cœurs de la haute société, arpentant les coulisses des théâtres où se jouent les pièces d'un certain Oscar Wilde.

21. La Conspiration de Whitechapel (1892)
John Adinett, membre respecté de la haute société, est jugé pour le meurtre d'un de ses meilleurs amis. Le commissaire Thomas Pitt est appelé à témoigner, mais à l'issue de ce bien étrange procès, le voilà traîné dans la boue et démis de ses fonctions. Seule sa femme Charlotte sera capable de reprendre l'enquête afin de sauver sa vie des griffes du mystérieux et puissant Cercle Intérieur…

Pitt rejoint la Special Branch…

22. Southampton Row (1892)
À peine réhabilité à son poste de Bow Street, le commissaire Thomas Pitt est sommé de rejoindre la très obscure Special Branch. Son ennemi le plus acharné, le machiavélique Voisey, est de retour à la tête du Cercle Intérieur, la société secrète la plus puissante du royaume… Plongé dans les arcanes du pouvoir, Pitt n'a que quelques jours pour empêcher le pays de sombrer dans le chaos.

23. Seven Dials (1892)
Thomas Pitt, membre d'un organe mystérieux des services secrets, se voit confier une épineuse affaire. On a surpris, dans le jardin d'une luxueuse demeure londonienne, la belle Égyptienne Ayesha Zakhari, maîtresse d'un ministre du gouvernement de Sa Majesté Victoria, transportant le corps d'un jeune diplomate fraîchement assassiné. Or l'Empire se passerait bien des conséquences d'une telle affaire.

24. Long Spoon Lane (1893)
Après l'arrestation de deux anarchistes, Thomas Pitt découvre dans leur Q.G. de Long Spoon Lane le cadavre de leur chef, fils d'un lord très influent. Intrigué par des accusations de corruption policière, Pitt décide d'enquêter avec l'aide de son ancien acolyte de Bow Street, l'inspecteur Tellman. Il découvre alors une conspiration politique terrifiante orchestrée par le Cercle Intérieur.

25. Buckingham Palace Gardens (1893)
Thomas Pitt et son supérieur Narraway sont convoqués de toute urgence au palais de Buckingham. L'impensable vient de se produire : le cadavre d'une prostituée a été retrouvée au petit matin dans un placard. La jeune femme était invitée à une fête très privée donnée par le prince de Galles… Le coupable doit être désigné au plus vite, au risque de mettre la Couronne en péril.

Pitt devient chef de la Special Branch…

26. Lisson Grove (1895)
En cette fin de siècle, la Couronne tremble sous le vent révolutionnaire de groupes anarchistes. Lorsqu'un informateur est assassiné, l'intrépide Thomas Pitt n'hésite pas à suivre son meurtrier jusqu'à Saint-Malo pour découvrir ses commanditaires. Sans se douter que le danger rôde toujours sur Londres et menace plus que jamais son épouse Charlotte.

27. Dorchester Terrace (1896)
Tout à prouver et aucun droit à l'erreur : devenu directeur de la Special Branch, Thomas Pitt est seul aux commandes. Lorsqu'il reçoit des informations à propos d'un projet d'attentat visant un Habsbourg sur le sol britannique, Pitt doit redoubler de vigilance. Sa carrière et la paix de l'Empire ne tiennent plus qu'à un fil et aux souvenirs d'une aventurière italienne…

28. Bryanston Mews (1896)
Dans la touffeur de l'été, les agents de la Special Branch, Thomas Pitt en tête, sont au comble de l'effroi. Mrs. Quixwood, épouse d'un riche banquier, vient de succomber à un viol, et la mise en scène trop bien orchestrée du suicide laisse peu de place au doute. Secondé par sa femme, Pitt ouvre immédiatement l'enquête. Mais c'est sans compter sur les secrets que la victime a emportés avec elle.

29. L'Inconnue de Blackheath (1897)

Alors que la Grande-Bretagne est lancée dans une course à l'armement, l'inspecteur Pitt doit trouver celui qui a sauvagement tué puis défiguré une jeune femme ressemblant fort à la servante d'un haut fonctionnaire. Derrière ce meurtre sanglant, chercherait-on à atteindre cet expert du gouvernement, détenteur de nombreux secrets sur la stratégie navale britannique ?

Du même auteur
aux Éditions 10/18

À L'OMBRE DE LA GUILLOTINE, n° 3690
DU SANG SUR LA SOIE, n° 4470

Série « Petits crimes de Noël »
LA DISPARUE DE NOËL, n° 3858
LE VOYAGEUR DE NOËL, n° 3961
LA DÉTECTIVE DE NOËL, n° 4068
LE SECRET DE NOËL, n° 4174
LA PROMESSE DE NOËL, n° 4279
UN NOËL PLEIN D'ESPOIR, n° 4496
L'ODYSSÉE DE NOËL, n° 4607
LE SPECTACLE DE NOËL, n° 4770
UN NOËL À KANPUR, n° 4841

Série « Charlotte et Thomas Pitt »
L'ÉTRANGLEUR DE CATER STREET, n° 2852
LE MYSTÈRE DE CALLENDER SQUARE, n° 2853
LE CRIME DE PARAGON WALK, n° 2877
RESURRECTION ROW, n° 2943
RUTLAND PLACE, n° 2979
LE CADAVRE DE BLUEGATE FIELDS, n° 3041
MORT À DEVIL'S ACRE, n° 3092
MEURTRES À CARDINGTON CRESCENT, n° 3196
SILENCE À HANOVER CLOSE, n° 3255
L'ÉGORGEUR DE WESTMINSTER BRIDGE, n° 3326
L'INCENDIAIRE DE HIGHGATE, n° 3370
BELGRAVE SQUARE, n° 3438
LE CRUCIFIÉ DE FARRIERS' LANE, n° 3500
LE BOURREAU DE HYDE PARK, n° 3542
TRAITORS GATE, n° 3605
PENTECOST ALLEY, n° 3665
ASHWORTH HALL, n° 3743
BRUNSWICK GARDENS, n° 3823
BEDFORD SQUARE, n° 3884
HALF MOON STREET, n° 3948
LA CONSPIRATION DE WHITECHAPEL, n° 3987
SOUTHAMPTON ROW, n° 4029
SEVEN DIALS, n° 4086
LONG SPOON LANE, n° 4111
BUCKINGHAM PALACE GARDENS, n° 4227
LISSON GROVE, n° 4333

DORCHESTER TERRACE, n° 4509
BRYANSTON MEWS, n° 4653
L'INCONNUE DE BLACKHEATH, n° 4786
▶ LA DISPARUE D'ANGEL COURT, n° 4901

Série « William Monk »
UN ÉTRANGER DANS LE MIROIR, n° 2978
UN DEUIL DANGEREUX, n° 3063
DÉFENSE ET TRAHISON, n° 3100
VOCATION FATALE, n° 3155
DES ÂMES NOIRES, n° 3224
LA MARQUE DE CAÏN, n° 3300
SCANDALE ET CALOMNIE, n° 3346
UN CRI ÉTRANGLÉ, n° 3400
MARIAGE IMPOSSIBLE, n° 3468
PASSÉ SOUS SILENCE, n° 3521
ESCLAVES DU PASSÉ, n° 3567
FUNÉRAILLES EN BLEU, n° 3640
MORT D'UN ÉTRANGER, n° 3697
MEURTRES SUR LES DOCKS, n° 3794
MEURTRES SOUTERRAINS, n° 3917
MÉMOIRE COUPABLE, n° 4230
LA FIN JUSTIFIE LES MOYENS, n° 4446
UNE MER SANS SOLEIL, n° 4579
UNE QUESTION DE JUSTICE, n° 4747
DU SANG SUR LA TAMISE, n° 4816

Série « Joseph et Matthew Reavley »
AVANT LA TOURMENTE, n° 3761
LE TEMPS DES ARMES, n° 3863
LES ANGES DES TÉNÈBRES, n° 4009
LES TRANCHÉES DE LA HAINE, n° 4024
À LA MÉMOIRE DES MORTS, n° 4140

MIXTE
Papier issu de sources responsables
FSC® C003309
FSC
www.fsc.org

10/18, une marque d'Univers Poche,
est un éditeur qui s'engage pour
la préservation de son environnement
et qui utilise du papier fabriqué à partir
de bois provenant de forêts gérées
de manière responsable.

Impression réalisée par

CPI
BUSSIÈRE

à Saint-Amand-Montrond (Cher)
en février 2015

N° d'impression : 2014358
Dépôt légal : mars 2015
Suite du premier tirage : décembre 2014
X06503/01
Imprimé en France